Sidney Sheldon
Schatten der Macht

*Sidney Sheldon*

# Schatten der Macht

*Roman*

Aus dem Amerikanischen
von Wulf Bergner

*Blanvalet Verlag*

Die Originalausgabe erschien unter dem Titel
»Memories of Midnight«
bei William Morrow and Company, Inc., New York

Der Blanvalet Verlag
ist ein Unternehmen der Verlagsgruppe Bertelsmann

2. Auflage 1990

Satz: Uhl + Massopust, Aalen
Printed in Germany · Mohndruck, Gütersloh
ISBN 3-7645-2498-7

*Für Alexandra*
*mit Liebe*

Sing mir keine Lieder von des Tages Helligkeit,
Denn die Sonne ist der Liebenden Feind;
Sing mir statt dessen von Dunkel und Schatten
Und von Erinnerungen an Mitternacht.

SAPPHO

# Prolog

*KOWLOON, MAI 1949*

»Das Ganze muß wie ein Unfall aussehen. Können Sie das arrangieren?«

Das war eine Beleidigung. Der andere fühlte Zorn in sich aufsteigen. Das war eine Frage, die man einem von der Straße aufgelesenen Streuner stellte. Er war versucht, eine sarkastische Antwort zu geben: *O ja, das traue ich mir zu! Hätten Sie gern einen Unfall in ihrer Wohnung? Ich kann dafür sorgen, daß sie sich bei einem Treppensturz das Genick bricht.* Die Tänzerin in Marseille. *Sie könnte sich auch betrinken und in ihrer Badewanne ertrinken.* Die Millionenerbin in Gstaad. *Sie könnte an einer Überdosis Heroin sterben.* Damit hatte er schon drei beseitigt *Oder sie könnte mit einer brennenden Zigarette im Bett einschlafen.* Der schwedische Kriminalbeamte im Pariser Hotel Capitol. *Oder wäre Ihnen vielleicht etwas im Freien lieber? Ich könnte einen Verkehrsunfall, einen Flugzeugabsturz oder ein Verschwinden auf See arrangieren.*

Er sagte jedoch nichts von alledem, denn in Wahrheit hatte er Angst vor dem Mann, der ihm gegenübersaß. Er hatte zu viele beängstigende Geschichten über ihn gehört – und allen Grund, sie für wahr zu halten.

Deshalb sagte er nur: »Ja, Sir, ich kann einen Unfall arrangieren. Niemand wird jemals wissen, was wirklich passiert ist.« Noch während er das sagte, fiel ihm ein: *Er weiß, daß ich es wissen werde.* Er wartete.

Sie befanden sich im ersten Stock eines Gebäudes in der Festungsstadt Kowloon, die 1840 von Chinesen zum Schutz vor den britischen Barbaren errichtet worden war. Die Befestigungen hatten den Zweiten Weltkrieg nicht überstanden, aber es gab andere »Mauern«, die Fremde fernhielten: Mörderbanden, Drogensüchtige und Sexualverbrecher, die über das Labyrinth aus engen, verwinkelten Gassen und dunklen, unbeleuchteten Treppen herrschten. Touristen wurde von einem Besuch abgeraten, und selbst die Polizei wagte sich nicht über die äußere Tung Tau Tsuen Street hinweg in die Innenstadt hinein.

Von draußen hörte er Straßenlärm und die für die Einwohner Kowloons typische schrille Sprachenvielfalt.

Der Mann studierte ihn mit kaltem Basiliskenblick. »Gut«, entschied er dann, »ich überlasse es Ihnen, wie Sie es anstellen wollen.«

»Ja, Sir. Hält sich die Betreffende hier in Kowloon auf?«

»In London. Ihr Name ist Catherine. Catherine Alexander.«

Eine Limousine, der ein weiteres Fahrzeug mit zwei bewaffneten Leibwächtern folgte, brachte den Mann zum Blue House in der Lascar Row im Stadtteil Tsim Sha Tsui. Das Blue House stand nur speziellen Gästen offen. Spitzenpolitiker verkehrten dort ebenso wie Filmstars und Aufsichtsratsvorsitzende. Die Direktion war stolz auf ihre absolute Diskretion. Vor einem halben Dutzend Jahren hatte eines der dort arbeitenden Mädchen einem Reporter von ihren Kunden erzählt und war am nächsten Morgen mit abgeschnittener Zunge im Aberdeen Harbor treibend aufgefunden worden. Im Blue House war alles käuflich: Jungfrauen, Knaben, Lesbierinnen, die sich ohne die »Jadestengel« von Männern befriedigten, und Tiere. Soviel er wußte, war es das einzige Etablissement, in dem die aus dem 10. Jahrhundert stammende Kunst des Ischinpo noch praktiziert wurde. Das Blue House war eine Schatzkammer verbotener Lüste.

Diesmal hatte der Mann sich die Zwillinge bestellt. Die beiden waren ein exquisites Paar mit bildhübschen Gesichtern, unglaublichen Körpern und keinerlei Hemmungen. Er dachte an seinen letzten Besuch im Blue House ... an den Metallhocker mit ausgeschnittenem Sitz, ihre sanft liebkosenden Hände und Zungen, die große Wanne mit parfümiertem Wasser, das auf den Marmorboden überschwappte, und ihre heißen Lippen, die seinen Leib plünderten. Und er spürte eine beginnende Erektion.

»Wir sind da, Sir.«

Drei Stunden später, als er mit ihnen fertig war, lehnte der Mann sich befriedigt und zufrieden in die Polster seiner Limousine zurück, um sich in die Mody Road im Stadtviertel Tsim Sha Tsui fahren zu lassen. Hinter den Fenstern des Wagens glitzerten die Lichter der Großstadt, die niemals schlief. Die Chinesen hatten sie *Gaulung* – neun Drachen – genannt, und er stellte sich vor, wie diese auf den Bergen über der Stadt lauerten, um sich herabzustürzen und die Schwachen und Leichtsinnigen zu vernichten. Er war weder schwach noch leichtsinnig.

Sie erreichten die Mody Road.

Der taoistische Priester, der ihn erwartete, sah wie eine Gestalt aus einem alten Farbholzschnitt aus: ein ehrwürdiger Greis mit langem, ziemlich schütterem Bart und einer wallenden, schon etwas verblichenen Robe.

»*Jou Sahn.*«

»*Jou Sahn.*«

»*Gei Do Chin?*«

»*Yat-Chin.*«

»*Jou.*«

Der Priester schloß die Augen zu einem stummen Gebet und begann, die *Tschim* – eine Holzschale mit numerierten Gebetsstäbchen – zu schütteln. Dann fiel ein Stäbchen heraus, und das

Schütteln hörte auf. Der taoistische Priester zog schweigend eine Tabelle zu Rate, bevor er sich an seinen Besucher wandte. Er sprach ein stockendes Englisch. »Götter sagen, du bald von gefährliche Feind befreit.«

Der Mann empfand jäh aufwallende Freude. Er war zu intelligent, um nicht zu wissen, daß diese uralte Wahrsagekunst nur auf Aberglauben basierte. Und er war zu intelligent, um sie zu ignorieren. Außerdem gab es ein weiteres gutes Omen: Heute war Konstantinstag, sein Geburtstag.

»Die Götter haben dich mit gutem *Fung shui* gesegnet.«

*»Do jeh.«*

*»Hou wah.«*

Fünf Minuten später saß er wieder in der Limousine und war zum Kai Tak, dem Airport von Kowloon, unterwegs, wo sein Privatflugzeug bereitstand, um ihn nach Athen zurückzubringen.

# 1

## *IOANNINA, GRIECHENLAND – JULI 1943*

Jede Nacht erwachte sie schreiend aus dem gleichen Traum. Sie befand sich bei heulendem Sturm mitten auf einem See, und ein Mann und eine Frau drückten ihren Kopf ins eiskalte Wasser, um sie zu ertränken. Jedesmal schreckte sie nach Atem ringend, mit jagendem Puls und in Schweiß gebadet hoch.

Sie hatte keine Ahnung, wer sie war, und konnte sich an nichts erinnern. Sie sprach Englisch – aber sie wußte nicht, woher sie stammte oder wie sie nach Griechenland in das kleine Karmeliterinnenkloster gekommen war, in dem sie Zuflucht gefunden hatte.

Allmählich stellten sich quälend flüchtige Erinnerungen ein: vage, schemenhafte Bilder, die aufblitzten und ebensoschnell wieder verschwanden, ohne sich festhalten und genauer betrachten zu lassen. Sie kamen stets ohne Vorankündigung, überrumpelten sie förmlich und ließen sie verwirrt zurück.

Zu Anfang hatte sie viele Fragen gestellt. Die Karmeliterinnen waren freundlich und verständnisvoll, aber sie gehörten einem Schweigeorden an, und allein Mutter Theresa, die greise, gebrechliche Oberin, durfte mit ihr sprechen.

»Wissen Sie, wer ich bin?«

»Nein, mein Kind«, antwortete Mutter Theresa.

»Wie bin ich hierhergekommen?«

»Am Fuß dieser Berge liegt das Dorf Ioannina. Letztes Jahr sind Sie während eines Sturms mit einem kleinen Boot unten auf dem See gewesen. Das Boot ist gesunken, aber durch die Gnade Gottes haben zwei unserer Schwestern Sie gesehen und gerettet. Sie haben Sie hierhergebracht.«

»Aber ... wo war ich vorher?«

»Es tut mir leid, mein Kind. Das weiß ich nicht.«

Damit konnte sie sich nicht zufriedengeben. »Hat denn niemand nach mir gefragt? Hat niemand versucht, mich zu finden.«

Mutter Theresa schüttelte den Kopf. »Niemand.«

Sie war so frustriert, daß sie am liebsten geschrien hätte. Aber sie ließ nicht locker. »Die Zeitungen ... Sie müssen über mein Verschwinden berichtet haben.«

»Wie Sie wissen, ist uns jeglicher Kontakt mit der Außenwelt untersagt. Wir müssen uns dem Willen Gottes fügen, mein Kind. Wir müssen ihm für seine Gnade danken, dafür, daß Sie noch leben.«

Und das war alles gewesen, was sie herausbekommen hatte. Anfangs ward sie zu krank gewesen, um sich Sorgen wegen ihrer ungeklärten Vergangenheit zu machen, aber im Laufe der Monate war sie genesen und wieder zu Kräften gekommen.

Als sie sich stark genug fühlte, verbrachte sie ihre Tage damit, in dem strahlenden Licht, das die Landschaft leuchten ließ, und der nach Wein und Zitronen duftenden sanften Brise den üppig blühenden Klostergarten zu pflegen.

Die Atmosphäre, in der sie lebte, war heiter und gelassen, und doch fand sie keine Ruhe. *Ich habe mich verirrt*, dachte sie, *aber niemanden kümmert es. Weshalb nicht? Habe ich etwas Böses getan? Wer bin ich? Wer bin ich? Wer bin ich?*

Wieder stiegen Bilder aus ihrem Unterbewußtsein auf. Eines Morgens sah sie sich beim Aufwachen plötzlich in einem Zimmer, in dem ein nackter Mann sie auszog. Nur ein Traum? Oder etwas, das in der Vergangenheit wirklich geschehen war? Wer war dieser Mann? Jemand, mit dem sie verheiratet war? Hatte sie einen Ehemann? Sie trug keinen Ehering. Tatsächlich besaß sie nichts außer der schwarzen Ordenstracht einer Karmelitin, die

Mutter Theresa ihr gegeben hatte, und eine Brosche: einen kleinen goldenen Vogel mit Rubinen als Augen und ausgebreiteten Schwingen.

Sie war eine namenlose Unbekannte, eine Fremde, die unter Fremden lebte. Hier gab es niemanden, der ihr helfen konnte – keinen Psychiater, der ihr hätte sagen können, daß ihre Psyche ein so schweres Trauma erlitten hatte, daß sie nur bei Verstand bleiben konnte, indem sie die Schrecken der Vergangenheit verdrängte.

Und die Bilder folgten rascher und immer rascher aufeinander, als habe ihr Gedächtnis sich plötzlich in ein gigantisches Puzzle verwandelt, von dem hier und da einzelne Teile zusammenpaßten. Einmal sah sie sich in einem riesigen Atelier voller Soldaten, in dem offenbar ein Film gedreht wurde. *Bin ich Schauspielerin gewesen?* Nein, sie schien für irgend etwas verantwortlich zu sein. *Aber wofür?*

Ein Soldat überreichte ihr einen Blumenstrauß. *Den müssen Sie selbst bezahlen*, sagte er lachend.

Zwei Nächte später träumte sie wieder von diesem Mann. Sie verabschiedete sich auf einem Flughafen von ihm – und wachte schluchzend auf, weil sie ihn verloren hatte.

Danach fand sie keinen Frieden mehr. Dies waren keine bloßen Träume, sondern Bruchstücke ihres Lebens, ihrer Vergangenheit. *Ich muß herausfinden, wer ich gewesen bin. Wer ich bin.*

Und eines Nachts gab ihr Unterbewußtsein ganz unerwartet, ohne die geringste Vorwarnung, einen Namen preis. *Catherine. Ich heiße Catherine Alexander.*

# 2

Obwohl das Imperium, das Constantin Demiris aufgebaut hatte, auf keiner Landkarte eingetragen war, herrschte er über ein Reich, das größer und mächtiger war als viele Staaten. Er gehörte zu den reichsten Männern der Welt, und sein Einfluß war unermeßlich groß. Er besaß weder Titel noch bekleidete er ein offizielles Amt, doch er kaufte und verkaufte regelmäßig Botschafter, Kardinäle, Ministerpräsidenten und Staatsoberhäupter. Demiris hatte seine Tentakel überallhin ausgestreckt und entschied mit über das Wohl und Weh Dutzender von Staaten.

Constantin Demiris war eine charismatische Gestalt: hochintelligent, von imposanter Statur, relativ groß, breitschultrig und muskelbepackt. Sein Gesicht mit dem dunklen Teint beherrschten eine kräftige griechische Nase und pechschwarze Augen. Er sah wie ein Habicht aus, ein Raubvogel. Wenn er wollte, konnte er unwiderstehlich charmant sein. Er beherrschte acht Sprachen und war ein glänzender Erzähler. Er besaß eine der bedeutendsten Kunstsammlungen der Welt, mehrere Privatflugzeuge und ein Dutzend Luxusapartments, Villen und Schlösser in aller Herren Länder. Er war ein Kenner und Genießer schöner Dinge und schöner Frauen. Als Liebhaber schien er für jede Überraschung gut zu sein, und seine Liebesaffären waren so farbig wie seine finanziellen Abenteuer.

Constantin Demiris war stolz darauf, ein Patriot zu sein. Vor seiner Villa in Kolonaki und auf seiner Privatinsel Psara war stets die blau-weiße griechische Fahne aufgezogen – aber er zahlte keine Steuern. Demiris fühlte sich in keiner Weise verpflichtet, sich an die für gewöhnliche Sterbliche geltenden Gesetze zu halten. In seinen Adern floß *Ichor* – das Blut der Götter.

Fast alle Menschen, auf die Demiris traf, wollten etwas von ihm: Kapital für ein geschäftliches Projekt, eine Spende für wohltätige

Zwecke oder einfach nur die Macht, die ihnen seine Freundschaft verleihen würde. Demiris machte sich einen Spaß daraus herauszubekommen, was diese Leute wirklich wollten – meistens etwas ganz anderes, als sie vorgaben. Sein analytischer Verstand mißtraute jedem äußeren Anschein, so daß er nichts glaubte, was ihm erzählt wurde, und keinem Menschen traute. Journalisten, die aus seinem Leben berichteten, bekamen nur den liebenswürdigen Charme eines kultivierten Mannes von Welt zu sehen. Sie hatten keinen Grund, hinter dieser Fassade den Killer, den Instinkt des Raubtiers zu vermuten.

Er war ein unbarmherziger Mann, der eine Kränkung niemals vergaß. Bei den alten Griechen war das Wort *Dikeossini*, Gerechtigkeit, oft gleichbedeutend mit *Ekdikissis*, Rache, gewesen, und Demiris war von beiden besessen. Nie vergaß er eine Beleidigung, die er jemals erlitten hatte, und wer das Unglück hatte, sich seine Feindschaft zuzuziehen, mußte dafür hundertfach büßen. Doch der Betroffene merkte es nicht gleich, denn Constantin Demiris machte seine Rache zu einem Spiel, bei dem er geduldig und voller Genuß komplizierte Fallen konstruierte und raffinierte Netze wob, in denen sich seine Feinde verfingen und zugrunde gingen.

Er studierte seine Opfer sorgfältig, analysierte ihre Persönlichkeit und wog ihre Stärken und Schwächen ab.

Auf einer Abendgesellschaft hatte Demiris einmal zufällig mitbekommen, wie ein Filmproduzent ihn als »diesen schmierigen Griechen« bezeichnete. Demiris wartete geduldig. Zwei Jahre später nahm der Produzent für eine Großproduktion, die er mit eigenen Mitteln drehte, eine weltbekannte Filmschauspielerin unter Vertrag. Demiris wartete, bis der Film zur Hälfte fertig war, dann brachte er die Hauptdarstellerin mit seinem beträchtlichen Charme dazu, die Dreharbeiten abzubrechen, um ihm auf seiner Jacht Gesellschaft zu leisten.

»Das werden unsere Flitterwochen«, versprach Demiris ihr.

Sie bekam die Flitterwochen, aber nicht die Hochzeit. Der Film konnte nicht zu Ende gedreht werden, und der Produzent mußte schließlich Konkurs anmelden.

Es gab einige Figuren in Demiris' Spiel, mit denen er noch alte Rechnungen zu begleichen hatte, aber er hatte es damit nicht eilig. Er genoß die Vorfreude, die Planung und die Ausführung. Heutzutage machte er sich keine Feinde mehr, weil niemand es sich leisten konnte, sein Feind zu sein, deshalb waren seine Opfer ausschließlich Menschen, die früher seine Wege gekreuzt hatten.

Aber Constantin Demiris' Sinn für *Dikeossini* war ambivalent. So wie er niemals eine Kränkung vergaß, so vergaß er auch nie einen Gefallen. Ein armer Fischer, der ihn als Jungen einmal für kurze Zeit bei sich aufgenommen hatte, fand sich als Eigner einer Fischfangflotte wieder. Eine Prostituierte, die den jungen Mann zum Abendessen eingeladen hatte, als er zu arm gewesen war, um sie zu bezahlen, erbte auf geheimnisvolle Weise ein Miethaus, ohne jemals zu erfahren, wer ihr Wohltäter gewesen war.

Demiris war als Sohn eines Hafenarbeiters in Piräus auf die Welt gekommen. Er hatte 14 Brüder und Schwestern, für die es daheim nie genug zu essen gab.

Schon in frühester Jugend bewies Constantin Demiris seine geradezu unheimliche Geschäftstüchtigkeit. Das mit Gelegenheitsarbeiten nach der Schule verdiente Geld hielt er so eisern zusammen, daß er schon als Sechzehnjähriger mit einem älteren Partner einen Imbißstand im Hafen aufmachen konnte. Das Geschäft florierte, aber sein Partner brachte ihn durch Betrug um seinen Anteil. Demiris brauchte zehn Jahre, um den Mann zu vernichten. Der Junge brannte förmlich vor Ehrgeiz. Oft lag er nachts wach und starrte mit leuchtenden Augen in die Dunkelheit. *Ich werde reich sein. Ich werde berühmt sein. Eines Tages wird jeder meinen Namen kennen.* Das war das einzige Wiegenlied, bei dem er Schlaf fand. Er hatte keine Ahnung, wie es dazu kommen würde. Er wußte nur, daß es geschehen würde.

Als Constantin Demiris an seinem 17. Geburtstag auf einen Zeitungsartikel über die Ölfelder Saudi-Arabiens stieß, hatte er das Gefühl, ihm würde sich plötzlich ein Zaubertor in die Zukunft öffnen.

»Ich gehe nach Saudi-Arabien«, erklärte er seinem Vater. »Ich werde auf den Ölfeldern arbeiten.«

»*Stasou!* Was verstehst du schon von Ölfeldern?«

»Nichts, Vater. Aber ich werde es lernen.«

Einen Monat später war Constantin Demiris unterwegs nach Saudi-Arabien.

Bei der Trans-Continental Oil Corporation war es üblich, daß ausländische Angestellte einen Zweijahresvertrag unterschrieben, aber das störte Demiris nicht weiter. Er hatte die Absicht, in Saudi-Arabien zu bleiben, bis er sein Glück gemacht hatte. Er hatte sich wundervolle Abenteuer aus 1001 Nacht und ein geheimnisvolles Märchenland mit exotischen Schönheiten und aus der Erde sprudelndem schwarzen Gold vorgestellt. Die Wirklichkeit war ein Schock.

Frühmorgens an einem Sommertag kam Demiris in Fadhili an, einem trostlosen Camp mitten in der Wüste, dessen häßliche Steingebäude von *Barastis* umgeben waren. In diesen kleinen Hütten aus Ästen und Zweigen hausten rund tausend einfache Arbeiter, die meisten von ihnen Saudis. Die wenigen Frauen, die über die staubigen Straßen schlurften, waren tief verschleiert.

Demiris betrat das Gebäude, in dem J. J. McIntyre, der Personalchef, sein Büro hatte.

McIntyre hob den Kopf, als der junge Mann hereinkam. »So, Sie sind von der Zentrale angestellt worden, was?«

»Ja, Sir.«

»Schon mal auf Ölfeldern gearbeitet, Sohn?«

Demiris war sekundenlang versucht zu lügen. »Nein, Sir.«

McIntyre grinste. »Hier wird's Ihnen gefallen! Eine Million Meilen von jeglicher Zivilisation entfernt, schlechtes Essen, keine Frauen, die Sie anfassen dürfen, ohne den Pimmel abgeschnitten zu kriegen, und Abend für Abend diese gottverdammte Langeweile. Aber die Bezahlung ist gut, was?«

»Ich bin hier, um zu lernen«, sagte Demiris ernsthaft.

»Ach wirklich? Dann erzähle ich Ihnen am besten, was Sie als erstes lernen müssen. Sie sind jetzt in einem islamischen Land. Das bedeutet absolutes Alkoholverbot. Wer beim Stehlen erwischt wird, kriegt die rechte Hand abgehackt. Beim zweiten Mal die linke. Beim dritten Mal einen Fuß. Mörder werden geköpft.«

»Ich habe nicht vor, jemanden zu ermorden.«

»Warten Sie's ab«, grunzte McIntyre. »Sie sind eben erst angekommen.«

Im Lager herrschte ein babylonisches Sprachgewirr, weil die Arbeiter und Angestellten aus aller Herren Länder sich ihrer Muttersprache bedienten. Mit seinem guten Ohr für Sprachen war Demiris bald in der Lage, ihren Unterhaltungen zu folgen. Die Männer bauten Straßen durch die Wüste, errichteten Unterkünfte, stellten Generatoren auf, verlegten Telefonkabel, richteten Werkstätten ein, Wasserleitungen und Drainagen und erfüllten Hunderte von weiteren Aufgaben. Sie schufteten bei Temperaturen von über 40° C im Schatten und litten unter Fliegen, Moskitos, Sandstürmen, Fieber und Ruhr. Selbst hier in der Wüste gab es eine gesellschaftliche Hierarchie. Ganz oben standen die Männer, die nach Öl suchten, und unten waren die Bauarbeiter zu finden, die »Holzköpfe« hießen, und das als »Glanzhosen« bezeichnete Büropersonal.

Fast alle Männer, die mit der eigentlichen Ölsuche zu tun hatten

– die Geologen, Vermesser, Ingenieure und Petrolchemiker –, waren Amerikaner, denn der neue Gestängebohrer war in den Vereinigten Staaten entwickelt worden, und die Amerikaner beherrschten seine Handhabung am besten. Constantin Demiris bemühte sich sehr um ihre Freundschaft.

Der junge Mann verbrachte möglichst viel Zeit in Gesellschaft der Bohrleute und bestürmte sie unermüdlich mit Fragen. Die so gewonnenen Informationen sog er auf wie der heiße Wüstensand das Wasser.

«Wird der Bohrmeißel nicht stumpf, wenn er ständig arbeitet?«

»Natürlich. Dann müssen wir das gottverdammte Bohrgestänge raufziehen, unten einen neuen Bohrmeißel dranschrauben und das Gestänge wieder runterlassen. Willst du auch mal Driller werden?«

»Nein, Sir. Ich werde Ölquellen besitzen.«

»Glückwunsch. Kann ich jetzt weiterarbeiten?«

»Entschuldigung, woher wissen Sie, *wo* Sie bohren müssen?«

»Wir haben viele Geologen – Steinschnüffler –, die unterirdische Schichten vermessen und Gesteinsproben analysieren. Danach sind die Seilwürger an der Reihe, um ...«

»Entschuldigung, was ist ein Seilwürger?«

»Ein Driller. Sobald sie ...«

Constantin Demiris arbeitete vom frühen Morgen bis Sonnenuntergang, transportierte Bohrtürme durch die glutheiße Wüste, säuberte Bohrausrüstungen und lenkte Lastwagen an aus felsigen Hügeln austretenden Flammenzungen vorbei. Diese Flammen brannten Tag und Nacht und fackelten die austretenden giftigen Gase ab.

J. J. McIntyre hatte Demiris die Wahrheit gesagt. Das Essen war schlecht, die Unterkünfte waren elend, und abends gab es keinerlei

Unterhaltung. Noch schlimmer war, daß Demiris das Gefühl hatte, alle Poren seines Körpers wären mit Sandkörnern verstopft. Die Wüste lebte, und niemand konnte ihr entrinnen. Der Sand drang in die Hütte, durch seine Kleidung und in seinen Körper, bis er glaubte zu verzweifeln. Aber es sollte alles noch schlimmer kommen.

Der *Schamal* brach los. Einen Monat lang heulten Tag für Tag Sandstürme mit einer Intensität über das Lager hinweg, die einen Mann zum Wahnsinn treiben konnte.

Demiris starrte durch einen Türspalt seines *Barasti* in die wirbelnden Sandschwaden hinaus. »Sollen wir etwa dort draußen arbeiten?«

»Da hast du verdammt recht, Charlie-Boy! Du bist hier nicht auf Kur!«

Überall um sie herum wurde Öl entdeckt. Aus Abu Hadriya, aber auch aus Quatif und Haradh meldete man neue Funde, und die Arbeiter mußten Überstunden machen.

Zu den Neuankömmlingen im Lager gehörten ein englischer Geologe und seine Frau. Henry Potter war Ende Sechzig und seine Frau Sybil Anfang Dreißig. In jeder anderen Umgebung hätte Sybil Potter als durchschnittlich aussehende, übergewichtige Frau mit hoher, schriller Stimme gegolten. Aber in Fadhili war sie eine atemberaubende Schönheit. Da Henry Potter ständig unterwegs war, um neue Öllagerstätten zu erkunden, blieb seine Frau viel allein.

Der junge Demiris wurde ihr zugeteilt, um ihr beim Einzug zu helfen und die Eingewöhnung zu erleichtern.

»Dies ist das elendste Nest, das ich in meinem Leben gesehen habe«, jammerte Sybil Potter schrill. »Henry schleppt mich ständig in schreckliche Gegenden wie diese hier. Ich weiß überhaupt nicht, warum ich das immer wieder mitmache.«

»Ihr Mann leistet sehr wichtige Arbeit«, erklärte Demiris ihr.

Sie betrachtete den attraktiven jungen Mann abschätzend. »Mein Mann leistet nicht auf allen Gebieten das, was er leisten sollte. Verstehst du, was ich meine?«

Demiris verstand nur allzugut. »Nein, Ma'am.«

»Wie heißt du?«

»Demiris, Ma'am. Constantin Demiris.«

»Wie nennen deine Freunde dich?«

»Costa.«

»Nun, Costa, ich glaube, wir werden sehr gute Freunde werden. Jedenfalls haben wir nichts mit diesen Bimbos gemeinsam, nicht wahr?«

»Bimbos?«

»Du weißt schon – mit diesen Ausländern.«

»Ich muß weiterarbeiten«, sagte Demiris.

In den Wochen darauf erfand Sybil Potter ständig Gründe, um den jungen Mann zu sich zu rufen.

»Henry ist seit heute morgen unterwegs«, erklärte sie ihm. »Wieder zu seiner blöden Bohrerei.« Sie fügte kokett hinzu: »Er sollte mehr zu Hause bohren.«

Demiris wußte nicht, was er sagen sollte. In der Firmenhierarchie war der Geologe ein sehr wichtiger Mann, und Demiris hatte nicht die Absicht, sich mit seiner Frau einzulassen und dadurch seinen Job zu gefährden. Ohne es begründen zu können, wußte er bestimmt, daß dieser Job der Schlüssel zu allem war, was er sich erträumt hatte. Die Zukunft gehörte dem Öl, und Demiris war entschlossen, daran teilzuhaben.

Eines Nachts ließ Sybil Potter ihn aus dem Bett holen. Demiris betrat die Siedlung, in der sie wohnte, und klopfte an die Tür ihres kleinen Hauses.

»Herein!« Sybil trug ein hauchdünnes Nachthemd, das unglücklicherweise nichts verbarg.

»Ich . . . Sie haben nach mir geschickt, Ma'am?«

»Ja, komm herein, Costa. Diese Nachttischlampe scheint defekt zu sein.«

Demiris trat mit abgewandtem Blick an den Nachttisch und griff nach der Lampe, um sie zu begutachten. »Die Glühbirne ist locker, darum . . .« Er spürte, wie ihr Leib sich gegen seinen Rücken drängte und ihre Hände über seinen Körper glitten. »Mrs. Potter . . .«

Sie küßte ihn heißhungrig und drückte ihn aufs Bett. Von diesem Augenblick an verlor er endgültig die Kontrolle über den Gang der Dinge.

Seine Sachen lagen auf dem Fußboden, und er stieß in sie hinein, und sie kreischte vor Lust. »So ist's richtig! Ja, so! Mein Gott, wie lange hab' ich das entbehren müssen!«

Zuletzt stöhnte sie auf, und ein Zittern durchlief ihren Körper. »Oh, Darling, ich liebe dich!«

Demiris war kurz davor, in Panik zu geraten. *Was hast du getan? Wenn Potter das rauskriegt, bist du erledigt!*

Sybil Potter kicherte, als habe sie seine Gedanken erraten. »Das bleibt unser kleines Geheimnis, nicht wahr, Darling?«

Ihr kleines Geheimnis existierte noch einige Monate weiter. Demiris konnte ihr nicht aus dem Weg gehen, und da ihr Mann jeweils für einige Tage unterwegs war, gab es keine Ausrede, die ihn davor hätte bewahren können, mit ihr ins Bett gehen zu müssen. Erschwerend kam hinzu, daß Sybil Potter sich sinnlos in ihn verliebt hatte.

»Du bist viel zu gut, um hier zu arbeiten, Darling«, erklärte sie ihm. »Du und ich, wir gehen nach England zurück.«

»Meine Heimat ist Griechenland.«

»Jetzt nicht mehr.« Sie streichelte seinen schlanken, sehnigen Körper. »Du kommst mit mir nach Hause. Ich laß mich von Henry scheiden, und wir heiraten.«

Demiris wurde von panikartiger Angst erfaßt. »Sybil, ich ... ich habe kein Geld. Ich...«

Sie ließ ihre Lippen über seine Brust wandern. »Das ist kein Problem. Ich weiß, wie du zu Geld kommen kannst, Sweetheart.«

»Wie denn?«

Sie setzte sich im Bett auf. »Gestern abend hat Henry mir erzählt, daß er gerade ein neues großes Ölvorkommen entdeckt hat. Darauf versteht er sich wirklich, weißt du. Jedenfalls war er ganz aufgeregt! Bevor er wieder losfuhr, hat er seinen Bericht geschrieben und mich gebeten, ihn morgen dem Kurier mitzugeben. Ich habe ihn hier. Willst du ihn lesen?«

Demiris spürte sein Herz rascher schlagen. »Ja. Ich... ich würde ihn gern lesen.« Er beobachtete, wie sie aufstand und zu dem verkratzten Tischchen unter dem Fenster hinüberwatschelte. Sie griff nach einem großen braunen Umschlag und kam damit ins Bett zurück.

»Mach ihn auf!«

Demiris zögerte nur einen Augenblick. Er riß den Umschlag auf und zog Potters fünf Seiten langen Bericht heraus. Nachdem er ihn rasch überflogen hatte, las er ihn nochmals Wort für Wort.

»Sind diese Informationen was wert?«

*Sind diese Informationen was wert?* Dieser Bericht betraf ein neues Ölfeld, das wahrscheinlich zu den ergiebigsten aller bisher entdeckten Felder gehören würde.

Demiris schluckte trocken. »Ja. Sie... sie könnten wertvoll sein.«

»Da hast du's!« meinte Sybil zufrieden. »Jetzt haben wir Geld.«

Er seufzte. »So einfach ist es leider nicht.«

»Warum nicht?«

Demiris erklärte es ihr. »Damit ist nur jemandem geholfen, der es sich leisten kann, Optionen auf das Land über den Öllagerstätten zu kaufen. Und die kosten viel Geld, sehr viel Geld.« Er hatte knapp 300 Dollar auf seinem Bankkonto.

»Oh, deswegen brauchst du dir keine Sorgen zu machen. Henry hat Geld. Ich schreibe dir einen Scheck. Genügen fünftausend Dollar?«

Constantin Demiris wollte seinen Ohren nicht trauen. »Ja. Ich... ich weiß nicht, was ich sagen soll.«

»Es ist für uns, Darling. Für unsere Zukunft.«

Er setzte sich im Bett auf und überlegte angestrengt. »Sybil, glaubst du, daß du diesen Bericht noch ein bis zwei Tage hierbehalten kannst?«

»Natürlich. Ich lasse ihn bis Freitag liegen. Reicht das, Darling?«

Er nickte langsam. »Das müßte reichen.«

Mit den 5000 Dollar von Sybil – *Nein, das ist kein Geschenk, sondern ein Darlehen,* sagte er sich – sicherte sich Constantin Demiris die Optionen auf das Land über den vermuteten Lagerstätten. Als dann einige Monate später die ersten Ölquellen zu sprudeln begannen, war er über Nacht zum Millionär geworden.

Er zahlte Sybil Potter ihre 5000 Dollar zurück, schickte ihr ein neues Nachthemd und kehrte nach Griechenland heim.

Sie sah ihn nie wieder.

## 3

Eine Theorie besagt, daß in der Natur niemals etwas verlorengeht – daß jeder jemals erzeugte Ton, jedes jemals gesprochene Wort noch irgendwo in Raum und Zeit existieren und möglicherweise eines Tages zurückgeholt werden können.

*Wer hätte vor der Erfindung des Radios geglaubt,* sagen die Verfechter dieser Theorie, *daß die Atmosphäre um uns herum voller Musik und Nachrichten und Stimmen aus aller Welt ist?*

*Eines Tages werden wir in die Vergangenheit zurückreisen und alles hören können: Lincolns Gettysburger Ansprache, die Stimme Shakespeares, die Bergpredigt ...*

Catherine Alexander hörte Stimmen aus ihrer Vergangenheit – aber sie waren undeutlich und bruchstückhaft und verwirrten sie nur noch mehr ...

»Weißt du, daß du eine ganz besondere Frau bist, Cathy? Ich habe es auf den ersten Blick gemerkt ...«

»Es ist aus, ich liebe eine andere. Ich lasse mich scheiden ...«

»Ich weiß, wie gemein ich zu dir gewesen bin. Ich will alles wiedergutmachen ...«

»Er hat versucht, mich umzubringen ...«

»Wer hat versucht, Sie umzubringen?«

»Mein Mann!«

Die Stimmen wollten nicht verstummen. Sie waren eine Qual. Ihre Vergangenheit wurde zu einem Kaleidoskop aus wechselnden Bildern, die durch ihren Kopf huschten.

Das Kloster, das ihr ein wunderbar friedvoller Zufluchtsort hätte sein sollen, war plötzlich zu einem Gefängnis geworden. *Ich gehöre nicht hierher. Aber wohin gehöre ich?* Sie wußte es nicht.

Im Kloster gab es keinen Spiegel, aber in einem Teich im Garten spiegelte sich der Himmel. Catherine hatte ihn bisher bewußt gemieden, weil sie sich davor fürchtete, was er ihr zeigen würde. Aber an diesem Morgen ging sie zum Teich, kniete langsam nieder und betrachtete ihr Spiegelbild.

Die glatte Wasserfläche zeigte ihr eine höchst attraktive Frau mit schwarzem Haar, sonnengebräuntem Teint, ebenmäßigen Zügen und ernsten grauen Augen, die todtraurig wirkten – aber das konnte auch ein Trick des Wassers sein. Sie sah volle, zum Lächeln bereite Lippen und die leichte Stupsnase einer schönen Frau von Anfang Dreißig – einer Frau ohne Vergangenheit und ohne Zukunft, einer Frau ohne Gedächtnis. *Ich brauche jemanden, der mir hilft*, dachte Catherine verzweifelt, *jemanden, mit dem ich reden kann*. Sie betrat Mutter Theresas Arbeitszimmer.

»Ehrwürdige Mutter . . .«

»Ja, mein Kind?«

»Ich . . . möchte mich von einem Arzt behandeln lassen. Von jemandem, der mir helfen kann, zu mir selbst zurückzufinden.«

Die Oberin bedachte sie mit einem langen Blick. »Setzen Sie sich.«

Catherine nahm auf dem Holzstuhl vor dem alten, verschrammten Schreibtisch Platz.

»Gott ist Ihr Arzt, meine Liebe«, stellte Mutter Theresa ruhig fest. »Er wird Sie beizeiten erfahren lassen, was Sie wissen sollen. Außerdem darf kein Fremder unser Kloster betreten.«

Catherine fiel plötzlich etwas ein . . . eine vage Erinnerung an einen Mann, der im Klostergarten mit ihr sprach, ihr irgend etwas gab . . . Aber das Bild verschwand so rasch, wie es gekommen war.

»Ich gehöre nicht hierher.«

»Wohin gehören Sie dann?«

Genau das war das Problem. »Das weiß ich nicht. Ich suche irgend etwas. Verzeihen Sie, Ehrwürdige Mutter, aber ich weiß, daß ich es hier nicht finden werde.«

Mutter Theresa beobachtete sie mit nachdenklicher Miene. »Ich verstehe. Wohin würden Sie von hier aus gehen?«

»Auch das weiß ich nicht.«

»Lassen Sie mich darüber nachdenken, mein Kind. Wir sprechen bald wieder darüber.«

»Danke, Ehrwürdige Mutter.«

Nachdem Catherine gegangen war, saß Mutter Theresa lange an ihrem Schreibtisch und starrte ins Leere. Sie hatte eine sehr schwere Entscheidung zu treffen. Zuletzt griff sie nach einem

Briefbogen, schraubte ihren Füllfederhalter auf und begann zu schreiben.

»Sehr geehrter Herr«, schrieb sie, »hier ist eine Veränderung eingetreten, auf die ich Sie aufmerksam machen möchte. Unsere gemeinsame Freundin hat mir erklärt, daß sie das Kloster zu verlassen wünscht. Teilen Sie mir bitte mit, was ich tun soll.«

Er las den kurzen Brief einmal, lehnte sich in seinen Sessel zurück und dachte über die Konsequenzen dieser Mitteilung nach. *Catherine Alexander will also von den Toten auferstehen! Wie schade. Ich werde sie beseitigen lassen müssen. Aber vorsichtig, sehr vorsichtig.*

Der erste Schritt würde der sein, sie aus dem Kloster zu holen. Constantin Demiris fand, daß es an der Zeit war, Mutter Theresa einen Besuch abzustatten.

Am nächsten Morgen ließ Demiris sich von seinem Chauffeur nach Ioannina fahren. Auf der Fahrt über Land dachte er an Catherine Alexander. Er erinnerte sich daran, wie schön sie gewesen war, als er sie kennengelernt hatte. Eine fröhliche, intelligente und geistreiche Frau, die sich auf ihr zukünftiges Leben in Griechenland gefreut hatte. *Sie hat alles gehabt,* dachte Demiris, *und dann haben die Götter sich an ihr gerächt.* Catherine war mit einem seiner Piloten verheiratet gewesen, und die Ehe mit ihm war zur Hölle auf Erden geworden. Catherine war fast über Nacht um zehn Jahre gealtert und zu einer schwammigen, aufgedunsenen Alkoholikerin geworden. Demiris seufzte. *Schade um sie!*

»Es ist mir sehr unangenehm, Sie damit belästigen zu müssen«, entschuldigte die Oberin sich, »aber das Kind weiß nicht, wohin es gehen soll, und …«

»Sie haben völlig richtig gehandelt«, versicherte Constantin Demiris ihr. »Hat sie denn gar keine Erinnerung an ihre Vergangenheit?«

Mutter Theresa schüttelte den Kopf. »Nein. Die Ärmste...« Sie trat ans Fenster und blickte in den Klostergarten hinaus, in dem mehrere Nonnen arbeiteten. »Sie ist dort draußen.«

Demiris stand auf, kam ans Fenster und sah ebenfalls hinaus. Die drei Nonnen kehrten ihnen den Rücken zu. Er wartete. Dann drehte sich die mittlere um, so daß er ihr Gesicht sehen konnte. Sie war so schön, daß es ihm fast den Atem verschlug. Wo war die schwammige, aufgedunsene Alkoholikerin geblieben?

»Sie ist die in der Mitte«, sagte Mutter Theresa.

Constantin Demiris nickte wortlos.

»Was soll ich mit ihr anfangen?«

*Vorsichtig.* »Lassen Sie mich darüber nachdenken«, antwortete Demiris. »Ich benachrichtige Sie dann.«

Constantin Demiris mußte eine Entscheidung treffen. Catherine Alexanders Aussehen hatte ihn überrascht. Sie hatte sich völlig verwandelt. *Kein Mensch würde sie wiedererkennen.* Der Plan, der ihm jetzt einfiel, war so teuflisch simpel, daß er beinahe laut aufgelacht hätte.

Noch am selben Abend schrieb er Mutter Theresa einen kurzen Brief.

*Ein Wunder!* dachte Catherine. *Ein wahrgewordener Traum.* Nach dem Morgengebet war Mutter Theresa in ihre winzige Zelle gekommen.

»Ich habe Ihnen etwas mitzuteilen, mein Kind.«

»Ja, Ehrwürdige Mutter?«

Die Oberin wählte ihre Worte mit Bedacht. »Ich habe eine gute Nachricht für Sie. Ich habe einem Freund des Klosters von Ihnen berichtet, und er will Ihnen helfen.«

Catherine fühlte ihr Herz jagen. »Mir helfen... wie?«

»Das wird er Ihnen selbst erklären. Aber er ist ein sehr freundlicher und großzügiger Mann. Sie werden uns bald verlassen.«

Ihre Worte bewirkten, daß Catherine urplötzlich ein kalter Schauer über den Rücken lief. Sie würde in eine fremde Welt hinausgehen, an die sie sich nicht einmal erinnern konnte ... *Und wer ist mein Wohltäter?*

Aber von Mutter Theresa erfuhr sie nichts weiter als: »Er ist ein sehr fürsorglicher Mann. Sie sollten ihm dankbar sein. Sein Wagen holt Sie am Montagmorgen ab.«

In den beiden folgenden Nächten fand Catherine Alexander kaum Schlaf. Die Vorstellung, das Kloster verlassen und in die unbekannte Welt hinausgehen zu müssen, war plötzlich erschreckend. Sie fühlte sich nackt und schutzlos. *Vielleicht ist es besser, wenn ich nicht weiß, wer ich bin. Bitte, lieber Gott, gib auf mich acht.*

Am Montagmorgen stand die Limousine schon um sieben Uhr vor dem Klostertor. Catherine hatte die ganze Nacht wach gelegen und an die vor ihr liegende unbekannte Zukunft gedacht.

Mutter Theresa begleitete sie bis zum in die Welt hinausführenden Tor.

»Wir werden für Sie beten, mein Kind. Und denken Sie daran, daß wir immer Platz für Sie haben, falls Sie zurückkommen möchten.«

»Danke, ehrwürdige Mutter. Ich werde daran denken.«

Aber in ihrem Innersten wußte Catherine, daß sie nie zurückkommen würde.

Die lange Fahrt von Ioannina nach Athen weckte in Catherine die widersprüchlichsten Empfindungen. Obwohl es herrlich aufregend war, außerhalb der Klostermauern zu sein, wirkte die Außenwelt irgendwie bedrohlich. *Werde ich erfahren, was in meiner Vergangenheit Schreckliches passiert ist? Hat es irgendwas mit meinem immer wiederkehrenden Traum zu tun, in dem jemand versucht, mich zu ertränken?*

Am frühen Nachmittag fuhren sie durch größere Dörfer, erreichten die Außenbezirke von Athen und befanden sich wenig später im Gewirr der Millionenstadt. Catherine erschien alles fremd und unwirklich – und dennoch merkwürdig vertraut. *Hier bin ich schon einmal gewesen!* dachte sie aufgeregt.

Der Chauffeur fuhr nach Osten weiter, und eine Viertelstunde später erreichten sie einen riesigen Landsitz hoch auf einem Hügel. Sie fuhren an einem Pförtnerhäuschen vorbei durch ein hohes schmiedeeisernes Tor, folgten einer von majestätischen Zypressen gesäumten langen Auffahrt und hielten dann vor einer weitläufigen weißen Villa im mediterranen Stil, die von einem halben Dutzend herrlicher Statuen flankiert war.

Der Chauffeur riß Catherine den Schlag auf, und sie stieg aus. Vor dem Portal wartete ein Mann.

»*Kalimera.*« Das »Guten Tag« kam wie von selbst von Catherines Lippen.

»*Kalimera.*«

»Sind Sie ... sind Sie der Mann, der mich hierher eingeladen hat?«

»Nein, Miss, ich bin der Butler. Mr. Demiris erwartet Sie in der Bibliothek.«

*Demiris. Den Namen habe ich noch nie gehört. Weshalb will er mir helfen?*

Catherine Alexander folgte dem Butler durch eine Rotunde, deren riesige Glaskuppel von Marmorsäulen getragen wurde. Auch der Fußboden bestand aus weißem italienischen Marmor.

Das große Wohnzimmer war eine Wohnhalle mit hoher Balkendecke und zu Sitzgruppen zusammengestellten, bequem niedrigen Ledersofas und -sesseln. Ein übergroßes Gemälde – ein dunkel dräuender Goya – nahm eine ganze Wand ein. Catherines Begleiter blieb vor der Tür zur Bibliothek stehen.

»Mr. Demiris erwartet Sie drinnen.«

Die Wände der Bibliothek verschwanden hinter mit Gold abgesetzten weißen Bücherschränken, in denen lange Reihen kostbarer Lederbände mit goldgeprägten Buchrücken standen. Hinter dem riesigen Schreibtisch am Fenster saß ein Mann. Er hob den Kopf, als Catherine hereinkam, und stand auf. Er beobachtete ihre Miene, ohne darin das geringste Zeichen von Erkennen zu finden.

»Willkommen! Ich bin Constantin Demiris. Wie ist Ihr Name?« Er stellte diese Frage eher beiläufig. *Ob sie sich an ihren Namen erinnerte?*

»Catherine Alexander.«

Demiris ließ keine Reaktion erkennen. »Willkommen, Miss Alexander. Nehmen Sie bitte Platz.« Er setzte sich ihr gegenüber auf eine schwarze Ledercouch. Aus der Nähe war Catherine noch attraktiver. *Eine herrliche Frau. Sogar in dieser schwarzen Kutte ... Eine Schande, etwas so Schönes zu vernichten. Wenigstens wird sie glücklich sterben.*

»Es ... ist sehr freundlich von Ihnen, mich zu empfangen«, begann Catherine zögernd. »Ich weiß allerdings nicht, weshalb Sie ...«

Er lächelte freundlich. »Das ist schnell erklärt. Ich gehe Mutter Theresa von Zeit zu Zeit ein bißchen zur Hand. Das Kloster ist sehr arm, und ich tue, was ich kann. Als sie mir von Ihnen geschrieben und mich gebeten hat, Ihnen zu helfen, habe ich geantwortet, daß ich es gern versuchen würde.«

»Das ist sehr ...« Sie machte eine Pause, weil sie nicht recht weiterwußte. »Hat Mutter Theresa Ihnen gesagt, daß ich ... daß ich das Gedächtnis verloren habe?«

»Ja, das hat sie erwähnt.« Er machte eine Pause, bevor er wie beiläufig fragte: »Woran erinnern Sie sich noch?«

»Ich weiß meinen Namen – aber nicht, woher ich komme oder wer ich wirklich bin.« Sie fügte hoffnungsvoll hinzu: »Vielleicht finde ich hier in Athen jemanden, der mich kennt.«

Constantin Demiris mußte sich beherrschen, um sich nichts anmerken zu lassen. Gerade *das* mußte unbedingt verhindert werden! »Das ist natürlich möglich«, sagte er bedächtig. »Warum unterhalten wir uns nicht morgen früh ausführlicher darüber? Jetzt muß ich leider zu einer Besprechung. Ich habe veranlaßt, daß hier im Haus eine Gästesuite für Sie hergerichtet wurde. Sie werden sich darin wohl fühlen, hoffe ich.«

»Ich ... ich weiß wirklich nicht, wie ich Ihnen für alles danken soll.«

Er winkte ab. »Das brauchen Sie nicht. Hier werden Sie gut betreut. Fühlen Sie sich bitte wie zu Hause.«

»Danke, Mr. ...«

»Meine Freunde nennen mich Costa.«

Die Hausdame führte Catherine in eine in sanften Pastelltönen gehaltene phantastische Gästesuite mit einem übergroßen Himmelbett, weißen Ledersofas und -sesseln, kostbaren alten Möbeln, chinesischen Vasenlampen und impressionistischen Gemälden. Meergrüne Lamellenjalousien hielten allzu grelles Sonnenlicht ab. Ein Blick aus dem Fenster zeigte Catherine in der Ferne einen Streifen des Saronischen Golfs.

»Mr. Demiris hat veranlaßt, daß Ihnen eine Kleiderkollektion vorgelegt wird«, sagte die Hausdame. »Sie möchten sich bitte aussuchen, was Ihnen gefällt.«

Catherine wurde zum ersten Mal bewußt, daß sie noch immer die Ordenstracht aus dem Kloster trug.

»Danke.« Sie sank auf das weiche Bett und kam sich vor wie in einem Traum. *Wer ist dieser Unbekannte – und weshalb ist er so freundlich zu mir?*

Eine Stunde später hielt ein mit Kleiderkisten vollgepackter Lieferwagen vor dem Haus. Eine Directrice wurde in Catherines Suite geführt.

»Ich bin Madame Dimas. Mal sehen, womit wir arbeiten müssen. Würden Sie sich bitte ausziehen?«

»Ich . . . Verzeihung?«

»Ziehen Sie sich bitte aus. Solange Sie Ordenstracht tragen, kann ich Ihre Figur nicht beurteilen.«

Wie lange war es schon her, daß sie sich einem anderen Menschen nackt gezeigt hatte? Catherine zog sich langsam und verlegen aus. Als sie dann nackt vor der Directrice stand, musterte Madame Dimas sie mit geübtem Blick. Sie war beeindruckt.

»Sie haben eine ausgezeichnete Figur. Ich glaube, daß wir Sie sehr gut werden bedienen können.«

Zwei ihrer Assistentinnen schleppten Kisten voller Kleider, Unterwäsche, Blusen, Röcke und Schuhe herein.

»Suchen Sie sich aus, was Ihnen gefällt«, forderte Madame Dimas Catherine auf. »Danach probieren wir die Sachen an.«

»Ich . . . ich kann mir diese teuren Sachen nicht leisten!« protestierte Catherine. »Ich habe kein Geld.«

Die Directrice lachte. »Geld dürfte kein Problem sein. Die Rechnung geht an Mr. Demiris.«

*Warum tut er das für mich?*

Die feinen Stoffe erinnerten sie vage an Sachen, die sie früher getragen haben mußte. Es waren Seiden-, Tweed- und Baumwollgewebe in ausgesuchten Farben.

Die drei Frauen arbeiteten so rasch und geschickt, daß Catherine nach zwei Stunden Besitzerin eines halben Dutzends eleganter Garnituren war. Ein überwältigendes Gefühl! Sie saß da und wußte nicht, was sie mit sich anfangen sollte.

*Jetzt bin ich todschick – und weiß nicht, wohin.* Doch, es *gab* ein Ziel – sie konnte in die Stadt fahren. Der Schlüssel zu allem, was ihr zugestoßen war, lag in Athen. Davon war sie überzeugt. Sie stand abrupt auf. *Komm, Fremde, vielleicht kriegen wir raus, wer du bist.*

Als Catherine die große Eingangshalle durchquerte, trat der Butler auf sie zu. »Kann ich Ihnen behilflich sein, Miss?«

»Ja. Ich... ich möchte in die Stadt fahren. Würden Sie mir bitte ein Taxi rufen?«

»Das wird nicht nötig sein, Miss. Unsere Limousinen stehen zu Ihrer Verfügung. Ich lasse einen Fahrer für Sie kommen.«

Catherine zögerte. »Danke.« *Ob Mr. Demiris böse ist, wenn ich in die Stadt fahre? Er hat nicht gesagt, daß ich's nicht tun soll.*

Wenige Minuten später saß sie im Fond einer Daimler-Limousine und war in Richtung Stadtmitte unterwegs.

Das bunte, lärmende Treiben in den belebten Straßen und die Denkmäler und Ruinen, die draußen in eindrucksvoller Folge vorbeizogen, machten Catherine zunächst fast benommen.

Der Chauffeur zeigte nach vorn und sagte stolz: »Das ist der Parthenon, Miss, oben auf der Akropolis.«

Catherine starrte zu dem so vertrauten weißen Marmortempel hinauf. »Der jungfräulichen Athene, der Göttin der Weisheit, geweiht«, hörte sie sich sagen.

Der Fahrer lächelte anerkennend. »Interessieren Sie sich für griechische Geschichte, Miss?«

Tränen der Enttäuschung ließen die Akropolis vor Catherines Blick verschwimmen. »Ich weiß es nicht«, flüsterte sie. »Ich weiß es nicht.«

Sie fuhren an einer weiteren Ruine vorbei. »Dies ist das Odeion des Herodes Atticus. Wie Sie sehen, steht ein Teil der Mauern noch. Es hat einst über fünftausend Plätze gehabt.«

»Sechstausendzweihundertsiebenundfünfzig«, sagte Catherine leise.

Überall zwischen den zeitlosen Ruinen ragten Hotels und Bürogebäude auf – eine exotische Mischung aus Vergangenheit und Gegenwart. In der Innenstadt fuhr die Limousine an einem großen Park mit einem glitzernden Springbrunnen in seiner Mitte vorbei. Dutzende von Tischen mit blauen Sonnenschirmen über grünen und orangeroten Schirmständern säumten den Park.

*Das habe ich alles schon einmal gesehen,* dachte Catherine, deren Hände klamm wurden. *Und ich bin glücklich gewesen.*

In fast jedem Häuserblock gab es Straßencafés, und an den Straßenecken verkauften Männer frisch aus dem Meer geholte Schwämme. Überall priesen Blumenhändler, deren Stände ein buntes Blütenmeer waren, stimmgewaltig ihre Ware an.

Die Limousine hatte den Syntagmaplatz erreicht.

Als sie an einem Hotel an einer Ecke des Platzes vorbeikamen, rief Catherine plötzlich: »Bitte halten Sie an!«

Sie konnte vor Aufregung kaum atmen. *Dieses Hotel kenne ich. Hier habe ich schon gewohnt.*

Ihre Stimme zitterte, als sie weitersprach. »Ich möchte hier aussteigen. Könnten Sie mich in . . . zwei Stunden abholen?«

»Natürlich, Miss.« Der Chauffeur beeilte sich, ihr die Tür zu öffnen, und Catherine stieg in die heiße Sommerluft aus. Sie fühlte, wie ihr die Beine zitterten. »Alles in Ordnung, Miss?« Sie konnte nicht antworten; sie hatte das Gefühl, am Rande eines Abgrunds zu stehen, dicht davor zu sein, in unbekannte, schreckliche Tiefen zu stürzen.

Catherine bewegte sich durch das ungewohnte Gedränge und staunte über die durch die Straßen hastenden Menschenmassen, deren Stimmen sich in einer lauten Kakophonie über sie ergossen. Nach der Einsamkeit und der Stille des Klosters erschien ihr alles unwirklich. Sie schlenderte zur Plaka, der Athener Altstadt, mit ihren verwinkelten Gassen, kleinen alten Häusern, Cafés und weißverputzten größeren Gebäuden. Irgendein Instinkt, den sie nicht verstand, aber auch nicht zu unterdrücken versuchte, wies ihr den Weg. Sie kam an einer Taverne vorbei, von deren Dachterrasse aus man die Stadt überblicken konnte, und blieb stehen, um sie anzustarren.

*An diesem Tisch habe ich schon einmal gesessen. Jemand hat mir eine griechische Speisekarte in die Hand gedrückt. Wir sind zu dritt gewesen.*

*Was möchtest du essen? haben sie gefragt.*

*Bestellt ihr bitte für mich? Ich habe Angst, ich könnte den Wirt bestellen.*

*Sie haben gelacht. Aber wer sind »sie« gewesen?*

Ein Kellner näherte sich ihr. »*Boro na sas?*«

»*Ojchi, efcharisto.*«

*Kann ich Ihnen helfen? Nein, danke.*

*Woher habe ich das gewußt? Bin ich eine Griechin?*

Catherine hastete weiter und hatte jetzt das Gefühl, von irgend jemanden geführt zu werden. Sie schien genau zu wissen, wohin sie gehen mußte.

Alles erschien ihr vertraut und doch wieder nicht. *Großer Gott,* dachte sie, *ich werde verrückt! Ich habe Halluzinationen.* Sie kam an einem Café Treflinkas vorbei, das vage Erinnerungen in ihr wachrief. Irgend etwas hatte sich dort ereignet, irgend etwas Wichtiges. Aber sie wußte nicht, was es gewesen war.

Sie ging durch die belebten Gassen weiter und bog an der Voukourestiou nach links ab. Auch an die eleganten Geschäfte in dieser Straße erinnerte sie sich. *Hier habe ich früher oft eingekauft.*

Als sie die Straße überqueren wollte, kam eine blaue Limousine um die Ecke geschossen und verfehlte sie nur um Haaresbreite.

Sie erinnerte sich an eine Stimme, die ihr erklärte: *Hier scheinen alle so zu fahren. Den Übergang zum Auto haben wir Griechen noch nicht geschafft. Im Herzen sind wir Eselstreiber geblieben. Wollen Sie uns Griechen verstehen lernen, müssen Sie statt Reiseführern die alten Tragödien lesen. Wir sind von großartigen Leidenschaften, starken Eifersüchten und tiefer Trauer erfüllt und haben noch nicht gelernt, sie mit zivilisiertem Benehmen zu kaschieren.*

*Wer hat das zu mir gesagt?*

Ein Mann, der ihr eilig entgegenkam, starrte sie an. Er ging langsamer, und seine Miene schien zu besagen, daß er sie wiedererkannte. Er war groß und schwarzhaarig, und Catherine glaubte zu wissen, daß sie ihn noch nie gesehen hatte. Und trotzdem . . .

»Hallo.« Der Mann schien sich über diese Begegnung sehr zu freuen.

»Hallo.« Catherine holte tief Luft. »Kennen Sie mich?«

Er nickte grinsend. »Natürlich kenne ich Sie.«

Catherine Alexander fühlte ihr Herz jagen. Endlich würde sie die Wahrheit erfahren! Aber wie konnte sie auf einer belebten Straße einen Unbekannten fragen: »Wer bin ich?«

»Können . . . können wir irgendwo miteinander reden?« schlug sie vor.

»Ja, das sollten wir.«

Catherine war dicht davor, in Panik zu geraten. Das Rätsel ihrer Identität sollte nun endlich gelöst werden. Trotzdem hatte sie schreckliche Angst. *Was ist, wenn ich die Wahrheit besser nicht hören sollte? Wenn ich irgendwas Schreckliches getan habe?*

Der Mann führte sie zur nächsten Taverne. »Ich freue mich sehr, Sie getroffen zu haben«, versicherte er ihr.

Catherine schluckte trocken. »Ja, ich auch.«

Ein Kellner wies ihnen einen Tisch an.

»Was möchten Sie trinken?« fragte der Mann.

Sie schüttelte den Kopf. »Danke, nichts.«

Es gab so viele Fragen! *Wo soll ich nur anfangen?*

»Sie sind sehr schön«, sagte der Mann. »Unsere Begegnung ist ein Wink des Schicksals, finden Sie nicht auch?«

»Ja.« Vor Aufregung zitterte sie beinahe. Sie holte tief Luft. »Ich . . . Wo haben wir uns kennengelernt?«

Er winkte grinsend ab. »Ist das wichtig, *Manarimou*? In Paris, in Rom, beim Rennen, auf einer Party.« Er griff über den Tisch hinweg nach ihrer Hand. »Du bist hübscher als alle, die ich je hier gesehen habe. Was kostet es bei dir?«

Catherine starrte ihn an. Sie verstand nicht gleich, was er meinte, aber dann sprang sie entsetzt auf.

»He, was hast du plötzlich? Ich zahle, was du...«

Catherine wandte sich abrupt um, verließ fluchtartig das Lokal und hastete die Straße entlang. Erst nach der nächsten Ecke ging sie wieder langsamer. In ihren Augen standen Tränen der Erniedrigung.

Dann kam sie an einer Taverne vorbei, in deren Fenster ein Schild mit der Aufschrift MADAME PIRIS – WAHRSAGERIN hing. Catherine blieb wie angewurzelt stehen. *Ich kenne Madame Piris. Hier bin ich schon einmal gewesen.* Sie hatte wieder Herzklopfen, weil sie spürte, daß hinter diesem dunklen Torbogen der Anfang vom Ende ihres Lebensmysteriums lag. Sie öffnete die Tür und trat ein. Ihre Augen brauchten einige Sekunden, um sich an das Halbdunkel des höhlenartigen Raums zu gewöhnen. Die Einrichtung bestand aus einer vertraut wirkenden Eckbar und einem Dutzend Tische mit hochlehnigen Stühlen. Ein Kellner kam auf sie zu und sprach sie auf Griechisch an.

»*Kalimera.*«

»*Kalimera. Pu ine* Madame Piris?«

»Madame Piris?«

Sie nickte wortlos.

Der Kellner deutete auf einen freien Tisch in einer Ecke des Lokals, und Catherine nahm daran Platz. Alles war genau so, wie sie es in Erinnerung hatte.

Eine ganz in Schwarz gekleidete Griechin, deren hageres Gesicht nur noch aus Ecken und Kanten zu bestehen schien, kam an den Tisch geschlurft.

»Was kann ich...?« Sie brachte ihren Satz nicht zu Ende,

sondern starrte Catherine mit weit aufgerissenen Augen an. »Ich habe Sie schon einmal gesehen, aber Ihr Gesicht ...« Sie holte erschrocken tief Luft. »Sie sind zurückgekommen!«

»Sie wissen, wer ich bin?« fragte Catherine gespannt.

Aus dem Blick der Greisin sprach blankes Entsetzen. »Nein! Sie sind tot! Gehen Sie! Gehen Sie fort!«

Catherine stieß einen leisen Klagelaut aus und glaubte zu spüren, wie ihre Nackenhaare sich sträubten. »Bitte ... Ich möchte nur ...«

»Gehen Sie, Mrs. Douglas!«

»Ich muß wissen, wer ...«

Die Greisin schlug ein Kreuz, wandte sich ab und schlurfte eilends davon.

Catherine blieb einen Augenblick zitternd sitzen, bevor sie sich aufraffte und hastig das Lokal verließ. Die Stimme in ihrem Kopf folgte ihr auf die Straße. *Mrs. Douglas!*

Und dann war es, als öffne sich eine Schleuse. Vor ihrem inneren Auge standen plötzlich Dutzende von grell beleuchteten Szenen: eine unkontrollierbare Folge bunter Kaleidoskopbilder.

*Ich bin Mrs. Catherine Douglas, und mein Mann heißt Larry. Ein gutaussehender Mann. Ich sehe deutlich sein Gesicht. Ich habe ihn bis zum Wahnsinn geliebt, aber irgendwas ist schiefgegangen. Irgendwas ...*

Das nächste Bild zeigte ihr, wie sie Selbstmord zu begehen versuchte und in einem Krankenhaus aufwachte.

Catherine blieb stehen, weil sie Angst hatte, ihre Beine könnten versagen, ließ aber zu, daß weitere Bilder ihr Inneres überfluteten.

*Ich habe viel getrunken, weil ich Larry verloren habe. Aber dann kehrt er zu mir zurück. Wir sitzen im Café Treflinkas, und Larry sagt: Ich weiß, wie gemein ich zu dir war. Ich will alles wiedergutmachen, Cathy. Ich liebe dich. Ich habe niemals eine andere wirklich geliebt. Du mußt mir noch eine Chance geben. Wie würde dir eine zweite Hochzeitsreise gefallen, Cathy? Ich kenne einen hübschen kleinen Ort, in den wir fahren könnten. Er liegt bei Ioannina . . .*

Die jetzt vor ihrem inneren Auge erscheinenden Bilder waren grauenerregend.

*Larry und ich sind auf einem Gipfel, um den düstere Nebelschwaden ziehen, und er kommt mit ausgestreckten Armen auf mich zu, um mich in die Tiefe zu stoßen. In diesem Augenblick kommen Touristen vorbei. Ich bin gerettet.*

Und danach die Höhlen.

*Ich habe gehört, daß es hier in der Nähe berühmte Höhlen gibt. Alle Hochzeitsreisenden besuchen sie.*

*Wir fahren zu den Höhlen, und Larry überläßt mich in den Tiefen des weitverzweigten Labyrinths meinem Schicksal.*

Catherine hielt sich die Ohren zu, als könnte sie dadurch die schrecklichen Erinnerungen bannen, die sie bedrängten.

*Man rettet mich, und ich werde ins Hotel zurückgebracht. Ein Arzt gibt mir ein Beruhigungsmittel. Aber ich wache mitten in der Nacht auf und muß mitanhören, wie Larry und seine Geliebte auf dem Balkon meine Ermordung planen.*

*. . . niemand wird jemals . . .*

*Ich habe dir gesagt, daß ich dafür sorgen werde, daß . . .*

*. . . ist unrecht gewesen. Du kannst nichts . . .*

*. . . gleich jetzt, solange sie schläft.*

*Ich laufe bei diesem schrecklichen Sturm fort. Sie verfolgen mich . . . Ich flüchte mich in ein Ruderboot, das mit dem Wind auf den sturmgepeitschten See hinaustreibt. Und das Boot sinkt tiefer und tiefer . . .*

Catherine versagten die Beine, und sie ließ sich auf die Bank einer Bushaltestelle sinken. *Die Alpträume sind also wahr gewesen. Mein Ehemann und seine Geliebte haben versucht, mich zu ermorden.*

Sie dachte wieder an den Unbekannten, der sie kurz nach ihrer Rettung im Kloster aufgesucht hatte. Er hatte ihr eine kostbar gearbeitete Brosche in Form eines goldenen Vogels mit flugbereit ausgebreiteten Schwingen gegeben. *Jetzt tut Ihnen niemand mehr etwas. Die bösen Leute sind tot.* Sie konnte sein Gesicht noch immer nicht deutlich erkennen.

Catherines Kopf begann zu schmerzen.

Nach einer langen Zeit stand sie auf und ging langsam zu der Stelle, wo der Chauffeur sie abholen und zu Constantin Demiris zurückbringen sollte. Bei ihm würde sie in Sicherheit sein.

## 4

»Warum haben Sie sie aus dem Haus gelassen?« fragte Constantin Demiris scharf.

»Ich bitte um Verzeihung, Sir«, antwortete sein englischer Butler. »Sie haben nicht gesagt, daß ihr Wegfahren unerwünscht ist, deshalb ...«

Demiris zwang sich dazu, unbekümmert zu wirken. »Schon gut. Sie kommt bestimmt bald zurück.«

»Kann ich noch etwas für Sie tun, Sir?«

»Nein.«

Als der Butler gegangen war, trat Demiris an ein Fenster und starrte in den makellos gepflegten Garten hinaus. Catherine Alexander durfte nicht in Athen gesehen werden. Jemand konnte sie erkennen. *Jammerschade, daß ich's mir nicht leisten kann, sie am Leben zu lassen. Aber zuerst kommt meine Rache! Sie bleibt am Leben, bis ich mich gerächt habe. Ich werde mich mit ihr vergnügen. Ich schicke sie irgendwohin, wo niemand sie kennt. London wäre sicher. Dort könnten wir sie im Auge behalten. Sie bekommt eine Stellung in meinem Londoner Büro.*

Als Catherine eine Stunde später zurückkam, spürte Constantin Demiris augenblicklich die Wandlung, die in ihr vorgegangen war. Als sei ein dunkler Vorhang aufgezogen worden, war Catherine plötzlich zum Leben erwacht. Sie trug ein attraktives weißes Seidenkostüm mit weißer Bluse, und Demiris staunte, wie vorteilhaft sie sich verändert hatte. *Kanoni,* dachte er. *Sexy.*

»Mr. Demiris . . .«

»Costa.«

»Ich . . . ich weiß jetzt, wer ich bin und . . . und was passiert ist.«

Seine Miene blieb ausdruckslos. »Tatsächlich? Nehmen Sie Platz, meine Liebe, und erzählen Sie mir davon.«

Catherine war zu aufgeregt, um sitzen zu bleiben. Sie ging mit hektischen Bewegungen auf dem Teppich hin und her, während ein Wortschwall aus ihr hervorbrach. »Mein Mann und seine . . . seine Geliebte – Noelle – haben versucht, mich zu ermorden.« Sie machte eine Pause und sah besorgt zu ihm hinüber. »Klingt das verrückt? Ich . . . ich weiß es nicht. Vielleicht ist es verrückt.«

»Erzählen Sie weiter, meine Liebe«, forderte er sie beschwichtigend auf.

»Einige Schwestern aus dem Kloster haben mich gerettet . . . Mein Mann hat bei Ihnen gearbeitet, nicht wahr?« stieß Catherine hervor.

Demiris zögerte, während er seine Antwort sorgfältig abwog. »Ja.« *Wieviel soll ich ihr erzählen?* »Er war einer meiner Piloten. Deshalb habe ich mich gewissermaßen für Sie verantwortlich gefühlt. Das ist nur . . .«

Sie baute sich vor ihm auf. »Dann haben Sie also gewußt, wer ich bin. Warum haben Sie mir das nicht schon heute nachmittag gesagt?«

»Ich fürchtete, Sie könnten einen Schock erleiden«, antwortete Demiris gelassen. »Ich hielt es für besser, Sie diese Entdeckungen selbst machen zu lassen.«

»Wissen Sie, was aus meinem Mann und seiner .. der Frau geworden ist? Wo sind die beiden?«

Demiris hielt Catherines Blick stand. »Sie sind hingerichtet worden.«

Er sah, wie sie leichenblaß wurde. Sie stieß einen leisen Schrei aus und sank kraftlos in einen Sessel.

»Ich ... Das ist doch ...«

»Sie sind zum Tode verurteilt und hingerichtet worden, Catherine.«

»Aber warum?«

*Vorsicht! Gefahr!* »Weil die beiden versucht haben, Sie zu ermorden.«

Catherine runzelte die Stirn. »Das verstehe ich nicht. Wie können sie hingerichtet worden sein? Ich lebe noch ..«

Demiris unterbrach sie. »Catherine, die griechischen Gesetze sind sehr streng. Und Urteile werden hierzulande rasch vollstreckt. Den beiden ist in einer öffentlichen Verhandlung der Prozeß gemacht worden. Mehrere Zeugen haben ausgesagt, daß Ihr Mann und Noelle Page versucht haben, Sie zu ermorden. Darauf hat man sie für schuldig befunden und zum Tode verurteilt.«

»Unglaublich!« Catherine saß wie vor den Kopf geschlagen da. »Verurteilt und gleich anschließend ...«

Constantin Demiris ging zu ihr hinüber und legte ihr eine Hand auf die Schulter. »Sie dürfen nicht ständig über Vergangenes nachgrübeln. Die beiden haben versucht, Ihnen etwas anzutun, und sie haben dafür gebüßt.« Er schlug einen aufmunternden Ton an. »Wir sollten über Ihre Zukunft sprechen, finde ich. Haben Sie schon Pläne?«

Sie hörte nicht, was er sagte. *Larry!* dachte sie. *Dein Gesicht, dein fröhliches Lachen, deine Arme, deine Stimme . .*

»Catherine ...«

Sie hob den Kopf. »Pardon?«

»Haben Sie sich schon Gedanken über Ihre Zukunft gemacht?«

»Nein, ich... ich weiß noch nicht, was ich tun werde. Ich nehme an, daß ich in Athen bleibe...«

»Nein«, sagte Demiris nachdrücklich, »das wäre keine gute Idee. Hier würden zu viele unangenehme Erinnerungen wachgerufen. Ich schlage vor, daß Sie Griechenland verlassen.«

»Aber wohin sollte ich gehen?«

»Darüber habe ich bereits nachgedacht«, erklärte Demiris ihr. »Ich habe ein Büro in London. Sie haben früher bei einem gewissen William Fraser in Washington gearbeitet. Wissen Sie das noch?«

»William...?« Plötzlich erinnerte sie sich. Diese Zeit hatte zu der glücklichsten ihres Lebens gehört.

»Sie sind seine Assistentin für Verwaltungsaufgaben gewesen, nicht wahr?«

»Ja, ich...«

»In dieser Position könnten Sie in London für mich arbeiten.«

Catherine zögerte. »Ich weiß nicht recht. Ich möchte nicht, daß Sie mich für undankbar halten, aber...«

»Ich verstehe! Ich weiß, daß alles ein bißchen zu schnell zu gehen scheint«, sagte Demiris mitfühlend. »Sie brauchen Zeit, um über Ihre Zukunft nachdenken zu können. Was halten Sie davon, ungestört in Ihrer Suite zu Abend zu essen und unser Gespräch morgen fortzusetzen?«

Der Vorschlag, sie solle allein in ihrer Suite essen, war ein brillanter Einfall in letzter Sekunde. Catherine durfte unter keinen Umständen seiner Frau hier im Haus über den Weg laufen.

»Sie sind sehr rücksichtsvoll«, sagte Catherine. »Und so großzügig. Die Kleider...«

Er tätschelte ihre Hand und hielt sie eine Zehntelsekunde länger als unbedingt nötig in seiner. »Es war mir ein Vergnügen, meine Liebe.«

Catherine saß in ihrer Suite und beobachtete das farbenprächtige Schauspiel der über dem blauen Ägäischen Meer untergehenden Sonne. *Es hat keinen Zweck, die Vergangenheit noch mal durchleben zu wollen. Ich muß jetzt an die Zukunft denken. Ich sollte Gott für Constantin Demiris danken.* Er war ihr Rettungsanker. Ohne ihn hätte sie nicht gewußt, wohin sie sich wenden sollte. Und er hatte ihr einen Job in London angeboten. *Ob ich das Angebot annehmen soll?* Sie schrak hoch, als jemand an die Tür klopfte. »Ihr Abendessen, Miss.«

Noch lange nachdem Catherine gegangen war, saß Constantin Demiris in der Bibliothek und dachte über ihr Gespräch nach. *Noelle.* Ein einziges Mal in seinem Leben hatte Demiris sich gestattet, die Kontrolle über seine Gefühle zu verlieren. Er hatte sich in Noelle Page verliebt, und sie war seine Geliebte geworden. Eine Frau wie sie hatte er noch nie getroffen. Sie verstand etwas von Kunst, von Musik, aber auch von geschäftlichen Dingen und wurde ihm bald unentbehrlich.

Nichts an Noelle überraschte ihn, und alles an ihr überraschte ihn. Demiris war von ihr besessen. Sie war die schönste, die sinnlichste Frau, die er je gekannt hatte. Noelle hatte auf ihre Filmkarriere verzichtet, um an seiner Seite leben zu können. In Demiris hatte sie bis dahin unbekannte Gefühle geweckt. Sie war seine Freundin, seine Geliebte, seine Vertraute. Er hatte Noelle rückhaltlos vertraut – und sie hatte ihn mit Larry Douglas betrogen. Und diesen Fehler hatte Noelle mit dem Leben bezahlt.

Constantin Demiris hatte durchgesetzt, daß er die Hingerichtete auf dem Friedhof seiner Privatinsel Psara im Ägäischen Meer bestatten lassen durfte. Diese schöne, sensible Geste war allgemein bewundert worden. Tatsächlich hatte sich Demiris um die Bestattung nur bemüht, um das exquisite Vergnügen haben zu können, auf dem Grab der Schlampe herumzutrampeln. Auf dem Nachttisch in seinem Schlafzimmer stand ein gerahmtes Photo, das die lächelnd zu ihm aufblickende Noelle in ihrer ganzen Schönheit zeigte – für immer wie eingefroren lächelnd.

Noch jetzt – über ein Jahr später – war Demiris außerstande, nicht an sie zu denken. Sie glich einer offenen Wunde in seiner Seite, die kein Arzt jemals würde heilen können.

*Warum, Noelle, warum? Ich habe dir alles gegeben. Ich habe dich geliebt, du Hure. Ich habe dich geliebt. Ich liebe dich.*

Auch Larry Douglas ging ihm nicht aus dem Sinn. Auch er hatte seinen Verrat mit dem Leben gebüßt. Aber das genügte Demiris nicht. Er wollte auf andere, auf endgültige Weise Rache nehmen. Er würde sich mit Douglas' Frau vergnügen, wie Douglas sich mit Noelle vergnügt hatte. *Danach werde ich Catherine ihrem Mann ins Totenreich nachfolgen lassen.*

»Costa ...«

Die Stimme seiner Frau.

Melina kam in die Bibliothek.

Mit Melina Lambrou hatte Demiris eine attraktive Frau aus einer einheimischen Familie alten Adels geheiratet. Melina war groß, bewegte sich mit königlicher Anmut und strahlte angeborene Würde aus.

»Costa, wer ist die Frau, die ich in der Eingangshalle gesehen habe?« Ihre Stimme klang scharf.

Die Frage kam unerwartet. »Was? Oh ... Sie ist die Freundin eines Geschäftsfreundes«, behauptete Demiris. »Sie soll in London für mich arbeiten.«

»Ich habe sie nur flüchtig gesehen. Aber sie erinnert mich an jemanden.«

»Tatsächlich?«

»Ja.« Melina zögerte kurz. »Sie erinnert mich an die Frau des amerikanischen Piloten, der früher für dich gearbeitet hat. Aber das ist unmöglich. Die beiden haben sie ja ermordet.«

»Richtig«, stimmte Constantin Demiris zu. »Die beiden haben sie ermordet.«

Er starrte Melina nach, als sie den Raum verließ. Er würde sich vorsehen müssen. Melina war nicht dumm. *Ich hätte sie nie heiraten sollen. Das war ein großer Fehler...*

Vor einem Jahrzehnt hatte die Hochzeit zwischen Melina Lambrou und Constantin Demiris in Geschäfts- und Gesellschaftskreisen zwischen Athen, der Riviera und Newport, R.I., hohe Wellen geschlagen. Die eigentliche Sensation aber war die Tatsache gewesen, daß die Braut noch vier Wochen vorher die Verlobte eines anderen gewesen war.

Als Kind hatte Melina Lambrou ihre Familie durch ihre Eigenwilligkeit oft zur Verzweiflung gebracht. Mit zehn Jahren wollte sie Seemann werden. Der Chauffeur der Familie entdeckte sie im Hafen, wo sie an Bord eines Schiffes zu gelangen versuchte, und brachte sie in Schimpf und Schande heim. Mit zwölf Jahren versuchte sie, mit einem Wanderzirkus durchzubrennen.

Mit siebzehn hatte Melina sich in ihr Schicksal ergeben: Sie war schön, unermeßlich reich und die Tochter von Michael Lambrou. Die Regenbogenpresse schrieb gern über die Märchengestalt Melina, die mit Prinzen und Prinzessinnen gespielt hatte und trotzdem völlig unverdorben geblieben war. Sie und ihr acht Jahre älterer einziger Bruder Spyros hingen sehr aneinander. Nachdem ihre Eltern kurz nach Melinas dreizehnten Geburtstag bei einem Schiffsunglück umgekommen waren, vertrat Spyros die Vaterstelle bei seiner jüngeren Schwester.

Spyros gab sich sehr beschützend – zu beschützend, wie Melina meinte. Etwa ab ihrem achtzehnten Geburtstag begutachtete er Melinas Verehrer noch mißtrauischer. Er zog Erkundigungen über alle ein, die um ihre Hand anhielten, aber keiner der Ehekandidaten war ihm gut genug.

»Du mußt vorsichtig sein«, warnte er Melina unablässig. »Für jeden Mitgiftjäger der Welt bist du ein lohnendes Objekt. Du bist jung und reich und schön – und du trägst einen berühmten Namen.«

»Bravo, mein lieber Bruder! Das wird mir ein großer Trost sein, wenn ich mit achtzig als alte Jungfer sterbe.«

»Keine Angst, Melina, der richtige Mann stellt sich eines Tages von selbst ein.«

Er hieß Graf Vasilis Manos, war ein reicher Geschäftsmann, Mitte Vierzig und stammte aus einer alten, sehr angesehenen einheimischen Familie. Der Graf hatte sich Hals über Kopf in die schöne junge Melina verliebt. Bereits wenige Wochen nach dem Kennenlernen machte er ihr einen Heiratsantrag.

»Der ideale Mann für dich!« meinte Spyros zufrieden. »Manos steht mit beiden Füßen fest auf dem Boden – und er ist verrückt nach dir.«

Melina war erheblich weniger begeistert. »Er ist so langweilig, Spyros. Wenn wir zusammen sind, redet er bloß vom Geschäft. Ich wollte, er wäre etwas . . . etwas romantischer.«

»Zu einer guten Ehe gehört mehr als nur Romantik«, sagte ihr Bruder nachdrücklich. »Du brauchst einen soliden, verläßlichen Ehemann, der dich auf Händen trägt.«

Zuletzt ließ Melina sich dazu überreden, Graf Manos' Antrag anzunehmen.

Der Graf war begeistert. »Du hast mich zum glücklichsten Mann der Welt gemacht!« behauptete er. »Ich habe gerade eine neue Firma gegründet. Ich werde sie Melina International nennen.«

Melina wäre ein Dutzend Rosen lieber gewesen.

Der Hochzeitstermin wurde festgelegt, über 1000 Einladungen wurden verschickt, und die Vorbereitungen liefen auf Hochtouren.

Dann trat Constantin Demiris in Melina Lambrous Leben.

Die beiden lernten sich auf einer der vielen Verlobungspartys kennen, die für die Jungverlobten gegeben wurden.

Die Gastgeberin machte sie miteinander bekannt. »Constantin Demiris . . . Melina Lambrou.«

Demiris starrte sie aus schwarzen Augen durchdringend an. »Wie lange dürfen Sie noch bleiben?«

»Wie bitte?«

»Sie sind doch gewiß vom Himmel auf die Erde entsandt worden, um uns Sterbliche zu lehren, was Schönheit ist.«

Melina lachte. »Sie wissen zu schmeicheln, Mr. Demiris.«

Er schüttelte den Kopf. »Sie sind über Schmeichelei erhaben. Ich wüßte keine Worte, die Ihnen gerecht würden.«

Dann kam Graf Manos auf die beiden zu und unterbrach das Gespräch.

An diesem Abend dachte Melina Lambrou vor dem Einschlafen an Demiris. Sie hatte natürlich schon von ihm gehört. Er war ein steinreicher Witwer, der in dem Ruf stand, ein rücksichtsloser Geschäftemacher und zwanghafter Schürzenjäger zu sein. *Ich bin froh, daß ich nichts mit ihm zu schaffen habe!*

Die Götter lachten.

Am Morgen nach der Party kam Melinas Butler ins Frühstückszimmer. »Miss Lambrou, für Sie ist ein Päckchen abgegeben worden. Herr Demiris' Chauffeur hat es gebracht.«

»Bringen Sie es mir bitte.«

*Constantin Demiris bildet sich also ein, mich mit seinem Reichtum beeindrucken zu können. Nun, da steht ihm eine Enttäuschung bevor! Was er auch geschickt hat – ein kostbares Schmuckstück oder eine unbezahlbare Antiquität –, er bekommt es sofort wieder zurück.*

Das Geschenk war klein, rechteckig und geschmackvoll verpackt. Melina öffnete es neugierig. Auf der beigelegten Visitenkarte stand lediglich: *Ich dachte, dies würde Ihnen gefallen. Constantin.*

Es handelte sich um ein kostbar in Leder gebundenes Exemplar von *Toda Raba* ihres Lieblingsschriftstellers Nikolas Kasantzakis. Woher hatte er das gewußt?

Sie bedankte sich mit einigen höflichen Zeilen und dachte: *Das war's dann.*

Am nächsten Morgen wurde ein weiteres Päckchen abgegeben. Es enthielt eine Schallplatte mit Werken ihres Lieblingskomponisten Delius. Auf der Visitenkarte stand: *Vielleicht ist das die richtige Musik, um* Toda Raba *zu lesen? Constantin.*

Von diesem Tag an wurde jeden Morgen ein Geschenk für Melina abgegeben. Blumen, Parfüms, Schallplatten und Bücher, die sie liebte. Constantin Demiris hatte sich die Mühe gemacht, ihre Vorlieben herauszubekommen, und Melina fühlte sich durch seine Aufmerksamkeit unwillkürlich geschmeichelt.

Als Melina anrief, um sich bei Demiris zu bedanken, antwortete er: »Nichts, was ich Ihnen schenken könnte, wäre Ihnen jemals angemessen.«

*Zu wie vielen Frauen hat er das schon gesagt?*

»Essen Sie mit mir zu Mittag, Melina?«

Sie wollte bereits ablehnen, aber dann dachte sie: *Warum soll ich nicht annehmen? Er ist sehr aufmerksam gewesen.*

»Gut, meinetwegen.«

Als sie Graf Manos erzählte, daß sie mit Constantin Demiris zum Essen gehen würde, erhob dieser Einspruch.

»Wozu, meine Liebe? Mit diesem schrecklichen Mann hast du nichts gemein. Weshalb willst du dich mit ihm treffen?«

»Vasilis, er hat mir jeden Tag kleine Aufmerksamkeiten geschickt. Ich werde ihm erklären, daß das aufhören muß.« Noch während Melina das sagte, dachte sie: *Das hätte ich auch telefonisch erledigen können.*

Constantin Demiris hatte einen Tisch in dem beliebten Restaurant Flocas in der Panepistimioustraße reservieren lassen und wartete dort auf Melina.

Er stand auf, als sie hereinkam. »Wie schön, daß Sie gekommen sind. Ich hatte solche Angst, daß Sie sich die Sache anders überlegen würden.«

»Ich halte immer Wort.«

Demiris sah ihr in die Augen. »Und ich halte meines«, erklärte er ihr ernsthaft. »Ich werde Sie heiraten.«

Melina schüttelte halb belustigt, halb verärgert den Kopf. »Herr Demiris, ich bin mit einem anderen Mann verlobt.«

»Manos? Er ist nicht der richtige Mann für Sie.«

»Ach, tatsächlich? Und warum nicht?«

»Ich habe ein paar Erkundigungen über ihn eingezogen. In seiner Familie gab es Fälle von erblichem Schwachsinn, er ist ein Bluter, er steht in Belgien wegen einer Sexualstraftat im Fahndungsregister, und er spielt miserabel Tennis.«

Melina mußte unwillkürlich lachen. »Und Sie?«

»Ich spiele nicht Tennis.«

»Aha! Und deshalb soll ich Sie heiraten?«

»Nein. Sie werden mich heiraten, weil ich Sie zur glücklichsten Frau auf Erden machen werde.«

»Herr Demiris . . .«

Er bedeckte ihre Hand mit seiner. »Costa.«

Melina entzog ihm ihre Hand. »Herr Demiris, ich bin heute hergekommen, um Ihnen zu sagen, daß Sie mir keine Geschenke mehr schicken sollen. Ich habe nicht die Absicht, Sie wiederzusehen.«

Er betrachtete sie sekundenlang. »Sie sind bestimmt keine grausame Frau.«

»Das hoffe ich nicht.«

Demiris lächelte. »Gut! Dann wollen Sie mir sicher nicht das Herz brechen.«

»Ich bezweifle, daß Ihr Herz so leicht bricht. Sie verfügen da über eine beachtliche Reputation.«

»Ah, die stammt aus einer Zeit, bevor ich Sie gekannt habe. Ich habe schon lange von Ihnen geträumt.«

Melina lachte.

»Doch, das ist mein Ernst. Als sehr junger Mann habe ich Zeitungsmeldungen über die Familie Lambrou verschlungen. Sie ist sehr reich gewesen – und wir sehr arm. Wir haben von der Hand in den Mund gelebt. Mein Vater war Hafenarbeiter in Piräus. Ich habe vierzehn Geschwister, und wir haben uns alles, was wir haben wollten, hart erkämpfen müssen.«

Melina war unwillkürlich gerührt. »Aber jetzt sind Sie reich.«

»Ja. Nicht so reich, wie ich noch sein werde.«

»Was hat Sie reich gemacht?«

»Hunger. Ich bin immer hungrig gewesen. Ich bin's noch immer.«

Sie las in seinem Blick, daß er die Wahrheit sagte. »Wie sind Sie... Wie haben Sie den Durchbruch geschafft?«

»Interessiert Sie das wirklich?«

»Ja, das interessiert mich wirklich«, bestätigte Melina.

»Als Siebzehnjähriger habe ich begonnen, bei einer kleinen Ölgesellschaft im Nahen Osten zu arbeiten. Eines Abends bin ich mit einem bei einer großen Ölgesellschaft beschäftigten älteren Geologen zum Essen gegangen. Ich habe Steak bestellt, und er wollte nur eine Suppe. Als ich ihn gefragt habe, warum er kein Steak bestelle, hat er mir erklärt, er könne es nicht essen, weil er eigentlich ein Gebiß brauche, das er sich aber nicht leisten könne. Ich habe ihm fünfzig Dollar geschenkt, damit er sich ein Gebiß machen lassen konnte.

Vier Wochen später hat er mich spät nachts angerufen, um mir mitzuteilen, daß er gerade auf ein neues Ölvorkommen gestoßen sei. Seinem Arbeitgeber hatte er seine Entdeckung noch nicht gemeldet. Am nächsten Morgen habe ich jeden Cent zusammengekratzt, den ich mir borgen konnte, und bis zum Abend Optionen auf große Flächen in diesem Gebiet gekauft. Es hat sich dann als eine der größten Erdöllagerstätten der Welt erwiesen.«

Melina hing fasziniert an seinen Lippen.

»Damit hat alles angefangen. Für den Transport meines Öls habe ich Tanker gebraucht, deshalb habe ich mir eine Flotte zugelegt. Wenig später eine Ölraffinerie. Danach eine Fluggesellschaft.« Er zuckte mit den Schultern. »Und so ist es weitergegangen.«

Erst lange nach ihrer Hochzeit sollte Melina herausbekommen, daß die Geschichte mit dem Steak ein Märchen war.

Melina Lambrou hatte nicht die Absicht gehabt, Constantin Demiris wiederzusehen. Durch sorgfältig arrangierte »Zufälle« verstand er es jedoch, ihr wieder und wieder auf Partys, im Theater oder auf Wohltätigkeitsveranstaltungen zu begegnen. Und sie spürte jedesmal seine überwältigende Anziehungskraft. Neben ihm wirkte Vasilis Manos langweilig – so ungern sie sich das auch eingestand.

Melina Lambrou liebte flämische Maler, und als Breughels *Jäger im Schnee* versteigert wurde, schickte Demiris ihr das Bild als Geschenk, bevor sie es selbst erwerben konnte.

Sie fand es beeindruckend, wie gut er ihre Vorlieben kannte. »Ein so teures Geschenk kann ich von Ihnen nicht annehmen!« protestierte sie.

»Ah, das ist kein Geschenk. Sie müssen dafür bezahlen. Gehen Sie heute abend mit mir essen.«

Und sie nahm seine Einladung schließlich an. Dieser Mann war unwiderstehlich.

Eine Woche später löste Melina ihre Verlobung mit Graf Manos.

Ihr Bruder war wie vor den Kopf geschlagen, als sie ihm von der aufgelösten Verlobung berichtete.

»Um Himmels willen, warum?« fragte Spyros. »*Warum?*«

»Weil ich Constantin Demiris heiraten werde.«

Er war entsetzt. »Bist du übergeschnappt? Demiris kannst du nicht heiraten. Der Kerl ist ein Ungeheuer! Mit ihm wirst du nur unglücklich. Er ...«

»Nein, du täuschst dich in ihm, Spyros. Er ist wunderbar. Und wir lieben uns. Wir haben ...«

»*Du* bist verliebt!« knurrte Spyros. »Ich weiß nicht, worauf er es abgesehen hat, aber mit Liebe hat das nichts zu tun. Kennst du seinen Ruf als Weiberheld? Er ist ...«

»Alles Dinge, die längst vergangen sind, Spyros. Ich werde ihn heiraten.«

Und es gelang ihm nicht, seiner Schwester diese Ehe auszureden.

Einen Monat später wurden Melina Lambrou und Constantin Demiris getraut.

Anfangs schienen sie eine perfekte Ehe zu führen. Constantin war amüsant und aufmerksam. Er war ein aufregender und leidenschaftlicher Liebhaber, und er überraschte Melina ständig mit großzügigen Geschenken und luxuriösen Fernreisen.

In der ersten Nacht ihrer Flitterwochen sagte er: »Meine erste Frau konnte keine Kinder bekommen. Jetzt werden wir viele Söhne haben.«

»Keine Töchter?« neckte Melina ihn.

»Wenn du es wünschst. Aber zuerst einen Sohn.«

Constantin war außer sich vor Freude, als Melina ihm eines Tages mitteilte, daß sie schwanger sei.

»Er wird mein Imperium erben!« rief er glücklich aus.

Im dritten Monat hatte Melina eine Fehlgeburt. Constantin Demiris befand sich damals auf einer Auslandsreise. Als er zurückkam und hörte, was geschehen war, reagierte er wie ein Wahnsinniger.

»Was hast du gemacht?« brüllte er. »Wie hat das passieren können?«

»Costa, ich...«

»Du hast nicht aufgepaßt!«

»Nein, ich schwöre dir, daß ich...«

Er holte tief Luft. »Gut, was passiert ist, ist passiert. Wir werden einen anderen Sohn haben.«

»Ich... ich kann nicht.« Sie wich seinem Blick aus.

»Was soll das heißen?«

»Sie haben mich operieren müssen. Ich kann kein Kind mehr bekommen.«

Er stand wie versteinert vor ihr; dann wandte er sich ab und stakste wortlos hinaus.

Von diesem Augenblick an war Melinas Eheleben die Hölle auf Erden. Constantin Demiris verhielt sich, als habe sie seinen Sohn absichtlich umgebracht. Er ignorierte Melina und begann mit anderen Frauen auszugehen.

Das hätte Melina vielleicht noch ertragen, aber was ihre Demütigung um so schmerzvoller machte, war das Vergnügen, das er darin fand, seine Affären in aller Öffentlichkeit zu haben: ungenierte Liebschaften mit Filmstars, Opernsängerinnen und den Frauen einiger seiner Freunde; er nahm seine Geliebten mit nach Psara, seiner Privatinsel bei Chios, lud sie zu Kreuzfahrten auf seine Jacht ein und erschien mit ihnen auf Gesellschaften. Die Regenbogenpresse berichtete freudig über Constantin Demiris' romantische Abenteuer.

Sie waren zu einer Dinnerparty im Hause eines prominenten Bankiers eingeladen.

»Melina und Sie müssen kommen«, hatte der Bankier gesagt.

»Ich habe einen neuen Koch, der die chinesische Küche perfekt beherrscht.«

Die Gästeliste enthielt zahlreiche große Namen. Am Tisch war eine faszinierende Kollektion von Künstlern, Politikern und Industriellen versammelt. Das Essen war wirklich ausgezeichnet. Der Koch servierte Haifischflossensuppe, fritierte Hummerkrabbenbällchen, Lammfleisch mit Frühlingszwiebeln, Pekingente, süßsaure Schweinerippchen, Kantonnudeln und ein Dutzend weitere Gerichte.

Melina saß am Kopfende des Tisches neben dem Gastgeber; der Platz ihres Mannes war am unteren Ende neben der Gastgeberin. Rechts neben ihm saß eine hübsche junge Filmschauspielerin. Demiris konzentrierte sich ausschließlich auf sie und ignorierte alle übrigen Anwesenden. Melina bekam Bruchstücke ihrer Unterhaltung mit.

». . . zu einer Kreuzfahrt auf meiner Jacht ein, sobald Ihre Dreharbeiten beendet sind. Das wird ein herrlicher Urlaub für Sie! Wir fahren die dalmatinische Küste entlang . . .«

Melina versuchte wegzuhören, aber es war unmöglich. Demiris schien absichtlich laut zu sprechen. »Sie waren noch nie auf Psara, nicht wahr? Eine hübsche kleine Insel – und ganz einsam. Es wird Ihnen dort gefallen.« Melina hätte sich am liebsten unter dem Tisch verkrochen. Aber das Schlimmste kam erst noch.

Nachdem sie die süßsauren Schweinerippchen genossen hatten, verteilten die Diener Fingerschalen.

»Heute brauchen Sie keine«, sagte Demiris, als der jungen Schauspielerin eine Fingerschale hingestellt wurde. Dann hob er lächelnd ihre Hände an seine Lippen und leckte ihr einen Finger nach dem anderen ab. Die übrigen Gäste sahen peinlich berührt weg.

Melina stand hastig auf und wandte sich an den Gastgeber. »Wenn Sie mich bitte entschuldigen wollen, ich . . . ich habe Kopfschmerzen.«

Die Gäste beobachteten, wie sie aus dem Saal flüchtete.

Demiris kam weder in dieser noch in der folgenden Nacht nach Hause.

Spyros erbleichte vor Wut, als er von dieser Kränkung hörte. »Ein Wort von dir genügt«, polterte er, »und ich bring' den Hundesohn um!«

»Er kann nichts dafür«, verteidigte Melina ihren Mann. »Das ist eben seine Natur.«

»Seine Natur? Der Kerl ist ein Vieh! Er gehört hinter Gitter. Warum läßt du dich nicht von ihm scheiden?«

Diese Frage hatte Melina Demiris sich in der Stille langer, einsamer Nächte schon oft gestellt. Und die Antwort war stets dieselbe: »Weil ich ihn liebe.«

Um halb sechs in der Früh wurde Catherine von einer Zofe geweckt.

»Guten Morgen, Miss...«

Catherine schlug die Augen auf und sah sich verwirrt um. Statt in ihrer winzigen Klosterzelle befand sie sich in einem luxuriösen Schlafzimmer in... Dann kamen die Erinnerungen plötzlich zurück. *Die Fahrt nach Athen... Sie sind Catherine Douglas... Die beiden sind hingerichtet worden...*

»Miss...«

»Ja?«

»Mr. Demiris läßt fragen, ob Sie ihm die Freude machen würden, mit ihm auf der Terrasse zu frühstücken.«

Catherine starrte das Mädchen verschlafen an. Sie war so durcheinander gewesen, daß sie erst gegen vier Uhr hatte einschlafen können.

»Danke. Sagen Sie Mr. Demiris, daß ich gleich komme.«

Eine Viertelstunde später führte der Butler Catherine auf eine riesige Terrasse mit Meeresblick. Die niedrige Steinbalustrade erhob sich etwa fünf Meter über dem parkähnlichen Garten der Villa. Constantin Demiris erwartete sie am gedeckten Tisch. Er begutachtete Catherine, als sie auf ihn zukam. Sie hatte etwas aufregend Frisches an sich. Er würde sie erobern, besitzen, zu seinem Eigentum machen. Er stellte sich vor, wie sie nackt in seinem Bett lag und ihm half, Noelle und Larry nochmals zu bestrafen. Dann stand er auf.

»Guten Morgen. Verzeihen Sie, daß ich Sie so früh habe wekken lassen, aber ich muß in ein paar Minuten ins Büro fahren und wollte vorher noch ein paar Worte mit Ihnen reden können.«

»Ja, natürlich«, sagte Catherine.

Sie setzte sich ihm gegenüber an den großen Marmortisch. Die eben aufgehende Sonne ließ das Meer wie mit Juwelen übersät glitzern.

»Was möchten Sie essen?«

Sie schüttelte den Kopf. »Danke, nichts, ich bin nicht hungrig.«

»Aber eine Tasse Kaffee?«

»Ja, bitte.«

Der Butler servierte ihr dampfenden Kaffee in einer Daliktasse.

»Nun, Catherine«, begann Demiris, »haben Sie über unser gestriges Gespräch nachgedacht?«

Catherine hatte die ganze Nacht lang an nichts anderes gedacht. In Athen hielt sie nichts mehr, und sie hätte nicht gewußt, wohin sie sich wenden sollte. *Ins Kloster gehe ich nicht zurück*, hatte sie sich geschworen. Das Angebot, in London für Constantin Demiris zu arbeiten, klang verlockend. *Es klingt sogar aufregend. Es könnte der Beginn eines neuen Lebens sein.*

»Ja«, sagte Catherine, »das habe ich.«

»Und?«

»Ich ... ich möchte es versuchen, glaube ich.«

Constantin Demiris gelang es, seine Erleichterung zu verbergen. »Das freut mich. Kennen Sie London?«

»Nein. Oder ich ... kann mich nicht daran erinnern.« *Warum weiß ich das nicht bestimmt?* Sie hatte noch immer so viele gräßliche Erinnerungslücken. *Wie viele solcher Überraschungen stehen mir wohl noch bevor?*

»London gehört zu den wenigen noch zivilisierten Städten dieser Welt. Sie werden es bestimmt liebgewinnen.«

Catherine zögerte. »Mr. Demiris, warum geben Sie sich soviel Mühe mit mir?«

»Vielleicht fühle ich mich in gewisser Weise für Sie verantwortlich.« Er machte eine Pause. »Ich habe Ihren Mann damals Noelle Page vorgestellt.«

»Ah«, sagte Catherine langsam. *Noelle Page.* Allein dieser Name ließ sie frösteln. Die beiden waren füreinander gestorben. *Larry muß sie sehr geliebt haben.*

Catherine zwang sich dazu, die eine Frage zu stellen, die sie die ganze Nacht gequält hatte. »Wie ... wie sind sie hingerichtet worden?«

Demiris antwortete nicht gleich. »Durch Erschießen«, sagte er dann.

»Oh.« Sie glaubte am eigenen Leib zu spüren, wie die Kugeln Larrys Körper durchschlugen, wie sie den Mann zerfetzten, den sie einst so sehr geliebt hatte. Sie bedauerte, diese Frage gestellt zu haben.

»Ich möchte Ihnen einen guten Rat geben. Denken Sie nicht mehr an die Vergangenheit. Die Erinnerung kann nur schmerzen. Sie müssen das alles hinter sich lassen.«

»Ja, Sie haben recht«, stimmte Catherine zögernd zu. »Ich werde es versuchen.«

»Gut. Eines meiner Flugzeuge fliegt heute morgen zufällig nach

London, Catherine. Könnten Sie in eineinhalb Stunden reisefertig sein?«

Catherine dachte an ihre vielen Reisen mit Larry – an die aufregenden Vorbereitungen, das Packen, die Vorfreude.

Diesmal würde sie unbegleitet reisen, wenig packen müssen und kaum Vorbereitungen nötig haben. »Ja, bis dahin kann ich fertig sein.«

»Ausgezeichnet. Übrigens, noch etwas«, fuhr Demiris scheinbar beiläufig fort. »Nachdem Sie jetzt Ihr Gedächtnis wiedergefunden haben... Gibt es vielleicht jemanden, mit dem Sie sich in Verbindung setzen möchten – jemanden aus Ihrer Vergangenheit, dem Sie gern mitteilen möchten, daß mit Ihnen alles in Ordnung ist?«

Catherine fiel sofort der Name Bill Fraser ein. Bill war der einzige, an den sie sich aus ihrer Vergangenheit erinnerte. Aber sie wußte, daß sie noch nicht stark genug war für ein Wiedersehen mit ihm. *Sobald ich mich eingewöhnt habe. Sobald ich wieder arbeite, werde ich mich bei ihm melden.*

Constantin Demiris beobachtete sie, wartete auf ihre Antwort.

»Nein«, sagte Catherine schließlich. »Es gibt niemanden.«

Sie konnte nicht ahnen, daß sie William Fraser damit gerade das Leben gerettet hatte.

»Hier, ich habe Ihnen einen Reisepaß auf Ihren Namen ausstellen lassen.« Demiris gab ihr einen Umschlag. »Das Geld ist ein Gehaltsvorschuß. Wegen einer Wohnung in London brauchen Sie sich keine Sorgen zu machen. Der Firma gehören dort mehrere Apartments. Sie können eins davon beziehen.«

Catherine war überwältigt. »Sie sind zu großzügig!«

Er griff nach ihrer Hand. »Sie werden sehen, daß ich...« Demiris brachte den Satz nicht so zu Ende, wie er es vorgehabt hatte. *Du mußt vorsichtig mit ihr umgehen. Nichts überstürzen. Du darfst sie nicht verschrecken.* »...daß ich ein sehr guter Freund sein kann.«

»Sie *sind* ein sehr guter Freund.«

Demiris lächelte. *Abwarten!*

Zwei Stunden später half Constantin Demiris Catherine beim Einsteigen in den Fond des Rolls-Royce, der sie zum Flughafen bringen würde.

»Genießen Sie London«, sagte er zum Abschied. »Ich lasse gelegentlich von mir hören.«

Fünf Minuten nach der Abfahrt des Wagens telefonierte Demiris mit London. »Sie ist unterwegs.«

# 5

Das Flugzeug sollte um neun Uhr vom Athener Flughafen Hellenikon starten. Zu Catherines Überraschung war sie der einzige Fluggast an Bord der Hawker Siddeley. Der Flugkapitän, ein freundlicher Grieche namens Pantelis, den sie auf Mitte Vierzig schätzte, überzeugte sich selbst davon, daß Catherine bequem saß und angeschnallt war.

»Wir starten in wenigen Minuten«, teilte er ihr dabei mit.

»Danke.«

Während sie ihm nachsah, als er ins Cockpit zu seinem Kopiloten zurückging, begann ihr Herz plötzlich zu jagen. *Das ist Larrys ehemaliges Flugzeug! Hat vor mir schon Noelle Page auf diesem Platz gesessen?* Catherine fürchtete, ohnmächtig zu werden. Die Kabinenwände schienen näher zu rücken und sie erdrücken zu wollen. Sie schloß die Augen und holte tief Luft. *Das ist jetzt alles vorbei. Demiris hat recht. Niemand kann die Vergangenheit mehr ändern.*

Sie hörte die Motoren lauter dröhnen und öffnete die Augen. Das Flugzeug rollte an, beschleunigte, hob ab und nahm Kurs nach

Nordwesten – in Richtung London. *Wie oft ist Larry diese Route geflogen? Larry.* Das Gefühlschaos, das sein Name in ihr weckte, ließ sie erbeben. *Und die Erinnerungen. Die wundervollen, die schrecklichen Erinnerungen ...*

Es war der Sommer 1940, das Jahr vor dem Kriegseintritt Amerikas. Aus Chicago war Catherine Alexander frisch von der dortigen Northwestern University nach Washington, D.C., gekommen, um sich einen ersten Job zu suchen.

Ihre Mitmieterin hatte ihr erzählt: »Im Außenministerium ist ein Job als Sekretärin bei William Fraser frei. Das ist der für Öffentlichkeitsarbeit verantwortliche große Boß. Ich hab' erst gestern abend davon erfahren. Wenn du dich gleich vorstellst, müßtest du den anderen Girls zuvorkommen.«

Catherine war sofort ins Ministerium gefahren – aber in Frasers Vorzimmer drängte sich bereits fast ein Dutzend Bewerberinnen! *Ich habe keine Chance,* dachte Catherine resigniert. Dann öffnete sich die Tür des Chefbüros, und William Fraser erschien auf der Schwelle. Er war ein großer, gutaussehender Mann mit lockigem, an den Schläfen leicht ergrautem blondem Haar, leuchtendblauen Augen und markantem, energisch wirkendem Kinn.

»Ich brauche ein Exemplar von *Life* – eine Nummer, die vor drei bis vier Wochen erschienen ist«, sagte er zu seiner Vorzimmerdame. »Die mit einem Bild Stalins auf dem Titel.«

»Ich bestelle sie Ihnen, Mr. Fraser«, antwortete die Sekretärin.

»Sally, ich habe Senator Borah am Apparat. Ich möchte ihm einen Absatz aus dieser Ausgabe vorlesen. Sie haben zwei Minuten Zeit, ein Exemplar für mich aufzutreiben.« Fraser verschwand in seinem Büro und schloß die Tür hinter sich.

Die Bewerberinnen sahen einander an und zuckten die Achseln.

Catherine stand da und überlegte angestrengt. Dann machte sie auf dem Absatz kehrt und lief hinaus. Hinter sich hörte sie eine der Frauen sagen: »Gut, wieder eine weniger!«

Nach drei Minuten kam Catherine mit der gewünschten Ausgabe der Zeitschrift *Life* ins Vorzimmer zurück. Sie legte sie der Sekretärin auf den Schreibtisch. Zehn Minuten später saß sie in William Frasers Arbeitszimmer.

»Sally hat mir erzählt, daß Sie das *Life*-Heft besorgt haben.«

»Ja, Sir.«

»Sie haben dieses drei Wochen alte Exemplar doch nicht zufällig in der Handtasche gehabt?«

»Nein, Sir.«

»Wo haben Sie es so schnell aufgetrieben?«

»Ich bin zum Friseur runtergefahren. Bei Ärzten und Friseuren liegen immer alte Zeitschriften aus.«

»Sind Sie auf allen Gebieten so clever?«

»Nein, Sir.«

»Das wird sich zeigen«, meinte William Fraser. »Sie sind eingestellt.«

Catherine fand es aufregend, für Fraser zu arbeiten. Er war ein charmanter, wohlhabender Junggeselle, der ganz Washington zu kennen schien. Die *Time* hatte ihn zum »begehrenswertesten Junggesellen des Jahres« erkoren.

Ein halbes Jahr nachdem sie die Stellung bei William Fraser angetreten hatte, verliebten sie sich ineinander.

In seinem Schlafzimmer sagte Catherine: »Ich muß dir was sagen. Ich bin noch Jungfrau.«

Fraser schüttelte verwundert den Kopf. »Unglaublich! Wie bin ich bloß an die einzige Jungfrau Washingtons geraten?«

Eines Tages sagte William Fraser zu Catherine: »Unsere Abteilung soll die Herstellung eines bei MGM in Hollywood gedrehten Ausbildungsfilms für das Army Air Corps überwachen. Ich möchte, daß du dich um den Film kümmerst, solange ich in London bin.«

»Ich? Bill, ich kann nicht mal einen Film in eine Box einlegen! Was verstehe ich von Ausbildungsfilmen?«

Fraser grinste. »Ungefähr soviel wie alle anderen. Mach dir keine Sorgen, den Film dreht ein Regisseur. Er heißt Allan Benjamin. Die Army hat vor, die Rollen mit Schauspielern zu besetzen.«

»Mit Schauspielern? Wozu?«

»Vermutlich glaubt sie, Soldaten seien als Soldaten nicht überzeugend genug.«

»Das sieht der Army ähnlich!«

So flog Catherine nach Hollywood, um die Herstellung dieses Films zu überwachen.

Im Hintergrund des Filmateliers drängten sich Statisten – die meisten in schlechtsitzenden Armyuniformen.

»Verzeihen Sie bitte«, sagte Catherine zu einem Vorbeigehenden. »Ist Mr. Allan Benjamin da?«

»Der kleine Korporal?« Er deutete nach rechts. »Dort drüben.«

Catherine drehte sich um und sah einen schmächtigen kleinen Mann in ausgebeulter Uniform mit Korporalsstreifen. Er kreischte einen Mann an, der Generalssterne auf der Uniform trug.

»Was der Castingchef gesagt hat, ist mir egal! Ich stehe bis zum Arsch in Generälen. Ich brauche Unteroffiziere.« Er warf verzweifelt die Hände hoch. »Jeder will Häuptling sein und keiner Indianer!«

»Entschuldigen Sie«, unterbrach Catherine ihn, »ich bin Catherine Alexander und soll ...«

»Gott sei Dank!« rief der kleine Mann aus. »Der Laden gehört Ihnen! Ich weiß überhaupt nicht, was ich hier soll. Ich hab' in Dearborn als Redakteur einer Möbelfachzeitschrift dreieinhalbtausend Dollar im Jahr verdient. Dann bin ich zur Nachrichtentruppe eingezogen und als Drehbuchautor für Ausbildungsfilme abkommandiert worden. Was versteh' ich vom Produzieren oder Regieführen? Der Laden gehört Ihnen!« Er machte kehrt, ließ Catherine stehen und hastete in Richtung Ausgang davon.

Ein schlanker Grauhaariger in einem Pullover kam amüsiert lächelnd auf sie zu. »Brauchen Sie vielleicht Hilfe?«

»Ich brauche ein Wunder«, antwortete Catherine. »Ich bin hier verantwortlich und habe keine Ahnung, was ich tun muß.«

Er nickte grinsend. »Willkommen in Hollywood! Ich bin Tom O'Brien, der Regieassistent.«

»Trauen Sie sich zu, hier Regie zu führen?«

O'Briens Mundwinkel zuckten. »Ich könnt' es versuchen. Ich habe sechs Filme mit Willie Wyler gedreht. Die Sache ist gar nicht so verfahren, wie sie aussieht. Eigentlich fehlt's nur an der Organisation. Das Drehbuch liegt vor, die Sets sind festgelegt.«

Catherine sah sich im Atelier um. Die meisten Uniformen saßen miserabel. »Wirklich schlimm sehen nur fünf oder sechs aus. Mal sehen, ob wir nicht ein paar bessere finden.«

O'Brien nickte zustimmend. »Gute Idee.«

Catherine ging mit ihm zu den Statisten hinüber. Der Gesprächslärm in dem riesigen Atelier war ohrenbetäubend.

»Haltet mal 'nen Augenblick die Klappe, Jungs! Das hier ist Miss Alexander. Sie übernimmt jetzt die Leitung.«

»Stellt euch nebeneinander auf, damit wir euch richtig in Augenschein nehmen können«, verlangte Catherine.

O'Brien ließ die Statisten in reichlich krummer Linie antreten. Irgendwo hinter sich hörte Catherine lachende Stimmen und drehte sich aufgebracht danach um. Einer der Uniformierten stand in einer Ecke, als ginge ihn das Ganze nichts an, und flirtete mit einigen Mädchen, die an seinen Lippen hingen und bei jedem Satz kicherten. Sein Gehabe irritierte Catherine.

»Verzeihung, wären Sie so freundlich, bei uns mitzumachen?«

Der Uniformierte drehte sich um und fragte gedehnt: »Meinen Sie mich?«

»Ja. Wir möchten endlich weitermachen.«

Er sah ungewöhnlich gut aus: hochgewachsen, drahtig, mit blauschwarzem Haar und feurigen dunklen Augen. Seine Uniform saß wie angegossen. Auf den Schulterstücken trug er die Rangabzeichen eines Captains, und seine linke Brust zierte eine breite bunte Ordensschnalle. Catherine starrte die Orden an. »Diese Auszeichnungen ...«

»Eindrucksvoll genug, Boß?« Seine tiefe Stimme klang frech und belustigt.

»Nehmen Sie sie ab!«

»Wozu? Ich dachte, sie würden diesem Film ein bißchen Farbe geben.«

»Sie haben nur eine Kleinigkeit vergessen. Amerika befindet sich noch nicht im Krieg. Folglich müssen Sie diese Orden beim Trödler erstanden haben.«

»Da haben Sie recht«, gab er verlegen zu. »Daran hab' ich nicht gedacht. Gut, ich nehme ein paar davon ab.«

»Sie nehmen gefälligst *alle* ab!« fauchte Catherine.

Als Catherine nach den Dreharbeiten des Vormittags in der Kantine beim Mittagessen saß, kam er an ihren Tisch. »Hallo. Wie war ich heute morgen? Überzeugend genug?«

Seine arrogante Art brachte sie auf. »Sie stolzieren wohl gern in Uniform und mit Orden behängt herum, was? Haben Sie schon mal daran gedacht, sich freiwillig zum Militärdienst zu melden?«

Er machte ein entsetztes Gesicht. »Um auf mich schießen zu lassen? Das ist was für Schwachköpfe.«

Catherine wäre am liebsten explodiert. »Ich finde Sie widerwärtig!«

»Warum?«

»Wenn Sie das nicht selbst begreifen, kann ich's Ihnen nicht erklären.«

»Wollen Sie es nicht wenigstens versuchen? Heute abend bei Ihnen beim Essen. Können Sie kochen?«

»Sie brauchen heute nachmittag nicht mehr zu kommen«, erklärte Catherine ihm aufgebracht. »Wir schicken Ihnen einen Gagenscheck für heute vormittag. Wie heißen Sie?«

»Larry. Larry Douglas.«

Catherine ärgerte sich über diese Auseinandersetzung mit dem arroganten jungen Schauspieler und war entschlossen, nicht mehr an ihn zu denken. Aber aus irgendeinem Grund fiel es ihr schwer, ihn zu vergessen.

Nach ihrer Rückkehr nach Washington sagte William Fraser: »Du hast mir sehr gefehlt, Catherine. Ich habe viel über uns nachgedacht. Liebst du mich?«

»Sogar sehr, Bill.«

»Ich liebe dich auch. Gehen wir heute abend aus und feiern unser Wiedersehen?«

Catherine wußte, daß dies der Abend war, an dem er um ihre Hand anhalten würde.

Sie gingen in den exklusiven Jefferson Club. Während des Essens kam Larry Douglas herein – noch immer in der Uniform des Army Air Corps mit breiter Ordensschnalle. Catherine beobachtete ungläubig, wie er an ihren Tisch trat und nicht sie, sondern Fraser begrüßte.

»Cathy, darf ich dir Captain Lawrence Douglas vorstellen«, sagte Bill Fraser. »Larry, das ist Miss Alexander . . . Catherine. Larry ist als Chef einer amerikanischen Jagdstaffel in der Royal Air Force geflogen. Er gehört zu unseren wahren Helden. Um seine Erfahrungen an unsere Jungs weiterzugeben, übernimmt er jetzt hier ein Jagdgeschwader.«

Catherine hatte das Gefühl, im Boden versinken zu müssen . . .

Am nächsten Tag rief Larry Douglas sie mehrmals im Büro an. Catherine ließ sich verleugnen. Als sie nach Dienstschluß aus dem Ministerium kam, wartete er draußen auf sie. Er hatte alle Orden abgelegt und trug die Rangabzeichen eines einfachen Leutnants.

»Besser?« fragte er, während er sich lächelnd vor ihr aufbaute.

Catherine starrte ihn an. »Ist das Tragen falscher Rangabzeichen nicht ein Verstoß gegen die Dienstvorschriften?«

»Keine Ahnung. Ich dachte, für solche Dinge wären Sie zuständig.«

Sie sah ihm in die Augen und wußte, daß sie verloren war.

»Was wollen Sie von mir?«

»Alles. Ich will dich.«

Sie fuhren in seine Wohnung und liebten sich dort. Für Catherine war es ein himmlisches Erlebnis, das sie nicht einmal im Traum für möglich gehalten hatte: eine phantastische Vereinigung, die das Zimmer und das Universum erbeben ließ – bis es zur Explosion kam, der eine schwindelerregende Ekstase, eine unglaubliche Reise durch die Welt der Gefühle, Ankunft und Abschied, Ende und Beginn zugleich folgten. Catherine lag erschöpft und benommen da, hielt Larry an sich gedrückt, wollte ihn nie mehr loslassen und wünschte sich, dieses Gefühl würde ewig anhalten.

Fünf Stunden später heirateten sie in Maryland.

Auf ihrem Flug nach London, wo sie ein neues Leben beginnen würde, sinnierte Catherine: *Wir sind so glücklich gewesen! Was ist bloß schiefgegangen? Romantische Filme und Liebeslieder haben uns dazu verleitet, an Happy-Ends und Ritter in schimmernder Rüstung und an immerwährende Liebe zu glauben. Wir haben wirklich geglaubt, daß James Stewart und Donna Reed* A Wonderful Life *geführt haben; wir haben gewußt, daß Clark Gable und Claudette Colbert nach* It Happened One Night *für immer zusammenbleiben würden; wir haben Tränen vergossen, als Frederick March für* The Best Years of Our Lives *zu Myrna Loy zurückgekehrt ist; wir waren überzeugt, daß Joan Fontaine als* Rebecca *ihr Glück in den Armen von Lawrence Olivier gefunden hatte.*

*Alles Lügen, nichts als Lügen! Auch die Lieder!* I'll Be Loving You, Always. *Wie messen Männer den Begriff »immer«? Mit einer Eieruhr?* How Deep Is The Ocean? *Was hat Irving Berlin sich dabei vorgestellt? Zwanzig Zentimeter? Einen halben Meter? Und...* Forever And A Day. *Ich verlasse dich. Ich reiche die Scheidung ein.* Some Enchanted Evening. *Komm, wir machen morgen eine Tour zu den Höhlen von Soulion!* You And The Night And The Music. *Ich habe gehört, daß es hier in der Nähe berühmte Höhlen gibt.* For Sentimental Reasons. *Niemand wird jemals... gleich jetzt, solange sie schläft.* Be My Love.

*Wir haben die Filme gesehen, wir haben die Songs gehört, wir haben uns eingebildet, dies sei das wirkliche Leben. Ich habe Larry so bedingungslos vertraut, werde ich jemals wieder einem anderen Mann vertrauen? Was habe ich getan, daß er mich ermorden wollte?*

»Miss Alexander...«

Catherine fuhr zusammen und blickte verwirrt auf.

Flugkapitän Pantelis stand über sie gebeugt. »Wir sind gelandet. Willkommen in London!«

Am Flughafen wartete eine Limousine auf sie. »Mein Name ist Alfred, Miss Alexander«, stellte sich der Chauffeur vor. »Ich werde mich sofort um Ihr Gepäck kümmern. Möchten Sie dann gleich in Ihre Wohnung fahren?«

*Meine Wohnung!* »Ja, bitte.«

Catherine ließ sich in die Polster zurücksinken. Unglaublich! Constantin Demiris hatte ihr sein eigenes Flugzeug zur Verfügung gestellt und auch für eine Wohnung gesorgt. Entweder war er der großzügigste Mann der Welt oder... Oder was? *Nein, er ist der großzügigste Mann der Welt. Ich muß eine Möglichkeit finden, ihm meine Dankbarkeit angemessen zu beweisen.*

In der Elizabeth Street am Eaton Square erwartete Catherine eine Luxuswohnung. Sie bestand aus einer großen Diele, einem elegant möblierten Salon mit einem Kristallüster, einer getäfelten Bibliothek, einer Küche mit vollen Vorratsschränken, einem Schlafzimmer, zwei Gästezimmern und Zimmern für das Personal.

An der Wohnungstür wurde Catherine von einer Frau Anfang Vierzig in einem schwarzen Kleid empfangen. »Guten Tag, Miss Alexander. Ich bin Anna, Ihre Haushälterin.«

*Natürlich. Meine Haushälterin.* Catherine war allmählich durch nichts mehr zu verblüffen. »Guten Tag, Anna.«

Der Chauffeur brachte ihre Koffer herauf und stellte sie ins Schlafzimmer. »Die Limousine steht zu Ihrer Verfügung«, erklärte er Catherine. »Sie brauchen Anna nur zu sagen, wann Sie ins Büro fahren wollen. Ich hole Sie dann ab.«

*Die Limousine steht zu meiner Verfügung. Natürlich.* »Danke, Alfred.«

»Ich packe Ihre Koffer aus«, sagte Anna. »Sollten Sie irgend etwas wünschen, brauchen Sie es mir nur zu sagen.«

»Danke, mir fällt wirklich nichts ein«, antwortete Catherine wahrheitsgemäß.

Während Anna die Koffer auspackte, machte Catherine langsam einen Rundgang durch die Wohnung. Dann ging sie ins Schlafzimmer, betrachtete die schönen Kleider, die Demiris ihr gekauft hatte, und dachte: *Alles ist wie ein wunderbarer Traum.* Sie hatte das Gefühl, etwas ganz und gar Irreales zu erleben. Noch vor 48 Stunden hatte sie in einem Klostergarten Rosen gegossen; jetzt führte sie das Leben einer Herzogin. Sie fragte sich, wie ihr Job aussehen würde. *Ich werde mich anstrengen. Ich will ihn nicht enttäuschen. Er ist so wundervoll gewesen.* Sie war plötzlich müde und streckte sich auf dem weichen, bequemen Bett aus. *Nur eine Minute lang ausruhen.* Sie schloß die Augen.

*Ich ertrinke ... Ich schreie. Hilfe! Larry schwimmt auf mich zu, und als er mich erreicht, drückt er mich unter Wasser. Und ich bin in einer stockfinsteren Höhle, und die Fledermäuse stoßen auf mich herab, zerzausen mein Haar und streifen mit klammen Flügeln mein Gesicht ...*

Catherine schrak hoch und setzte sich zitternd auf.

Sie atmete tief durch, bis ihre Erregung abgeklungen war. *Das muß aufhören!* nahm sie sich vor. *Das liegt alles hinter dir. Laß die Vergangenheit ruhen. Du mußt für die Gegenwart leben. Hier tut dir niemand was. Niemand! Jetzt nicht mehr.*

Die Haushälterin hatte vor Catherines Schlafzimmertür auf ihre Schreie gehorcht. Sie wartete noch einen Augenblick. Als dann Stille herrschte, ging sie in die Diele, nahm den Telefonhörer ab und wählte Constantin Demiris' Nummer in Athen.

Die Hellenic Trade Corporation hatte ihre Büros in der Nähe des Piccadilly Circus in der 217 Bond Street in einem ehemaligen Regierungsgebäude, das schon vor Jahrzehnten in ein Bürogebäude umgebaut worden war. Die elegant gestaltete Fassade des alten Gebäudes war ein architektonisches Meisterwerk.

Als Catherine dort ankam, erwartete das Büropersonal sie bereits. Sie wurde schon am Eingang von einem halben Dutzend Männer und Frauen begrüßt.

»Willkommen, Miss Alexander. Ich bin Evelyn Kaye. Das ist Carl ... Tucker ... Matthew ... Jennie ...«

Die Namen und Gesichter verschwammen.

»Guten Tag. Ich freue mich auf gute Zusammenarbeit mit Ihnen allen.«

»Ihr Büro steht für Sie bereit. Kommen Sie, ich zeige es Ihnen.«

»Danke.«

Der Eingangsbereich war mit einem Chesterfield-Sofa, zwei Gainesborough-Sesseln und einem großen Gobelin geschmackvoll eingerichtet. Die beiden Frauen gingen den mit Teppichboden ausgelegten Korridor entlang und kamen an einem Konferenzraum mit dunkler Wandtäfelung, Lederstühlen und einem auf Hochglanz polierten langen Tisch vorbei.

Catherine wurde in ein attraktives Büro mit alten, bequemen Möbeln und einer Ledercouch geführt.

»So, das ist Ihr Reich.«

»Wundervoll«, murmelte sie.

Auf dem Schreibtisch standen frische Blumen.

»Von Mr. Demiris.«

*Er ist so aufmerksam.*

Evelyn Kaye, die Catherine hergeführt hatte, war eine untersetzte Frau mittleren Alters mit freundlichem Gesicht und umgänglichem Wesen. »Sie werden ein paar Tage brauchen, um sich einzugewöhnen, aber unsere Arbeit ist im Grunde genommen recht einfach. Wir sind eines der Nervenzentren des Demiris-Imperiums. Wir koordinieren die Berichte der ausländischen Tochtergesellschaften und leiten sie an die Zentrale in Athen weiter. Ich bin die Geschäftsführerin. Sie werden meine Assistentin sein.«

»Oh.« *Ich bin also die Assistentin der Geschäftsführerin.* Catherine hatte keine Ahnung, was von ihr erwartet wurde. Sie war in eine Märchenwelt versetzt worden: Privatflugzeuge, Limousinen, eine Luxuswohnung mit Hauspersonal...

»Wim Vandeen ist unser mathematisches Genie. Er führt alle Konten und erstellt die Jahresabschlüsse. Sein Verstand arbeitet schneller als die meisten Rechenmaschinen. Kommen Sie, wir gehen in sein Büro, damit Sie ihn gleich kennenlernen.«

Sie gingen zum letzten Büro am Ende des Korridors. Evelyn öffnete die Tür, ohne anzuklopfen.

»Wim, das ist meine neue Assistentin.«

Catherine trat über die Schwelle und blieb dann verlegen stehen. Wim Vandeen schien Anfang Dreißig zu sein, ein hagerer Mann mit fliehendem Kinn und nicht sonderlich intelligentem Gesichtsausdruck. Er starrte seine Schuhspitzen an.

»Wim? Wim! Das ist Catherine Alexander.«

Er sah auf. »Der eigentliche Name Katharinas der Ersten war Marta Skawronska – eine 1684 geborene litauische Bauerntochter, die 1703 Mätresse Peters des Großen wurde; 1712 heiratete er sie, 1725 ließ er sie zur Kaiserin von Rußland krönen. Katharina die Zweite war die 1729 geborene Tochter eines preußischen Fürsten; heiratete 1745 Großfürst Peter Fjodorowitsch, der 1762 Zar Peter der Dritte wurde, und wurde im selben Jahr als seine Nachfolgerin gekrönt, nachdem sie ihn hatte stürzen und ermorden lassen. Unter ihrer Herrschaft kam es zu drei Teilungen Polens, zwei Kriegen gegen die Türkei und einem Krieg gegen Schweden ...« Diese monoton vorgetragenen Fakten sprudelten nur so aus ihm heraus.

Catherine hatte ihm verblüfft zugehört.

»Das ... das ist sehr interessant«, murmelte sie schließlich.

Wim Vandeen sah zu Boden.

»Wim ist schüchtern, wenn er mit jemandem bekannt gemacht wird«, erklärte Evelyn ihr.

*Schüchtern?* dachte Catherine. *Der Mann ist unheimlich. Und der soll ein Genie sein? Was für ein Job ist das hier bloß?*

In Athen, in seinem Büro in der Agiou Geronda, ließ Constantin Demiris sich vom Chauffeur Alfred aus London telefonisch Bericht erstatten.

»Ich habe Miss Alexander vom Flughafen aus direkt in ihre Wohnung gefahren, Mr. Demiris. Wie von Ihnen angeordnet, habe ich sie gefragt, ob sie sonst irgendwohin gebracht zu werden wünsche, aber sie hat verneint.«

»Sie hat also keinen Kontakt zu irgendwem aufgenommen?«

»Nein, Sir. Es sei denn, sie hat von der Wohnung aus telefoniert, Sir.«

Diese Möglichkeit machte Demiris keine Sorgen. Die Haushälterin Anna würde ihm ebenfalls Bericht erstatten. Er legte zufrieden den Hörer auf. Catherine stellte also keine unmittelbare Gefahr für ihn dar, und er würde dafür sorgen, daß sie ständig überwacht wurde. Sie stand ganz allein auf der Welt. Der einzige, an den sie sich hilfesuchend wenden konnte, war ihr Wohltäter Constantin Demiris. *Ich muß bald eine Londonreise einplanen,* überlegte er sich freudig. *Sehr bald.*

Catherine Alexander fand ihre neue Stellung interessant. Aus Constantin Demiris' weltumspannendem Reich gingen täglich Berichte ein: Produktionsziffern eines Stahlwerks in Indiana, Ergebnisse der Betriebsprüfung einer Autofabrik in Italien, Abrechnungen eines Pressekonzerns in Australien, einer Goldmine, einer Versicherungsgesellschaft. Catherine stellte die Daten übersichtlich zusammen und gab sie sofort an Wim Vandeen weiter. Wim überflog sie, wobei sein eigenartig begabtes Gehirn auf Hochtouren arbeitete, und errechnete fast augenblicklich, wieviel Prozent Gewinn oder Verlust diese Zahlen für die Hellenic Trade Corporation bedeuteten.

Catherine machte es Spaß, ihre neuen Kollegen besser kennenzulernen. Die Schönheit des alten Gebäudes, in dem sie arbeitete, begeisterte sie jeden Tag aufs neue.

Als sie das Evelyn Kaye in Wims Gegenwart erzählte, sagte dieser: »Dieses Gebäude ist 1721 von Sir Christopher Wren als königliches Zollhaus erbaut worden. Nach dem großen Feuer von London hat Christopher Wren fünfzig Kirchen wieder aufgebaut. Seine berühmtesten Kirchen sind St. Paul's, St. Michael's und St. Bride's. Seine bekanntesten Profanbauten sind die Royal Exchange und das Burlington House. Er ist 1723 gestorben und liegt in St. Paul's begraben. Dieses Haus ist 1907 zu einem Bürogebäude umgebaut worden. Sein Keller hat während der deutschen Luftangriffe im Zweiten Weltkrieg als öffentlicher Schutzbunker gedient.«

Der noch existierende Luftschutzraum war ein großes bombensicheres Kellergeschoß, das durch eine schwere Stahltür vom übrigen Keller abgetrennt war. Catherine warf einen Blick in den Raum und dachte an die tapferen britischen Männer, Frauen und Kinder, die hier vor dem Bombenhagel von Hitlers Luftwaffe Schutz gefunden hatten.

Der eigentliche Keller war riesig und erstreckte sich unter dem ganzen Gebäude. Hier unten standen ein großer Heizkessel und ein Dutzend Schaltschränke der Telefonanlagen der Firmen in diesem Gebäude. Der alte Heizkessel hatte seine Mucken. Catherine hatte schon mehrmals Wartungstechniker in den Keller begleitet, damit sie sich den Kessel ansehen konnten. Jeder von ihnen werkelte daran herum, behauptete, jetzt funktioniere er wieder, und ging.

»Er sieht so gefährlich aus«, meinte Catherine. »Kann er vielleicht mal explodieren?«

»Nein, Miss, natürlich nicht! Sehen Sie das Sicherheitsventil hier? Sollte der Kessel jemals zu heiß werden, kann der Überdruck durch das Ventil ausgeglichen werden, und alles ist wieder in Butter. Kein Problem, Miss.«

War der Arbeitstag dann zu Ende, gab es London zu entdecken. London... ein Füllhorn wunderbarer Konzerte, Ballettabende und Theatervorstellungen. Es gab interessante alte Buchhandlungen wie Foyles oder Hatchards, Dutzende von Museen, kleine Antiquitätengeschäfte und Restaurants. Catherine besuchte die Lithographiewerkstätten im Cecil Court, kaufte bei Harrods, Fortnum & Mason und Marks & Spencer ein und trank sonntags Tee im Savoy.

Gelegentlich kamen ihr wieder die alten Bilder und Erinnerungen. So vieles erinnerte sie an Larry. Eine Stimme... eine Redensart... ein Rasierwasser... ein Lied. *Nein. Die Vergangenheit ist abgeschlossen. Nur die Zukunft zählt noch.* Sie wurde mit jedem Tag stärker.

Catherine freundete sich mit Evelyn Kaye an, und die beiden gingen gelegentlich miteinander aus. An einem Sonntag besuchten sie den Kunstmarkt am Themseufer. Dutzende von jungen und alten Malern zeigten hier ihre Bilder, die keine Galerie ausstellen wollte. Die meisten Gemälde waren schrecklich. Trotzdem kaufte Catherine aus Mitleid eines.

»Und wo willst du's aufhängen?« fragte Evelyn entgeistert.

»Im Heizraum«, sagte Catherine.

Auf ihren Streifzügen durch London sahen sie auch Pflastermaler, die mit Farbkreisen Gemälde auf den Gehsteig zauberten. Manche dieser Arbeiten waren erstaunlich gut. Passanten blieben stehen, um sie zu bewundern und den Künstlern ein paar Münzen in die aufgestellten Blechdosen zu werfen. Eines Nachmittags sah Catherine auf dem Rückweg vom Lunch einem älteren Mann zu, der an einer wundervollen Landschaft arbeitete. Als er gerade fertig wurde, begann es zu regnen, und der Alte stand da und sah zu, wie sein Bild weggewaschen wurde. *Fast wie mein bisheriges Leben,* dachte Catherine.

Evelyn Kaye nahm Catherine zum Shepherd's Market mit. »Ein interessanter Platz. Er wird dir gefallen.«

Die Szenerie war jedenfalls farbig. Es gab dort das über 300 Jahre alte Restaurant Tiddy Dols, einen Zeitungskiosk, ein Lebensmittelgeschäft, einen Frisiersalon, eine Bäckerei, mehrere Antiquitätengeschäfte und hübsche zwei- bis dreigeschossige Stadthäuser.

Die Namensschilder an einigen der Briefkästen waren merkwürdig. Auf einem stand *Helen* und darunter *Französisch-Unterricht*, auf einem anderen *Rosie* und darunter *Griechisch-Lektionen.*

»Ist das hier eine Art Sprachenschule?« fragte Catherine.

Evelyn lachte laut. »In gewisser Beziehung schon. Aber die Kenntnisse, die diese Mädchen vermitteln, stehen in keiner Schule auf dem Lehrplan.«

Evelyn lachte noch lauter, als Catherine errötete.

Catherine war viel allein, aber sie führte ein zu aktives Leben, um sich einsam zu fühlen. Sie stürzte sich in ihr neues Leben, als versuche sie, all die kostbaren Augenblicke nachzuholen, um die sie gebracht worden war. Und sie weigerte sich bewußt, sich Sorgen um ihre Vergangenheit oder Zukunft zu machen. Sie besuchte Windsor Castle, Canterbury mit seiner schönen Kathedrale und Hampton Court. An Wochenenden fuhr sie aufs Land und übernachtete in originellen kleinen Gasthöfen. Sie machte weite Spaziergänge und aß mittags in ländlichen Pubs, über denen noch die Atmosphäre früherer Jahrhunderte zu liegen schien.

*Ich lebe!* dachte sie. *Niemand wird als glücklicher Mensch geboren. Jeder ist seines Glückes Schmied. Ich kann für mich sorgen. Ich bin jung und gesund und habe wundervolle Erlebnisse vor mir.*

Am Montag würde sie ins Büro zurückkehren. Zurück zu Evelyn und den Mädchen und zu Wim Vandeen.

Wim Vandeen war ihr ein Rätsel.

Catherine hatte noch nie einen Menschen wie ihn kennengelernt. Die Hellenic Trade Corporation hatte 20 Angestellte, und Wim Vandeen kannte von jedem einzelnen das Monatsgehalt, die Abzüge und die Sozialversicherungsnummer. Obwohl alle Geschäftsvorgänge verbucht wurden, speicherte Wim sämtliche

Zahlen im Kopf. Er kannte den Cash Flow jeder Abteilung und wußte die Vergleichszahlen für jeden Vormonat – und das über die fünf Jahre hinweg, die er bei der Firma arbeitete.

In Wim Vandeens Gedächtnis war alles gespeichert, was er jemals gesehen, gehört oder gelesen hatte. Sein Wissensfundus war geradezu unglaublich. Die harmloseste Frage zu irgendeinem Thema konnte eine Informationsflut auslösen – und doch war er ein ungeselliger Mensch.

Catherine diskutierte mit Evelyn über ihn. »Wim verstehe ich einfach nicht.«

»Wim ist ein Exzentriker«, erklärte Evelyn ihr. »Du mußt ihn einfach so nehmen, wie er ist. Ihn interessieren nur Zahlen. Aus Menschen macht er sich nichts, glaub' ich.«

»Hat er denn Freunde?«

»Nein.«

»Geht er jemals aus? Ich meine – geht er mit Frauen aus?«

»Nein.«

Catherine hatte das Gefühl, Wim sei isoliert und einsam, und empfand eine gewisse Verwandtschaft zu ihm.

Wims enzyklopädisches Wissen verblüffte Catherine immer wieder. Eines Morgens kam sie mit Ohrenschmerzen ins Büro.

»Bei diesem Wetter werden sie bloß schlimmer«, sagte Wim barsch. »An Ihrer Stelle würd' ich zum Ohrenarzt gehen.«

»Danke, Wim. Ich ...«

»Das menschliche Ohr besteht aus drei Abschnitten: äußeres Ohr, Mittelohr und inneres Ohr. Zum äußeren Ohr gehören die Ohrmuschel und der durchs Trommelfell vom Mittelohr getrennte äußere Gehörgang. Das Mittelohr besteht aus der Paukenhöhle mit Hammer, Amboß und Steigbügel. Das ovale und das Schneckenfenster führen zum inneren Ohr, dem Labyrinth, das die Bogengänge und die Schnecke mit dem Cortischen Organ umfaßt. Die Ohrtrompete verbindet die Paukenhöhle mit der Rachenhöhle.« Sprach's und ließ sie stehen.

Einige Tage später gingen Evelyn und Catherine mit Wim zum Lunch in den Pub Ram's Head. Im Hinterzimmer spielten die Stammgäste Darts.

»Interessieren Sie sich für Sport, Wim?« fragte Catherine. »Haben Sie sich schon mal ein Baseballspiel angesehen?«

»Baseball«, sagte Wim prompt. »Ein Baseball hat dreiundzwanzig Komma fünf Zentimeter Umfang. Er besteht aus einem mit Garn umsponnenen Hartgummikern und ist mit weißem Leder überzogen. Der Schläger wird im allgemeinen aus Eschenholz hergestellt und hat bei nicht mehr als hundertsechs Zentimeter Länge einen maximalen Durchmesser von nicht mehr als sieben Zentimetern.«

*Die Theorie beherrscht er,* dachte Catherine, *aber hat er je gespürt, wie aufregend es ist, etwas selbst zu tun?*

»Haben Sie jemals irgendeinen Sport *ausgeübt*? Vielleicht Basketball?«

»Basketball wird auf Holz- oder Betonboden gespielt. Der Ball besteht aus einer kugelförmigen Lederhülle mit fünfundsiebzig bis achtzig Zentimeter Umfang, in der eine Gummiblase mit null Komma neun Bar Innendruck steckt. Der Ball wiegt sechshundert bis sechshundertfünfzig Gramm. Dieses Spiel ist 1891 von James Naismith erfunden worden.«

Damit war Catherines Frage beantwortet.

Gelegentlich konnte Wim einen in der Öffentlichkeit auch in Verlegenheit bringen. An einem Sonntag fuhren Evelyn und Catherine mit ihm nach Maidenhead an der Themse, wo sie mittags im Compleat Angler einkehrten. Der Kellner kam an ihren Tisch und sagte: »Heute haben wir frische Miesmuscheln.«

Catherine wandte sich an Wim. »Mögen Sie Miesmuscheln?«

Er legte sofort los. »Mytilus edulis, die gemeine oder eßbare

Miesmuschel, mit länglicher, fast keilförmiger Schale und bis acht Zentimeter Länge, meist einfarbig violettblau oder violett gestreift auf hellerem Grund, kommt in fast allen Meeren rings um Europa vor.«

Der Kellner starrte ihn an. »Möchten Sie welche bestellen, Sir?«

»Ich mag keine Muscheln«, knurrte er.

Catherine verstand sich gut mit allen Leuten, mit denen sie zusammenarbeitete, aber Wim bedeutete ihr besonders viel. Er war staunenswert intelligent, aber zugleich auch schüchtern und offenbar sehr einsam.

»Gibt's denn keine Möglichkeit für Wim, ein normales Leben zu führen?« fragte Catherine eines Tages Evelyn. »Sich zu verlieben und zu heiraten?«

Evelyn seufzte. »Ich hab' dir gesagt, wo's bei ihm fehlt. Er kennt keine Gefühle. Er ist zu keiner Bindung fähig.«

Aber das konnte Catherine nicht glauben. In seinem Blick hatte sie schon mehrmals Interesse ... Zuneigung ... Lachen ... aufblitzen sehen. Sie wollte Wim helfen, ihn aus seinem Schneckenhaus locken. Oder hatte sie sich das alles nur eingebildet?

Eines Tages kam eine Einladung zu einem Wohltätigkeitsball im Savoy.

Catherine ging damit in Wims Büro. »Wim, können Sie tanzen?«

Er starrte sie an. »Beim Foxtrott besteht die rhythmische Einheit aus eineinhalb Takten im Viervierteltakt. Der Mann beginnt den Grundschritt mit dem linken Fuß und macht zwei Schritte vorwärts. Die Frau beginnt mit dem rechten Fuß und macht zwei Schritte rückwärts. Nach diesen beiden langsamen Schritten folgt ein rascher Schritt rechtwinklig zu den langsamen Schritten. Um zu dippen, tritt der Mann mit dem linken Fuß vor, gibt im Knie nach – langsam – und bringt dann den rechten Fuß nach vorn – langsam. Danach tritt er mit dem linken Fuß nach links – schnell – und zieht den rechten Fuß an den linken heran – schnell.«

Catherine stand da und wußte nicht, was sie sagen sollte. *Er weiß alle Worte, aber er versteht ihre Bedeutung nicht.*

Constantin Demiris rief spätabends an, als Catherine gerade ins Bett gehen wollte.

»Costa«, meldete er sich. »Ich störe doch nicht?«

»Nein, natürlich nicht.« Sie freute sich, seine Stimme zu hören. Sie hätte gern öfter mit ihm gesprochen, ihn um Rat gebeten. Schließlich war er der einzige Mensch auf der Welt, der ihre Vergangenheit wirklich kannte. Er erschien ihr wie ein alter Freund.

»Ich habe in den letzten Tagen oft an Sie gedacht, Catherine. Ich mache mir Sorgen, ob Sie in London nicht zu einsam sind. Schließlich kennen Sie dort fast niemand.«

»Ich fühle mich manchmal ein bißchen einsam«, gab Catherine zu. »Aber ich komme schon zurecht. Ich denke oft an Ihren Rat, die Vergangenheit zu vergessen und nur für die Zukunft zu leben.«

»Richtig! Und weil wir gerade bei der Zukunft sind: Ich bin morgen in London. Wollen Sie abends mit mir zum Essen gehen?«

»Sehr gern«, antwortete Catherine sofort. Sie freute sich schon jetzt darauf. Endlich würde sie Gelegenheit haben, Costa zu sagen, wie dankbar sie ihm war.

Constantin Demiris lächelte in sich hinein, als er den Hörer auflegte. *Die Jagd hat begonnen.*

Sie dinierten im Ritz. Der Speisesaal war elegant, das Essen köstlich. Aber Catherine war zu aufgeregt, um auf etwas anderes als den Mann zu achten, der ihr gegenübersaß. Sie hatte ihm so viel zu erzählen!

»Die Leute im Büro sind alle sehr nett zu mir«, berichtete

Catherine. »Und Wims Gedächtnis verblüfft mich immer wieder. Ich habe noch nie einen Menschen gesehen, der ...«

Aber Demiris hörte kaum zu. Er beobachtete sie und dachte, wie schön sie war – und wie verletzlich. *Ich darf nichts überstürzen. Nein, ich umgarne sie langsam, um den Sieg dann um so mehr auszukosten. Das ist meine Rache an dir, Noelle, an dir und an deinem Liebhaber.*

»Sind Sie länger in London?« fragte Catherine gerade.

»Nur zwei oder drei Tage. Ich bin geschäftlich hier.« Das stimmte, aber er wußte recht gut, daß er seine Geschäfte am Telefon hätte abwickeln können. Nein, er war nach London geflogen, um seine Kampagne zu beginnen, Catherine enger an sich zu binden, sie emotional von sich abhängig zu machen. Jetzt beugte er sich vor. »Catherine, habe ich Ihnen schon einmal erzählt, wie ich als junger Mann auf den saudiarabischen Ölfeldern gearbeitet habe?«

Auch am nächsten Abend ging Demiris wieder mit Catherine zum Essen aus.

»Evelyn hat mir erzählt, wie hervorragend Sie im Büro arbeiten. Ich werde Ihr Gehalt erhöhen.«

»Sie sind bisher schon so großzügig gewesen!« wandte Catherine ein. »Ich ...«

Demiris sah ihr in die Augen. »Sie ahnen nicht, wie großzügig ich sein kann.«

Catherine fand die Situation peinlich. *Er ist nur freundlich. Du darfst das nicht überbewerten.*

Am Tag darauf flog Demiris wieder ab. »Hätten Sie Lust, mich zum Flughafen zu begleiten, Catherine?«

»Ja.«

Sie fand Costa interessant, beinahe faszinierend. Er war amüsant und intelligent, und seine Aufmerksamkeit schmeichelte ihr.

Am Flughafen küßte Demiris sie leicht auf die Wange. »Ich bin froh, daß wir ein bißchen Zeit füreinander gehabt haben, Catherine.«

»Ich auch. Danke, Costa.«

Von der Besucherterrasse aus sah sie sein Flugzeug abheben. *Er ist ein ganz besonderer Mensch. Er wird mir fehlen.*

# 6

Die scheinbar enge Freundschaft zwischen Constantin Demiris und seinem Schwager Spyros Lambrou hatte alle Außenstehenden schon immer verwundert.

Spyros Lambrou war fast so reich und mächtig wie Demiris. Constantin Demiris war Eigner der größten Tankerflotte der Welt; Lambrou gehörte die zweitgrößte. Demiris kontrollierte einen Zeitungskonzern und besaß Fluggesellschaften, Ölfelder, Stahlwerke und Goldminen; Lambrou gehörten Versicherungsgesellschaften, Banken, Immobilien und ein Chemiewerk. Sie schienen freundschaftlich miteinander zu konkurrieren.

»Ist es nicht wunderbar«, fragten die Leute, »daß zwei der mächtigsten Männer der Welt so gute Freunde sind?«

In Wirklichkeit waren die beiden unversöhnliche Rivalen, die einander verachteten. Als Spyros Lambrou sich eine Dreißigmeterjacht kaufte, orderte Constantin Demiris sofort eine Fünfzigmeterjacht mit 13 Mann Besatzung, vier GM-Dieselmotoren, zwei Motorbooten und einem mit Süßwasser gefüllten Swimming-pool.

Als Spyros Lambrous Flotte mit seinem zwölften Tanker die Grenze von 200 000 BRT überschritt, vergrößerte Constantin Demiris seine eigene Flotte auf 23 Tanker mit 650 000 BRT Gesamttonnage. Als Lambrou sich einen Rennstall zulegte, kaufte Demiris sich einen noch größeren, ließ seine Pferde gegen die seines Schwagers laufen und blieb fast immer Sieger.

Die beiden Männer begegneten sich häufig, denn sie waren in Wohltätigkeitsorganisationen engagiert, gehörten zahlreichen Aufsichtsräten an und nahmen gelegentlich an Familientreffen teil.

Vom Temperament her waren sie einander genau entgegengesetzt. Während Demiris sich aus eigener Kraft aus der Gosse hochgearbeitet hatte, war Lambrou adeliger Herkunft. Er war ein schlanker, eleganter, stets untadelig gekleideter Mann von etwas angestaubter Höflichkeit. Die Familie Lambrou konnte ihre Abstammung auf den Wittelsbacher Prinzen zurückführen, der Griechenland als Otto I. regiert hatte.

In den Wirren der Balkankriege hatte eine kleine Gruppe von Industriellen, Grundstücksmaklern und Reedern gewaltige Vermögen angehäuft. Lambrous Vater hatte dazugehört, und Spyros hatte sein Imperium geerbt.

Spyros Lambrou war ein abergläubischer Mann. Er wußte seine glückhaften Lebensumstände zu schätzen und war ängstlich bedacht, die Götter nicht gegen sich aufzubringen. Von Zeit zu Zeit suchte er Wahrsagerinnen auf, um ihren Rat einzuholen. Er war intelligent genug, um Schwindlerinnen zu durchschauen, aber es gab eine Wahrsagerin, deren Voraussagen mit unheimlicher Genauigkeit eintrafen. Sie hatte die Fehlgeburt seiner Schwester Melina, das Scheitern ihrer Ehe und Dutzende von später eingetretenen Ereignissen richtig vorausgesagt. Sie lebte in Athen.

Sie hieß Madame Piris.

Spyros Lambrou und Constantin Demiris taten schon seit vielen Jahren so, als seien sie gute Freunde. Aber beide waren entschlossen, den anderen zu vernichten. Demiris aus seinem Überlebensinstinkt heraus; Lambrou wegen der empörend schlechten Behandlung Melinas durch seinen Schwager.

Constantin Demiris hatte es sich zur Gewohnheit gemacht, jeden Morgen um Punkt sechs Uhr in seinem Büro in der Agiou Geronda zu sein. Bis die Konkurrenz zu arbeiten begann, hatte Demiris schon mehrere Stunden mit seinen Vertretern in einem Dutzend Staaten telefoniert.

Demiris' Privatbüro war spektakulär. Riesige Fenster gaben die Aussicht auf das zu seinen Füßen liegende Athen frei. Der Fußboden war aus schwarzem Granit, die Möbel aus Stahl, Glas und Leder. An den Wänden hingen Meisterwerke von Léger und Braque und ein halbes Dutzend Picassos. Demiris thronte hinter einem Schreibtisch in einem hochlehnigen Ledersessel. Auf der Schreibtischplatte lag die in Kristall gefaßte Totenmaske Alexanders des Großen. Die Inschrift darunter lautete: *Alexandros. Beschützer des Menschen.*

An diesem Morgen klingelte das Telefon, als Constantin Demiris sein Arbeitszimmer betrat. Die Nummer dieses Anschlusses kannte nicht mehr als ein halbes Dutzend Leute.

Demiris nahm den Hörer ab. »*Oriste?*«

»*Kalimera.*« Der Anrufer war Nikos Veritos, Spyros Lambrous Privatsekretär. Seine Stimme klang nervös.

»Bitte entschuldigen Sie die Störung, Herr Demiris. Aber Sie wollten, daß ich Sie anrufe, wenn ich etwas erfahre, das Ihnen . . .«

»Ja. Was gibt's also?«

»Herr Lambrou beabsichtigt, die amerikanische Firma Aurora International zu kaufen. Sie ist an der New Yorker Börse notiert. Herr Lambrou hat einen Freund im Vorstand, der ihm erzählt hat, daß die Firma einen Großauftrag zum Bau von Bombern erhalten wird. Diese Information muß natürlich streng vertraulich bleiben. Sobald das Geschäft bekanntgegeben wird, dürfte der Kurs der Aurora-Aktien stark ...«

»Die Börse interessiert mich nicht!« knurrte Demiris mißgelaunt. »Belästigen Sie mich nicht wieder mit solchen Bagatellen, haben Sie mich verstanden?«

»Verzeihung, Herr Demiris. Ich dachte ...«

Aber Demiris hatte bereits aufgelegt.

Um acht Uhr, als sein Assistent Jannis Charis das Büro betrat, sah Demiris von seinem Schreibtisch auf. »An der New Yorker Börse ist eine Firma Aurora International notiert. Lassen Sie in allen unseren Zeitungen veröffentlichen, daß gegen ihren Vorstand wegen Betrugs ermittelt wird. Die Story soll ausgewalzt werden, bis der Kurs der Aurora-Aktien einbricht. Dann kaufen Sie mir eine Mehrheitsbeteiligung zusammen.«

»Wird sofort erledigt. Sonst noch was?«

»Sobald ich die Aktienmehrheit besitze, lassen Sie bekanntgeben, die Gerüchte seien unbegründet gewesen. Und sorgen Sie dafür, daß die New Yorker Börsenaufsicht erfährt, daß Spyros Lambrou seine Beteiligung aufgrund von inoffiziellen Informationen erworben hat.«

Jannis Charis zögerte. »Herr Demiris, in den Vereinigten Staaten ist das strafbar.«

Constantin Demiris lächelte. »Ich weiß.«

Keine zwei Kilometer weit entfernt arbeitete Spyros in seinem Büro am Syntagmaplatz. Sein mit französischen und italienischen Antiquitäten eingerichtetes Arbeitszimmer war Ausdruck seines guten Geschmacks. Drei der Wände verschwanden unter Gemälden französischer Impressionisten; die vierte Wand war belgischen Malern, von van Rysselberghe bis de Smet, vorbehalten. Auf dem Messingschild am Eingang stand *Lambrou & Partner*, aber es hatte niemals Partner gegeben.

Spyros Lambrou hätte glücklich sein müssen. Er war reich, hatte Erfolg und erfreute sich bester Gesundheit. Aber solange Constantin Demiris lebte, konnte er nicht wirklich glücklich sein. In seinen Augen war sein Schwager ein *Polymichanos*, ein trickreicher Mann, ein Gauner ohne Moral. Er hatte Demiris schon immer gehaßt, weil er Melina schlecht behandelte, aber die erbitterte Rivalität der beiden hatte ihre eigenen schrecklichen Gründe.

Begonnen hatte alles vor einigen Jahren mit einem Mittagessen, zu dem Spyros Lambrou seine Schwester eingeladen hatte. Sie hatte ihn noch nie so aufgeregt erlebt.

»Melina, weißt du eigentlich, daß die Welt jeden Tag soviel Erdöl verbraucht, wie die Natur in tausend Jahren hervorgebracht hat?«

»Nein, Spyros.«

»In Zukunft wird der Erdölverbrauch noch gewaltig ansteigen, und es gibt nicht genügend Tanker, um diese Mengen zu transportieren.«

»Hast du vor, welche bauen zu lassen?«

Ihr Bruder nickte. »Aber keine gewöhnlichen Tanker. Ich lasse die erste Flotte von Großtankern bauen. Sie werden doppelt so groß sein wie die bisher eingesetzten Schiffe.« Seine Begeisterung war unüberhörbar. »Ich habe alles monatelang durchgerechnet. Paß auf! Der Rohöltransport vom Persischen Golf zur amerikanischen Ostküste kostet drei Dollar pro Barrel. Durch den Einsatz von Großtankern würden die Kosten auf eineinviertel Dollar pro Barrel sinken. Hast du eine Vorstellung davon, was das bedeuten würde?«

»Spyros – woher willst du das Geld für eine neue Tankerflotte nehmen?«

Ihr Bruder lächelte. »Das ist das Beste an meinem Plan! Sie kostet mich keinen Cent.«

»Unmöglich!«

Er beugte sich vor. »Ich reise nächsten Monat nach Amerika, um mit den Bossen der großen Ölgesellschaften zu sprechen. Mit diesen Tankern kann ich ihr Öl um die Hälfte billiger transportieren, als sie es selbst können.«

»Aber ... aber du hast keine Großtanker.«

Sein Lächeln wurde zu einem Grinsen. »Nein, aber wenn ich die Ölgesellschaften dazu bringe, langfristige Charterverträge mit mir abzuschließen, leihen die Banken mir das Geld für den Tankerbau. Na, was hältst du davon?«

»Ich halte dich für ein Genie. Ein brillanter Plan!«

Melina Demiris fand den Plan ihres Bruders so aufregend, daß sie Constantin beim Abendessen davon erzählte.

»Ist seine Idee nicht großartig?« fragte Melina, nachdem sie ihm die Einzelheiten erläutert hatte.

Constantin Demiris schwieg einen Augenblick. »Dein Bruder ist ein Träumer. Das würde nie funktionieren.«

Melina starrte ihn überrascht an. »Warum nicht, Costa?«

»Weil es ein hirnrissiger Plan ist. Erstens wird die Nachfrage nach Erdöl nicht so steil ansteigen, wie er annimmt, so daß seine imaginären Tanker leer fahren werden. Zweitens denken die Ölgesellschaften nicht im Traum daran, ihr kostbares Rohöl einer Phantomflotte anzuvertrauen, die noch gar nicht existiert. Und drittens werden alle Banker, die er aufsuchen will, ihn gnadenlos abblitzen lassen.«

Melina verzog enttäuscht das Gesicht. »Spyros war so begeistert.. Willst du nicht mal mit ihm darüber reden?«

Demiris schüttelte den Kopf. »Laß ihm seinen Traum, Melina. Am besten erzählst du ihm nicht mal, daß wir darüber gesprochen haben.«

»Wie du meinst, Costa.«

Am nächsten Morgen flog Constantin Demiris in aller Frühe in die Vereinigten Staaten, um über Großtanker zu verhandeln. Wie er wußte, wurden die Erdölreserven außerhalb der USA und des Ostblocks von den »Sieben Schwestern« kontrolliert: Standard Oil of New Jersey, Standard Oil of California, Gulf Oil, Texas Company, Socony-Vacuum, Royal Dutch-Shell und Anglo-Iranian. Und er wußte, daß die anderen nachziehen würden, wenn es ihm gelang, nur eine von ihnen zu überzeugen.

Constantin Demiris' erster Besuch galt der Zentrale der Standard Oil of New Jersey. Er hatte einen Termin bei Owen Curtiss, einem der Vizepräsidenten.

»Was kann ich für Sie tun, Mr. Demiris?«

»Ich möchte Sie mit einem Projekt bekannt machen, das Ihrer Gesellschaft große finanzielle Vorteile bringen könnte.«

»Ja, das haben Sie am Telefon bereits angedeutet.« Curtiss warf einen Blick auf seine Armbanduhr. »Ich habe in wenigen Minuten einen Termin. Machen Sie es also kurz.«

»Ich werde es sehr kurz machen. Im Augenblick kostet Sie der Rohöltransport vom Persischen Golf zur amerikanischen Ostküste drei Dollar pro Barrel.«

»Das ist richtig.«

»Was würden Sie sagen, wenn ich Ihnen garantieren könnte, daß ich Ihr Rohöl für eineinviertel Dollar pro Barrel transportiere?«

Curtiss lächelte gönnerhaft. »Wie wollen Sie dieses Wunder fertigbringen?«

»Indem ich eine Flotte von Großtankern bauen lasse«, antwortete Demiris ruhig. »Jeder Tanker faßt die doppelte Menge wie die bisher üblichen. Damit kann ich Ihr Rohöl so schnell transportieren, wie Sie es aus dem Boden pumpen.«

Curtiss betrachtete ihn mit nachdenklicher Miene. »Und woher wollen Sie eine Großtankerflotte nehmen?«

»Die lasse ich bauen.«

»Tut mir leid, aber wir sind nicht an Beteiligungen interessiert, die ...«

Demiris unterbrach ihn. »Es würde Sie keinen Cent kosten! Ich möchte nur einen langfristigen Vertrag für den Transport Ihres Öls zur Hälfte des Preises, den Sie im Augenblick zahlen müssen. Die Finanzierung werden Banken übernehmen.«

Ein langes, bedeutungsschweres Schweigen folgte. Dann räusperte Owen Curtiss sich. »Ich glaube, wir fahren mal nach oben, damit unser Präsident Sie kennenlernt.«

Damit war der Anfang gemacht. Auch die übrigen Ölgesellschaften zeigten sich bereit, Constantin Demiris' neue Großtanker zu chartern. Als Spyros Lambrou mitbekam, was dort geschah, war es bereits zu spät. Er flog nach Amerika und konnte noch mit einigen unabhängigen Ölgesellschaften Charterverträge für seine Großtanker abschließen, aber Demiris hatte bereits abgesahnt.

»Er ist dein Mann«, wütete Spyros, »aber ich schwöre dir, Melina, daß ich ihm das eines Tages heimzahle!«

Melina war bei dem Gedanken daran, wie ihr Bruder reingelegt worden war, ganz elend zumute. Sie hatte das Gefühl, ihn verraten zu haben.

Aber als sie Constantin Vorwürfe machte, zuckte der nur die Achseln. »Ich bin nicht zu ihnen gegangen, Melina. Sie sind zu mir gekommen. Wie hätte ich sie abweisen können?«

Und damit war die Diskussion beendet.

Nikos Veritos, Lambrous Assistent, betrat das Büro seines Chefs. Veritos arbeitete nun schon fünfzehn Jahre bei Spyros Lambrou. Er war kompetent, aber phantasielos, ein Mann ohne Zukunft, grau und gesichtslos. Die Rivalität zwischen den beiden Schwagern bot Veritos eine seiner Überzeugung nach goldene Gelegenheit. Er setzte darauf, daß Constantin Demiris siegen würde, hinterbrachte ihm gelegentlich vertrauliche Informationen und hoffte, später dafür belohnt zu werden.

Veritos blieb vor Lambrous Schreibtisch stehen. »Verzeihung, Herr Lambrou, draußen wartet ein Mr. Anthony Rizzoli, der Sie sprechen möchte.«

Sein Chef seufzte. »Bringen wir's also hinter uns! Schicken Sie ihn rein.«

Anthony Rizzoli war ein Mittvierziger mit schwarzem Haar, einer schmalen Adlernase und tiefliegenden braunen Augen. Er bewegte sich mit der Leichtfüßigkeit eines trainierten Boxers. Zu einem teuren cremeweißen Maßanzug trug er ein gelbes Seidenhemd und weiche Slipper. Obwohl er höflich und zurückhaltend auftrat, hatte er etwas Verschlagenes an sich.

»Freut mich, Sie kennenzulernen, Mr. Lambrou.«

»Nehmen Sie Platz, Mr. Rizzoli. Was kann ich für Sie tun?«

»Nun, wie ich Mr. Veritos schon erklärt habe, möchte ich einen Ihrer Frachter chartern. Ich habe eine Maschinenfabrik in Marseille und will einige Schwermaschinen in die Vereinigten Staaten verschiffen. Falls wir uns einig werden, können Sie in Zukunft mit lukrativen Folgeaufträgen rechnen.«

Spyros Lambrou lehnte sich in seinen Sessel zurück und betrachtete den vor ihm Sitzenden. *Widerwärtig.* »Ist das alles, was Sie zu verschiffen beabsichtigen, Mr. Rizzoli?« erkundigte er sich.

Tony Rizzoli runzelte die Stirn. »Wie meinen Sie das? Tut mir leid, ich verstehe Sie nicht.«

»Doch, Sie verstehen mich recht gut«, antwortete Lambrou. »Ihnen stehen meine Schiffe nicht zur Verfügung.«

»Warum nicht? Wovon reden Sie überhaupt?«

»Von Drogen, Mr. Rizzoli. Sie sind Drogenhändler.«

Rizzoli kniff die Augen zusammen. »Unsinn! Sie werden doch nicht auf Gerüchte hereinfallen.«

Lambrous Informationen basierten jedoch keineswegs nur auf Gerüchten, denn er hatte den Mann sorgfältig überprüfen lassen.

Tony Rizzoli gehörte zur Mafia und galt als einer der erfolgreichsten Drogenhändler Europas, aber in der Branche hieß es, Rizzoli habe Schwierigkeiten, neue Lieferungen zu arrangieren. Das war der Grund, warum er mit Lambrou unbedingt ins Geschäft kommen wollte.

»Ich fürchte, Sie werden sich einen anderen Reeder suchen müssen.«

Tony Rizzoli saß da, starrte Lambrou mit kaltem Blick an und nickte zuletzt. »Okay.« Er zog seine Visitenkarte aus der Jackentasche und warf sie auf den Schreibtisch. »Sollten Sie sich die Sache doch noch anders überlegen, erreichen Sie mich unter dieser Adresse.« Er stand auf und ging.

Spyros Lambrou griff nach der Karte. Unter den beiden Zeilen *ANTHONY RIZZOLI* und *Export – Import* las er Anschrift und Telefonnummer eines Athener Hotels.

Nikos Veritos hatte das Gespräch mit großen Augen verfolgt. Als Tony Rizzoli die Tür hinter sich geschlossen hatte, fragte er: »Ist er wirklich ein ...?«

»Ja. Rizzoli handelt mit Heroin. Überließen wir ihm jemals eines unserer Schiffe, würden wir riskieren, daß der Staat unsere gesamte Flotte beschlagnahmt.«

Tony Rizzoli verließ Lambrous Arbeitszimmer vor Wut kochend. *Dieser Scheißgrieche hat mich behandelt wie einen Bauernlümmel von der Straße. Und woher hat er von dem Deal gewußt? Die Lieferung bringt mindestens zehn Millionen Dollar. Aber wie mache ich das mit dem Transport nach New York? Ich werd' in Sizilien anrufen und noch etwas mehr Zeit rausschinden.*

Tony Rizzoli war noch kein Deal durch die Lappen gegangen, und er würde es auch diesmal schaffen. Er hielt sich für den geborenen Sieger.

In New York war Rizzoli in Hell's Kitchen aufgewachsen, einem Stadtteil an der Westseite von Manhattan, zwischen 8th Avenue und Hudson River, im Norden und Süden von der 23rd und 59th Street begrenzt. Hell's Kitchen war eine Stadt in der Stadt, eine waffenstarrende Enklave; seine Straßen wurden von Banden beherrscht; Mordaufträge wurden für 100 Dollar Kopfgeld übernommen; durfte das Opfer zuvor mißhandelt werden, gab es sogar Rabatt.

Die Bewohner von Hell's Kitchen hausten in verfallenen und verwahrlosten Mietskasernen, in denen es von Läusen, Ratten und Wanzen nur so wimmelte. Den Mangel an hygienischen Einrichtungen glichen die Kids des Viertels auf ihre Weise aus: Sie sprangen nackt von den Docks in den Hudson River – in Eintracht mit den ungeklärten Abwässern von Hell's Kitchen. Ihre Spielplätze waren die Straßen, die Docks, die Flachdächer der Mietskasernen, zu Müllbergen verkommene unbebaute Grundstücke und – im Sommer – der einer Kloake gleichende North River. Und über allem lag der beißende Geruch von Armut.

In dieser Umgebung war Tony Rizzoli aufgewachsen.

Rizzolis Erinnerungen an seine Kindheit reichten bis zu jenem Tag zurück, an dem zwei Jungen ihn niedergeschlagen und ihm das Milchgeld gestohlen hatten. Damals war er vier Jahre alt gewesen. Ältere und größere Jungen stellten eine ständige Bedrohung dar. Der Schulweg war ein Niemandsland und die Schule selbst ein Schlachtfeld. Mit 15 hatte Rizzoli eisenharte Muskeln und wußte seine Fäuste zu gebrauchen. Er boxte gern, und da er kaum einen Gegner zu fürchten hatte, verschaffte ihm das ein gewisses Gefühl der Überlegenheit. Seine Freunde und er veranstalteten Boxkämpfe im Stillman's Gym.

Manche Gangsterbosse kamen gelegentlich vorbei, um zu beobachten, wie die ihnen gehörenden Berufsboxer trainierten. Frank

Costello erschien ein- bis zweimal im Monat, meistens mit Joe Adonis und Lucky Luciano im Schlepptau. Sie hatten Spaß an den Boxkämpfen der Jugendlichen und begannen schließlich sogar Wetten abzuschließen. Der Dauersieger Tony Rizzoli wurde rasch zum Favoriten der Gangster.

Beim Umziehen bekam Rizzoli eines Tages ein Gespräch zwischen Frank Costello und Lucky Luciano im Umkleideraum mit. »Der Junge ist 'ne Goldmine«, sagte Luciano. »Ich hab' letzte Woche auf ihn gesetzt und fünf Riesen gewonnen.«

»Hast du vor, beim Kampf gegen Lou Domenic auf ihn zu setzen?«

»Klar. Und diesmal gleich zehn Riesen.«

Da Tony die Bedeutung dieses Gesprächs nicht so richtig klar war, ging er zu seinem älteren Bruder Gino und erzählte ihm davon.

»Jesus!« rief sein Bruder aus. »Die Jungs setzen 'ne Menge Geld auf dich!«

»Aber warum? Ich bin doch kein Profi.«

Gino überlegte kurz. »Du hast noch keinen Kampf verloren, oder, Tony?«

»Richtig.«

»Wahrscheinlich haben sie anfangs nur aus Spaß gewettet, aber als sie gesehen haben, was du kannst, sind sie groß eingestiegen.«

Der Jüngere zuckte mit den Schultern. »Und wennschon! Mir kann's egal sein.«

Gino legte ihm eine Hand auf den Arm. »Damit ist 'ne Menge Geld zu machen«, sagte er beschwörend. »Für beide von uns. Hör mir mal zu, Kleiner ...«

Der Kampf gegen Lou Domenic fand an einem Freitagnachmittag im Stillman's Gym statt, und die Big Boys waren fast vollzählig versammelt: Frank Costello, Joe Adonis, Albert Anastasia, Lucky Luciano und Meyer Lansky. Sie hatten Spaß daran, die Kids boxen zu sehen, aber noch mehr Spaß verschaffte ihnen die Tatsache, daß sie eine Möglichkeit entdeckt hatten, mit ihnen Geld zu verdienen.

Lou Domenic war 17 – ein Jahr älter als Tony und drei Kilo schwerer. Aber er hatte Tony Rizzolis technischen Fähigkeiten und seinem Killerinstinkt nicht viel entgegenzusetzen.

Der Kampf ging über fünf Runden. Die ersten drei Runden entschied Tony mühelos für sich, und die Gangster zählten bereits ihr Geld.

»Der Junge wird noch mal Weltmeister!« rief Lucky Luciano begeistert aus. »Wieviel hast du auf ihn gesetzt?«

»Zehn Riesen«, antwortete Frank Costello. »Die beste Quote ist fünfzehn zu eins gewesen. Der Junge hat 'nen guten Ruf.«

Und dann geschah plötzlich das Unerwartete. Zur Hälfte der fünften Runde schickte Lou Domenic seinen Gegner mit einem Uppercut zu Boden. Der Ringrichter begann zu zählen ... sehr langsam, während er die mit versteinerten Mienen dasitzenden Zuschauer ängstlich im Auge behielt.

»Steh auf, du kleines Miststück!« kreischte Joe Adonis. »Steh auf und mach weiter!«

Der Ringrichter zählte langsam weiter und kam selbst bei diesem Tempo schließlich bis zehn. Tony Rizzoli lag noch immer bewußtlos auf der Matte.

»Dieser Hurensohn! Ein *einziger* Zufallstreffer!«

Die Männer begannen, ihre Verluste zusammenzurechnen. Sie hatten eine Menge Geld verloren. Gino Rizzoli schleppte seinen Bruder in den Umkleideraum. Tony hielt die Augen fest geschlossen, denn er fürchtete, man könnte merken, daß er bei Bewußtsein war, und ihm etwas Schreckliches antun.

Tony wagte erst aufzuatmen, als er sicher zu Hause angelangt war.

»Wir haben's geschafft!« rief sein Bruder aufgeregt. »Hast du 'ne Ahnung, wieviel Geld wir verdient haben? Fast tausend Dollar, Mann!«

»Das versteh' ich nicht. Ich ...«

»Ich hab' bei ihren eigenen Shylocks Geld aufgenommen, um auf Domenic zu wetten, und 'ne Quote von eins zu fünfzehn gekriegt. Wir sind reich!«

»Sind sie jetzt nicht sauer?« fragte Tony.

Gino winkte grinsend ab. »Das kriegen sie nie raus!«

Als Tony Rizzoli am nächsten Tag aus der Schule kam, wartete eine lange schwarze Limousine am Straßenrand. Im Fond saß Lucky Luciano. Er winkte den Jungen zu sich heran. »Steig ein.«

Tonys Herz begann zu jagen. »Ich kann nicht, Mr. Luciano, ich muß ...«

»Steig ein!«

Er gehorchte. »Fahr um den Block«, wies Lucky Luciano seinen Fahrer an.

*Gott sei Dank fährt er nicht mit mir weg, um mich irgendwo umzulegen!*

Luciano wandte sich an den Jungen. »Du hast Fallobst gespielt«, stellte er nüchtern fest.

Tony wurde rot. »Nein, Sir. Ich ...«

»Erzähl mir keinen Scheiß! Wieviel hast du mit dem Kampf verdient?«

»Nichts, Mr. Luciano. Ich ...«

»Ich frage dich noch mal: Wieviel hat dir deine Show eingebracht?«

Der Junge zögerte. »'nen Tausender.«

Lucky Luciano lachte. »Ein besseres Taschengeld! Aber für 'nen ... wie alt bist du?«

»Fast sechzehn.«

»Für 'nen Sechzehnjährigen ist das gar nicht so schlecht. Dir ist hoffentlich klar, daß du meine Freunde und mich 'ne Menge Geld gekostet hast.«

»Das tut mir leid. Ich ...«

»Schon gut. Du bist ein cleverer Junge. Du hast Zukunft.«

»Danke, Mr. Luciano.«

»Was du mir erzählt hast, bleibt unter uns, Tony. Du weißt, was man mit Leuten wie dir sonst macht? Aber ich möchte, daß du am Montag zu mir kommst. Wir sollten uns einmal darüber unterhalten, wie du in Zukunft für mich arbeitest.«

In der Woche danach arbeitete Tony Rizzoli bereits für Lucky Luciano. Er begann mit illegaler Zahlenlotterie auf der Straße und wurde dann Geldeintreiber. Da er begabt und clever war, arbeitete er sich stetig hoch, bis er zuletzt Lucianos rechte Hand war.

Als Lucky Luciano dann verhaftet, verurteilt und ins Gefängnis gesteckt wurde, blieb Tony Rizzoli bei Lucianos Organisation.

Die »Familien« betrieben Glücksspiel, Geldverleih zu Wucherzinsen, Prostitution und alles andere, womit sich illegale Gewinne erzielen ließen. Rauschgifthandel wurde im allgemeinen abgelehnt, aber da einige Mitglieder darauf bestanden, sich damit zu befassen, gestatteten die Familien ihnen widerstrebend, sich als Dealer selbständig zu machen.

Der Gedanke an dieses Geschäft setzte sich bei Tony Rizzoli fest. Soviel er bisher gesehen hatte, waren die Drogenhändler völlig desorganisiert. *Bei denen gibt's viel zuviel Leerlauf. Mit dem richtigen Kopf und ordentlich Muskeln dahinter ...*

Er traf seine Entscheidung.

Tony Rizzoli war kein Mann, der sich blindlings in ein Abenteuer stürzte. Er begann damit, daß er alles schluckte, was er an Informationen über Heroin auftreiben konnte.

Heroin wurde rasch zum König der Rauschgifte. Kokain oder Marihuana machten »high«, aber Heroin rief die totale Euphorie hervor – keine Schmerzen, keine Probleme, keine Sorgen.

Die Türkei gehörte zu den größten Anbauern von Mohn, aus

dem sich Heroin gewinnen ließ.

Die Familie unterhielt Verbindungen dorthin, und Tony wandte sich an Pete Lucca, einen der führenden Köpfe.

»Ich steige ins Drogengeschäft ein«, sagte Rizzoli. »Aber alles, was ich tue, wird auch der Familie zugute kommen. Das wollte ich dir nur noch mal sagen.«

»Du bist ein guter Junge gewesen, Tony.«

»Ich möchte mich in der Türkei umsehen. Kannst du das arrangieren?«

Der Alte zögerte. »Gut, ich melde dich an. Aber diese Leute sind nicht wie wir, Tony. Sie sind unzivilisiert. Wenn sie dir nicht trauen, legen sie dich um.«

»Keine Angst, ich bin vorsichtig.«

»Komm gesund wieder.«

Zwei Wochen später trat Tony Rizzoli seine Reise in die Türkei an.

Er reiste nach Izmir, Afyon und Eskisehir, wo Mohn angebaut wurde, und stieß anfangs überall auf tiefstes Mißtrauen. Er war ein Fremder, und Fremde waren nirgendwo willkommen.

»Wir können groß miteinander ins Geschäft kommen«, sagte Rizzoli. »Ich würde mir gern mal die Mohnfelder ansehen.«

Ein Schulterzucken. »Von Mohnfeldern wissen wir nichts. Sie vergeuden hier bloß Ihre Zeit. Fahren Sie heim.«

Aber Rizzoli ließ nicht locker. Er setzte durch, daß ein halbes Dutzend Telefongespräche geführt und verschlüsselte Kabelbotschaften ausgetauscht wurden. Zuletzt sollte er in Kilis nahe der türkisch-syrischen Grenze die Mohnernte auf den Plantagen des Großgrundbesitzers Carella beobachten dürfen.

»Ich verstehe es nicht«, sagte Rizzoli. »Wie macht man Heroin aus 'ner gottverdammten Blume?«

Ein Chemiker in einem weißen Kittel erklärte es ihm. »Das erfordert mehrere Schritte, Mr. Rizzoli. Heroin wird aus Morphium gewonnen, das durch die Behandlung von Opium mit Essigsäure entsteht. Der Rohstoff Opium wird aus *Pavaver somniferum*, dem Schlafmohn, gewonnen und verdankt seinen Namen dem griechischen Wort *Opos*, Saft.«

»Schon kapiert.«

Zur Erntezeit wurde Rizzoli dann auf Carellas Gut eingeladen. Jedes Mitglied von Carellas Familie besaß ein sichelförmiges Messer, mit dem die Pflanzen sorgfältig angeschnitten wurden. »Die reifen Mohnkapseln müssen binnen vierundzwanzig Stunden abgeerntet werden«, erklärte Carella ihm, »sonst ist die Ernte verloren.«

Die insgesamt neun Familienangehörigen arbeiteten wie besessen, um die Ernte rechtzeitig unter Dach und Fach zu bringen. Die Luft war geschwängert von betäubenden Dämpfen.

Rizzoli fühlte sich benommen. »Vorsicht!« warnte Carella ihn. »Bleiben Sie wach! Wer sich ins Mohnfeld legt, steht nie mehr auf.«

Während der 24stündigen Ernteperiode wurden die Türen und Fenster des Gutshauses fest geschlossen gehalten.

Nachdem die Mohnkapseln abgeerntet waren, beobachtete Rizzoli in einem »Labor« in den Hügeln, wie aus dem geronnenen Mohnsaft erst Morphinbase und dann Heroin gewonnen wurde.

»Das war's also, wie?«

Carella schüttelte den Kopf. »Nein, mein Freund. Das war erst der Anfang. Die Heroinproduktion ist der leichteste Teil. Jetzt geht's darum, die Ware zu transportieren, ohne erwischt zu werden.«

Tony Rizzolis Erregung wuchs. Genau hier würde er mit seiner Erfahrung ansetzen. Bisher war dieses Geschäft von Amateuren betrieben worden. Jetzt würde er ihnen zeigen, wie ein Profi arbeitete...

»Wie transportieren Sie das Zeug?«

»Da gibt's viele Möglichkeiten. Auto, Lastwagen, Bus, Eisenbahn, Maultiere, Kamele...«

»Kamele?«

»Früher haben wir Heroin in verlöteten Büchsen im Magen von Kamelen geschmuggelt – bis die Grenzer angefangen haben, Metalldetektoren zu benutzen. Deshalb sind wir zu Gummibeuteln übergegangen. Am Ziel werden die Kamele dann geschlachtet. Leider kann's passieren, daß diese Beutel im Kamelmagen platzen und die Tiere nur noch über die Grenze torkeln. Dann wissen die Grenzer natürlich auch, was läuft.«

»Welche Routen benutzen Sie?«

»Meistens schicken wir die Ware über Haleb und Beirut nach Marseille. Oder sie gelangt aus Istanbul über Griechenland nach Sizilien und von dort aus über den Atlantik. Weniger wichtige Routen führen über Korsika und Marokko.«

»Ich weiß Ihre Unterstützung sehr zu schätzen«, sagte Rizzoli. »Sie können sich darauf verlassen, daß ich den Jungs davon erzähle. Aber ich möchte Sie noch um einen weiteren Gefallen bitten.«

»Ja?«

»Ich möchte den nächsten Transport begleiten.«

Daraufhin folgte eine lange Pause. »Es könnte gefährlich werden.«

»Das riskiere ich.«

Am nächsten Nachmittag lernte Tony Rizzoli einen hünenhaften Banditen mit imposantem Schnurrbart und gewaltigen Muskelpaketen kennen. »Das ist Mustafa aus Afyon. Auf Türkisch heißt *Afyon* Opium. Mustafa ist einer unserer geschicktesten Schmuggler.«

»Man muß schon geschickt sein«, sagte Mustafa bescheiden. »Es gibt viele Gefahren.«

Tony Rizzoli grinste. »Aber das Risiko lohnt sich, was?«

»Sie sprechen von Geld«, stellte Mustafa würdevoll fest, »aber für uns ist Opium mehr als ein geldbringendes Erzeugnis. Der weiße Mohnsaft ist ein Geschenk Allahs, ein wahres Elixier, das in kleinen Mengen als Heilmittel wirkt. Innerlich oder äußerlich angewandt, kuriert er alltägliche Beschwerden – Magenverstimmung, Erkältung, Fieber, Schmerzen, Verstauchungen. Aber er ist mit Vorsicht zu gebrauchen. Nimmt man zu große Mengen, betäubt er nicht nur die Sinne, sondern raubt einem auch die Manneskraft, und in der Türkei wird ein Mann durch nichts so sicher seiner Ehre beraubt wie durch Impotenz.«

»Wenn Sie meinen.«

Zwei Stunden nach Sonnenuntergang brachen sie von Afyon auf. Aus dem Dunkel der mondlosen Nacht tauchten Bauern mit mehreren Maultieren auf, um sich mit Mustafa zu treffen. Ihre kräftigen Tiere waren mit insgesamt 700 Kilogramm Opium beladen. Süßlicher, an nasses Heu erinnernder Opiumgeruch umgab die Männer. Begleitet wurden die Mulitreiber von einem weiteren Dutzend Bauern, die den Opiumtransport unterwegs sichern sollten. Jeder dieser Bauern war mit einem Gewehr bewaffnet.

»Heutzutage müssen wir vorsichtig sein«, erklärte Mustafa Rizzoli. »Interpol und die hiesige Polizei fahnden nach uns. In der guten alten Zeit hat unsere Arbeit mehr Spaß gemacht. Manchmal haben wir das Opium in einem schwarzverhängten Sarg durch Dörfer und Städte transportiert. Es war ein herzerwärmender Anblick, wenn Männer den Hut abnahmen und Polizisten den ›Leichenzug‹ respektvoll grüßten.«

Die Provinz Afyon liegt in der Mitte des östlichen Drittels der Türkei, am Fuß der Sultanberge auf einer einsamen, weit von allen Großstädten des Landes entfernten Hochebene.

»Für unsere Arbeit ist dieses Gebiet besonders gut geeignet«, erklärte Mustafa. »Hier sind wir nur schwer zu finden.«

Die Maultierkarawane zog langsam durch das karge Bergland und erreichte kurz nach Mitternacht die türkisch-syrische Grenze. Dort wurden die Schmuggler von einer schwarzgekleideten Frau erwartet. Sie führte ein mit einem harmlosen Sack Mehl beladenes Pferd, an dessen Sattelhorn ein dünnes Hanfseil befestigt war. Das fast hundert Meter lange Seil hing hinter dem Pferd herab, ohne jemals den Boden zu berühren. Ein Ende war am Sattel festgeknotet, und den Rest des Seils hielten Mustafa und die Männer hinter ihm in den Händen.

Sie schlichen tiefgebückt weiter, umklammerten mit einer Hand das Leitseil und hielten mit der anderen einen Jutesack Opium auf ihrer Schulter fest. Jeder Sack wog fünfunddreißig Kilo. Die Frau und ihr Pferd durchquerten das mit Tellerminen gesicherte Grenzgebiet durch eine Gasse, die am Vortag durch eine über die Grenze getriebene kleine Schafherde geschaffen worden war. Fiel das Seil zu Boden, waren Mustafa und seine Männer gewarnt, daß vor ihnen eine Grenzpatrouille aufgetaucht war. Wurde die Frau dann abgeführt, war der Weg für die Schmuggler frei.

Nachdem die Kolonne das verminte, von Patrouillen kontrollierte Grenzgebiet durchquert hatte, marschierte sie durch die fünf Kilometer breite Pufferzone und erreichte den vereinbarten Treffpunkt, wo sie von syrischen Schmugglern empfangen wurde. Die Männer warfen ihre Last ab und nahmen dankbar eine Flasche Raki entgegen, die sie herumgehen ließen. Rizzoli beobachtete, wie die Ware geprüft, gewogen und auf zehn schmutzige syrische Esel verladen wurde. Damit war ihre Arbeit getan.

*Okay,* dachte Rizzoli, *jetzt wollen wir mal sehen, wie die Jungs in Thailand arbeiten.*

Tony Rizzolis nächstes Ziel war Bangkok. Nachdem er sich legitimiert hatte, durfte er auf einem thailändischen Fischerboot mitfahren, dessen Fracht aus Opium in Plastikbeuteln bestand, die man in alten Ölfässern mit angeschweißten Ringen verstaut hatte. Vor der Einfahrt nach Hongkong warfen die Boote diese Fässer dann in ordentlicher Reihe ins seichte Wasser, aus dem einheimische Fischer sie mit Greifhaken mühelos bergen konnten.

*Nicht übel,* dachte Rizzoli. *Aber es muß eine bessere Methode geben.*

Die Erzeuger sprachen vom Heroin als »H« oder »Horse«, aber für Tony Rizzoli war es reines Gold. Die Gewinne waren atemberaubend hoch. Für zehn Kilo Rohopium erhielten die Mohnbauern 350 Dollar, aber der weiterverarbeitete Stoff brachte in New York im Straßenverkauf 250 000 Dollar.

*Ein Kinderspiel!* dachte Rizzoli. *Carella hat recht gehabt – man darf sich bloß nicht erwischen lassen.*

So war es zu Anfang gewesen, aber jetzt war das Geschäft schwieriger geworden. Erst kürzlich hatte Interpol der Bekämpfung des Drogenhandels absolute Priorität eingeräumt. Alle auch nur im geringsten verdächtig wirkenden Schiffe, die aus den bekannten Schmuggelhäfen ausliefen, wurden von der Polizei durchsucht.

Das war der Grund, warum Rizzoli Spyros Lambrou aufgesucht hatte. Dessen Flotte war so renommiert, daß keine Durchsuchung zu befürchten gewesen wäre. Aber der Schweinehund hatte ihn abgewiesen. *Ich finde eine andere Möglichkeit,* dachte Rizzoli. *Aber ich muß sie verdammt schnell finden.*

»Catherine . . . störe ich etwa?«

Es war kurz vor Mitternacht. »Nein, Costa. Es ist schön, deine Stimme zu hören.«

»Bei dir alles in Ordnung?«

»Ja – und das verdanke ich dir. Die Arbeit macht mir großen Spaß.«

»Wunderbar. Hör zu, ich komme in zwei, drei Wochen wieder

nach London. Ich freue mich darauf, dich wiederzusehen.« *Vorsichtig. Nichts überstürzen.* »Ich möchte mit dir über einige Leute in der Firma sprechen.«

»Gern.«

»Schön, dann bis bald. Gute Nacht, Catherine.«

»Gute Nacht, Costa.«

Diesmal rief sie ihn an. »Costa... ich weiß gar nicht, was ich sagen soll. Das Medaillon ist wunderschön. Aber ich habe ein schlechtes Gewissen, wenn du mir...«

»Es ist ein kleines Dankeschön, Catherine. Evelyn erzählt mir immer wieder, wie gut du dich eingearbeitet hast. Ich wollte dir nur meine Anerkennung ausdrücken.«

*Wie einfach alles ist!* dachte Demiris. Komplimente und kleine Geschenke. Später dann: Meine Frau und ich sind dabei, uns zu trennen.

Danach das »Ich-bin-so-einsam«-Stadium.

Zuletzt vage angedeutete Heiratsabsichten und eine Einladung auf seine Jacht und seine Privatinsel. Die Masche funktionierte immer. *Aber diesmal ist es besonders aufregend, weil die Sache anders enden wird...*

Er rief Napoleon Chotas an. Der Rechtsanwalt war erfreut, von ihm zu hören. »Wir haben uns eine Ewigkeit nicht mehr gesehen, Costa. Bei dir alles in Ordnung?«

»Ja, danke. Hör zu, du mußt mir einen Gefallen tun.«

»Selbstverständlich.«

»Noelle Page hat eine kleine Villa in Rafina gehört. Ich möchte, daß du sie als Strohmann für mich kaufst.«

»Wird erledigt. Ich beauftrage einen Kollegen aus meiner Kanzlei damit, sie...«

»Ich möchte, daß du die Sache selbst in die Hand nimmst.«

Der Anwalt antwortete nicht gleich. »Gut, wie du willst. Ich kümmere mich persönlich darum.«

»Danke.«

Napoleon Chotas saß da und starrte das Telefon an. Diese Villa war das Liebesnest gewesen, in dem Noelle Page und Larry Douglas sich getroffen hatten. *Was hat Constantin Demiris damit vor?*

# 7

Das große Gerichtsgebäude Arsakion in der Athener Innenstadt ist ein weitläufiger grauer Steinbau, der einen ganzen Block zwischen Universitäts- und Stadionstraße einnimmt. Von seinen über 30 Gerichtssälen sind nur drei für Strafprozesse reserviert: die Säle 21, 30 und 33.

Wegen des zu erwartenden Publikumsandrangs fand der Mordprozeß gegen Anastasia Savalas in Saal 33 statt. Die Zuschauerplätze in diesem größten Verhandlungssaal wurden durch zwei Meter breite Gänge in drei Blöcke unterteilt, die je neun Sitze pro Reihe aufwiesen. Der erhöhte Richtertisch mit den hochlehnigen Sesseln der drei Richter wurde vom Saal durch eine fast mannshohe, mahagoniverkleidete Zwischenwand separiert.

Vor dem Richtertisch befand sich der Zeugenstand, ein Podium mit festinstalliertem Lesepult, und an der Längswand des Saals stand die Geschworenenbank, auf der jetzt die zehn Geschworenen Platz genommen hatten. Vor der Anklagebank hatte die Verteidigung ihren Tisch, während der Staatsanwalt den Geschworenen gegenüber an der linken Wand saß.

Der Glanzpunkt dieses an sich schon sensationellen Mordprozesses war die Tatsache, daß Napoleon Chotas, einer der berühmtesten Strafverteidiger der Welt, die Verteidigung übernommen hatte. Chotas, der auf Mordfälle spezialisiert war, konnte auf spektakuläre Erfolge zurückblicken. Sein Anwaltshonorar sollte angeblich siebenstellige Summen betragen. Napoleon Chotas war ein kleiner, zerstreuter, ausgemergelt wirkender Mann mit großen traurigen Bernhardineraugen in einem zerfurchten Gesicht. Er kleidete sich nachlässig; seine ganze Erscheinung wirkte wenig vertrauenerweckend. Aber hinter seiner scheinbar zerstreuten Art steckte ein brillanter, scharfsinniger Verstand.

Die Presse hatte eifrig darüber spekuliert, weshalb Napoleon Chotas die Verteidigung der Angeklagten übernommen hatte. Da ein Freispruch unmöglich zu erreichen war, wurden bereits Wetten darauf abgeschlossen, daß dieser Prozeß mit Chotas' erster Niederlage vor Gericht enden würde.

Staatsanwalt Peter Demonides fürchtete seinen alten, gerissenen Kontrahenten Chotas – obwohl er sich das nie eingestehen würde. Aber diesmal glaubte er, keinen Grund zur Sorge zu haben. Falls es jemals einen Mordprozeß gegeben hatte, der mit einem Schuldspruch enden *mußte,* so war es dieses Verfahren gegen Anastasia Savalas.

Die Tatsachen waren eindeutig: Anastasia Savalas war die schöne junge Frau eines reichen, fast dreißig Jahre älteren Mannes gewesen. Sie hatte eine Affäre mit ihrem jungen Chauffeur Joseph Pappas gehabt, und ihr Mann hatte ihr nach Zeugenaussagen mit Scheidung und Enterbung gedroht. Am Tatabend hatte sie das Hauspersonal weggeschickt und das Essen selbst zubereitet. Giorgios Savalas, der erkältet gewesen war, hatte bei Tisch einen Hustenanfall erlitten. Seine Frau hatte ihm seine Hustenmilch gebracht. Savalas hatte einen Löffel davon genommen und war tot umgefallen.

Es war eindeutig Mord gewesen.

An diesem Vormittag war der Saal 33 überfüllt. Anastasia Savalas, die in einem schlichten schwarzen Kostüm auf der Anklagebank saß, trug keinen Schmuck und nur ein sehr dezentes Make-up. Sie war atemberaubend schön.

Zu Prozeßbeginn wandte Staatsanwalt Peter Demonides sich an die Geschworenen.

»Meine Damen und Herren Geschworenen, wie Sie wissen, dauern Strafverfahren wegen Mordes manchmal drei bis vier Monate. Aber ich bin sicher, daß Sie sich diesmal nicht auf eine so lange Verfahrensdauer einrichten müssen. Sobald die Tatsachen auf dem Tisch liegen, werden Sie mir zustimmen, daß nur ein Schuldspruch im Sinne der Anklage denkbar ist. Wir werden beweisen, daß die Angeklagte ihren Ehegatten vorsätzlich ermordet hat, weil er ihr nach der Entdeckung ihrer Affäre mit dem Chauffeur der Familie mit Scheidung gedroht hat. Wir werden nachweisen, daß die Angeklagte ein Motiv und die Möglichkeit und Mittel zur Durchführung ihres eiskalten Mordplans gehabt hat. Ich danke Ihnen.« Er nahm wieder Platz.

Der vorsitzende Richter wandte sich an Chotas. »Herr Verteidiger, sind Sie bereit, Ihre Eröffnung vorzutragen?«

Napoleon Chotas stand langsam auf. »Ich bin bereit, Hohes Gericht! Meine Damen und Herren Geschworenen!« Er schlurfte unsicher zur Geschworenenbank hinüber, blinzelte die Frauen und Männer an, und als er sprach, schien er fast ein Selbstgespräch zu führen.

»In den langen Jahren meiner Berufspraxis habe ich die Erfahrung gemacht, daß kein Mensch seinen schlechten Charakter verbergen kann. Er kommt unweigerlich zum Vorschein. Ein Dichter hat einmal gesagt, die Augen seien die Fenster der Seele. Ich glaube, daß er recht hatte. Ich möchte, daß Sie in die Augen der Angeklagten blicken, meine Damen und Herren, und Sie werden sehen, daß sie niemals imstande gewesen sein kann, einen Mord zu begehen.«

Napoleon Chotas blieb kurz stehen, als überlege er, was er noch sagen könnte; dann schlurfte er an seinen Platz zurück.

In Peter Demonides wallte jähes Triumphgefühl auf. *Großer Gott, das ist die schwächste Eröffnung, die ich je gehört habe! Der Alte hat seine Zähne verloren.*

»Herr Staatsanwalt, sind Sie bereit, Ihre erste Zeugin aufzurufen?«

»Ja, Hohes Gericht. Ich rufe Rosa Lykourgos in den Zeugenstand.«

In der ersten Zuschauerreihe stand eine stämmige Mittvierzigerin auf, marschierte resolut zum Zeugenstand und ließ sich vereidigen.

»Frau Lykourgos, was sind Sie von Beruf?«

»Haushälterin bei ...« Ihre Stimme versagte fast. »Ich bin Haushälterin bei Herrn Savalas *gewesen.*«

»Bei Herrn Giorgios Savalas?«

»Ja, Herr Staatsanwalt.«

»Würden Sie uns bitte sagen, wie lange Sie bei ihm angestellt waren?«

»Fünfundzwanzig Jahre.«

»Oh, das ist aber lange! Haben Sie Ihren Arbeitgeber geschätzt?«

»Er war ein Heiliger.«

»Haben Sie auch schon während seiner ersten Ehe für Herrn Savalas gearbeitet?«

»Gewiß. Ich habe mit ihm am Grab gestanden, als seine erste Frau beigesetzt wurde.«

»Könnte man sagen, daß die beiden gut miteinander ausgekommen sind?«

»Sie haben sich wahnsinnig geliebt.«

Peter Demonides sah zu Napoleon Chotas hinüber und wartete auf seinen Einspruch gegen diese Frage. Aber Chotas blieb wie abwesend sitzen.

Der Staatsanwalt fuhr fort. »Und Sie blieben seine Haushälterin, als Herr Savalas in zweiter Ehe Anastasia Savalas heiratete?«

»Allerdings!« Sie spuckte das Wort förmlich aus.

»Würden Sie diese Ehe als glücklich bezeichnen?« Er sah wieder zu Napoleon Chotas, der auch diesmal keine Reaktion zeigte.

»Glücklich? Nein, bestimmt nicht! Sie waren wie Hund und Katz.«

»Haben Sie ihre Auseinandersetzungen miterlebt?«

»Nun, das war nicht zu vermeiden. Man hat sie im ganzen Haus gehört – und das Haus ist groß!«

»Vermute ich richtig, daß mit Worten, nicht mit Schlägen gestritten wurde? Herr Savalas hat seine Frau doch wohl nie geschlagen?«

»Doch, Hiebe hat's auch gesetzt. Aber andersrum wird ein Schuh draus: Die Madame hat *ihn* geschlagen! Herr Savalas war eben nicht mehr der Jüngste und schon recht klapprig.«

»Sie haben selbst gesehen, wie Frau Savalas ihren Mann geschlagen hat?«

»Mehr als einmal.« Die Zeugin sah dabei zu Anastasia Savalas hinüber, und aus ihrer Stimme sprach grimmige Zufriedenheit.

»Frau Lykourgos, wer vom Hauspersonal ist in der bewußten Nacht, in der Herr Savalas starb, im Haus gewesen?«

»Keiner von uns.«

Peter Demonides spielte den Überraschten. »Soll das heißen, daß in einem Ihrer Schilderung nach so großen Haus kein Personal anwesend war? Hat Herr Savalas denn keinen Koch, kein Dienstmädchen, keinen Butler beschäftigt?«

»Doch, die haben wir alle gehabt. Aber die Madame hat allen freigegeben und uns weggeschickt. Sie wollte das Abendessen für ihren Mann selbst kochen. Das sollten die zweiten Flitterwochen werden.« Bei diesem Satz schnaubte die Zeugin verächtlich.

»Frau Savalas hat also dafür gesorgt, daß keine Zeugen im Haus waren?«

Diesmal sah der Richter zu Napoleon Chotas hinüber, weil er seinen Einwand erwartete. Aber der Verteidiger starrte weiter gedankenverloren vor sich hin.

Der Richter wandte sich an Demonides. »Vermeiden Sie bitte Suggestivfragen, Herr Staatsanwalt.«

»Ich bitte um Verzeihung, Hohes Gericht. Ich werde die Frage anders formulieren.«

Demonides trat näher an Rosa Lykourgos heran. »Festzustellen bleibt also, daß Frau Savalas an einem Abend, an dem normalerweise ein Teil des Personals im Haus gewesen wäre, alle Leute weggeschickt hat, um mit ihrem Mann allein sein zu können?«

»Ganz recht. Und der Ärmste war schrecklich erkältet.«

»Hat Frau Savalas oft für ihren Mann gekocht?«

Die Zeugin schniefte verächtlich. »Die? Garantiert nicht! Sie hat im Haus nie auch nur einen Finger krumm gemacht.«

Und Napoleon Chotas blieb so gelassen sitzen, als sei er der letzte, der etwas mit dem Prozeß zu tun hätte.

»Ich danke Ihnen für Ihre Aussage, Frau Lykourgos.«

Peter Demonides hatte Mühe, seine Zufriedenheit zu verbergen, als er sich jetzt an Chotas wandte. Die Aussage der resoluten Haushälterin hatte die Geschworenen merklich beeindruckt. Sie warfen der Angeklagten mißbilligende Blicke zu. *Mal sehen, wie der Alte dagegen ankommt.* »Ihre Zeugin, Herr Verteidiger.«

Napoleon Chotas hob den Kopf. »Was? Danke, keine Fragen.«

Der Richter sah ihn erstaunt an. »Herr Verteidiger... Sie wollen die Zeugin nicht ins Kreuzverhör nehmen?«

Chotas stand auf. »Nein, Hohes Gericht. Sie macht einen grundehrlichen Eindruck.« Er nahm wieder Platz.

Peter Demonides wollte seinen Ohren nicht trauen. *Großer Gott*, dachte er, *der Alte kämpft nicht einmal. Er ist wirklich erledigt.*

Der Richter wandte sich an den Staatsanwalt. »Sie können Ihren nächsten Zeugen aufrufen.«

»Ich rufe Joseph Pappas in den Zeugenstand.«

Ein großer, gutaussehender, schwarzhaariger junger Mann, der ebenfalls in der ersten Reihe gesessen hatte, stand auf und trat vor.

»Herr Pappas«, begann Peter Demonides nach der Vereidigung, »was sind Sie von Beruf?«

»Ich bin Chauffeur.«

»Sind Sie im Augenblick irgendwo angestellt?«

»Nein.«

»Aber Sie sind bis vor kurzem angestellt gewesen. Genauer gesagt bis zum Tode von Giorgios Savalas.«

»Ja, das stimmt.«

»Wie lange waren Sie Chauffeur der Familie Savalas?«

»Etwas über ein Jahr.«

»War das eine angenehme Stellung?«

Joseph Pappas sah hilfesuchend zu Chotas hinüber, als erwarte er seinen Einspruch. Aber der Verteidiger schwieg.

»War das eine angenehme Stellung, Herr Pappas?«

»Es war in Ordnung, schätze ich.«

»Hat man Sie gut entlohnt?«

»Ja.«

»Ist die Stellung dann nicht mehr als in Ordnung gewesen? Ich meine, haben Sie nicht auch Extravergünstigungen genossen? Sind Sie nicht regelmäßig mit Frau Savalas ins Bett gegangen?«

Pappas warf dem Verteidiger einen flehenden Blick zu. Aber die erhoffte Hilfe blieb aus.

»Ich ... ja, das dürfte stimmen.«

»Das *dürfte* stimmen?« fragte Peter Demonides mit ätzendem Sarkasmus. »Sie stehen unter Eid! Haben Sie eine Affäre mit ihr gehabt oder nicht?«

Pappas wand sich vor Verlegenheit. »Wir haben was miteinander gehabt«, gab er zu.

»Obwohl Sie für ihren Mann arbeiteten – obwohl Sie ein großzügiges Gehalt bezogen und unter seinem Dach lebten?«

»Ja, das stimmt.«

»Es hat Sie nicht gestört, sich regelmäßig von Herrn Savalas entlohnen zu lassen, während Sie eine Affäre mit seiner Frau hatten?«

»Es war nicht bloß 'ne Affäre.«

Peter Demonides hatte den Köder listig ausgelegt. »Es war nicht bloß 'ne Affäre? Was meinen Sie damit? Das müssen Sie uns näher erklären.«

»Ich meine... Anastasia und ich wollten heiraten.«

Aus dem Publikum war ein überraschtes Murmeln zu hören. Die Geschworenen starrten die Angeklagte an.

»War die Sache mit der Heirat Ihre Idee oder die von Frau Savalas?«

»Nun, wir wollten's beide.«

»Von wem kam der Vorschlag?«

»Zuerst von ihr, glaub' ich.« Er sah zu Anastasia Savalas hinüber, die seinen Blick gelassen erwiderte.

»Ehrlich gesagt, das verstehe ich nicht, Herr Pappas. Wie hätten Sie sie heiraten können? Frau Savalas hatte doch schon einen Mann, nicht wahr? Wollten Sie warten, bis er an Altersschwäche gestorben war? Oder sollte er passenderweise bei einem Unfall umkommen? Woran genau haben Sie gedacht?«

Die Fragen waren so provokativ, daß der Staatsanwalt und die drei Richter zu Napoleon Chotas hinübersahen, weil sie erwarteten, er würde umgehend aufspringen und mit Stentorstimme Einspruch erheben. Aber Chotas war damit beschäftigt, etwas auf seinen Notizblock zu kritzeln, ohne auf die Vorgänge vor seiner Nase zu achten. Auch Anastasia Savalas wirkte jetzt allmählich besorgt.

Demonides faßte nach, um seinen Vorteil auszunutzen. »Sie haben meine Frage noch nicht beantwortet, Herr Pappas.«

Wieder wand der Zeuge sich vor Verlegenheit. »Genau weiß ich's selbst nicht.«

Peter Demonides' Worte klangen wie Peitschenhiebe. »Dann will ich's Ihnen *genau* sagen! Frau Savalas wollte ihren Mann ermorden, weil er ihr im Weg stand. Sie wußte, daß er sie enterben wollte, daß sie nach seinem Tod mittellos dastehen würde. Sie ...«

»Einspruch!« rief nicht Napoleon Chotas, sondern der vorsitzende Richter. »Sie dürfen den Zeugen nicht dazu verleiten, Vermutungen anzustellen.« Er blickte zu Chotas hinüber, dessen Schweigen ihm unerklärlich war. Der Alte saß mit halbgeschlossenen Augen hinter seinem Tisch.

»Ich bitte um Verzeihung, Hohes Gericht.« Aber Demonides wußte, daß seine Argumentation gewirkt hatte. Er wandte sich an Chotas. »Ihr Zeuge, Herr Verteidiger.«

Napoleon Chotas erhob sich. »Danke, Herr Staatsanwalt. Keine Fragen.«

Die drei Richter wechselten verwunderte Blicke. »Herr Verteidiger«, fragte der vorsitzende Richter, »sind Sie sich darüber im klaren, daß dies Ihre einzige Gelegenheit ist, diesen Zeugen ins Kreuzverhör zu nehmen?«

Napoleon Chotas blinzelte. »Gewiß, Hohes Gericht.«

»Und Sie wollen ihm trotz seiner Ihre Mandantin belastenden Aussage keine Fragen stellen?«

Napoleon Chotas machte eine vage abwehrende Handbewegung. »Nein, Hohes Gericht.«

Der Richter seufzte. »Gut, wie Sie wollen. Herr Staatsanwalt, Sie können Ihren nächsten Zeugen aufrufen.«

Der nächste Zeuge war Michail Haritonides, ein fülliger Mann Anfang Sechzig.

Nachdem er vereidigt worden war, fragte der Staatsanwalt: »Herr Haritonides, was sind Sie von Beruf?«

»Ich bin Direktor eines Hotels.«

»Wie heißt Ihr Hotel?«

»Hotel Argos.«

»Und wo befindet sich dieses Hotel?«

»Auf Korfu.«

»Herr Haritonides, können Sie uns sagen, ob von den hier Anwesenden schon mal jemand bei Ihnen übernachtet hat?«

Der Hoteldirektor sah sich um. »Ja«, antwortete er dann. »Sie und er.«

»Ich bitte zu Protokoll zu nehmen, daß der Zeuge auf Anastasia Savalas und Joseph Pappas gezeigt hat.« Peter Demonides setzte die Vernehmung fort. »Haben diese beiden öfter in Ihrem Hotel übernachtet?«

»O ja! Sie sind mindestens ein halbes Dutzend Mal bei uns gewesen.«

»Und die beiden haben jeweils ein Doppelzimmer genommen?«

»Ganz recht. Sie sind im allgemeinen übers Wochenende geblieben.«

»Danke, Herr Haritonides.« Er nickte Napoleon Chotas zu. »Ihr Zeuge, Herr Verteidiger.«

»Danke, keine Fragen.«

Die drei Richter steckten die Köpfe zusammen und flüsterten kurz miteinander. Dann sah der vorsitzende Richter zu Napoleon Chotas hinüber. »Sie wollen also auch diesem Zeugen keine Fragen stellen, Herr Verteidiger?« erkundigte er sich nachdrücklich.

»Nein, Hohes Gericht. Ich glaube seiner Aussage. Das Hotel ist wirklich hübsch. Ich habe selbst schon dort übernachtet.«

Der Richter starrte Napoleon Chotas nachdenklich an, bevor er Demonides zunickte. »Herr Staatsanwalt, Sie können Ihren nächsten Zeugen aufrufen.«

»Ich rufe Doktor Vasilis Frangescos in den Zeugenstand.«

Ein schlanker, distinguiert wirkender Mann erhob sich, trat vor und wurde vereidigt.

»Doktor Frangescos, was sind Sie von Beruf?«

»Ich bin praktischer Arzt.«

»Also Arzt für Allgemeinmedizin?«

»So kann man es auch sagen, ja.«

»Wie lange praktizieren Sie schon, Doktor?«

»Fast dreißig Jahre.«

»Doktor Frangescos, war Giorgios Savalas bei Ihnen in Behandlung?«

»Ja, ich war sein Hausarzt.«

»Und wie lange?«

»Etwas über zehn Jahre.«

»Haben Sie Herrn Savalas wegen einer bestimmten Krankheit behandelt?«

»Nun, als er zum ersten Mal in meine Praxis kam, litt er unter zu hohem Blutdruck.«

»Und Sie haben ihn dagegen behandelt?«

»Ja.«

»Aber er ist auch danach Ihr Patient geblieben?«

»Ja, natürlich. Er kam zu mir, wenn er Bronchitis oder eine Magenverstimmung hatte – im allgemeinen nichts Ernstes.«

»Wann haben Sie Herrn Savalas zum letzten Mal gesehen?«

»Im Dezember vergangenen Jahres.«

»Also kurz vor seinem Tod?«

»Ganz recht.«

»Kam er in Ihre Praxis, Doktor?«

»Nein, ich habe ihn in seinem Haus aufgesucht.«

»Machen Sie immer Hausbesuche?«

»Nein, im allgemeinen nicht.«

»Aber in diesem Fall haben Sie eine Ausnahme gemacht?«

»Ja.«

»Weshalb?«

Der Arzt zögerte. »Nun, in seinem Zustand konnte er nicht in meine Praxis kommen.«

»In welchem Zustand befand er sich?«

»Er hatte Blutergüsse, eine Rippenprellung und eine leichte Gehirnerschütterung.«

»Ein Unfall?«

Dr. Frangescos zögerte erneut. »Nein. Er hat mir erzählt, seine Frau hätte ihn geschlagen.«

Im Saal wurde erschrockenes Gemurmel laut.

»Herr Verteidiger«, fragte der Richter irritiert, »wollen Sie nicht Einspruch dagegen erheben, daß Informationen, die der Zeuge nur aus zweiter Hand bezogen hat, ins Protokoll aufgenommen werden?«

Napoleon Chotas sah auf. »Oh, ja, danke, Hohes Gericht«, erwiderte er gelassen. »Ja, ich erhebe Einspruch.«

Aber der Schaden war natürlich nicht wiedergutzumachen. Die Geschworenen starrten die Angeklagte jetzt mit unverhüllter Feindseligkeit an.

»Danke, Doktor Frangescos. Keine weiteren Fragen.« Peter Demonides wandte sich an Chotas und sagte selbstgefällig: »Ihr Zeuge, Herr Verteidiger.«

»Keine Fragen.«

Danach folgte ein steter Strom weiterer Zeugen: ein Dienstmädchen, das mehrmals beobachtet hatte, wie Anastasia Savalas im Zimmer des Chauffeurs verschwunden war ... der Butler, der gehört hatte, wie Giorgios Savalas seiner Frau gedroht hatte, er würde sich scheiden lassen und sein Testament ändern ... Nachbarn, die wider Willen Ohrenzeugen der lautstarken Auseinandersetzungen des Ehepaars Savalas geworden waren ...

Und Napoleon Chotas hatte noch immer keine Fragen an die Belastungszeugen.

Die Schlinge um Anastasias Hals zog sich immer enger zusammen.

Peter Demonides fühlte sich bereits als sicherer Sieger. Vor seinem inneren Auge erschienen die Schlagzeilen der Morgenzeitungen. Dieses Verfahren würde als einer der kürzesten Mordprozesse in die Rechtsgeschichte eingehen. *Möglicherweise ist es schon heute zu Ende,* dachte er. *Der große Napoleon Chotas ist ein geschlagener Mann.*

»Ich rufe Niko Mentakis in den Zeugenstand.«

Mentakis war ein hagerer, ernster junger Mann, der langsam und methodisch sprach.

»Herr Mentakis, was sind Sie von Beruf?«

»Ich arbeite in einer Gärtnerei mit Baumschule.«

»Ah, dann sind Sie also Fachmann, was Anbau und Aufzucht von Pflanzen betrifft?«

»Richtig, Herr Staatsanwalt. Und mein Beruf ist zugleich mein Hobby.«

»Und zu Ihren Aufgaben gehört es wohl auch, dafür zu sorgen, daß die für den Verkauf bestimmten Pflanzen gesund sind?«

»Aber ja! Wir kümmern uns sehr gut um sie. Kranke Pflanzen könnten wir unseren Kunden nicht anbieten. Die meisten von ihnen sind Stammkunden.«

»Damit meinen Sie Kunden, die häufig wiederkommen?«

»Genau«, bestätigte der junge Mann stolz. »Wir führen nur Spitzenqualität.«

»Sagen Sie, Herr Mentakis, ist Frau Savalas eine alte Kundin gewesen?«

»Ja, natürlich. Frau Savalas liebt Pflanzen.«

»Herr Staatsanwalt«, sagte der Richter ungeduldig, »das Gericht hält die Richtung, in die Ihre Fragen gehen, für wenig relevant. Würden Sie bitte zur Sache kommen oder ...«

»Wenn ich fortfahren darf, Hohes Gericht, wird sich bald zeigen, daß die Aussage dieses Zeugen für das Verfahren sehr wichtig ist.«

Der Richter blickte zu Napoleon Chotas hinüber. »Herr Verteidiger, haben Sie etwas gegen die bisher gestellten Fragen einzuwenden?«

Napoleon Chotas sah blinzelnd auf. »Was? Nein, Hohes Gericht.«

Der vorsitzende Richter starrte ihn frustriert an, bevor er sich wieder an Peter Demonides wandte. »Gut, Sie können fortfahren.«

»Herr Mentakis, ist Frau Savalas an einem Dezembertag zu Ihnen gekommen und hat Ihnen erzählt, sie hätte Schwierigkeiten mit einigen ihrer Pflanzen?«

»Ja, das stimmt.«

»Hat sie nicht sogar gesagt, eine Insektenplage hätte ihre Pflanzen heimgesucht?«

»Richtig, das hat sie gesagt.«

»Und hat sie nicht irgendein Mittel gegen diese Schädlinge verlangt?«

»Ja, das hat sie getan.«

»Sagen Sie uns bitte, was Sie ihr gegeben haben?«

»Ich habe ihr etwas Antimon verkauft.«

»Und sagen Sie uns bitte, was genau Antimon ist?«

»Es ist ein Gift, wie Arsen.«

Ein verhaltener Aufschrei ging durch den Saal.

Der Richter schwang seine Glocke. »Ruhe im Saal! Ruhe, sonst lasse ich den Saal räumen!« Er nickte Peter Demonides zu. »Sie können die Vernehmung fortsetzen.«

»Sie haben ihr also eine gewisse Menge Antimon verkauft.«

»Das habe ich.«

»Würden Sie Antimon als ein tödliches Gift bezeichnen? Sie haben es mit Arsen verglichen.«

»Mit vollem Recht. Es ist hochgiftig.«

»Und Sie haben diesen Verkauf wie gesetzlich vorgeschrieben in Ihr Giftbuch eingetragen?«

»Selbstverständlich.«

»Haben Sie dieses Giftbuch heute mitgebracht, Herr Mentakis?«

»Ja, Herr Staatsanwalt.« Er übergab Demonides ein gebundenes Journal.

Der Staatsanwalt legte es auf den Tisch des Protokollführers. »Hohes Gericht, ich beantrage, das Giftbuch als Beweisstück A zu den Akten zu nehmen.« Er wandte sich wieder an den Zeugen. »Danke, ich habe keine weiteren Fragen.« Dann sah er erwartungsvoll zu Napoleon Chotas hinüber.

Der Verteidiger blickte auf und schüttelte den Kopf. »Keine Fragen.«

Peter Demonides holte tief Luft. Nun war es Zeit, die Bombe platzen zu lassen. »Meine Herren Richter, ich darf Ihnen Beweisstück B vorführen.« Er nickte einem der an den Ausgängen stehenden Gerichtsdiener zu. »Bringen Sie's jetzt bitte herein.«

Der Gerichtsdiener hastete hinaus und kam wenig später mit einer Flasche Hustensaft auf einem Tablett zurück. Aus der Flasche fehlte etwa ein Drittel. Die Zuhörer beobachteten gespannt, wie der Gerichtsdiener sie dem Staatsanwalt übergab. Peter Demonides stellte sie auf den Tisch vor die Geschworenen.

»Meine Damen und Herren Geschworenen, dies ist die Waffe, mit der Giorgios Savalas ermordet wurde. Dies ist der Hustensaft, den Anastasia Savalas ihm am Abend seines Todes einflößte. Er ist mit Antimon versetzt. Wie Sie sehen, fehlt ein Teil, der Teil, den ihr Mann geschluckt hat – um zwanzig Minuten später daran zu sterben!«

Napoleon Chotas stand auf. »Einspruch, Euer Ehren«, sagte er gelassen. »Der Staatsanwalt kann nicht wissen, ob der Verstorbene seinen Hustensaft gerade aus dieser Flasche bekommen hat.«

Und Peter Demonides ließ die Falle zuschnappen. »Bei allem Respekt vor meinem gelehrten Herrn Kollegen... Die Angeklagte leugnet nicht, ihrem Mann am Abend seines Todes während eines Hustenanfalls dieses Mittel gegeben zu haben. Es ist am Tatort beschlagnahmt und von der Polizei verwahrt worden, bis der Gerichtsdiener es vorhin hereingebracht hat. Die gerichtsmedizinische Untersuchung hat ergeben, daß Giorgios Savalas an Antimonvergiftung gestorben ist. Und dieser Hustensaft ist mit

Antimon versetzt.« Er starrte Napoleon Chotas herausfordernd an.

Napoleon Chotas schüttelte deprimiert den Kopf. »Dann ist wohl kein Zweifel mehr möglich.«

»Nicht der geringste!« bestätigte Demonides triumphierend. »Hohes Gericht, damit ist die Beweisaufnahme der Staatsanwaltschaft abgeschlossen.«

Napoleon Chotas blieb eine halbe Minute unbeweglich stehen. Dann schlurfte er langsam nach vorn. Vor der Geschworenenbank kratzte er sich den Kopf, als überlege er angestrengt, was er sagen solle. Als er schließlich begann, sprach er stockend und nach Worten suchend.

»Wahrscheinlich haben einige von Ihnen sich gefragt, warum ich keinen der Zeugen ins Kreuzverhör genommen habe. Nun, um ganz ehrlich zu sein, ich habe mir gedacht, daß Herr Demonides diese Aufgabe so tadellos erfüllt, daß ich auf weitere Fragen verzichten kann.«

*Der alte Narr nimmt mein Plädoyer vorweg,* dachte Peter Demonides freudig überrascht.

Napoleon Chotas drehte sich kurz um, warf einen nachdenklichen Blick auf die Hustensaftflasche und wandte sich dann wieder an die Geschworenen.

»Alle Zeugen haben sehr aufrichtig gewirkt. Aber sie haben eigentlich nichts bewiesen, stimmt's? Ich meine ...« Er zuckte mit den Schultern. »Wenn Sie zusammenfassen, was diese Zeugen ausgesagt haben, kommt eines heraus: Eine hübsche junge Frau ist mit einem alten Mann verheiratet, der sie vermutlich nicht mehr befriedigen konnte.« Er nickte zu Joseph Pappas hinüber. »Deshalb hat sie sich einen jungen Mann gesucht, der es konnte.

Aber das haben wir alle bereits aus der Regenbogenpresse gewußt, nicht wahr? Die Affäre der beiden ist kein Geheimnis gewesen. Die ganze Welt hat davon gewußt. Sämtliche Klatschmagazine haben ausführlich darüber berichtet. Sie und ich, meine

Damen und Herren Geschworenen, mißbilligen vielleicht ihr Verhalten, aber Anastasia Savalas ist hier nicht wegen Ehebruchs angeklagt. Sie steht nicht vor Gericht, weil sie den normalen sexuellen Bedürfnissen einer jungen Frau nachgegeben hat. Nein, die gegen sie erhobene Anklage lautet auf Mord.«

Er drehte sich erneut zu der Flasche um, als fasziniere sie ihn geradezu.

*Der Alte soll ruhig weiterschwatzen,* dachte Peter Demonides. Er sah kurz zur Wanduhr auf, die 11.55 Uhr anzeigte. Der Richter unterbrach die Verhandlung stets pünktlich um 12 Uhr. *Der alte Narr wird sein Plädoyer nicht mehr beenden können.* Er war nicht mal clever genug, um damit bis nach der Mittagspause zu warten. *Warum habe ich ihn bloß jemals gefürchtet?* fragte Demonides sich.

Napoleon Chotas palaverte weiter.

»Sehen wir uns die Beweise mal gemeinsam an, ja? Frau Savalas hat feststellen müssen, daß einige ihrer Pflanzen von Schädlingen befallen waren, und wollte sie natürlich retten. Deshalb ist sie zu Herrn Mentakis gegangen, den sie als Fachmann kannte und der ihr geraten hat, Antimon zu verwenden. Also hat sie seinen Rat befolgt. Nennen Sie das Mord? *Ich* bestimmt nicht!

Und dann haben wir die Aussage der Haushälterin, Frau Savalas habe alles Personal weggeschickt, um wie in den Flitterwochen für ihren Mann kochen und allein mit ihm essen zu können. Wenn Sie mich fragen, so ist die Haushälterin selbst ein bißchen in Herrn Savalas verliebt gewesen. Man arbeitet nicht fünfundzwanzig Jahre für einen Mann, ohne ziemlich viel für ihn zu empfinden. Sie hat Anastasia Savalas nicht leiden können. Haben Sie das nicht aus ihrem Tonfall rausgehört?«

Chotas hüstelte leicht und räusperte sich danach.

»Nehmen wir einmal an, die Angeklagte hat ihren Mann im Grunde ihres Herzens aufrichtig geliebt und sich verzweifelt bemüht, ihre Ehe zu retten. Wie beweist eine Frau einem Mann ihre

Liebe? Nun, am einfachsten wohl dadurch, daß sie für ihn kocht. Ist das nicht eine Form der Liebe? Ich glaube schon.« Er drehte sich erneut nach dem Hustensaft um. »Oder auch indem sie ihn versorgt, wenn er ihrer Hilfe bedarf – in gesunden wie in kranken Tagen?«

Die Wanduhr stand auf 11.59 Uhr.

»Meine Damen und Herren Geschworenen, bei Prozeßbeginn habe ich Sie aufgefordert, das Gesicht dieser Frau zu betrachten. Das ist nicht das Gesicht einer Mörderin. Das sind nicht die Augen eines Killers.«

Peter Demonides beobachtete die Geschworenen, während sie die Angeklagte anstarrten. Solch offene Feindseligkeit hatte er noch nie erlebt. Die hatte er in der Tasche.

»Das Gesetz spricht eine eindeutige Sprache, meine Damen und Herren Geschworenen. Wie das Hohe Gericht Sie später noch belehren wird, dürfen Sie einen Schuldspruch nur dann fällen, wenn Sie von der Schuld der Angeklagten völlig überzeugt sind. Restlos.«

Während Napoleon Chotas sprach, hustete er etwas lauter und zog sein Taschentuch, um sich die Lippen abzutupfen. Er trat an den Tisch, auf dem die Hustensaftflasche vor den Geschworenen stand.

»Wenn man sich's recht überlegt, hat der Staatsanwalt eigentlich gar nichts bewiesen, stimmt's? Außer daß dies die Flasche ist, aus der Frau Savalas ihrem Mann Hustensaft gegeben hat. In Wirklichkeit steht die Anklage auf tönernen Füßen.« Als Chotas diesen Satz zu Ende brachte, bekam er einen Hustenanfall. Er griff instinktiv nach der Medizinflasche, setzte sie an die Lippen und nahm einen großen Schluck daraus. Alle starrten ihn wie hypnotisiert an, bevor ein Stöhnen durch den Saal ging.

Der Aufruhr war unbeschreiblich.

»Herr Chotas ...«, begann der vorsitzende Richter besorgt, nachdem er sich mühsam Gehör verschafft hatte.

Napoleon Chotas nahm noch einen Schluck. »Hohes Gericht, die Anklage ist eine Verhöhnung jeglichen Gerechtigkeitsempfindens. Giorgios Savalas ist nicht durch diese Frau zu Tode gekommen. Das Plädoyer der Verteidigung ist beendet.«

Der Minutenzeiger der Wanduhr sprang auf 12 Uhr. Ein Gerichtsdiener trat an den Richtertisch und flüsterte dem Richter etwas zu.

Der Richter schwang seine Glocke. »Ruhe im Saal! Ich unterbreche die Verhandlung. Die Geschworenen ziehen sich zurück, um über ihre Entscheidung zu beraten. Die Verhandlung wird um vierzehn Uhr fortgesetzt.«

Peter Demonides stand wie gelähmt da. Irgend jemand mußte die Flaschen vertauscht haben! Nein, das war unmöglich. Das Beweisstück hatte in einer bewachten Asservatenkammer gestanden. Konnte der Pathologe sich so geirrt haben? Demonides drehte sich um, weil sein Beisitzer ihn ansprach; als er wieder nach Napoleon Chotas ausschaute, war der Verteidiger verschwunden.

Als die Verhandlung um 14 Uhr wiederaufgenommen wurde, kamen die Geschworenen langsam in den Saal und nahmen ihre Plätze ein. Einzig Napoleon Chotas fehlte noch.

*Das Miststück ist tot,* dachte Peter Demonides.

Doch noch während er das dachte, betrat Napoleon Chotas gesund und munter den Saal. Alle drehten sich nach ihm um und starrten ihn an, bis er seinen Platz erreicht hatte.

»Meine Damen und Herren Geschworenen, sind Sie zu einem Urteilsspruch gelangt?« fragte der Richter.

Der Geschworenensprecher stand auf. »Ja, Hohes Gericht. Die Angeklagte ist nicht schuldig.«

Die Zuhörer klatschten spontan Beifall.

Peter Demonides spürte, wie er aschfahl wurde. *Der Schweinehund hat mich wieder reingelegt!* Er blickte auf und sah, daß Napoleon Chotas ihn grinsend beobachtete.

# 8

Die Anwaltskanzlei Tritsis & Tritsis war zweifellos die angesehenste Kanzlei in ganz Griechenland. Ihre Gründer lebten längst im Ruhestand, und Napoleon Chotas war ihr Nachfolger als Hauptgesellschafter. Obwohl er einige Juniorpartner aufgenommen hatte, blieb Chotas weiterhin das Aushängeschild der Firma.

Wann immer einem Betuchten eine Anklage wegen Mordes drohte, landete er unweigerlich bei Napoleon Chotas. Seine Erfolgsbilanz war phänomenal. In den langen Jahren seiner Tätigkeit als Strafverteidiger hatte er einen Prozeß nach dem anderen gewonnen. Erst vor kurzem hatte das Verfahren gegen Anastasia Savalas weltweit Schlagzeilen gemacht. Chotas hatte eine Mandantin verteidigt, gegen die sämtliche Indizien sprachen, und einen spektakulären Sieg errungen. Dabei hatte er persönlich sehr viel riskiert – aber er war sich darüber im klaren gewesen, daß er den Kopf seiner Mandantin nur so würde retten können.

Chotas lächelte in sich hinein, als er sich an die Gesichter der Geschworenen erinnerte, als er einen großen Schluck von dem vergifteten Hustensaft genommen hatte. Er hatte sein Plädoyer zeitlich sorgfältig so gelegt, daß er um Punkt 12 Uhr unterbrochen werden würde. Darauf war es entscheidend angekommen. *Wäre das Gericht von seinem bisherigen Modus abgegangen, die Verhandlung mittags zu unterbrechen ...* Ihn schauderte bei dem Gedanken daran, was dann hätte passieren können.

Auch so hatte sich unerwartet ein Zwischenfall ereignet, der ihn beinahe das Leben gekostet hätte. Als Chotas nach der Unterbrechung den Korridor entlanggehastet war, hatte eine Gruppe von Reportern ihm den Weg verstellt.

»Herr Chotas, woher haben Sie gewußt, daß der Hustensaft nicht vergiftet gewesen ist ...?«

»Wissen Sie eine Erklärung dafür, wie ...?«

»Glauben Sie, daß jemand die Flasche vertauscht hat...?«

»Hat Anastasia Savalas...?«

»Bitte, meine Herren! Tut mir leid, aber auch ich muß gelegentlich einem dringenden Bedürfnis nachkommen. Ich beantworte Ihre Fragen gern später.«

Er hastete zur Herrentoilette am Ende des Korridors weiter. An der Klinke hing ein Schild: AUSSER BETRIEB.

»Da werden Sie sich 'ne andere suchen müssen«, rief einer der Reporter.

Napoleon Chotas grinste. »So lange kann ich nicht warten, fürchte ich.« Er stieß die Tür auf, verschwand in der Toilette und schloß hinter sich ab.

Drinnen wartete bereits das Medizinerteam. »Ich hab' mir schon Sorgen um Sie gemacht«, beschwerte sich der Arzt. »Antimon wirkt verdammt schnell.« Er knurrte seinen Assistenten an: »Machen Sie die Magenpumpe fertig!«

Dann wandte er sich wieder an Chotas. »Legen Sie sich auf den Boden. Das wird eine unangenehme Sache, fürchte ich.«

»Wenn ich die Alternative bedenke«, grinste Napoleon Chotas, »macht mir das überhaupt nichts aus.«

Napoleon Chotas' Honorar dafür, daß er Anastasia Savalas das Leben gerettet hatte, betrug eine Million Dollar, die auf einem Schweizer Bankkonto einbezahlt wurden. Chotas besaß eine palastartige Villa in Kolonaki – einem der besten Wohnviertel Athens –, ein Landhaus auf Korfu und ein Apartment in der Pariser Avenue Foch.

Insgesamt gesehen hatte Napoleon Chotas allen Grund, mit dem Leben zufrieden zu sein. Lediglich eine Wolke verdunkelte seinen Horizont.

Der Mann hieß Frederick Stavros und war der neueste Sozius in der Anwaltsfirma Tritsis & Tritsis. Die anderen Partner beschwerten sich ständig über ihn.

»Er ist zweitklassig, Napoleon. In einer Kanzlei wie dieser hat er nichts verloren ...«

»Stavros hat meinen Fall beinahe vermurkst. Der Mann ist ein Idiot ...«

»Hast du gehört, wie Stavros sich gestern vor Gericht benommen hat? Der Richter hätte ihn beinahe rausgeworfen ...«

»Verdammt noch mal, warum schmeißt du diesen Stavros nicht raus? Er ist hier nur das fünfte Rad am Wagen. Wir brauchen ihn nicht, und er schadet unserem Ruf.«

Darüber war Napoleon Chotas sich nur allzusehr im klaren. Und er war beinahe versucht, mit der Wahrheit herauszuplatzen. *Ich kann ihn nicht rausschmeißen!* Aber er sagte lediglich: »Gebt Stavros eine Chance. Er macht sich noch, ihr werdet schon sehen.«

Und das war alles, was seine Partner aus ihm herausbrachten.

Ein Philosoph hat einmal gesagt: »Sei vorsichtig mit dem, was du dir wünschst – du könntest es bekommen.«

Frederick Stavros, Sozius in der Anwaltsfirma Tritsis & Tritsis, hatte seinen Wunsch erfüllt bekommen und war seither einer der unglücklichsten Menschen der Welt. Er litt unter Schlaflosigkeit, hatte keinen Appetit mehr und magerte beängstigend ab.

»Du mußt zum Arzt gehen, Frederick«, drängte seine Frau. »Du siehst schrecklich aus.«

»Nein, ich ... das würde nichts nützen.«

Er wußte, daß er an etwas litt, das kein Arzt hätte kurieren können. Sein schlechtes Gewissen brachte ihn um.

Frederick Stavros war ein ernsthafter junger Mann, fleißig, ehrgeizig und idealistisch. Er hatte jahrelang eine schäbige Kanzlei im Athener Armenviertel Monastiraki gehabt, für mittellose Mandanten gekämpft und oft auf sein Honorar verzichtet. Als er dann Napoleon Chotas begegnet war, hatte sein Leben sich über Nacht verändert.

Im Jahr zuvor hatte Stavros Larry Douglas verteidigt, der mit

Noelle Page wegen gemeinschaftlichen Mordes an Douglas' Frau Catherine vor Gericht gestanden hatte. Der reiche Constantin Demiris hatte Napoleon Chotas mit der Verteidigung seiner Geliebten beauftragt. Stavros war von Anfang an nur allzugern bereit gewesen, Chotas die Führung zu überlassen. Er erstarrte geradezu in Ehrfurcht vor seinem brillanten Kollegen.

»Du solltest Chotas in Aktion erleben«, pflegte er zu seiner Frau zu sagen. »Der Mann ist unglaublich! Ich wollte, ich könnte eines Tages in seine Kanzlei eintreten.«

Als der Prozeß sich seinem Ende näherte, war eine überraschende Wende eingetreten. Napoleon Chotas hatte Noelle Page, Larry Douglas und Frederick Stavros lächelnd in einem kleinen Konferenzraum um sich versammelt.

»Ich komme eben aus einer Besprechung mit den Richtern«, hatte er ihnen erklärt. »Falls die Angeklagten sich schuldig bekennen, wird Mr. Douglas des Landes verwiesen und darf nie mehr nach Griechenland zurückkehren. Noelle wird zu fünf Jahren Haft verurteilt, von denen sie aber nach Abschluß des Revisionsverfahrens nur etwa sechs Monate absitzen muß.«

Noelle Page und Larry Douglas waren sofort bereit gewesen, sich schuldig zu bekennen. Als die Angeklagten und ihre Verteidiger dann vor dem Richtertisch gestanden hatten, um das Urteil zu hören, hatte der vorsitzende Richter gesagt: »In Fällen, in denen ein Mord nicht eindeutig nachgewiesen werden konnte, haben griechische Gerichte noch nie auf die Todesstrafe erkannt. Deshalb sind wir offen gesagt erstaunt gewesen, als die Angeklagten, die bisher geleugnet hatten, sich nun schuldig bekannt haben. Somit bleibt uns keine andere Möglichkeit, als die Angeklagten Noelle Page und Lawrence Douglas zum Tode durch Erschießen zu verurteilen. Das Urteil ist binnen dreißig Tagen zu vollstrecken.«

In diesem Augenblick hatte Stavros erkannt, daß Napoleon Chotas sie alle hereingelegt hatte. Eine Absprache mit den Richtern hatte es nie gegeben. Constantin Demiris hatte Chotas nicht damit beauftragt, Noelle Page zu verteidigen, sondern dafür zu sorgen, daß sie verurteilt wurde. Das war seine Rache an der Frau, die ihn betrogen hatte. Und Stavros war ahnungslos an diesem kaltblütigen Komplott beteiligt worden.

*Das darfst du nicht zulassen!* hatte der junge Anwalt gedacht. *Du mußt zum Richter gehen und ihm mitteilen, was Chotas getan hat. Das Urteil muß aufgehoben werden!*

Und dann war Napoleon Chotas zu ihm gekommen und hatte gesagt: »Darf ich Sie morgen mittag zum Essen einladen, falls Sie Zeit haben, Frederick? Ich möchte, daß Sie meine Partner kennenlernen ...«

Vier Wochen später war Frederick Stavros mit eigenem großen Büro und sehr großzügigem Gehalt Sozius der angesehenen Kanzlei Tritsis & Tritsis. Er hatte seine Seele dem Teufel verkauft.

Aber seine tiefen Schuldgefühle ließen sich nicht abschütteln, und er war inzwischen zu der Erkenntnis gekommen, daß er sich nicht länger an diese schreckliche Abmachung halten konnte. *So kann's nicht weitergehen. Ich bin ein Mörder,* sagte er sich.

Dann faßte er einen Entschluß.

Eines Morgens erschien er in aller Frühe in Napoleon Chotas' Arbeitszimmer. »Leon, ich ...«

»Mein Gott, Mann, Sie sehen ja furchtbar aus!« stellte Chotas fest. »Wollen Sie nicht ein paar Tage Urlaub machen, Frederick? Das täte Ihnen bestimmt gut.«

Aber Stavros wußte, daß sein Problem damit nicht zu lösen war. »Leon, ich bin Ihnen sehr dankbar für alles, was Sie für mich getan haben, aber ich ... ich kann nicht hierbleiben.«

Chotas starrte ihn überrascht an. »Wie meinen Sie das? Sie haben sich doch gut eingewöhnt.«

»Nein. Ich ... ich werde aufgerieben.«

»Aufgerieben? Ich verstehe nicht, was Ihnen so zusetzt.«

Frederick Stavros wollte seinen Ohren nicht trauen. »Was Sie ... was *wir* Noelle Page und Larry Douglas angetan haben. Haben Sie ... denn gar keine Gewissensbisse?«

Chotas kniff die Augen zusammen. *Vorsichtig.* »Frederick, manchmal muß man der Gerechtigkeit auf verschlungenen Pfaden zum Sieg verhelfen.« Napoleon Chotas lächelte. »Glauben Sie mir, wir haben uns nichts vorzuwerfen. Die beiden sind schuldig gewesen.«

»*Wir* haben sie in den Tod geschickt. Wir haben sie reingelegt. Damit kann ich nicht länger leben. Tut mir leid, aber ich kündige hiermit. Ich bleibe nur noch bis zum Monatsende.«

»Ich nehme Ihre Kündigung nicht an«, stellte Chotas nachdrücklich fest. »Warum tun Sie nicht, was ich vorgeschlagen habe? Machen Sie ein paar Tage Urlaub, damit ...«

»Nein! Mit dem, was ich weiß, könnte ich hier nie glücklich werden. Tut mir leid, Leon.«

Chotas musterte ihn mit kaltem Blick. »Ist Ihnen überhaupt klar, was Sie tun? Sie werfen eine brillante Karriere einfach weg ... Ihr ganzes Leben.«

»Nein, ich rette mein Leben.«

»Ihr Entschluß steht also fest?«

»Ja. Tut mir wirklich leid, Leon. Sie brauchen sich keine Sorgen zu machen, ich werde niemals davon sprechen, was ... was passiert ist.« Er machte kehrt und verließ den Raum.

Napoleon Chotas blieb lange gedankenverloren hinter seinem Schreibtisch sitzen. Dann traf er eine Entscheidung. Er griff nach dem Telefonhörer und wählte eine Nummer. »Richten Sie Herrn Demiris bitte aus, daß ich ihn heute nachmittag aufsuchen werde. Es handelt sich um eine dringende Sache.«

Am selben Tag um 16 Uhr saß Napoleon Chotas in Constantin Demiris' Büro.

»Wo brennt's denn, Leon?« fragte Demiris.

»Vorerst brennt noch nichts«, antwortete Chotas bedächtig, »aber ich wollte dir mitteilen, daß Frederick Stavros heute morgen bei mir gewesen ist. Er hat beschlossen, aus der Kanzlei auszuscheiden.«

»Stavros? Der Larry Douglas verteidigt hat? Und?«

»Er scheint Gewissensbisse zu haben.«

Längeres Schweigen.

»Oh, ich verstehe.«

»Er hat versprochen, nicht darüber zu reden, was . . . wie es zur Verurteilung gekommen ist.«

»Glaubst du ihm?«

»Ja. Ich habe Vertrauen zu ihm, Costa.«

Constantin Demiris lächelte. »Gut, dann haben wir nichts zu befürchten, stimmt's?«

Napoleon Chotas stand erleichtert auf. »Vermutlich nicht. Trotzdem wollte ich dich auf dem laufenden halten.«

»Du hast ganz richtig gehandelt. Hast du nächste Woche mal Zeit, zum Abendessen zu mir zu kommen?«

»Natürlich.«

»Ich rufe dich an, damit wir was vereinbaren können.«

»Danke, Costa.«

Am späten Freitagnachmittag herrschte unter den hohen Gewölben der riesigen Kapnikarea-Kirche in der Athener Innenstadt feierliche Stille. In einer Ecke neben dem Hauptaltar kniete Frederick Stavros vor Pater Konstantinou. Der Geistliche verhüllte den Kopf des Beichtwilligen mit einem Tuch.

»Ich habe gesündigt, Pater. Für mich gibt's keine Vergebung mehr.«

»Der große Fehler des Menschen liegt darin, mein Sohn, daß er sich nur für einen Menschen hält. Wie hast du gesündigt?«

»Ich bin ein Mörder.«

»Du hast ein Menschenleben auf dem Gewissen?«

»Nicht nur eines, Pater. Ich weiß nicht, wie ich für meine Tat büßen soll.«

»Gott weiß Rat, mein Sohn. Wir werden ihn fragen.«

»Ich bin durch Eitelkeit und Geldgier vom rechten Weg abgekommen. Das ist vor einem Jahr gewesen. Ich hatte einen wegen Mordes angeklagten Mann zu verteidigen. Er wäre vermutlich wegen Mangels an Beweisen freigesprochen worden. Aber dann hat Napoleon Chotas ...«

Als Frederick Stavros eine halbe Stunde später aus der Kirche trat, fühlte er sich wie neu geboren. Er hatte das Gefühl, ihm sei eine erdrückend schwere Last von den Schultern genommen worden. Er hatte dem Geistlichen alles anvertraut und empfand nun zum ersten Mal seit jenem Schreckenstag wieder Zuversicht.

*Ich fange ein ganz neues Leben an. Ich ziehe in eine andere Stadt und fange von vorn an. Ich muß es schaffen, mein Verbrechen irgendwie zu sühnen. Herr, ich danke dir, daß du mir noch eine Chance geben willst.*

Inzwischen war es dunkel geworden, und der Platz zwischen Kirche und Ermoustraße war fast menschenleer. Als Stavros die Straßenecke erreichte, sprang die Fußgängerampel auf Grün um, und er wollte die Fahrbahn überqueren. Als er die Straßenmitte erreicht hatte, fuhr eine schwarze Limousine bergab und röhrte mit aufgeblendeten Scheinwerfern wie ein durchgehendes mechanisches Monstrum auf ihn zu. Stavros blieb wie vor Entsetzen gelähmt stehen. Für einen Sprung zur Seite war es bereits zu spät. Das Röhren wurde donnernd laut, und Stavros fühlte, wie sein Körper zerquetscht wurde und seine Muskeln und Knochen nachgaben. Nach einem Augenblick grausamster Schmerzen wurde es dunkel um ihn.

Napoleon Chotas war Frühaufsteher. Er genoß dieses ungestörte Alleinsein, bevor er sich den Anforderungen des Tages zu stellen hatte. Er frühstückte stets allein und las dabei die Morgenzeitungen. An diesem Morgen enthielten sie mehrere interessante Meldungen.

Ministerpräsident Themistikles Sophoulis, der mit einer Fünfparteienkoalition regierte, hatte ein neues Kabinett gebildet. *Ich muß ihm ein Glückwunschschreiben schicken.* Aus China wurde gemeldet, kommunistische Truppen hätten das Nordufer des Jangtsekiang erreicht. Harry Truman und Alban Barkley waren in ihre Ämter als Präsident und Vizepräsident der Vereinigten Staaten eingeführt worden.

Napoleon Chotas blätterte um. Eine Meldung auf Seite zwei ließ ihm fast das Blut in den Adern gerinnen.

> Frederick Stavros, einer der Partner der bekannten Anwaltsfirma Tritsis & Tritsis, ist gestern abend beim Verlassen der Kapnikarea-Kirche von einem Auto überfahren und tödlich verletzt worden. Berichten von Unfallzeugen zufolge soll es sich bei dem Wagen, dessen Fahrer mit Vollgas geflüchtet ist, um eine schwarze Limousine ohne Kennzeichen gehandelt haben.
> Frederick Stavros hat zu den Hauptpersonen des sensationellen Mordprozesses gegen Noelle Page und Larry Douglas gehört. Er hat Douglas verteidigt und ist...

Napoleon Chotas las nicht weiter. Er saß wie erstarrt am Tisch und hatte sein Frühstück längst vergessen. Ein Unfall. *War das wirklich ein Unfall gewesen?* Constantin Demiris hatte ihm versichert, es gebe nichts zu befürchten. Aber zu viele Leute hatten den Fehler gemacht, Demiris' Worte für bare Münze zu nehmen.

Chotas griff zum Telefonhörer und wählte Constantin Demiris' Nummer. Eine Sekretärin stellte das Gespräch durch.

»Hast du die Morgenzeitungen schon gelesen?« fragte Chotas.

»Nein, noch nicht. Warum?«

»Frederick Stavros ist tot.«

»*Was?*« Demiris' Ausruf klang ehrlich überrascht. »Wie ist das passiert?«

»Frederick ist gestern abend von einem Kerl, der Fahrerflucht verübt hat, überfahren worden.«

»Großer Gott! Das tut mir leid, Leon. Haben sie den flüchtigen Fahrer schon geschnappt?«

»Nein, noch nicht.«

»Vielleicht kann ich bei der Polizei ein bißchen Druck machen. Heutzutage ist man nirgends mehr seines Lebens sicher. Wie wär's übrigens mit Donnerstag zum Abendessen?«

»Einverstanden.«

»Gut, abgemacht.«

Napoleon Chotas verstand sich darauf, zwischen den Zeilen zu lesen. *Constantin Demiris ist ehrlich überrascht gewesen. Er hat nichts mit Stavros' Tod zu schaffen.*

Am Tag darauf fuhr Napoleon Chotas morgens in die Tiefgarage des Bürogebäudes, in dem sich seine Kanzlei befand, und stellte seinen Wagen ab. Als er zum Aufzug ging, tauchte ein junger Mann aus den Schatten auf.

»Haben Sie mal Feuer für mich?«

Bei Chotas schrillten sofort sämtliche Alarmglocken. Was hatte ein Unbekannter hier in der Tiefgarage zu suchen?

»Natürlich.« Chotas holte ohne zu zögern aus und schlug dem jungen Mann seine Aktentasche ins Gesicht.

Der Unbekannte stieß einen gellenden Schmerzensschrei aus. »Dreckskerl!« Aus seiner Jackentasche zog er eine Pistole mit Schalldämpfer.

»He, was geht hier vor?« rief eine Stimme. Der uniformierte Parkwächter kam auf sie zugerannt.

Der junge Mann zögerte kurz, steckte seine Waffe weg, lief die Einfahrtsrampe hinauf und verschwand.

Im nächsten Augenblick war der Parkwächter heran. »Alles in Ordnung, Herr Chotas?«

»Äh . . . ja.« Napoleon Chotas merkte, daß er keuchend atmete. »Danke, mir fehlt nichts.«

»Was hat der Kerl vorgehabt?«

»Schwer zu sagen«, antwortete Napoleon Chotas langsam.

*Es könnte ein Zufall gewesen sein,* sagte Chotas sich, als er an seinem Schreibtisch saß. *Möglicherweise hat der Mann mich nur berauben wollen. Aber ein Straßenräuber benutzt keine Pistole mit Schalldämpfer. Nein, er wollte mich erschießen.* Und Constantin Demiris hätte die Nachricht von seinem Tod mit ebenso gespieltem Entsetzen aufgenommen wie die von Frederick Stavros' tödlichem Unfall.

*Das hätte ich wissen müssen!* dachte Napoleon Chotas. *Demiris ist kein Mann, der unnötige Risiken eingeht. Er kann es sich nicht leisten, Mitwisser zu haben. Nun, jetzt steht ihm eine Überraschung bevor.*

Aus der Gegensprechanlage auf seinem Schreibtisch kam die Stimme seiner Sekretärin: »Herr Chotas, in einer halben Stunde müssen Sie zur Verhandlung.«

Heute sollte Chotas sein Plädoyer zugunsten eines Serienmörders halten, aber er war zu mitgenommen, um vor Gericht aufzutreten. »Rufen Sie den vorsitzenden Richter an und entschuldigen Sie mich wegen Krankheit. Einer der Partner soll mich vertreten. Und noch was – heute keine Anrufe, keine Besucher.«

Er holte ein Tonbandgerät aus einem Wandschrank, stellte es auf den Schreibtisch und blieb nachdenklich davor sitzen. Dann begann er zu sprechen.

Am frühen Nachmittag erschien Napoleon Chotas mit einem versiegelten braunen Umschlag unter dem Arm im Büro des Staatsanwalts Peter Demonides, dessen Vorzimmerdame ihn sofort erkannte.

»Guten Tag, Herr Chotas. Was kann ich für Sie tun?«

»Ich möchte Herrn Demonides sprechen.«

»Er ist in einer Besprechung. Haben Sie einen Termin?«

»Nein. Sagen Sie ihm bitte, daß ich hier bin – und daß es sich um eine dringende Sache handelt.«

»Ja, natürlich.«

Eine Viertelstunde später wurde Napoleon Chotas ins Büro des Staatsanwalts gebeten.

»Sieh da«, sagte Peter Demonides, »der Prophet kommt zum Berg! Was kann ich für Sie tun? Vermute ich richtig, daß Sie mir im Fall Kleanthes einen Handel vorschlagen wollen?«

»Nein. Ich bin in einer persönlichen Angelegenheit hier, Peter.«

»Nehmen Sie Platz, Leon.«

Als die beiden Männer saßen, fuhr Chotas fort: »Ich möchte diesen Umschlag bei Ihnen hinterlegen. Er ist versiegelt und darf nur geöffnet werden, falls ich tödlich verunglücken sollte.«

Peter Demonides musterte ihn neugierig. »Rechnen Sie denn mit dieser Möglichkeit?«

»Möglich ist alles.«

»Aha. Einer Ihrer undankbaren Klienten?«

»Die Person tut nichts zur Sache. Sie sind der einzige, zu dem ich Vertrauen habe. Können Sie den Umschlag sicher verwahren?«

»Selbstverständlich.« Demonides beugte sich vor. »Sie sehen aus, als hätten Sie Angst.«

»Das habe ich auch.«

»Wollen Sie, daß wir etwas für Sie tun? Ich könnte veranlassen, daß Sie unter Polizeischutz gestellt werden.«

Chotas tippte auf den Umschlag. »Dies ist der einzige Schutz, den ich brauche.«

»Gut, wenn Sie sich Ihrer Sache sicher sind ...«

»Das bin ich.« Chotas stand auf und streckte die Hand aus. »*Efcharisto,* Peter. Ich kann Ihnen gar nicht sagen, wie dankbar ich Ihnen bin.«

Peter Demonides lächelte. »*Parakalo,* Leon. Jetzt schulden Sie mir einen Gefallen ...«

Eine Stunde später betrat ein uniformierter Bote Constantin Demiris' Vorzimmer im Gebäude der Hellenic Trade Corporation. Er wandte sich an die Chefsekretärin.

»Ich habe ein Paket für Herrn Demiris.«

»Das können Sie mir geben. Ich werde den Empfang quittieren.«

»Ich habe den Auftrag, es nur Herrn Demiris persönlich zu übergeben.«

»Tut mir leid, ich darf ihn jetzt nicht stören. Von wem ist das Paket denn?«

»Napoleon Chotas.«

»Und Sie können es nicht einfach dalassen?«

»Nein, das darf ich nicht.«

»Gut, ich frage mal nach, ob Herr Demiris es entgegennehmen will.«

Sie drückte auf die Sprechtaste ihrer Gegensprechanlage. »Entschuldigen Sie, Herr Demiris, hier ist ein Bote mit einem Paket von Herrn Chotas.«

Aus dem Lautsprecher drang die Stimme ihres Chefs. »Bringen Sie es herein, Irene.«

»Der Bote sagt, daß er Anweisung hat, es Ihnen nur persönlich zu übergeben.«

Demiris antwortete nicht gleich. »Gut, kommen Sie mit ihm rein.«

Irene und der Bote betraten sein Arbeitszimmer.

»Sind Sie Constantin Demiris?«

»Ja.«

»Unterschreiben Sie bitte hier.«

Demiris unterschrieb die vorbereitete Empfangsbestätigung. Der Bote stellte einen großen Karton auf seinen Schreibtisch. »Danke, Herr Demiris.«

Constantin Demiris wartete, bis seine Sekretärin und der Bote den Raum verlassen hatten. Er betrachtete den Karton sekundenlang nachdenklich, bevor er ihn öffnete. Sein Inhalt bestand aus einem Tonbandgerät mit abspielbereit eingelegtem Band. Demiris drückte neugierig auf den Startknopf.

Napoleon Chotas' Stimme erfüllte den Raum. »Mein lieber Costa, alles wäre viel einfacher gewesen, wenn du geglaubt hättest, daß Frederick Stavros nicht die Absicht gehabt hat, unser kleines Geheimnis zu verraten. Noch bedauerlicher finde ich, daß du nicht geglaubt hast, daß ich diese unselige Geschichte für mich behalten würde. Ich habe allen Grund zu der Annahme, daß du den armen Stavros hast ermorden lassen – und daß nun ich an die Reihe kommen soll. Da mein Leben mir so kostbar ist wie dir deines, muß ich mich, bei allem Respekt, weigern, dein nächstes Opfer abzugeben ... Vorsichtshalber habe ich alle Einzelheiten unserer Rollen, die du und ich im Verfahren gegen Noelle Page und Larry Douglas gespielt haben, schriftlich festgehalten und in einem versiegelten Umschlag bei der Staatsanwaltschaft hinterlegt. Dieser Umschlag wird nur geöffnet, falls ich tödlich verunglücke. Du siehst also, mein Freund, wie sehr es jetzt in deinem Interesse liegt, daß ich gesund und munter bleibe.« Die Aufnahme war zu Ende.

Constantin Demiris saß da und starrte ins Leere.

Als Napoleon Chotas an diesem Nachmittag in seine Kanzlei zurückkam, war die Angst von ihm abgefallen. Constantin Demiris war gefährlich, aber keineswegs dumm. Er würde es nicht wagen, jemanden beseitigen zu lassen, wenn er dadurch selbst in Gefahr geriet. *Er hat angegriffen,* dachte Chotas, *und ich habe ihn mattgesetzt.* Er lächelte vor sich hin. *Zum Abendessen am Donnerstag werde ich mich anderswo einladen lassen müssen.*

In den nächsten Tagen war Napoleon Chotas damit beschäftigt, sich auf einen neuen Mordprozeß vorzubereiten – diesmal gegen eine Ehefrau, die die beiden Geliebten ihres Mannes erschossen hatte. Chotas stand wie gewohnt früh auf und arbeitete bis in die Nacht hinein, um seine Taktik für die Kreuzverhöre festzulegen. Sein Instinkt sagte ihm, daß er trotz der scheinbar hoffnungslosen Ausgangslage auch diesmal siegen würde.

Am Donnerstagabend arbeitete er bis nach Mitternacht in der Kanzlei, fuhr dann nach Hause und erreichte seine Villa gegen ein Uhr.

Sein Butler empfing ihn an der Tür. »Soll ich Ihnen noch etwas bringen, Herr Chotas? Falls Sie hungrig sind, kann ich Ihnen *Mezedes* bringen oder ...«

»Danke, ich brauche nichts. Sie können zu Bett gehen.«

Napoleon Chotas ging in sein Schlafzimmer hinauf. Er lag noch eine ganze Weile wach, weil er über den bevorstehenden Prozeß nachdachte, und schlief erst kurz vor zwei Uhr ein. Dann begann er zu träumen.

Er war bei Gericht und befragte einen Zeugen, der plötzlich begann, sich die Kleider vom Leib zu reißen.

»Warum tun Sie das?« fragte Chotas.

»Weil ich verbrenne!«

Ein Blick in den überfüllten Saal zeigte Chotas, daß die Zuhörer sich ebenfalls auszogen.

Chotas wandte sich an den Richter. »Herr Vorsitzender, ich muß dagegen protestieren, daß ...«

Auch der Richter war dabei, seine Robe auszuziehen. »Hier drinnen ist's zu heiß«, sagte er.

*Hier ist's heiß. Und ... laut.*

Napoleon Chotas öffnete die Augen. An der Schlafzimmertür loderten Flammen empor, und der Raum war bereits völlig verqualmt.

Chotas setzte sich auf. Er war augenblicklich hellwach.

*Das Haus brennt. Warum hat der Brandmelder nicht funktioniert?*

Die Tür begann wegen der starken Hitze nachzugeben. Chotas stand auf und torkelte würgend und hustend ans Fenster. Er versuchte es zu öffnen, aber der Rahmen war so verzogen, daß das Fenster klemmte. Der Qualm wurde immer dichter, und Chotas rang nach Luft. Er sah sich verzweifelt nach einem Fluchtweg um.

Von der Zimmerdecke fielen glühende Holzstücke herab. Die Wand zum Bad fiel zusammen, und lange Flammenzungen leckten nach ihm. Chotas begann zu schreien. Sein Haar und sein Schlafanzug brannten. Er warf sich mit aller Kraft gegen das Fenster und krachte durch die zersplitternde Scheibe. Sein wie eine Fackel brennender Körper schlug fünf Meter tiefer auf der Terrasse auf.

Sehr früh am nächsten Morgen wurde Staatsanwalt Peter Demonides von einem Dienstmädchen in Constantin Demiris' Bibliothek geführt.

»*Kalimera*, Peter«, sagte Demiris. »Danke, daß Sie gekommen sind. Haben Sie ihn mitgebracht?«

»Ja, Herr Demiris.« Er gab ihm den versiegelten Umschlag, den Napoleon Chotas bei ihm hinterlegt hatte. »Ich dachte, Sie würden ihn vielleicht lieber hier aufbewahren.«

»Das nenne ich aufmerksam, Peter. Darf ich Sie zum Frühstück einladen?«

»*Efcharisto*, sehr freundlich von Ihnen, Herr Demiris.«

»Costa. Nennen Sie mich Costa. Sie sind mir schon vor einiger Zeit aufgefallen, Peter. Ich glaube, daß Sie eine große Zukunft vor sich haben. Ich würde Ihnen gern eine passende Stellung innerhalb meines Unternehmens anbieten. Wären Sie daran interessiert?«

Peter Demonides lächelte. »Ja, Costa. Daran wäre ich sehr interessiert.«

»Gut! Ich schlage vor, daß wir uns beim Frühstück darüber unterhalten.«

# 9

Catherine rief Constantin Demiris mindestens einmal in der Woche von London aus an, und ihre Gespräche verliefen immer nach dem gleichen Muster. Er schickte ihr laufend Geschenke, und wenn sie protestierte, versicherte er ihr, das seien nur kleine Zeichen seiner Anerkennung. »Evelyn hat mir erzählt, wie glänzend du die Sache mit Baxter hingekriegt hast.«

Oder: »Ich habe von Evelyn gehört, daß deine Idee uns eine Menge Frachtkosten einspart.«

Tatsächlich war Catherine stolz darauf, wie gut sie sich eingearbeitet hatte. Im Büro hatte sie bereits einiges entdeckt, was verbesserungsfähig war. Ihre früheren Fertigkeiten waren wieder da, und sie wußte, daß der Bürobetrieb ihretwegen weit effizienter lief als zuvor.

»Ich bin sehr stolz auf dich«, erklärte Constantin Demiris ihr.

Und Catherine wurde es warm ums Herz. Er war ein so wundervoller, so besorgter Mann.

*Bald ist es soweit, daß du deinen Plan verwirklichen kannst.* Da Stavros und Chotas nun beseitigt waren, blieb Catherine das einzige Verbindungsglied zwischen ihm und dem Mordprozeß gegen Larry Douglas und seine Geliebte. Von daher drohte ihm nur wenig Gefahr, aber wie schon Napoleon Chotas am eigenen Leib erfahren mußte, war Demiris kein Mann, der irgend etwas dem Zufall überließ. *Wirklich schade,* dachte er jetzt, *daß sie zum Schweigen gebracht werden muß. Sie ist so schön! Aber zuerst lernt sie die Villa in Rafina kennen.*

Demiris hatte die Villa gekauft. Er würde Catherine dorthin mitnehmen und sie lieben, wie Larry Douglas Noelle geliebt hatte. Danach ...

Von Zeit zu Zeit wurde Catherine an die Vergangenheit erinnert. Als sie in der Londoner *Times* las, daß Frederick Stavros und Napoleon Chotas umgekommen waren, hätten diese Namen ihr nichts gesagt, wenn nicht erwähnt worden wäre, daß sie Larry Douglas und Noelle Page verteidigt hatten.

In dieser Nacht hatte sie wieder den Traum.

Eines Morgens las Catherine eine Zeitungsmeldung, die ihr einen gelinden Schock versetzte:

> William Fraser, Sonderbeauftragter des amerikanischen Präsidenten Harry Truman, ist zu Gesprächen mit der britischen Regierung über ein neues Handelsabkommen in London eingetroffen.

Catherine ließ die Zeitung mit dem Gefühl sinken, lächerlich empfindlich zu sein. *William Fraser.* Er hatte eine solch wichtige Rolle in ihrem Leben gespielt. *Was wäre aus mir geworden, wenn ich ihn damals nicht verlassen hätte ...*

Catherine saß mit Tränen in den Augen hinter ihrem Schreibtisch und starrte die Zeitungsmeldung an. William Fraser gehörte zu den liebsten Menschen, die sie je gekannt hatte. Allein die Erinnerung an ihn bewirkte, daß sie sich warm und geliebt fühlte. Und jetzt war er hier in London! *Ich muß ihn wiedersehen,* dachte sie. Wie aus der Notiz hervorging, wohnte er im Claridge's.

Ihre Finger zitterten, als sie die Nummer des Hotels wählte. Sie hatte das Gefühl, ihre Vergangenheit sei dabei, zur Gegenwart zu werden. Außerdem freute sie sich schon jetzt auf ein Wiedersehen mit Fraser. *Was wird er sagen, wenn er meine Stimme hört? Wenn er mich wiedersieht?*

»Claridge's, guten Morgen«, sagte eine Telefonistin.

Sie holte tief Luft. »Mr. Fraser, bitte.«

»Entschuldigung, Ma'am. Haben Sie Mr. oder *Mrs.* Fraser gesagt?«

Catherine fühlte sich wie vor den Kopf geschlagen. *Wie unglaublich dumm von dir! Warum bist du nicht selbst darauf gekommen? Natürlich ist er inzwischen verheiratet.*

»Ma'am ...«

»Ich ... Danke, schon gut.« Sie legte langsam auf.

*Dafür ist es jetzt zu spät. Das ist vorbei. Costa hat recht. Es ist besser, die Vergangenheit ruhen zu lassen.*

Einsamkeit kann lähmend wirken und allen Unternehmungsgeist ersticken. Jeder braucht irgendeinen Menschen, mit dem er Freud und Leid teilen kann. Catherine lebte in einer von Fremden bevölkerten Welt, beobachtete das Glück anderer Paare und hatte das Echo des Lachens von Liebenden im Ohr. Aber sie weigerte sich, Selbstmitleid zu empfinden.

*Ich bin nicht die einzige alleinstehende Frau! Ich lebe! Ich lebe!*

In London brauchte man sich nie zu langweilen. Die Kinos zeigten eine große Auswahl amerikanischer Filme, die Catherine sich gern ansah. Sie ging in *The Razor's Edge* und *Anna And The King of Siam. Gentleman's Agreement* war ein beunruhigender Film, und Cary Grant war wundervoll in *The Bachelor And The Bobby Soxer.*

Catherine besuchte Konzerte in der Royal Albert Hall und Ballettabende bei Sadler's Wells. Sie ging ins Old Vic, um Sir Laurence Olivier in *Richard III.* zu sehen, und fuhr nach Stratford-on-Avon, um Anthony Quayle in *Macbeth* zu erleben.

Die Pubs, die sie besuchte, wählte sie wegen ihrer originellen Namen aus: *Ye Old Cheshire Cheese*, *Falstaff* und *Goat In Boots*. Aber es machte keinen Spaß, allein auszugehen.

Und dann begegnete ihr Kirk Reynolds.

Im Büro kam eines Tages ein großer, gutaussehender Mann auf Catherine zu und sagte: »Ich bin Kirk Reynolds. Wo haben Sie gesteckt?«

»Wie bitte?«

»Ich habe schon immer auf Sie gewartet.«

So fing alles an.

Kirk Reynolds war ein amerikanischer Anwalt, der für Constantin Demiris internationale Firmenfusionen vorbereitete. Er war Anfang Vierzig, ernsthaft, intelligent und ritterlich.

»Weißt du, was mir an ihm am besten gefällt?« sagte Catherine, als sie mit Evelyn über Kirk Reynolds sprach. »Daß er mir das Gefühl gibt, eine Frau zu sein. Dieses Gefühl habe ich schon lange nicht mehr gehabt.«

»Hmmm, ich weiß nicht recht«, wandte Evelyn ein. »An deiner Stelle wäre ich lieber vorsichtig. Ich würde nichts überstürzen.«

»Keine Angst, das tue ich nicht«, versprach Catherine ihr.

Kirk Reynolds lud Catherine zu einer Juristentour durch London ein. Sie besuchten den auch als »Old Bailey« bekannten Central Criminal Court, den Obersten Gerichtshof für Strafsachen, auf dessen Korridoren ihnen würdevolle Anwälte mit Perücken und Talaren begegneten. Hier hatte sich bis 1902 das im 13. Jahrhundert erbaute Newgate Prison befunden. Vor dem ehemaligen Gefängnis wurde die Straße breiter, um sich dann unerwartet wieder zu verengen.

»Merkwürdig«, meinte Catherine. »Wozu ist die Straße damals so angelegt worden?«

»Um Platz für Zuschauer zu bieten. Hier haben früher öffentliche Hinrichtungen stattgefunden.«

Catherine fuhr zusammen. *Hätte ich das nur nicht gefragt.*

Eines Abends fuhr Kirk Reynolds mit Catherine zu den East India Docks an der Themse.

»Noch vor einigen Jahren sind Polizisten hier nur Doppelstreife gegangen«, erklärte Reynolds ihr. »Dieses Gebiet ist ein richtiges Verbrecherviertel gewesen.«

Es wirkte noch immer düster und bedrohlich – nach Catherines Meinung sogar gefährlich.

Sie aßen im Prospect of Whitby, einem der ältesten englischen Pubs, auf einer Terrasse über der Themse zu Abend und beobachteten die flußaufwärts fahrenden Schleppkähne und die in Gegenrichtung auslaufenden Hochseeschiffe.

An einem anderen Abend gingen sie in das traditionsreiche Lokal Eagle in der City Road.

»Ich wette, daß du als Kind ein Lied gesungen hast, in dem dieses Lokal vorkam«, behauptete Kirk.

Catherine starrte ihn an. »Ich soll davon gesungen haben? Ich hab' nicht mal gewußt, daß es dieses Lokal gibt!«

»Doch, das hast du. Das Eagle kommt in einem alten Kinderlied vor.«

»In welchem?«

»Früher hat es in der City Road viele Schneidereien gegeben, und wenn ein Schneider zum Wochenende hin kein Geld mehr hatte, hat er sein Bügeleisen – auch *Weasel* genannt – bis zum Zahltag versetzt. Und darüber hat dann jemand ein Kinderlied geschrieben:

Up and down the City Road
In and out the Eagle
That's the way the money goes
Pop goes the weasel.«

Catherine lachte. »Woher weißt du das bloß schon wieder?«

»Anwälte müssen alles wissen. Aber etwas anderes weiß ich nicht. Kannst du skifahren?«

»Leider nicht. Warum ...?«

Er wurde plötzlich ernst. »Ich mache Skiurlaub in Sankt Moritz. Dort gibt es erstklassige Skilehrer. Kommst du mit, Catherine?«

Diese Frage traf sie völlig unvorbereitet.

Kirk wartete auf eine Antwort.

»Ich ... ich weiß nicht, Kirk.«

»Versprichst du mir, darüber nachzudenken?«

»Ja.« Catherine hatte Mühe, ihr Zittern zu verbergen. Sie erinnerte sich daran, wie erregend es gewesen war, von Larry geliebt zu werden, und fragte sich, ob sie so was jemals wieder würde empfinden können. »Ich denke darüber nach.«

Catherine schlug Kirk vor, Wim Vandeen zum Abendessen einzuladen.

Sie holten Wim zu Hause ab und gingen mit ihm ins The Ivy. Er sah Kirk Reynolds den ganzen Abend lang nicht an, sondern schien sich in sein Schneckenhaus zurückgezogen zu haben. Kirk warf Catherine einen fragenden Blick zu. *Red mit ihm*, forderten ihre Lippen ihn tonlos auf. Kirk nickte und wandte sich an Wim.

»Gefällt Ihnen London, Wim?«

»Es ist in Ordnung.«

»Haben Sie eine Lieblingsstadt?«

»Nein.«

»Gefällt Ihnen Ihr Job?«

»Er ist in Ordnung.«

Kirk sah kopfschüttelnd zu Catherine hinüber und hob die Achseln.

*Bitte!* sagten ihre Lippen tonlos.

Kirk seufzte und wandte sich nochmals an Wim. »Am Sonntag spiele ich Golf, Wim. Sind Sie zufällig auch Golfer?«

Wim leierte herunter: »Beim Golf heißen die Eisen Driving Iron Midiron Mid Mashie Mashie Iron Mashie Spade, Mashie Mashie Niblick, Niblick, Shorter Niblick und Putter. Die Hölzer sind Driver Brassie Spoon und Baffy.«

Kirk Reynolds blinzelte. »Dann spielen Sie wohl ziemlich gut?«

»Wim hat noch nie Golf gespielt«, erklärte Catherine ihm. »Aber er ... er hat ein erstaunliches Gedächtnis. Und er ist ein Mathematikgenie.«

Kirk Reynolds hatte genug. Er hatte sich auf einen Abend mit Catherine gefreut – und sie hatte diesen Schwachkopf anschleppen müssen!

Er rang sich ein Lächeln ab. »Tatsächlich?« Er wandte sich an Wim und fragte scheinbar harmlos: »Wissen Sie zufällig, wieviel zwei hoch neunundfünfzig ist?«

Wim saß eine halbe Minute lang schweigend da und studierte die Tischdecke, und als Kirk ihn eben ansprechen wollte, sagte er monoton: »Fünf-sieben-sechs-vier-sechs-null-sieben-fünf-zwei-drei-null-drei-vier-zwei-vier-acht-acht.«

»Jesus!« rief Kirk aus. »Ist das richtig?«

»Yeah«, knurrte Wim, »das ist richtig.«

Catherine wandte sich an ihn. »Wim, können Sie die sechste Wurzel aus ... zwei-vier-eins-drei-sieben-fünf-acht-fünf ziehen?« Sie hatte diese Zahl willkürlich gewählt.

Beide beobachteten Wim, der mit ausdrucksloser Miene dasaß. Fünfundzwanzig Sekunden später sagte er: »Siebzehn; als Rest bleibt sechzehn.«

»Das kann ich nicht glauben!« rief Kirk aus.

»Es stimmt aber«, versicherte Catherine ihm.

Kirk starrte Wim an. »Wie haben Sie das geschafft?«

Wim zuckte mit den Schultern.

»Wim braucht keine halbe Minute, um zwei vierstellige Zahlen miteinander zu multiplizieren«, sagte Catherine, »und nur wenige Minuten, um fünfzig Telefonnummern auswendigzulernen. Sobald er sie sich eingeprägt hat, vergißt er sie nie mehr.«

Kirk Reynolds betrachtete Wim Vandeen ehrlich verblüfft. »Einen Mann wie Sie könnte ich in meinem Büro gut brauchen«, erklärte er ihm.

»Ich hab' schon einen Job«, knurrte Wim.

»Du denkst über Sankt Moritz nach, ja?« fragte Kirk Reynolds, als er Catherine an diesem Abend zu Hause absetzte.

»Ja, natürlich.« *Weshalb kann ich nicht einfach ja sagen?*

Spätabends rief Constantin Demiris aus Athen an. Catherine war versucht, ihm von Kirk Reynolds zu erzählen, aber im letzten Moment entschied sie anders.

# 10

Pater Konstantinou war betroffen. Seitdem er die Meldung über Fredrick Stavros' Unfalltod und die vergebliche Fahndung nach dem flüchtigen Fahrer gelesen hatte, ließ die Erinnerung ihn nicht mehr los. Seit der Priesterweihe hatte der Geistliche Tausende von Beichten abgenommen, aber Stavros' dramatisches Geständnis und sein anschließender Tod hatten einen unauslöschlichen Eindruck hinterlassen.

»He, was hast du heute?«

Pater Konstantinou wandte sich dem schönen jungen Mann zu, der nackt neben ihm im Bett lag. »Nichts, Liebster.«

»Mach' ich dich nicht glücklich?«

»Das weißt du doch, Giorgios.«

»Was hast du dann? Du tust so, als wär' ich gar nicht da, verdammt noch mal!«

»Du sollst nicht fluchen.«

»Mir gefällt's aber nicht, ignoriert zu werden.«

»Tut mir leid, Schatz. Ich bin nur traurig, weil ein Gemeindemitglied bei einem Verkehrsunfall umgekommen ist.«

»Irgendwann ist jeder fällig, stimmt's?«

»Ja, natürlich. Aber dieser Mann ist sehr unglücklich gewesen.«

»Warum denn?«

»Er hat ein schlimmes Geheimnis mit sich herumgeschleppt, das er zuletzt nicht mehr hat tragen können.«

»Was für ein Geheimnis?«

Pater Konstantinou streichelte den Schenkel des Jungen. »Du weißt, daß ich darüber nicht reden darf. Das fällt unter das Beichtgeheimnis.«

»Ich dachte, wir hätten keine Geheimnisse voreinander.«

»Richtig, Giorgios, aber ...«

»*Gamoto!* Keine Geheimnisse heißt keine Geheimnisse. Außerdem hast du gesagt, daß der Kerl tot ist. Was kann's ihm da noch schaden, was du erzählst?«

»Wahrscheinlich hast du recht, aber ...«

Giorgios Lato umschlang seinen Bettpartner und flüsterte ihm ins Ohr: »Ich bin neugierig.«

»Du kitzelst mich.«

Lato begann Pater Konstantinou zu streicheln.

»Oh ... nicht aufhören ...«

»Dann erzähl's mir!«

»Gut, wenn du unbedingt willst. Dem Ärmsten kann es ja wirklich nicht mehr schaden ...«

Giorgios Lato hatte sich von ganz unten heraufgearbeitet. Er war in den Slums von Athen aufgewachsen und hatte mit zwölf Jahren begonnen, auf den Strich zu gehen. Anfangs war er auf der Straße unterwegs gewesen und hatte sich gelegentlich ein paar Drachmen damit verdient, daß er Betrunkene in finsteren Winkeln und Touristen in ihren Hotelzimmern bediente. Er war ein schwarzgelockter Adonis mit dem Körper eines Modellathleten.

»Du bist ein *Poulaki*, Giorgios«, erklärte ein Zuhälter ihm, als er 16 Jahre alt war. »Du verschleuderst dein einziges Kapital. Ich kann dir Kunden besorgen, die viel besser zahlen.«

Und er hatte Wort gehalten. Von diesem Augenblick an bediente Giorgios Lato nur noch reiche Männer, die ihn großzügig entlohnten.

Latos ganzes Leben veränderte sich, als er Nikos Veritos, den Assistenten des Großunternehmers Lambrou, kennenlernte.

»Ich liebe dich«, erklärte Nikos Veritos dem Jungen. »Ich will, daß die Rumhurerei aufhört. Du gehörst jetzt mir.«

»Klar, Niko. Ich liebe dich auch.«

Veritos überhäufte den Jungen mit Geschenken. Er kaufte ihm Kleidungsstücke, zahlte die Wohnungsmiete und gab ihm Taschengeld. Aber er machte sich Sorgen darüber, was Lato tagsüber unbeaufsichtigt trieb.

Veritos löste dieses Problem, indem er dem Jungen eines Tages erklärte: »Ich habe dir einen Job in meiner Firma besorgt.«

»Scheiße, damit du mich ständig im Auge behalten kannst, was? Hör zu, das ...«

»Nein, nein, darum geht's nicht, Süßer. Ich hab' dich nur gern in meiner Nähe.«

Nach anfänglichen Protesten hatte Giorgios Lato schließlich doch nachgegeben. Zu seiner Überraschung gefiel ihm die Arbeit ganz gut. Er arbeitete in der Poststelle und erledigte Botengänge, die ihm Gelegenheit gaben, bei dankbaren Kunden wie Pater Konstantinou etwas Geld dazuzuverdienen.

Als Giorgios Lato an diesem Nachmittag das Bett des Geistlichen verließ, befanden sich seine Gedanken in wildem Aufruhr. Pater Konstantinou hatte ihm Erstaunliches anvertraut, und Lato überlegte sofort, wie es sich zu Geld machen ließ. Er hätte damit zu Nikos Veritos gehen können, aber er wollte höher hinaus. *Damit gehst du am besten gleich zum Chef*, sagte Lato sich. *Nur dort gibt's das wirklich große Geld.*

Am nächsten Morgen kam Lato in Spyros Lambrous Vorzimmer.

Die Chefsekretärin blickte auf. »Oh, kommt die Post heute schon so früh, Giorgios?«

Lato schüttelte den Kopf. »Nein, ich möchte Herrn Lambrou sprechen.«

Die Sekretärin lächelte. »Tatsächlich? Was hast du mit ihm zu besprechen? Willst du ihm ein Geschäft vorschlagen?« fragte sie scherzend.

»Nein, darum geht's nicht«, sagte Lato ernsthaft. »Meine Mutter liegt im Sterben, und ich... ich muß heim zu ihr. Ich wollte Herrn Lambrou nur dafür danken, daß er mich bei sich beschäftigt hat. Das würde nur eine Minute dauern, aber wenn er keine Zeit hat...« Er wandte sich ab und schien gehen zu wollen.

»Warte! Er hat bestimmt kurz Zeit für dich.«

Zehn Minuten später stand Lato in Spyros Lambrous Arbeitszimmer. Er hatte es noch nie gesehen und fand den Luxus überwältigend.

»Tut mir aufrichtig leid, daß Ihre Mutter im Sterben liegt, junger Mann. Eine kleine Beihilfe wird Ihnen sicher...«

»Danke, Herr Lambrou. Aber ich bin eigentlich wegen einer ganz anderen Sache hier.«

Lambrou starrte ihn stirnrunzelnd an. »Was soll das heißen?«

»Herr Lambrou, ich besitze wichtige Informationen, die für Sie sehr wertvoll sein dürften.«

Lambrous Miene wurde noch skeptischer. »Ach, wirklich? Tut mir leid, ich bin sehr beschäftigt und ...«

»Sie betreffen Constantin Demiris.« Die Worte sprudelten nur so aus ihm hervor. »Ich habe einen guten Freund, der Pater ist. Er hat einem Mann, der gleich danach unters Auto gekommen ist, die Beichte abgenommen, und dieser Mann hat ihm von Demiris erzählt. Demiris hat was Schreckliches getan, für das er eingesperrt werden könnte. Aber wenn Sie das nicht interessiert ...«

Spyros Lambrou war plötzlich sehr interessiert. »Nehmen Sie doch Platz ... wie war noch gleich Ihr Name?«

»Lato, Giorgios Lato.«

»Gut, Lato, am besten fangen Sie ganz von vorn an ...«

In Melina und Constantin Demiris' Ehe kriselte es seit Jahren, aber bis vor kurzem war es nie zu Gewalttätigkeiten gekommen.

Angefangen hatten sie während einer erbitterten Auseinandersetzung wegen einer Affäre, die Constantin mit Melinas bester Freundin hatte.

»Du machst jede Frau zur Nutte!« kreischte Melina. »Was du anfaßt, wird zu Dreck!«

»*Skase!* Halt's Maul!«

»Dazu kannst du mich nicht zwingen«, antwortete sie trotzig. »Die ganze Stadt soll erfahren, was für ein *Pousti* du bist. Mein Bruder hat recht gehabt – du bist ein Ungeheuer!«

Constantin hob die Hand und schlug Melina ins Gesicht, daß es klatschte. Sie lief weinend hinaus.

Eine Woche später bekamen sie wieder Streit, und Constantin schlug sie erneut. Melina packte ihre Koffer und flog nach Attikos, auf die Privatinsel ihres Bruders. Dort blieb sie eine Woche lang, allein und elend. Sie sehnte sich nach ihrem Mann und begann, sich Entschuldigungen für sein Verhalten zurechtzulegen.

*Es ist alles meine Schuld. Ich hätte Costa nicht so zusetzen dürfen. Er hat mich nicht wirklich schlagen wollen. Er hat nur die Beherrschung verloren und nicht mehr gewußt, was er tut. Und wenn ich ihm gleichgültig wäre, hätte er mich nicht geschlagen ...*

Trotzdem wußte Melina, daß das letztlich nur Ausreden waren, weil sie den Gedanken an eine Scheidung nicht ertragen konnte. Am Sonntag darauf kehrte sie nach Hause zurück.

Demiris war in der Bibliothek.

Er sah auf, als Melina hereinkam. »Du hast also beschlossen, wieder heimzukommen?«

»Dies ist mein Haus, Costa. Du bist mein Mann, und ich liebe dich. Aber ich warne dich: Faßt du mich noch mal an, bring' ich dich um!«

Auf seltsame Weise schienen die beiden sich nach diesem Vorfall wieder besser zu vertragen. Constantin achtete längere Zeit sorgsam darauf, Melina gegenüber nicht die Beherrschung zu verlieren. Er hatte weiterhin Affären, und seine Frau war zu stolz, um ihn zu bitten, damit aufzuhören. *Eines schönen Tages wird er alle seine Flittchen satt haben und erkennen, daß er nur mich braucht.*

An einem Samstagabend zog Constantin Demiris gerade seine Smokingjacke an, als Melina in sein Schlafzimmer trat.

»Wohin gehst du?«

»Ich habe eine Verabredung.«

»Hast du vergessen, daß wir heute abend bei Spyros eingeladen sind?«

»Nein, das habe ich nicht vergessen. Aber diese Sache ist wichtiger.«

Melina funkelte ihn an. »Ich weiß genau, was dich aus dem Haus treibt – deine *Poulakia!* Und du gehst zu einer deiner Nutten, um dich abzureagieren.«

»Du solltest auf deine Ausdrucksweise achten. Du keifst wie ein Fischweib, Melina.« Demiris betrachtete sich im Spiegel.

*Das lasse ich nicht zu!* Was er ihr antat, war schlimm genug, aber daß er nun auch noch bewußt ihren Bruder brüskieren wollte, schlug dem Faß den Boden aus. Sie fühlte den unbezähmbaren Drang, ihn irgendwie zu verletzen. »Heute abend sollten wir eigentlich beide zu Hause bleiben«, sagte Melina.

»Ach ja?« erkundigte er sich gleichmütig. »Und wieso das?«

»Weißt du nicht, welcher Tag heute ist?« fragte sie höhnisch.

»Nein.«

»Heute jährt sich der Tag, an dem ich deinen Sohn getötet habe, Costa. Ich habe ihn abtreiben lassen.«

Er stand stocksteif da, und sie sah, wie seine Pupillen sich verdunkelten.

»Außerdem habe ich mich sterilisieren lassen, um nie mehr ein Kind von dir bekommen zu müssen«, log sie.

Jetzt drehte er völlig durch. »*Skase!*« Und er schlug sie ins Gesicht, schlug immer wieder zu.

Melina flüchtete kreischend aus dem Zimmer und rannte, von Constantin verfolgt, den Flur entlang.

Oben an der Treppe holte er sie ein.

»Dafür bring' ich dich um!« brüllte er. Als er wieder zuschlug, verlor Melina das Gleichgewicht, stürzte und fiel die lange Treppe hinunter.

Unten blieb sie vor Schmerzen wimmernd liegen. »Mein Gott, hilf mir doch! Ich hab' mir was gebrochen.«

Demiris starrte sie von der obersten Stufe aus mit kaltem Blick an.

»Ich lasse eines der Mädchen einen Arzt rufen. Ich möchte nicht zu spät zu meiner Verabredung kommen.«

Der Anruf kam kurz vor dem Abendessen.

»Herr Lambrou? Hier ist Doktor Metaxis. Ihre Schwester hat mich gebeten, Sie zu verständigen. Sie liegt hier in meiner Privatklinik. Sie hat leider einen Unfall gehabt . . .«

In Melinas Zimmer trat Spyros Lambrou an das Bett seiner Schwester und starrte sie bestürzt an. Melina hatte einen gebrochenen Arm, eine Gehirnerschütterung und ein durch Schwellungen und Blutergüsse entstelltes Gesicht.

Spyros Lambrou sagte nur ein einziges Wort: »Demiris.« Seine Stimme zitterte vor Wut.

Melinas Augen füllten sich mit Tränen. »Er hat's nicht so gemeint«, flüsterte sie.

»Dafür vernichte ich ihn! Das schwöre ich dir bei meinem Leben!« Spyros Lambrou war noch nie so außer sich gewesen.

Der Gedanke daran, was Constantin Demiris Melina antat, war Spyros Lambrou unerträglich. Es mußte irgendeine Möglichkeit geben, ihm das Handwerk zu legen – aber wie? Er wußte nicht, was er tun sollte. Er brauchte einen guten Rat. Wie so oft in der Vergangenheit beschloß Lambrou, Madame Piris zu konsultieren. Vielleicht konnte sie ihm irgendwie helfen.

*Meine Freunde würden mich auslachen, wenn sie wüßten, daß ich zu einer Wahrsagerin gehe,* dachte Lambrou auf dem Weg zu ihr. Tatsache war jedoch, daß Madame Piris in der Vergangenheit mehrmals erstaunliche Dinge vorausgesagt hatte, die prompt eingetroffen waren. *Sie muß mir auch diesmal helfen.*

Sie saßen an einem Tisch in einer dunklen Ecke der schwachbeleuchteten Taverne. Madame Piris schien seit ihrer letzten Begegnung sehr gealtert zu sein. Ihre dunklen Augen blickten ihn unverwandt an.

»Ich brauche Hilfe, Madame Piris«, sagte Lambrou.

Sie nickte schweigend.

*Womit soll ich anfangen?* »Es geht um einen Mordprozeß, der vor ungefähr eineinhalb Jahren stattgefunden hat. Eine Frau namens Catherine Douglas war ...«

Die Wahrsagerin schloß die Augen. »Nein!« ächzte sie.

Spyros Lambrou starrte sie erstaunt an. »Sie war ermordet worden – von ihrem Mann und ...«

Madame Piris erhob sich schwankend. »Nein! Die Sterne haben mir gesagt, daß sie sterben würde!«

Lambrou war verwirrt. »Sie *ist* tot«, sagte er. »Ihr Mann und seine Geliebte haben sie ...«

»Sie lebt!«

Er schüttelte energisch den Kopf. »Ausgeschlossen!«

»Sie ist hier gewesen. Sie hat mich vor etwa einem Vierteljahr aufgesucht. Sie ist in einem Kloster untergebracht gewesen.«

Plötzlich paßte alles zusammen. Wie Lambrou wußte, unterstützte Demiris das Kloster in Ioannina – der Stadt, in der Catherine Douglas ermordet worden sein sollte. *Sie ist in einem Kloster untergebracht gewesen.* Auch was Giorgios Lato ihm mitgeteilt hatte, war eine Bestätigung dafür. Demiris hatte zwei Unschuldige als Mörder in den Tod geschickt, während Catherine Douglas – in Wirklichkeit gesund und munter – von den Nonnen versteckt worden war.

Und Lambrou wußte, mit welchem Werkzeug er Constantin Demiris vernichten würde.

*Tony Rizzoli.*

## 11

Tony Rizzolis Probleme vervielfältigten sich. Was nur schiefgehen konnte, ging schief. Gewiß war es nicht seine Schuld, daß alles so gekommen war, aber er wußte, daß die Familie ihn dafür verantwortlich machen würde. Sie hielt nichts von faulen Ausreden.

Um so frustrierender wurde alles durch die Tatsache, daß der erste Teil des Unternehmens wunderbar geklappt hatte. Er hatte die Drogensendung aus Kolumbien problemlos nach Athen geschmuggelt und dort vorläufig in einem Lagerhaus untergebracht. Dann hatte er einen Flugbegleiter angeworben, der den Stoff beim nächsten Flug nach New York mitnehmen sollte. Und dann – keine 24 Stunden vor dem Abflug – war der Idiot wegen Trunkenheit am Steuer festgenommen und von seiner Fluggesellschaft fristlos entlassen worden.

Daraufhin hatte Tony Rizzoli auf einen Alternativplan zurückgegriffen. Er hatte ein »Maultier« gefunden – in diesem Fall die 70jährige Amerikanerin Sara Murchinson, die ihre in Athen lebende Tochter besucht hatte. Sie würde einen Koffer nach New York mitnehmen, ohne zu ahnen, was sie darin transportierte.

»Er enthält ein paar Andenken, die ich meiner Mutter versprochen habe«, behauptete Tony Rizzoli, »und weil Sie so nett sind, ihn mitzunehmen, beteilige ich mich an Ihren Flugkosten.«

»Oh, das ist nicht nötig!« protestierte Sara Murchinson. »Ich bin froh, Ihnen diesen Gefallen tun zu können. Ich wohne gar nicht weit von Ihrer Mutter entfernt. Ich freue mich schon darauf, ihre Bekanntschaft zu machen.«

»Und ich bin sicher, daß sie sich freuen wird, Sie kennenzulernen«, antwortete er einschmeichelnd. »Leider ist sie ziemlich krank. Aber irgend jemand ist bestimmt da, um Ihnen den Koffer abzunehmen.«

*Sie ist die Idealbesetzung für diesen Auftrag – eine liebe, durch und durch amerikanische Großmutter. Bei ihr werden die Zollbeamten höchstens vermuten, daß sie Stricknadeln schmuggelt.*

Sara Murchinson wollte am nächsten Morgen nach New York zurückfliegen.

»Ich hole Sie ab und fahre Sie zum Flughafen.«

»Oh, das ist lieb von Ihnen! Sie sind ein wirklich zuvorkommender junger Mann. Ihre Mutter ist sicher sehr stolz auf Sie.«

»Ja. Wir haben ein sehr enges Verhältnis zueinander.«

Tony Rizzolis Mutter war bereits zehn Jahre tot.

Als Rizzoli am nächsten Morgen sein Hotel verlassen wollte, um das Drogenpaket aus dem Lagerhaus zu holen, klingelte das Zimmertelefon.

»Mr. Rizzoli?« fragte ein Unbekannter.

»Ja?«

»Hier ist Doktor Patsaka von der Notaufnahme im K.A.T. Wir haben hier eine Mrs. Sara Murchinson eingeliefert bekommen. Sie ist nachts gestürzt und hat sich den Oberschenkelhals gebrochen. Sie hat mich gebeten, Sie anzurufen und Ihnen zu sagen, wie leid es ihr tut, daß sie ...«

»*Merda!*« Tony Rizzoli knallte den Hörer auf die Gabel. *Das ist jetzt schon die zweite Pleite. Wie soll ich so schnell ein anderes Maultier finden?*

Rizzoli wußte, daß er vorsichtig sein mußte. In der Szene munkelte man, ein erfahrener amerikanischer Rauschgiftfahnder sei nach Athen gekommen, um mit den hiesigen Behörden zusammenzuarbeiten. Alle Verkehrswege sollten überwacht, Schiffe und Flugzeuge routinemäßig durchsucht werden.

Und als ob das alles nicht schon genug wäre, gab es ein weiteres Problem. Einer seiner Spitzel – ein krimineller Drogensüchtiger – hatte ihn gewarnt, daß die Polizei damit beginne, Lagerhäuser nach Rauschgift und anderer Schmuggelware zu durchsuchen. Der Druck nahm stetig zu. Es wurde Zeit, die Familie über die Lage aufzuklären.

Tony Rizzoli verließ das Hotel und schlenderte die Patissioustraße hinunter zum Fernmeldeamt.

Er wußte nicht, ob sein Hoteltelefon abgehört wurde, aber er wollte kein Risiko eingehen.

Das Gebäude Patissioustraße 85 war ein großer Sandsteinbau, dessen Giebel von einer Säulenreihe getragen wurde. Rizzoli betrat die Eingangshalle und sah sich um. Die Wände verschwanden hinter zwei Dutzend numerierten Telefonkabinen. In Regalen standen Telefonbücher aus aller Welt. Ein Schalter in der Raummitte war mit vier Beamtinnen besetzt, die Gesprächsanmeldungen entgegennahmen.

Auch Tony Rizzoli stellte sich an. »Guten Morgen«, sagte er, als er an der Reihe war.

»Sie wünschen?«

»Ich möchte ein Auslandsgespräch anmelden.«

»Das kann bis zu einer halben Stunde dauern.«

»Kein Problem.«

»Land und Teilnehmernummer?«

Tony Rizzoli zögerte. »Hier.« Er legte der Beamtin einen Zettel hin. »Ich habe Ihnen alles aufgeschrieben. Ich möchte ein R-Gespräch anmelden.«

»Ihr Name?«

»Brown, Tom Brown.«

»Gut, Mr. Brown. Sie werden aufgerufen, wenn Ihr Gespräch da ist.«

»Danke.«

Er ging zu einer der Wartebänke hinüber und nahm Platz.

*Ich könnte versuchen, das Paket in einem Auto zu verstecken, und einen Fahrer anheuern, der es über die Grenze bringt. Aber das wäre zu riskant; die Kontrollen an den Grenzübergängen sind verschärft worden. Vielleicht gelingt's mir, ein weiteres ...*

»Mr. Brown ... Mr. Tom Brown ...« Der Name wurde zweimal wiederholt, bevor Rizzoli begriff, daß er damit gemeint war. Er sprang auf und hastete an den Schalter.

»Der Teilnehmer nimmt das Gespräch an. Kabine sieben.«

»Danke. Kann ich übrigens den Zettel zurückhaben, den ich Ihnen gegeben habe? Ich brauche die Nummer noch.«

»Natürlich.« Sie gab ihm den Zettel zurück.

Tony Rizzoli betrat die Kabine und schloß die Tür hinter sich.

»Hallo.«

»Tony? Bist du's?«

»Yeah. Wie geht's, Pete?«

»Wir machen uns ehrlich gesagt ein bißchen Sorgen, Tony. Die Jungs haben damit gerechnet, daß das Paket längst unterwegs sein würde.«

»Hier hat's Schwierigkeiten gegeben.«

»Ist das Paket inzwischen abgeschickt?«

»Nein, es ist noch hier.«

Am anderen Ende entstand eine Pause. »Wir möchten nicht, daß damit etwas passiert, Tony.«

»Da könnt ihr ganz unbesorgt sein. Ich muß nur eine andere Möglichkeit finden, es auf den Weg zu bringen. Hier wimmelt's nur so von gottverdammten Narcs.«

»Wir reden von zehn Millionen Dollar, Tony.«

»Das weiß ich. Keine Angst, ich laß mir was einfallen.«

»Das solltest du tun, Tony. Dir was einfallen lassen.«

Die Verbindung wurde unterbrochen.

Ein Mann in grauem Anzug beobachtete, wie Tony Rizzoli sich in Richtung Ausgang bewegte. Er trat auf die Schalterbeamtin zu.

»*Singnomi.* Sehen Sie den Mann, der da eben hinausgeht?«

Die Frau sah auf. »*Malista?*«

»Ich möchte wissen, welche Nummer er angerufen hat.«

»Tut mir leid, das darf ich Ihnen nicht sagen.«

Der Mann griff in seine Gesäßtasche, zog seine Brieftasche heraus, klappte sie auf und wies eine goldene Plakette vor. »Kriminalpolizei. Inspektor Tinou.«

Ihre Miene wurde etwas weniger abweisend. »Oh! Er hat mir einen Zettel mit der Rufnummer gegeben und ihn dann wieder mitgenommen.«

»Aber Sie haben die Nummer in Ihre Liste eingetragen?«

»O ja, das tun wir immer.«

»Geben Sie mir bitte die Nummer.«

»Natürlich.«

Sie schrieb sie auf einen Zettel, den sie Tinou hinschob. Der Leutnant betrachtete die Rufnummer nachdenklich. Ländervorwahlnummer 0039, Ortskennzahl 91. *Italien. Sizilien. Palermo.*

»Vielen Dank. Wissen Sie zufällig noch, welchen Namen der Mann angegeben hat?«

»Ja. Brown. Tom Brown.«

Das Telefongespräch hatte Tony Rizzoli so nervös gemacht, daß er eine Toilette aufsuchen mußte. *Dieser verdammte Pete Lucca!* Vor sich am Kolonakiplatz sah er ein Schild: *Apochoritirion.* Männer wie Frauen gingen hinein, um dieselben Toiletten zu benutzen. *Und diese Griechen glauben wirklich, sie seien zivilisiert,* dachte Rizzoli. *Widerlich.*

In einer Villa auf den Hügeln über Palermo saßen vier Männer um einen Konferenztisch.

»Der Stoff müßte längst unterwegs sein, Pete«, beschwerte sich einer von ihnen. »Wo liegt das Problem?«

»Das weiß ich selbst nicht genau. Vielleicht bei Tony Rizzoli.«

»Mit Tony hat's bisher nie Schwierigkeiten gegeben.«

»Stimmt – aber manchmal werden Leute geldgierig. Ich bin dafür, daß wir jemanden nach Athen schicken, der nach dem Rechten sieht.«

»Wirklich schade. Ich hab' Tony immer gut leiden können.«

Im Athener Polizeipräsidium in der Stadionstraße 10 fand eine Besprechung statt. Die Teilnehmer waren Polizeipräsident Livreri Dmitri, Inspektor Tinou und ein Amerikaner: Lieutenant Walt Kelly, ein Beamter der Zollfahndung des amerikanischen Finanzministeriums.

»Wir haben von einem geplanten großen Drogenschmuggel erfahren«, sagte Kelly eben. »Der Stoff soll von Athen aus weitertransportiert werden. Der Hauptakteur dürfte Tony Rizzoli sein.«

Inspektor Tinou äußerte sich nicht dazu. Die griechische Polizei hatte es nicht gern, wenn ausländische Kollegen sich einzumischen versuchten. Vor allem Amerikaner waren unbeliebt. *Sie sind immer so verdammt von sich selbst überzeugt!*

Der Polizeipräsident ergriff das Wort. »Unsere Ermittlungen laufen bereits, Lieutenant. Tony Rizzoli hat vor kurzem nach Palermo telefoniert. Wir sind dabei, seinen Gesprächspartner zu ermitteln. Sobald wir seinen Namen haben, wissen wir, für wen Rizzoli arbeitet.«

Das Telefon auf seinem Schreibtisch klingelte. Dmitri und der Inspektor wechselten einen Blick.

Tinou nahm den Hörer ab. »Haben Sie den Namen?« Er hörte einen Augenblick mit ausdrucksloser Miene zu. Dann legte er langsam auf.

»Na?«

»Sie haben den Anschluß ermittelt.«

»Und?«

»Eine öffentliche Telefonzelle mitten in der Stadt.«

»*Gamoto!*«

»Unser Mr. Rizzoli ist sehr... *ine gata.*«

»Ich verstehe kein Griechisch«, sagte Walt Kelly ungeduldig.

»Entschuldigung, Lieutenant. Er ist verdammt gerissen.«

»Ich möchte, daß Sie seine Überwachung verstärken«, verlangte Kelly.

*Diese Arroganz!* Dmitri wandte sich an den Inspektor. »Die Beweislage reicht nicht aus, um mehr Leute auf ihn anzusetzen. Sehe ich das richtig?«

»Ganz recht. Wir haben lediglich einen unbestätigten Verdacht.«

Der Polizeipräsident blickte zu Walt Kelly hinüber. »Tut mir leid, aber ich habe nicht genug Leute, um jeden beschatten lassen zu können, der ein Dealer sein könnte.«

»Aber Rizzoli...«

»Ich versichere Ihnen, daß wir unsere eigenen Quellen haben, Mr. Kelly. Sollten wir weitere Informationen erhalten, wissen wir, wo Sie zu erreichen sind.«

Walt Kelly starrte ihn frustriert an. »Warten Sie lieber nicht zu lange«, sagte er. »Sonst ist das Schiff abgefahren.«

Die Villa in Rafina stand bereit. Der Immobilienmakler hatte zu Constantin Demiris gesagt: »Ich weiß, daß Sie sie möbliert gekauft haben, aber falls Sie einige der Räume neu einrichten lassen wollen ...«

»Nein. Alles soll genauso bleiben, wie es ist.«

Genau wie damals, als seine untreue Noelle und ihr Liebhaber Larry ihn betrogen hatten. Er ging durchs Wohnzimmer. *Haben sie sich hier auf dem Teppich geliebt? Im Musikzimmer? In der Küche?* Demiris betrat das Schlafzimmer. In der Ecke stand ein riesiges Bett. *Ihr* Bett, auf dem Douglas Noelles nackten Leib liebkost, auf dem er gestohlen hatte, was Demiris gehörte. Douglas hatte seinen Verrat gebüßt – und würde ihn nochmals büßen.

Demiris starrte das Bett an. *Hier liebe ich Catherine zuerst. Dann in den übrigen Räumen. In einem nach dem anderen.* Er rief Catherine aus der Villa an.

»Hallo.«

»Ich hab' gerade an dich gedacht.«

Tony Rizzoli bekam unerwarteten Besuch aus Sizilien. Als die beiden Männer ohne anzuklopfen in sein Hotelzimmer traten, witterte er sofort Schwierigkeiten. Alfredo Mancuso war groß. Gino Laveri war größer.

Mancuso kam ohne Umschweife zur Sache. »Pete Lucca schickt uns.«

Rizzoli versuchte, cool zu bleiben. »Großartig! Willkommen in Athen. Was kann ich für euch tun, Jungs?«

»Du kannst dir diesen Scheiß sparen, Rizzoli«, antwortete Mancuso. »Pete will wissen, was für 'n Spielchen du spielst.«

»Spielchen? Wovon redet ihr überhaupt? Ich hab' ihm doch erklärt, daß ich ein kleines Problem habe.«

»Darum sind wir hier. Um dir bei der Lösung zu helfen.«

»Augenblick, Jungs!« protestierte Rizzoli. »Das Paket ist hier sicher verbunkert. Sobald ich ...«

»Pete will's aber nicht verbunkert haben. Er hat 'ne Menge Geld darin investiert.« Laveri stemmte seine Pranke gegen Rizzolis Brust und stieß ihn rückwärts in einen Sessel. »Ich will's dir erklären, Rizzoli. Wäre dieser Stoff schon wie geplant in New York auf der Straße, könnte Pete das Geld nehmen, es waschen lassen und wieder neu investieren. Verstehst du, was ich meine?«

*Wahrscheinlich würde ich mit den beiden Gorillas fertig werden,* dachte Rizzoli. Aber er wußte, daß er nicht gegen sie kämpfen würde; er würde gegen Pete Lucca antreten.

»Klar versteh' ich, was du meinst«, sagte er beschwichtigend. »Aber das Geschäft ist viel schwieriger geworden. Die Bullen hier passen verdammt auf und haben sich jetzt sogar mit 'nem Drogenfahnder aus Washington eingedeckt. Ich habe einen Plan ...«

»Pete hat auch einen«, unterbrach Laveri ihn. »Weißt du, was er vorhat? Er läßt dir ausrichten, daß er von dir kassieren will, falls der Stoff nicht bis nächste Woche unterwegs ist.«

»He, soviel Geld hab' ich doch nicht!« protestierte Rizzoli. »Ich ...«

»Das glaubt Pete auch. Deshalb sind wir hier, um dich auf andere Weise dafür zahlen zu lassen.«

Tony Rizzoli holte tief Luft. »Okay. Ihr könnt ihm sagen, daß alles unter Kontrolle ist.«

»Klar doch. Aber wir bleiben trotzdem hier. Du hast eine Woche Zeit.«

Für Tony Rizzoli war es Ehrensache, nie vor Mittag Alkohol zu trinken, aber als die beiden gegangen waren, öffnete er eine Flasche Scotch und nahm zwei große Schlucke. Er spürte, wie der Whiskey ihn wärmte, aber auch das nützte nichts. *Mir ist nicht mehr zu helfen. Wie kann der Alte sich plötzlich gegen mich stellen? Ich war praktisch sein Sohn – und jetzt soll ich in einer Woche einen Ausweg aus dieser Scheiße finden. Ich brauche schnellstens ein Maultier. Im Spielkasino vielleicht. Dort finde ich am ehesten eins.*

Gegen 22 Uhr abends fuhr Tony Rizzoli nach Loutraki, dem beliebten Spielkasino 75 Kilometer westlich von Athen. Er machte einen Rundgang durch den riesigen Saal, in dem ein reges Treiben herrschte, und beobachtete den Spielbetrieb. Am Roulettetisch gab es immer Verlierer, die bereit waren, für Geld alles zu tun, nur um weiterspielen zu können. Je verzweifelter der Spieler war, desto leichter war er zu kriegen. Rizzoli entdeckte sein Opfer fast augenblicklich: ein schmächtiger, grauhaariger kleiner Mann Anfang Fünfzig, der sich ständig mit einem Taschentuch die Stirn abtupfte. Je mehr er verlor, desto stärker schwitzte er.

Rizzoli beobachtete ihn interessiert. Solche Symptome sah er nicht zum ersten Mal. Dies war der klassische Fall eines zwanghaften Spielers, der mehr verlor, als er sich eigentlich leisten konnte.

Als der Mann seine Jetons verspielt hatte, wandte er sich an den Croupier: »Ich ... ich möchte für weitere fünfzig Jetons unterschreiben.«

Der Croupier sah fragend zum Saalchef hinüber.

»Geben Sie sie ihm. Aber das sind die letzten.«

Tony Rizzoli fragte sich, wie hoch seine Schulden bereits sein mochten. Er nahm neben ihm Platz und kaufte einen Stapel Jetons. Roulette war ein Spiel für Dumme, aber Rizzoli verstand es, die Chancen zu nützen, und sein Jetonstapel wuchs stetig, während der kleine Mann weiter verlor. Der Verlierer wechselte verzweifelt zwischen Finale, kleiner Serie und Orphelins hin und her. *Von Roulette hat der Kerl keinen blassen Schimmer,* dachte Rizzoli.

Dann strich der Rechen des Croupiers seine letzten Jetons ein. Der kleine Mann saß wie erstarrt da.

Dann blickte er hoffnungsvoll zu dem Croupier auf. »Könnte ich . . . ?«

Der Croupier schüttelte den Kopf. »Tut mir leid.«

Der kleine Mann stand seufzend auf.

Rizzoli erhob sich mit ihm. »Schade«, sagte er mitfühlend. »Ich habe mehr Glück gehabt. Kommen Sie, ich lade Sie zu einem Drink ein.«

Der andere blinzelte. Seine Stimme zitterte. »Sehr freundlich von Ihnen, Sir.«

*Das ist dein Maultier!* Der Mann brauchte Geld und würde sich vermutlich auf die Chance stürzen, für 100 Dollar und ein Flugtikket ein harmloses Paket nach New York zu bringen.

»Mein Name ist Tony Rizzoli.«

»Viktor Korontzis.«

Rizzoli führte Korontzis an die Bar. »Was trinken Sie?«

»Ich . . . ich habe leider kein Geld mehr.«

Tony Rizzoli winkte großzügig ab. »Sie sind mein Gast.«

»Danke, dann trinke ich einen Retsina.«

Rizzoli wandte sich an den Ober. »Und einen Chivas Regal mit Eis.«

»Sind Sie als Tourist hier?« fragte Korontzis höflich

»Ja«, antwortete Rizzoli, »ich mache hier Urlaub. Ein wundervolles Land.«

Korontzis zuckte mit den Schultern. »Schon möglich.«

»Gefällt's Ihnen hier nicht?«

»Oh, unser Land ist schön, das stimmt. Aber es ist so verdammt teuer geworden. Ich meine, alles wird von Tag zu Tag teurer. Wer kein Millionär ist, hat Mühe, Essen auf den Tisch zu bringen – vor allem ein Familienvater mit vier Kindern.« Seine Stimme klang verbittert.

*Der ideale Mann!* »Was sind Sie von Beruf, Viktor?« erkundigte Rizzoli sich beiläufig.

»Ich bin Kurator in der Athener Staatlichen Sammlung.«

»Wirklich? Und was tut ein Kurator?«

Jetzt sprach etwas Stolz aus Korontzis' Stimme. »Ich bin für die Altertümer zuständig, die in Griechenland ausgegraben werden.« Er trank einen Schluck aus seinem Glas. »Na ja, nicht für alle, versteht sich. Es gibt schließlich noch andere Museen wie das Akropolismuseum oder das Archäologische Nationalmuseum. Aber unser Museum besitzt die wertvollsten Artefakte.«

Tony Rizzoli horchte auf. »Wie wertvoll?«

Viktor Korontzis hob die Achseln. »Die meisten Stücke sind unbezahlbar. Natürlich ist die Ausfuhr von Altertümern gesetzlich verboten. Aber bei uns im Museum gibt's einen kleinen Laden, der Kopien verkauft.«

Rizzolis Verstand arbeitete auf Hochtouren. »Tatsächlich? Wie gut sind diese Kopien?«

»Oh, die sind ausgezeichnet. Nur ein Fachmann könnte sie vom Original unterscheiden.«

»Kommen Sie, trinken wir noch einen«, forderte Rizzoli den kleinen Mann auf.

»Danke. Das ist wirklich sehr freundlich von Ihnen. Aber ich kann mich leider nicht revanchieren.«

Rizzoli winkte lächelnd ab. »Schon gut, Viktor. Übrigens, Sie *können* mir einen Gefallen tun. Ich möchte mir Ihr Museum ansehen. Was Sie davon erzählt haben, klingt faszinierend.«

»Oh, das ist es wirklich!« versicherte Korontzis ihm nachdrücklich. »Es gehört zu den interessantesten Museen der Welt. Ich führe Sie gern einmal durch. Wann hätten Sie denn Zeit?«

»Wie wär's mit morgen vormittag?«

Tony Rizzoli hatte das Gefühl, auf etwas weit Gewinnbringenderes gestoßen zu sein als ein Maultier.

Die Athener Staatliche Sammlung befindet sich unweit des Syntagma-Platzes im Herzen der Stadt. Das Museumsgebäude ist ein prächtiger Bau im Stil eines antiken Tempels mit vier ionischen Säulen, die einen mit vier Statuen geschmückten Giebel tragen, über dem die griechische Fahne weht.

In seinem Inneren sind in weitläufigen Marmorsälen Altertümer aus verschiedenen Perioden der griechischen Geschichte ausgestellt. Alle Räume stehen voller Vitrinen mit kostbarsten Artefakten: Schmuck und Trinkgefäße aus Gold, reichverzierte Schwerter und prunkvolle Opfergefäße. In einer Vitrine liegen vier goldene Grabmasken; eine andere enthält Fragmente uralter Statuen.

Viktor Korontzis führte Tony Rizzoli persönlich. Der Kurator blieb vor einer Vitrine stehen, in der die Statue einer Göttin mit einem Kranz aus Mohnblumen im Haar stand. »Das ist die Mohngöttin«, erklärte er Rizzoli mit gedämpfter Stimme. »Der Kranz symbolisiert ihre Funktion als Bringerin von Schlaf, Träumen, Erleuchtung und Tod.«

»Wieviel ist sie wert?«

Korontzis lachte. »Wenn sie zu verkaufen wäre? Viele Millionen.«

»Tatsächlich?«

Den kleinen Kurator erfüllte offensichtlicher Stolz, während er den Rundgang fortsetzte und auf seine unbezahlbaren Schätze aufmerksam machte. »Dies ist ein Kuroshaupt, um vierzehnhundert vor Christus ... dies ist das Haupt der Athene mit einem korinthischen Helm, um vierzehnhundertfünfzig vor Christus ... und dies ist ein wirkliches Prachtstück. Eine goldene Maske eines Achäers aus dem Königsgrab der Akropolis von Mykene, sechzehntes Jahrhundert vor Christus. Vermutlich stellt sie Agamemnon dar.«

»Was Sie nicht sagen!«

Er führte Tony Rizzoli zu einer weiteren Vitrine mit einer herrlichen Amphore.

»Dies ist mein liebstes Stück«, bekannte Korontzis strahlend. »Ich weiß, daß man als Vater kein Kind vorziehen sollte, aber ich kann nicht dagegen an. Diese Amphore ...«

»Sie sieht wie 'ne Vase aus, find' ich.«

»Äh ... ja. Diese Vase ist bei den Ausgrabungen in Knossos im Thronsaal entdeckt worden. Wie Sie sehen, zeigen die Darstellungsfragmente das Einfangen eines Stiers mit einem Netz. Im Altertum wurden Opfertiere mit Netzen gefangen, damit ihr geweihtes Blut nicht vorzeitig vergossen wurde, was ...«

»Wieviel ist sie wert?« unterbrach Rizzoli ihn.

»Schätzungsweise zehn Millionen Dollar.«

Der Amerikaner runzelte die Stirn. *»Dafür?«*

»Allerdings! Sie stammt schließlich aus der spätminoischen Periode um dreitausend vor Christus.«

Rizzoli sah sich im Saal um, in dem Dutzende von Vitrinen standen.

»Ist alles dieses Zeug so wertvoll?«

»Nein, nein – nur die wirklichen Altertümer. Sie geben uns Aufschluß über das Leben der alten Zivilisationen und sind natürlich unersetzlich. Kommen Sie, ich möchte Ihnen noch etwas zeigen.«

Tony folgte Korontzis in den nächsten Saal. Dort blieben sie vor einer Eckvitrine stehen.

Viktor Korontzis zeigte auf eine Vase. »Sie gehört zu unseren größten Schätzen: eines der frühesten Beispiele für den Symbolismus phonetischer Zeichen. Dieser Kreis mit dem Kreuz ist die Figur des Ka, eines der frühesten Schriftzeichen, mit dem der Mensch den Kosmos symbolisiert hat. Es gibt insgesamt nur ...«

*Das ist doch scheißegal!* »Wieviel ist sie wert?«

Der kleine Mann seufzte. »Das Lösegeld eines Königs.«

Als Tony Rizzoli an diesem Vormittag das Museumsgebäude verließ, gingen ihm Zahlen durch den Kopf, die seine kühnsten Träume überstiegen. Durch einen phantastischen Glückszufall war er auf eine Goldmine gestoßen. Er hatte ein Maultier gesucht – und statt dessen den Schlüssel zu einer wahren Schatzkammer gefunden.

Die Gewinne aus dem Heroingeschäft mußten durch sechs geteilt werden. Niemand war dämlich genug zu versuchen, die Familie reinzulegen – aber diese Sache mit den Altertümern war etwas völlig anderes. Gelang es ihm, so etwas aus Griechenland hinauszuschmuggeln, war das ein Nebenerwerb, dessen Gewinne allein ihm gehörten. Rizzoli hatte allen Grund, in Hochstimmung zu sein. *Jetzt muß ich mir nur noch überlegen, wie ich den Fisch ködere. Die Suche nach einem Maultier hat Zeit bis später.*

An diesem Abend lud Tony Rizzoli seinen neuen Freund in den etwas anrüchigen Nachtclub Mostroph Athena ein, dessen attraktive Hostessen nach der Show zur Unterhaltung der Gäste zur Verfügung standen.

»Was halten Sie davon, wenn wir zwei Miezen mitnehmen und uns ein bißchen amüsieren?« schlug Rizzoli vor.

»Ich müßte heim zu meiner Familie«, wandte Korontzis ein. »Außerdem kann ich mir so was leider nicht leisten.«

»He, Sie sind mein Gast! Ich kriege großzügige Spesen. Kostet mich keinen Cent.«

Rizzoli sorgte dafür, daß eines der Mädchen Korontzis mit auf ihr Zimmer nahm.

»Kommen Sie denn nicht mit?« fragte der kleine Mann.

»Ich hab' noch was zu erledigen«, behauptete Tony. »Fahren Sie ruhig voraus. Alles ist schon geregelt.«

Am nächsten Morgen erschien Tony Rizzoli wieder im Museum, in dessen Sälen sich Touristen drängten, um die antiken Schätze zu bewundern.

Korontzis führte den Amerikaner in sein Büro. Er errötete tatsächlich. »Ich ... ich weiß gar nicht, wie ich Ihnen für letzte Nacht danken soll, Tony. Sie ... es ist wunderbar gewesen!«

Tony Rizzoli winkte lächelnd ab. »Wozu hat man schließlich Freunde, Viktor.«

»Aber ich kann mich doch nicht revanchieren!«

»Das erwarte ich auch nicht«, erklärte Rizzoli ihm ernsthaft. »Sie gefallen mir. Ich bin gern mit Ihnen zusammen. Übrigens findet heute in einem der Hotels eine kleine Pokerpartie statt. Ich spiele mit. Hätten Sie vielleicht auch Interesse?«

»Danke. Ich würd' gern mitmachen, aber ...« Er zuckte mit den Schultern. »Ich lass' lieber die Finger davon.«

»Seien Sie kein Spielverderber! Vergessen Sie Ihre Geldsorgen. Ich schieße Ihnen den Einsatz vor.«

Korontzis schüttelte den Kopf. »Sie sind schon zu großzügig zu mir gewesen. Sollte ich verlieren, könnte ich Ihnen das Geld nicht zurückzahlen.«

Tony Rizzoli grinste. »Wer redet denn von verlieren? Das Ganze ist 'ne abgekartete Sache.«

»Abgekartete Sache? Ich ... das verstehe ich nicht, fürchte ich.«

»Mein Freund Otto Dalton hat diesen Abend organisiert und hält die Bank«, erklärte Rizzoli ihm ruhig. »In Athen gibt's ein paar reiche amerikanische Touristen, die gern pokern, und Otto und ich wollen bei ihnen absahnen.«

Korontzis starrte ihn mit großen Augen an. »Absahnen? Soll das heißen, daß Sie ... daß Sie betrügen wollen?« Er fuhr sich mit der Zungenspitze über die Lippen. »So was hab' ich noch nie gemacht.«

Rizzoli nickte mitfühlend. »Okay, ich verstehe. Falls Sie Gewissensbisse haben, sollten Sie die Finger davon lassen. Ich hab' mir nur gedacht, daß Sie dabei ohne viel Mühe zwei- bis dreitausend Dollar kassieren könnten.«

Viktor Korontzis riß die Augen noch weiter auf. »Zwei- bis dreitausend *Dollar*?«

»Klar doch. Mindestens.«

Der kleine Mann fuhr sich erneut mit der Zungenspitze über die Lippen. »Ich... ich... ist das nicht gefährlich?«

Tony Rizzoli lachte. »Wenn's das wäre, wär' ich nicht dabei, stimmt's? Die Sache ist ein Kinderspiel. Als ›Künstler‹ ist Otto unerreicht. Er gibt Ihnen jede beliebige Karte von oben, von unten oder aus der Mitte. Obwohl er schon seit Jahren so arbeitet, ist er noch nie erwischt worden.«

Korontzis saß da und starrte den Amerikaner an.

»Wieviel... wieviel würde ich brauchen, um mitspielen zu können?«

»Ungefähr fünfhundert Dollar. Aber ich mache Ihnen einen Vorschlag. Die Sache ist so einfach, daß ich Ihnen die fünfhundert leihe, und falls Sie das Geld doch verlieren, brauchen Sie's nicht mal zurückzuzahlen.«

»Das ist sehr großzügig von Ihnen, Tony. Warum... warum tun Sie das für mich?«

»Ganz einfach«, antwortete Rizzoli im Brustton tiefster Überzeugung. »Wenn ich einen anständigen, fleißigen Mann wie Sie sehe, dessen verantwortliche Stellung als Kurator in einem der wichtigsten Museen der Welt vom Staat nicht mal soweit gewürdigt wird, daß er ein ordentliches Gehalt kriegt, und der Mühe hat, seine Familie zu ernähren – nun, das geht mir ehrlich gesagt gegen den Strich, Viktor. Wie lange liegt Ihre letzte Gehaltserhöhung schon zurück?«

»Hier... hier gibt's keine Gehaltserhöhungen.«

»Da haben wir's! Hören Sie mir mal gut zu. Sie haben die Wahl, Viktor. Sie können sich heute abend von mir einen kleinen Gefallen tun lassen, damit Sie ein paar tausend Dollar verdienen und für 'ne ganze Weile besser leben können. Oder Sie können bis ans Ende Ihrer Tage weiter von der Hand in den Mund leben.«

»Ich... ich weiß nicht recht, Tony. Ich bin kein Mensch, der...«

Tony Rizzoli stand auf. »Gut, ich verstehe. Ich bin wahrscheinlich in ein, zwei Jahren wieder in Athen – vielleicht können wir uns dann mal zusammensetzen. Hat mich gefreut, Ihre Bekanntschaft zu machen, Viktor.« Er ging zur Tür.

Korontzis traf seine Entscheidung. »Warten Sie doch! Ich... ich möchte heute abend mitkommen.«

Er hatte angebissen. »He, das ist großartig!« sagte Tony Rizzoli. »Ich freue mich wirklich, Ihnen ein bißchen helfen zu können.«

Viktor Korontzis zögerte. »Verzeihen Sie, aber ich möchte sichergehen, daß ich Sie richtig verstanden habe. Sie haben gesagt, daß ich die fünfhundert Dollar nicht zurückzuzahlen brauche, falls ich sie verliere?«

»Stimmt!« bestätigte Rizzoli. »Aber Sie können gar nicht verlieren. Dafür sorgt mein Freund Otto.«

»Und wo soll gespielt werden?«

»Zimmer vierhundertdreißig im Hotel Metropol. Um zweiundzwanzig Uhr. Sagen Sie Ihrer Frau, daß Sie Überstunden machen müssen.«

## 12

Außer Tony Rizzoli und Viktor Korontzis waren vier Männer in dem Hotelzimmer.

»Ich möchte Sie mit meinem Freund Otto Dalton bekannt machen«, sagte Rizzoli. »Viktor Korontzis.«

Die beiden Männer schüttelten sich die Hand.

Rizzoli musterte die anderen drei. »Diese Gentlemen kenne ich noch nicht, glaub' ich.«

Otto Dalton übernahm die Vorstellung.

»Perry Breslauer aus Detroit... Marvin Seymour aus Houston... Sal Prizzi aus New York.«

Viktor Korontzis nickte ihnen wortlos zu, weil er seiner Stimme nicht traute.

Otto Dalton war ein hagerer, liebenswürdiger Sechziger mit silbergrauen Haaren. Perry Breslauer war einige Jahre jünger, aber sein verkniffenes Gesicht wies tiefe Falten auf. Marvin Seymour war ein dicker, freundlicher, bebrillter Mittfünfziger. Sal Prizzi war ein Baum von einem Mann, ein muskelbepackter Hüne mit riesigen Pranken. Er hatte kleine, böse Augen, und sein Gesicht war durch Messernarben entstellt.

Tony Rizzoli hatte Korontzis vor dem Spiel über die Beteiligten informiert. *Die drei Typen haben massenhaft Geld. Sie können sich hohe Verluste leisten. Seymour gehört eine Versicherungsgesellschaft, Breslauer ist ein großer Autohändler mit Filialen in ganz Amerika, und Prizzi steht an der Spitze einer großen Gewerkschaft.*

Otto Dalton ergriff das Wort. »Können wir anfangen, Gentlemen? Die weißen Chips kosten fünf Dollar, die blauen zehn, die roten fünfundzwanzig und die schwarzen fünfzig. Wie viele darf ich Ihnen geben?«

Korontzis legte die 500 Dollar, die Tony Rizzoli ihm geliehen hatte, vor sich auf den Tisch. *Nein, nicht geliehen – geschenkt.* Der kleine Mann sah zu Rizzoli hinüber und lächelte. *Was für ein wundervoller Freund er ist!*

Die anderen Männer zogen dicke Geldscheinrollen aus ihren Taschen.

Korontzis hatte plötzlich wieder Bedenken. Was war, wenn irgendwas schiefging und er die 500 Dollar verspielte? Aber er schob diesen Gedanken mit einem Schulterzucken beiseite. Sein Freund Tony würde dafür sorgen, daß das nicht passierte. Und wenn er *gewann* ... Korontzis empfand ein Gefühl jäher Euphorie.

Das Spiel begann.

Der Bankhalter sagte an, was gespielt wurde. Bei zuerst noch niedrigen Einsätzen gab es Stud Poker mit fünf Karten, Stud Poker mit sieben Karten, Draw Poker und High-Low.

Zu Anfang waren die Gewinne und Verluste gleichmäßig verteilt, aber dann wendete sich das Blatt allmählich.

Viktor Korontzis und Tony Rizzoli schienen nichts falsch machen zu können. Hatten sie mäßige Karten, hatten die anderen schlechte. Hatten die anderen gute Karten, hatten Korontzis und Rizzoli bessere.

Viktor Korontzis wagte kaum, seinem Glück zu trauen. Als der Abend zu Ende ging, hatte er fast 2000 Dollar gewonnen. Das reinste Wunder!

»Ihr habt verdammt Glück gehabt, Jungs«, knurrte Seymour.

»Allerdings!« stimmte Breslauer zu. »Gebt ihr uns morgen abend Revanche?«

»Ich rufe euch an«, versprach Rizzoli ihnen.

»Ich kann's nicht glauben!« rief Korontzis aus, als die anderen gegangen waren. »Zweitausend Dollar!«

Tony Rizzoli lachte. »Das ist noch gar nichts. Ich hab' dir doch gesagt, daß Otto einer der besten ›Künstler‹ in der Branche ist. Diese Jungs brennen darauf, morgen ihr Geld zurückzugewinnen. Machst du wieder mit?«

»Darauf kannst du wetten!« Korontzis grinste breit. »Ich hab' eben einen Scherz gemacht, glaub' ich.«

Am nächsten Abend gewann Viktor Korontzis mehr als 3000 Dollar.

»Phantastisch!« erklärte er Rizzoli. »Aber schöpfen die denn keinen Verdacht?«

»Natürlich nicht. Ich gehe jede Wette ein, daß sie morgen vorschlagen werden, die Einsätze zu erhöhen. Sie bilden sich ein, sie könnten ihr Geld zurückgewinnen. Bist du wieder dabei?«

»Klar, Tony, ich bin dabei.«

»Wißt ihr, bisher sind wir die großen Verlierer«, meinte Sal Prizzi, als das Spiel beginnen sollte. »Wie wär's, wenn wir die Einsätze erhöhen würden?«

Tony Rizzoli blinzelte Korontzis zu.

»Von mir aus gern«, antwortete Rizzoli. »Wie sieht's mit euch aus, Jungs?«

Alle nickten zustimmend.

Otto Dalton stapelte Chips vor sich auf. »Die weißen Chips sind fünfzig Dollar, die blauen hundert, die roten fünfhundert, die schwarzen tausend.«

Viktor Korontzis sah unbehaglich zu Rizzoli hinüber. Mit so hohen Einsätzen hatte er nicht gerechnet.

Der Amerikaner nickte ihm beruhigend zu.

Das Spiel begann.

Es ging wie gewohnt weiter. Viktor Korontzis' Hände schienen Zauberkräfte zu besitzen. Seine Karten waren unweigerlich besser als die der anderen. Auch Tony Rizzoli gewann – allerdings etwas weniger.

»Scheißkarten!« knurrte Prizzi. »Ich will neue!«

Otto Dalton riß bereitwillig die Zellophanhülle eines neuen Spiels auf.

Korontzis blickte zu Tony Rizzoli hinüber und lächelte. Er wußte, daß ihr Glück sie auch mit neuen Karten nicht verlassen würde.

Um Mitternacht ließen sie sich Sandwiches heraufschicken. Die Spieler machten eine Viertelstunde Pause.

Tony Rizzoli nahm Korontzis beiseite. »Ich habe Otto gesagt, daß er sie ein bißchen schmieren soll«, erklärte er ihm flüsternd.

»Das verstehe ich nicht.«

»Er soll sie ein paarmal gewinnen lassen. Wenn sie dauernd verlieren, haben sie keine Lust mehr und hören auf. Und wenn sie dann glauben, heiß zu sein, erhöhen wir den Einsatz noch mal und kassieren richtig ab.«

Viktor Korontzis zögerte. »Ich habe schon soviel gewonnen, Tony. Sollten wir nicht aufhören, solange wir ...?«

Tony Rizzoli sah ihm in die Augen und fragte: »Viktor, wie würd's dir gefallen, heute nacht mit fünfzigtausend Dollar in der Tasche von hier wegzugehen?«

Als das Spiel fortgesetzt wurde, begannen Breslauer, Prizzi und Seymour zu gewinnen. Korontzis hatte weiter gute Karten, aber die der anderen waren besser.

*Otto Dalton ist ein Genie,* dachte Korontzis. Obwohl er ihm beim Geben scharf auf die Finger sah, hatte er bisher keine Unregelmäßigkeiten entdecken können.

Als das Spiel weiterging, verlor Viktor Korontzis stetig. Trotzdem machte er sich keine Sorgen. In ein paar Minuten, wenn sie die anderen genug – wie war doch gleich der Fachausdruck? – *geschmiert* hatten, würden er und Dalton und Rizzoli zum großen Schlag ausholen.

Sal Prizzi lachte hämisch. »Ihr Burschen scheint ein bißchen abgekühlt zu sein, was?«

Tony Rizzoli nickte bedauernd. »Sieht so aus, was?« Er warf Korontzis einen verschwörerischen Blick zu.

»Na ja, keiner kann ewig gewinnen«, meinte Marvin Seymour.

Perry Breslauer meldete sich zu Wort. »Was haltet ihr davon, wenn wir den Einsatz noch mal erhöhen, damit wir 'ne echte Chance haben, unser Geld zurückzugewinnen?«

Tony Rizzoli gab vor, über seinen Vorschlag nachzudenken. »Ich weiß nicht recht«, sagte er zögernd. Er wandte sich an Viktor Korontzis. »Was hältst du davon, Viktor?«

*Wie würd's dir gefallen, heute nacht mit fünfzigtausend Dollar in der Tasche von hier wegzugehen? Davon könnte ich mir ein Haus und ein neues Auto kaufen. Ich könnte mit der Familie in Urlaub fahren ...* Korontzis zitterte beinahe vor Aufregung. Er rang sich ein Lächeln ab. »Warum nicht?«

»Okay«, entschied Sal Prizzi. »Wir spielen um die Einsätze auf dem Tisch – ohne Limit!«

Sie spielten Draw Poker mit fünf Karten. Die Karten wurden gegeben.

»Ich fange an«, sagte Perry Breslauer. »Ich eröffne mit fünftausend Dollar.«

Viktor Korontzis hatte zwei Damen auf der Hand. Er zog drei Karten und erhielt eine weitere Dame.

Tony Rizzoli begutachtete sein Blatt und sagte: »Noch tausend.«

Marvin Seymour studierte seine Karten. »Ich gehe mit – und erhöhe um zweitausend.«

Otto Dalton warf seine Karten hin. »Da kann ich nicht mithalten.«

»Ich gehe mit«, entschied Sal Prizzi.

Den Pot gewann Marvin Seymour mit einem Straight.

Beim nächsten Mal erhielt Korontzis eine Acht, eine Neun, eine Zehn und den Herzbuben. Noch eine Karte, dann hatte er einen Straight Flush!

»Ich setze tausend Dollar«, verkündete Dalton.

»Ich gehe mit und erhöhe um tausend.«

»Und ich erhöhe um weitere tausend«, sagte Sal Prizzi.

Nun war Korontzis an der Reihe. Er glaubte zu wissen, daß ein Straight Flush alles schlagen würde, was die anderen hatten. Dazu brauchte er nur noch eine Karte.

»Ich will sehen, was ihr habt.« Er zog eine Karte und ließ sie vor sich liegen, weil er nicht wagte, sie aufzudecken.

Breslauer legte seine Karten hin. »Ein Viererpaar und ein Zehnerpaar.«

Prizzi zeigte sein Blatt vor. »Drei Siebener.«

Alle sahen jetzt zu Korontzis hinüber. Er holte tief Luft und nahm die Karte auf, die er gezogen hatte. Sie war schwarz. »Geplatzt«, sagte er angewidert und warf seine Karten auf den Tisch.

Die Einsätze wurden immer höher.

Der Stapel Chips von Viktor Korontzis war fast völlig zusammengeschmolzen. Der kleine Mann blickte sorgenvoll zu Tony Rizzoli hinüber.

Rizzoli lächelte beschwichtigend, als wollte er sagen: *Kein Grund zur Sorge!*

Die nächste Runde wurde mit Rizzolis Einsatz eröffnet.

Die Karten wurden gegeben.

»Ich eröffne mit tausend Dollar.«

Perry Breslauer: »Ich erhöhe um tausend.«

Marvin Seymour: »Und ich um zweitausend.«

Sal Prizzi: »Wißt ihr was, Jungs? Ich glaube, daß ihr nur blufft. Ich erhöhe noch mal um fünf.«

Viktor Korontzis hatte sich sein Blatt noch nicht angesehen. *Wann hört das verdammte Schmieren endlich auf?*

»Viktor?«

Korontzis griff langsam nach seinem Blatt und fächerte die Karten nacheinander auf. Ein As, noch ein As, ein drittes As, ein König und ein Zehner. Sein Puls begann zu jagen.

»Spielen Sie mit?«

Er lächelte in sich hinein. *Ab sofort wird nicht mehr geschmiert!* Er würde einen weiteren König bekommen, damit er ein Full House hatte. Er legte den Zehner ab und bemühte sich, ganz ruhig zu sprechen. »Ich geh' mit. Bitte eine Karte.«

»Ich nehme zwei«, sagte Otto Dalton. Er betrachtete sein Blatt. »Ich erhöhe um tausend.«

Tony Rizzoli schüttelte den Kopf. »Da kann ich nicht mithalten.« Er warf seine Karten hin.

»Ich gehe mit«, sagte Prizzi, »und erhöhe um fünf.«

Marvin Seymour warf seine Karten hin. »Ich bin draußen.«

Jetzt mußte die Entscheidung zwischen Viktor Korontzis und Sal Prizzi fallen.

»Wollen Sie mein Blatt sehen?« fragte Prizzi. »Das kostet Sie weitere fünftausend.«

Viktor Korontzis betrachtete seine Chips. Er hatte nur noch 5000 Dollar. *Aber wenn ich diesmal gewinne...* Er starrte sein Blatt erneut an. Es war unschlagbar. Korontzis schob seine Chips in die Tischmitte und zog eine Karte – einen Fünfer. Aber er hatte noch immer die drei Asse. Er deckte seine Karten auf. »Drei Asse.«

Prizzi breitete sein Blatt aus. »Vier Zweier.«

Korontzis sah benommen zu, wie Prizzi die gewonnenen Chips einstrich. Er hatte irgendwie das Gefühl, seinen Freund Tony im Stich gelassen zu haben. *Hätte ich nur durchgehalten, bis wir wieder gewonnen hätten...*

Diesmal gab Prizzi. »Stud mit sieben Karten«, kündigte er an. »Wir beginnen mit tausend Dollar.«

Viktor Korontzis sah hilflos zu Tony Rizzoli hinüber. »Ich habe kein...«

»Schon in Ordnung«, beruhigte Rizzoli ihn. Er wandte sich an seine Landsleute. »Hört zu, Jungs, Viktor ist heute nicht mehr dazugekommen, genügend Geld abzuheben, aber ich garantiere euch, daß er kreditwürdig ist. Ich schlage vor, daß wir ihm Kredit geben und nach Spielende abrechnen.«

»Augenblick!« sagte Prizzi. »Mann, wir sind kein gottverdammtes Finanzierungsbüro! Wir kennen Viktor Korontzis überhaupt nicht. Woher sollen wir also wissen, daß er zahlt?«

»Ich gebe Ihnen mein Wort darauf«, versicherte Tony Rizzoli ihm. »Otto kann sich für mich verbürgen.«

Otto Dalton meldete sich zu Wort. »Wenn Tony sagt, daß Mister Korontzis in Ordnung ist, ist er in Ordnung.«

Sal Prizzi zuckte mit den Schultern. »Okay, von mir aus kann er weiterspielen.«

»Einverstanden«, sagte Perry Breslauer, und Marvin Seymour nickte zustimmend.

Otto Dalton wandte sich an Viktor Korontzis. »Wieviel wollen Sie?«

»Geben Sie ihm zehntausend«, verlangte Tony Rizzoli.

Korontzis sah überrascht zu ihm hinüber. Zehntausend Dollar waren mehr, als er in zwei Jahren verdiente. Aber Rizzoli wußte natürlich genau, was er tat.

Viktor Korontzis schluckte trocken. »Äh... zehntausend, bitte.«

Wenig später hatte Korontzis wieder einen Stapel Chips vor sich.

In dieser Nacht waren die Karten Viktor Korontzis feindlich gesonnen. Bei steigenden Einsätzen schwanden seine Chips rasch dahin. Auch Tony Rizzoli verlor stetig.

Um zwei Uhr legten sie eine Pause ein. Korontzis zog Tony Rizzoli mit sich in eine Ecke.

»So kann's nicht weitergehen!« flüsterte Korontzis in panischer Angst. »Mein Gott, weißt du, wieviel Geld ich schon schuldig bin?«

»Mach dir keine Sorgen, Viktor. Ich habe auch schon viel verloren. Aber ich habe Otto das Zeichen gegeben. Jetzt geht's andersrum lang, und wir kassieren richtig ab.«

Sie nahmen wieder ihre Plätze ein.

»Geben Sie meinem Freund noch mal fünfundzwanzigtausend«, verlangte Tony Rizzoli.

Marvin Seymour runzelte die Stirn. »Wissen Sie bestimmt, daß er weiterspielen will?«

Rizzoli wandte sich an Viktor Korontzis. »Die Entscheidung liegt bei dir.«

Korontzis zögerte noch. *Ich habe Otto das Zeichen gegeben. Jetzt geht's andersrum lang.* »Ich mache weiter.«

»Okay.«

Nun waren wieder 25 000 Dollar in Chips vor Korontzis aufgestapelt. Er betrachtete sie und hatte plötzlich das Gefühl, jetzt würde nichts mehr schiefgehen.

Diesmal gab Otto Dalton. »Gentlemen, wir spielen Stud mit fünf Karten. Der Einsatz beträgt tausend Dollar.«

Die Spieler schoben ihre Chips in die Tischmitte.

Dalton gab jedem fünf Karten. Korontzis ließ seine unberührt liegen. *Ich warte noch,* dachte er. *Das bringt Glück.*

»Ich höre«, sagte Otto Dalton.

Marvin Seymour, der rechts neben ihm saß, studierte sein Blatt einen Augenblick lang. »Ich steige aus.« Er warf seine Karten auf den Tisch.

Dann war Sal Prizzi an der Reihe. »Ich gehe mit und erhöhe um tausend.« Er schob den Einsatz in die Tischmitte.

Tony Rizzoli betrachtete seine Karten und hob die Achseln. »Ich steige aus.« Auch er warf sein Blatt auf den Tisch.

Perry Breslauer grinste, während er seine Karten begutachtete. »Ich gehe mit und erhöhe noch mal um fünftausend.«

Jetzt würde Korontzis 6000 Dollar setzen müssen, um im Spiel bleiben zu können. Er griff langsam nach seinen Karten, fächerte sie auf und wollte seinen Augen kaum trauen. Er hielt einen Straight Flush in der Hand: Fünfer, Sechser, Siebener, Achter und Neuner in Herz. Ein perfektes Blatt! Tony hatte also recht behalten. *Gott sei Dank!* Korontzis bemühte sich, keine Aufregung zu zeigen. »Ich gehe mit und erhöhe um weitere fünftausend.« Dies war das Blatt, das ihn zum reichen Mann machen würde.

Dalton warf seine Karten auf den Tisch. »Nichts für mich. Ich steige aus.«

»Jetzt bin ich an der Reihe«, sagte Sal Prizzi. »Ich glaube, daß Sie bluffen, Freundchen. Ich gehe mit und erhöhe um weitere fünf.«

Viktor Korontzis spürte, wie sein Herz jagte. Er hielt das Blatt seines Lebens in der Hand. Und vor ihm lag der höchste Einsatz dieses Abends.

Perry Breslauer studierte seine Karten. »Ich gehe mit und erhöhe noch mal um fünf, Jungs.«

Nun war wieder Viktor Korontzis dran. Er holte tief Luft. »Ich gehe mit und erhöhe um fünf.« Er zitterte beinahe vor Erregung und mußte sich beherrschen, um nicht nach den Chips zu greifen und sie an sich zu raffen.

Perry Breslauer breitete mit triumphierendem Grinsen seine Karten aus. »Drei Könige.«

*Ich habe gewonnen!* dachte Viktor Korontzis. »Tut mir leid, das reicht nicht«, sagte er lächelnd. »Ein Straight Flush.« Er legte sein Blatt ab und wollte die Chips einstreichen.

»Halt!« Sal Prizzi ließ langsam seine Karten sinken. »Royal Flush. Zehner bis As in Karo.«

Viktor Korontzis wurde leichenblaß. Ihm war schlecht, und sein Puls begann zu flattern.

»Jesus!« rief Tony Rizzoli aus. »Zwei gottverdammte Flushes?« Er sah zu Korontzis hinüber. »Tut mir leid für dich, Viktor. Ich ... ich weiß gar nicht, was ich sagen soll.«

»Ich glaube, das war's für heute, Gentlemen«, stellte Otto Dalton fest. Nachdem er kurz auf seinem Zettel gerechnet hatte, wandte er sich an Viktor Korontzis. »Sie sind fünfundsechzigtausend Dollar schuldig.«

Korontzis starrte Tony Rizzoli benommen an. Rizzoli zuckte hilflos mit den Schultern. Viktor Korontzis zog ein Taschentuch heraus und tupfte sich die Stirn ab.

»Wie wollen Sie das zahlen?« fragte Dalton. »Bar oder mit Scheck?«

»Ich nehme keine Schecks«, stellte Prizzi fest. Er starrte Korontzis durchdringend an. »Ich nehme nur Bargeld.«

»Ich... ich...« Die Worte wollten nicht heraus. Er merkte, daß er zitterte. »Ich... ich habe nicht soviel...«

Sal Prizzi machte ein finsteres Gesicht. »*Was* haben Sie nicht?«

»Augenblick!« warf Tony Rizzoli ein. »Viktor will nur sagen, daß er's nicht *bei sich* hat. Ich habe Ihnen doch gesagt, daß er kreditwürdig ist.«

»Das bringt mir nichts, Rizzoli. Ich will Bares sehen, kapiert?«

»Keine Angst, Sie kriegen Ihr Geld«, versicherte Tony Rizzoli ihm. »Sie kriegen es spätestens in ein paar Tagen.«

Sal Prizzi sprang auf. »Wollen Sie mich verscheißern? Ich bin kein Kreditbüro. Ich will das Geld spätestens morgen «

»Okay, Sie kriegen es morgen von ihm.«

Viktor Korontzis hatte das Gefühl, in einem schrecklichen Alptraum gefangen zu sein, aus dem es keinen Ausweg gab. Er saß wie gelähmt da und nahm kaum wahr, daß die anderen gingen. Zuletzt war er mit Tony Rizzoli allein.

Korontzis war völlig benommen. »Soviel Geld kann ich niemals auftreiben«, ächzte er. »Niemals!«

Rizzoli legte ihm eine Hand auf die Schulter. »Ich weiß gar nicht, was ich sagen soll, Viktor. Ich habe keine Ahnung, was schiefgegangen ist. Wahrscheinlich habe ich heute nacht nicht weniger als du verloren.«

Viktor Korontzis wischte sich Tränen aus den Augen. »Aber... aber du kannst's dir leisten, Tony. Ich... ich kann's nicht. Ich muß ihnen erklären, daß ich nicht zahlen kann.«

»An deiner Stelle würd' ich mir das gut überlegen, Viktor«, sagte der Amerikaner. »Sal Prizzi ist Boß der Hafenarbeitergewerkschaft an der Ostküste. Wie man hört, sind das verdammt rauhe Burschen.«

»Ich kann aber nichts dagegen machen. Wenn ich das Geld nicht habe, hab' ich's nicht. Was können sie mir schon tun?«

»Das will ich dir erklären«, antwortete Rizzoli ernsthaft. »Er kann seine Jungs losschicken, damit sie dir beide Kniescheiben zerschießen. Dann kannst du nie mehr gehen. Er kann sie losschicken, damit sie dir Säure in die Augen schütten. Dann kannst du nie mehr sehen. Und während du diese gräßlichen Schmerzen hast, überlegt er sich, ob er dich so weiterleben oder ermorden lassen will.«

Viktor Korontzis, der kreidebleich geworden war, starrte ihn an. »Soll . . . soll das ein Scherz sein?«

»Ich wollt', es wär' einer. Dabei ist alles meine Schuld, Viktor. Ich hätte niemals zulassen dürfen, daß du mit einem Kerl wie Prizzi pokerst. Der Mann ist ein Killer.«

»O mein Gott! Was soll ich bloß tun?«

»Hast du irgendeine Möglichkeit, das Geld aufzutreiben?«

Korontzis begann hysterisch zu lachen. »Tony, ich . . . ich kann doch kaum meine Familie ernähren.«

»Okay, dann kann ich dir nur raten, aus Athen zu verschwinden, Viktor. Am besten sogar aus Griechenland. Du mußt dich irgendwo verstecken, wo Prizzi dich nicht findet.«

»Das kann ich nicht!« jammerte Viktor Korontzis. »Ich habe eine Frau und vier Kinder.« Er starrte Tony Rizzoli vorwurfsvoll an. »Du hast gesagt, das Ganze sei ein Deal, bei dem wir nicht verlieren könnten. Du hast mir versichert, wir . . .«

»Ja, ich weiß. Und es tut mir aufrichtig leid. Bisher hat es immer geklappt. Für diese Pleite gibt's nur eine Erklärung: Sal Prizzi muß betrogen haben.«

Korontzis atmete hoffnungsvoll auf. »Gut, wenn er betrogen hat, brauche ich nicht zu zahlen.«

»So einfach ist die Sache leider nicht, Viktor«, erklärte Rizzoli ihm geduldig. »Wenn du ihm vorwirfst, betrogen zu haben, bringt er dich um, und wenn du nicht zahlst, bringt er dich auch um.«

»O mein Gott!« ächzte Korontzis. »Ich bin ein toter Mann.«

»Viktor, es tut mir so leid. Hast du wirklich keine Möglichkeit, das Geld irgendwo aufzutreiben?«

»Das würde hundert Leben dauern. Tausend Leben. Mein Haus ist mit Hypotheken belastet. Woher sollte ich . . . ?«

»Augenblick, Viktor, mir ist was eingefallen! Hast du mir nicht erzählt, daß die meisten Ausstellungsstücke eures Museums sehr kostbar sind?«

»Ja, aber was hat das mit meinen . . . ?«

»Laß mich ausreden. Du hast gesagt, die Kopien seien so gut wie die Originale.«

»Das sind sie natürlich nicht. Jeder Fachmann könnte sie sofort . . .«

»Halt! Langsam, Viktor. Was wäre, wenn eines eurer kostbaren Stücke durch eine Kopie ersetzt würde? Ich meine, als ich im Museum war, habe ich dort ganze Touristenhorden gesehen. Würde denen der Unterschied auffallen?«

»Nein, aber . . . Ich . . . ich weiß, worauf du hinauswillst. Nein, das könnte ich niemals!«

»Ich verstehe, Viktor«, sagte der Amerikaner beruhigend. »Ich hab' nur gedacht, das Museum könnte vielleicht ein einziges kleines Ausstellungsstück entbehren. Ihr habt doch so viele . . .«

Viktor Korontzis schüttelte den Kopf. »Ich bin seit fast zwanzig Jahren der Kurator dieses Museums. An so was mag ich nicht mal denken!«

»Entschuldige, ich hätte es nicht vorschlagen dürfen. Ich bin nur darauf gekommen, weil es dir das Leben retten könnte.« Rizzoli stand auf und reckte sich. »Hmmm, schon verdammt spät. Deine Frau wird sich fragen, wo du so lange bleibst.«

Viktor Korontzis starrte ihn an. »Es könnte mir das Leben retten? Wie denn?«

»Ganz einfach. Würdest du eine dieser Antiquitäten . . .«

»Altertümer.«

»Würdest du eines dieser Altertümer aus dem Museum mitnehmen und mir übergeben, könnte ich's im Ausland für dich verkaufen und Sal Prizzi auszahlen. Ich glaube, daß ich ihn dazu überreden könnte, bis dahin stillzuhalten. Und du brauchtest dir keine Sorgen mehr zu machen. Du weißt selbst, was ich damit riskieren würde, denn wer mit Altertümern im Gepäck erwischt wird ... Aber ich biete es dir an, weil ich das Gefühl habe, dir etwas schuldig zu sein. Schließlich ist's meine Schuld, daß du jetzt in der Klemme sitzt.«

»Du bist ein guter Freund«, sagte Viktor Korontzis. »Aber ich kann und darf dir keine Vorwürfe machen. Ich hätte nicht mitzuspielen brauchen. Du hast mir nur einen Gefallen tun wollen.«

»Richtig! Ich wollte, die Sache wäre anders ausgegangen. Und jetzt brauchen wir beide etwas Schlaf. Wir sprechen morgen weiter. Gute Nacht, Viktor.«

»Gute Nacht, Tony.«

Der Anruf erreichte den kleinen Mann früh am nächsten Morgen im Museum. »Korontzis?«

»Ja?«

»Hier ist Sal Prizzi.«

»Guten Morgen, Mr. Prizzi.«

»Ich rufe wegen dieser Kleinigkeit von fünfundsechzigtausend Dollar an. Wann kann ich das Geld abholen?«

Viktor Korontzis brach der Schweiß aus. »Ich ... ich habe es gerade nicht zur Hand, Mr. Prizzi.«

Am anderen Ende herrschte zunächst bedrohliches Schweigen. »Verdammt noch mal, was für 'n Spiel versuchen Sie mit mir zu spielen?«

»Glauben Sie mir, ich spiele kein Spiel. Ich ...«

»Dann will ich das Scheißgeld. Kapiert?«

»Ja, Sir.«

»Wann macht Ihr Museum dicht?«

»Um ... um achtzehn Uhr.«

»Okay, ich komme abends vorbei. Sehen Sie zu, daß Sie das Geld haben, sonst schlag' ich Ihnen die Fresse ein. Und danach geht's erst *richtig* los!«

Der Amerikaner legte auf.

Viktor Korontzis blieb kreidebleich am Telefon sitzen. Am liebsten hätte er sich irgendwo verkrochen. Aber wo? Seine tiefe Verzweiflung riß ihn in einen Strudel aus »wäre« und »hätte«: *Wäre ich an diesem Abend bloß nicht ins Spielkasino gegangen; hätte ich Tony Rizzoli bloß niemals kennengelernt; hätte ich bloß gehalten, was ich meiner Frau versprochen habe – nie mehr zu spielen.* Er schüttelte den Kopf, um wieder klar denken zu können. *Ich muß etwas unternehmen – sofort!*

In diesem Augenblick betrat Tony Rizzoli sein Büro. »Guten Morgen, Viktor.«

Es war 18.30 Uhr. Das Museum war seit einer halben Stunde geschlossen und das Personal längst nach Hause gegangen. Viktor Korontzis und Tony Rizzoli beobachteten den Haupteingang.

Korontzis wurde immer nervöser. »Was ist, wenn er nein sagt? Was ist, wenn er sein Geld noch heute abend will?«

»Ich komm' schon mit ihm zurecht«, sagte Tony Rizzoli beruhigend. »Laß mich nur machen.«

»Was ist, wenn er überhaupt nicht kommt? Was ist, wenn er einfach nur . . . du weißt schon . . . einen Killer schickt, der mich umlegen soll? Traust du ihm das zu?«

»Das tut er nicht, solange er eine Chance sieht, zu seinem Geld zu kommen«, versicherte Rizzoli ihm.

Gegen 19 Uhr erschien Sal Prizzi endlich.

Korontzis hastete zur Tür und sperrte auf. »Guten Abend«, sagte er.

Der Amerikaner starrte Rizzoli an. »Was zum Teufel haben *Sie* hier verloren?« Er wandte sich an Viktor Korontzis. »Diese Sache geht nur uns beide an.«

»Immer mit der Ruhe«, forderte Rizzoli ihn auf. »Ich bin hier, um zu helfen.«

»Ich brauche Ihre Hilfe nicht.« Prizzi funkelte Korontzis an. »Wo ist mein Geld?«

»Ich ... ich hab's nicht. Aber ...«

Der Riese packte ihn an den Schultern und schüttelte ihn kräftig durch. »Hör mal zu, du kleiner Waschlappen. Ich kriege mein Geld noch heute abend, sonst wirst du an meine Hunde verfüttert. Kapiert?«

»He, bloß keine Aufregung!« mischte sich Tony Rizzoli ein. »Keine Angst, Sie kriegen Ihr Geld.«

Prizzi ging auf ihn los. »Ich hab' Ihnen gesagt, daß Sie sich da raushalten sollen! Diese Sache geht Sie nichts an.«

»Ich mache sie zu der meinen. Ich bin Viktors Freund. Viktor hat das Geld im Augenblick nicht in bar, aber er kann es für Sie beschaffen.«

»Hat er das Geld, oder hat er's nicht?«

»Ja und nein«, antwortete Tony Rizzoli.

»Was soll das heißen, verdammt noch mal?«

Rizzolis Handbewegung umfaßte den hinter ihnen liegenden Ausstellungsraum. »Das Geld ist dort.«

Sal Prizzi sah sich um. »Wo?«

»In diesen Vitrinen. Sie sind voller Antiquitäten ...«

»Altertümer«, sagte Korontzis automatisch.

»... die ein Vermögen wert sind. Ich rede von Millionen.«

»Yeah?« Der andere kniff die Augen zusammen. »Was nützen sie mir, wenn sie in einem Museum eingesperrt sind? Ich will Bares!«

»Sie kriegen Ihr Geld«, beschwichtigte Rizzoli ihn. »Sogar das Doppelte von dem, was mein Freund Ihnen schuldet. Sie müssen nur etwas Geduld haben, das ist alles. Viktor ist keiner, der sich vor dem Bezahlen drückt. Er braucht nur etwas mehr Zeit. Ich kann Ihnen genau sagen, was er vorhat: Viktor schmuggelt ein

Stück von diesen Antiquitäten ... diesen Altertümern aus dem Museum und läßt es verkaufen. Sobald er das Geld hat, bezahlt er seine Spielschulden.«

Prizzi schüttelte den Kopf. »Das gefällt mir nicht. Von dem alten Krempel versteh' ich nichts.«

»Das brauchen Sie auch nicht. Auf diesem Gebiet ist Viktor ein weltweit anerkannter Experte.« Rizzoli trat an eine der Vitrinen und deutete auf einen Marmorkopf. »Wieviel dürfte so was schätzungsweise bringen, Viktor?«

Viktor Korontzis schluckte trocken. »Das ist die Göttin Hygeia aus dem vierzehnten Jahrhundert vor Christus. Für diesen Kopf würde ein reicher Sammler sicher ohne zu zögern zwei bis drei Millionen Dollar zahlen.«

Rizzoli nickte seinem Landsmann zu. »Da haben Sie's! Verstehen Sie jetzt, was ich meine?«

Sal Prizzi runzelte die Stirn. »Ich weiß nicht recht. Wie lange würd' ich auf mein Geld warten müssen?«

»Sie kriegen den doppelten Betrag innerhalb eines Monats.«

Prizzi überlegte kurz und nickte dann. »Gut, aber wenn ich einen Monat warten muß, will ich mehr – sagen wir hunderttausend extra.«

Tony Rizzoli sah zu Viktor Korontzis hinüber.

Der kleine Mann nickte eifrig.

»Okay«, bestätigte Rizzoli. »Der Handel gilt.«

Sal Prizzi baute sich vor Korontzis auf. »Ich gebe Ihnen dreißig Tage Zeit. Habe ich das Geld bis dahin nicht, mache ich Hackfleisch aus Ihnen. Haben Sie das verstanden?«

Korontzis schluckte wieder. »Ja, Sir.«

»Denken Sie daran ... dreißig Tage.« Er starrte Tony Rizzoli mißmutig an. »Sie kann ich nicht leiden, damit Sie's genau wissen.«

Die beiden starrten ihm nach, als er kehrtmachte und hinausstapfte.

Korontzis sank auf einen Stuhl und tupfte sich mit seinem Taschentuch die Stirn ab.

»O mein Gott!« ächzte er. »Ich dachte, er bringt mich um ... Glaubst du, daß wir das Geld binnen eines Monats beschaffen können?«

»Klar«, versicherte Tony Rizzoli ihm. »Du brauchst nur eines dieser Stücke aus der Vitrine zu holen und durch eine Kopie zu ersetzen.«

»Aber wie willst du's außer Landes schaffen? Falls du dabei erwischt wirst, droht dir Gefängnis.«

»Ja, ich weiß«, bestätigte Rizzoli unbeirrbar. »Aber das muß ich eben riskieren. Das bin ich dir schuldig, Viktor.«

Eine Stunde später saßen Tony Rizzoli, Perry Breslauer, Otto Dalton, Sal Prizzi und Marvin Seymour vor ihren Drinks in Daltons Hotelzimmer.

»Ein Kinderspiel!« prahlte Tony Rizzoli. »Der Bastard hat sich fast in die Hose gemacht.«

Sal Prizzi grinste. »Ich hab' ihm Angst eingejagt, was?«

»Du hast *mir* Angst eingejagt«, sagte Rizzoli. »Du hättest 'n gottverdammter Schauspieler werden sollen.«

»Wie geht's jetzt weiter?« fragte Marvin Seymour.

»Er bringt mir eins seiner Altertümer«, antwortete Tony Rizzoli. »Ich finde eine Möglichkeit, es aus dem Land zu schmuggeln und zu verkaufen. Dann kriegt jeder von euch seinen Anteil.«

»Wunderbar!« sagte Perry Breslauer. »Besser kann's nicht laufen.«

*Als ob man 'ne eigene Goldmine hätte,* dachte Rizzoli. *Hat Korontzis einmal damit angefangen, hab' ich ihn an der Angel. Nach dem ersten Mal muß er weitermachen. Ich laß ihn das ganze gottverdammte Museum ausräumen.*

»Wie willst du das Zeug aus Griechenland rausbringen?« erkundigte sich Marvin Seymour.

»Ich find' einen Weg«, sagte Tony Rizzoli. »Keine Angst, ich find' einen.«

Das mußte er. Und so schnell wie möglich. Alfredo Mancuso und Gino Laveri waren immer noch in Athen.

# 13

Im Polizeipräsidium in der Stadionstraße fand eine dringende Besprechung statt. Im Konferenzraum anwesend waren Polizeipräsident Dmitri, Inspektor Tinou, Inspektor Nikolino, Walt Kelly, der amerikanische Rauschgiftfahnder, und ein halbes Dutzend Kriminalbeamte. Die Atmosphäre unterschied sich auffällig von der bei der ersten Besprechung.

»Wir haben jetzt Grund zu der Annahme, daß Ihre Informationen zutreffen, Mr. Kelly«, sagte Inspektor Nikolino eben. »Aus einschlägigen Kreisen ist zu erfahren, daß Tony Rizzoli versucht, eine sehr große Sendung Heroin außer Landes zu bringen. Wir sind schon dabei, die als Versteck in Frage kommenden Lagerhäuser zu durchsuchen.«

»Lassen Sie Rizzoli jetzt beschatten?«

»Wir haben die Zahl der zur Überwachung eingesetzten Männer heute morgen erhöht«, antwortete der Polizeipräsident.

Walt Kelly seufzte. »Hoffentlich noch rechtzeitig.«

Inspektor Nikolino hatte zwei seiner Teams aus Kriminalbeamten auf Rizzoli angesetzt, den Amerikaner aber unterschätzt. Tony Rizzoli merkte schon nachmittags, daß er beschattet wurde. Verließ er sein kleines Hotel, folgte ihm jemand, und bei seiner Rückkehr lungerte stets jemand im Hintergrund herum. Die Beschatter waren echte Profis, was Rizzoli schmeichelte, weil es ein Beweis ihres Respekts war.

Er mußte jetzt nicht nur eine Möglichkeit finden, das Heroin weiterzutransportieren, sondern auch ein unbezahlbares antikes Stück außer Landes zu schmuggeln. *Alfredo Mancuso und Gino Laveri sitzen mir im Nacken, und die Bullen lassen mich keine Sekunde mehr aus den Augen. Ich muß die Sache schnellstens regeln.*

Der einzige Mann, der ihm im Augenblick einfiel, war Ivo Bruggi, ein kleiner Schiffseigner in Rom. Mit ihm hatte Rizzoli schon früher krumme Geschäfte gemacht. Bruggi war kein idealer Partner, aber immerhin besser als gar keiner.

Rizzoli war sich sicher, daß das Telefon in seinem Hotelzimmer abgehört wurde. *Ich muß dafür sorgen, daß ich im Hotel angerufen werden kann.* Er saß lange einfach da und dachte darüber nach. Zuletzt stand er auf, verließ sein Zimmer und klopfte an die Tür gegenüber. Ein älterer, mürrisch wirkender Mann machte ihm auf.

»Yeah?«

Rizzoli lächelte sein charmantestes Lächeln. »Verzeihung«, sagte er. »Tut mir leid, daß ich Sie störe. Ich bin Ihr Nachbar von gegenüber. Darf ich kurz reinkommen und etwas mit Ihnen besprechen?«

Der Mann betrachtete ihn mißtrauisch. »Zeigen Sie mir, wie Sie Ihre Zimmertür aufsperren.«

Tony Rizzoli lächelte erneut. »Aber gern.« Er überquerte den Flur, zog seinen Schlüssel heraus und sperrte die Zimmertür auf.

Der Mann nickte. »Okay, kommen Sie rein.«

Rizzoli zog seine Tür ins Schloß und betrat das Zimmer gegenüber.

»Was wollen Sie?«

»Es geht um eine private Sache, mit der ich Sie wirklich nur ungern belästige, aber ... Ich bin dabei, mich scheiden zu lassen, und meine Frau läßt mich überwachen.« Er schüttelte angewidert den Kopf. »Sie hat sogar das Telefon in meinem Zimmer anzapfen lassen.«

»Weiber!« knurrte sein Nachbar. »Der Teufel soll sie alle holen! Ich hab' mich letztes Jahr scheiden lassen. Das hätt' ich schon vor zehn Jahren tun sollen.«

»Tatsächlich? Nun, ich wollte Sie fragen, ob Sie mir erlauben würden, ein paar Freunden Ihre Zimmernummer anzugeben, damit sie mich hier anrufen können. Ich verspreche Ihnen, daß nicht viele Anrufe kommen werden.«

Der Mann begann den Kopf zu schütteln. »Hören Sie, wie käme ich dazu ...«

Tony Rizzoli zog einen Hundertdollarschein aus der Tasche. »Das ist für Ihre Mühe.«

Der andere fuhr sich mit der Zungenspitze über die Lippen. »Oh. Na ja, klar«, sagte er. »Warum nicht? Ich freue mich, einem Leidensgefährten einen Gefallen tun zu können.«

»Sehr liebenswürdig von Ihnen. Sollte ein Anruf für mich kommen, brauchen Sie nur an meine Tür zu klopfen. Ich bin eigentlich immer da.«

»Wird gemacht.«

Früh am nächsten Morgen betrat Rizzoli eine Telefonzelle auf der Straße, um Ivo Bruggi anzurufen. Er wählte den Ländercode 0039 für Italien und danach die Ziffer 6 für Rom.

»*Vorrei parlare a Signor Bruggi.*«

»*Non c'è.*«

»*Quando ritornerà?*«

»*Non lo so.*«

»*Per favore, vuol dirgli, che ha telefonato il Signor Rizzoli?*«

Rizzoli gab die Telefonnummer seines Hotels und die Zimmernummer seines Nachbarn durch, legte auf und ging in sein Hotelzimmer zurück. Er haßte dieses Zimmer. Irgend jemand hatte ihm erzählt, das griechische Wort für Hotel sei *Xenodochion*, was

»Fremdenbehälter« bedeute. *Eigentlich hat es beschissene Ähnlichkeit mit 'nem Gefängnis,* dachte Tony Rizzoli. Die Möbel waren häßlich: ein altes grünes Sofa, zwei verkratzte niedrige Lampentische, ein kleiner Schreibtisch mit Stuhl und Tischlampe und ein von Torquemada entworfenes Bett.

Rizzoli verbrachte die beiden nächsten Tage in seinem Zimmer, wartete darauf, daß sein Nachbar an die Tür klopfte, und ließ sich alle Mahlzeiten aufs Zimmer bringen. Aber der erhoffte Anruf blieb aus. *Wo steckt Ivo Bruggi, verdammt noch mal?*

Das Detektivteam erstattete Inspektor Nikolino und Walt Kelly Bericht. »Rizzoli hat sich in seinem Hotel verkrochen. Er hat sein Zimmer seit achtundvierzig Stunden nicht mehr verlassen.«

»Wißt ihr bestimmt, daß er noch dort ist?«

»Ganz bestimmt. Das Zimmermädchen und der Zimmerkellner, der ihm das Essen bringt, sehen ihn morgens und abends.«

»Wie steht's mit Telefongesprächen?«

»Er telefoniert nicht. Was sollen wir jetzt tun?«

»Bleibt weiter am Ball. Irgendwann muß er aus seinem Loch kriechen. Und überzeugt euch davon, daß die Telefonüberwachung klappt.«

Am nächsten Tag klingelte Rizzolis Telefon. *Scheiße!* Wozu hatte er diesem Idioten Bruggi eigens die Zimmernummer seines Nachbarn gegeben? Als Tony Rizzoli den Hörer abnahm, war er sich darüber im klaren, daß er sehr vorsichtig sein mußte.

»Ja?«

»Spreche ich mit Tony Rizzoli?« fragte eine Stimme.

Das war nicht Ivo Bruggi. »Wer sind Sie?«

»Sie haben mich neulich aufgesucht, um mir ein Geschäft vorzuschlagen, Mr. Rizzoli. Ich habe es abgelehnt. Aber ich glaube, wir sollten noch mal darüber sprechen.«

Tony Rizzoli triumphierte innerlich. *Spyros Lambrou! Der*

*Bastard hat sich die Sache also doch noch mal überlegt.* Rizzoli konnte sein Glück kaum fassen. *Damit sind meine Probleme auf einen Schlag gelöst. Ich kann das Heroin gemeinsam mit dem Museumsstück wegschaffen.*

»Yeah. Klar, wir können gern darüber reden. Wann wär's Ihnen denn recht?«

»Könnten wir uns heute nachmittag treffen?«

*Aha, er ist ganz scharf auf einen Deal! Diese gottverdammten Reichen sind doch alle gleich. Sie können den Hals nicht voll kriegen.* »Von mir aus. Wo?«

»Vielleicht in meinem Büro?«

»Okay, ich komme.« Tony Rizzoli war in Hochstimmung, als er den Hörer auflegte.

Von der Hotelhalle aus erstattete ein frustrierter Kriminalbeamter seinem Vorgesetzten Bericht. »Eben ist Rizzoli angerufen worden. Er will sich mit dem Anrufer in dessen Büro treffen, aber der Mann hat keinen Namen genannt, und wir können nicht feststellen, woher der Anruf kam.«

»Bleiben Sie dran, wenn er das Hotel verläßt. Melden Sie mir, wohin er fährt.«

»Wird gemacht, Inspektor.«

Zehn Minuten später kroch Tony Rizzoli aus einem Kellerfenster, das auf eine Gasse hinter dem Hotel hinausführte. Um ganz sicherzugehen, daß er nicht beschattet wurde, wechselte er auf der Fahrt zu Spyros Lambrou zweimal das Taxi.

An dem Tag, an dem Spyros Lambrou Melina in der Klinik besucht hatte, hatte er sich geschworen, seine Schwester zu rächen. Ihm war jedoch keine Strafe eingefallen, die schrecklich genug für Constantin Demiris gewesen wäre. Aber der Besuch Giorgios Latos und die erstaunliche Mitteilung, die Madame Piris ihm gemacht hatte, hatten ihm eine Waffe in die Hand gegeben, mit der er seinen Schwager vernichten würde.

»Herr Lambrou, ein Mr. Anthony Rizzoli möchte Sie sprechen«, meldete seine Sekretärin. »Er hat keinen Termin bei Ihnen, und ich habe ihm gesagt, daß Sie ...«

»Schicken Sie ihn herein.«

»Sofort, Herr Lambrou.«

Spyros Lambrou sah dem Amerikaner entgegen, der selbstbewußt lächelnd sein Arbeitszimmer betrat.

»Ich danke Ihnen, daß Sie gekommen sind, Mr. Rizzoli.«

Tony Rizzoli grinste. »Ist mir ein Vergnügen. Sie wollen also doch mit mir ins Geschäft kommen, was?«

»Nein.«

Rizzolis Lächeln verschwand. »Was haben Sie gesagt?«

»Ich habe nein gesagt. Ich habe nicht die Absicht, mit Ihnen Geschäfte zu machen.«

Tony Rizzoli starrte ihn verblüfft an. »Warum haben Sie mich dann angerufen, verdammt noch mal? Sie haben behauptet, Sie hätten mir ein Geschäft vorzuschlagen, und ...«

»Das stimmt auch. Wie würde es Ihnen gefallen, Constantin Demiris' Flotte zu Ihrer Verfügung zu haben?«

Rizzoli ließ sich in einen Sessel sinken. »Constantin Demiris? Was soll das heißen? Der würde niemals ...«

»Doch, ich kann Ihnen versichern, daß es Mr. Demiris ein Vergnügen sein wird, alle Ihre Wünsche zu erfüllen.«

»Weshalb? Was hat er davon?«

»Nichts.«

»Das verstehe ich nicht. Warum sollte Demiris sich auf so was einlassen?«

»Freut mich, daß Sie das gefragt haben.« Lambrou drückte auf eine Taste seiner Gegensprechanlage. »Bringen Sie uns bitte Kaffee.« Er sah zu Tony Rizzoli hinüber. »Wie trinken Sie Ihren?«

»Äh ... schwarz, kein Zucker.«

»Schwarz und ohne Zucker für Mr. Rizzoli.«

Nachdem die Sekretärin den Kaffee serviert hatte und wieder

hinausgegangen war, sagte Spyros Lambrou: »Ich möchte Ihnen eine kleine Geschichte erzählen, Mr. Rizzoli.«

Tony Rizzoli beobachtete ihn mißtrauisch. »Also los!«

»Constantin Demiris ist mit meiner Schwester verheiratet. Vor einigen Jahren hatte er sich eine Geliebte genommen – Noelle Page.«

»Die Schauspielerin, wie?«

»Ja. Sie hat ihn dann mit einem gewissen Larry Douglas betrogen. Dieser Mann und Noelle Page wurden wenig später wegen Mordes an Mrs. Douglas, die sich nicht scheiden lassen wollte, angeklagt. Constantin Demiris hatte den prominenten Anwalt Napoleon Chotas mit Noelles Verteidigung beauftragt.«

»Ich kann mich erinnern, etwas über diesen Prozeß gelesen zu haben.«

»Bestimmte Dinge haben damals nicht in den Zeitungen gestanden. Mein lieber Schwager hat nämlich keineswegs die Absicht gehabt, seiner treulosen Geliebten das Leben zu retten. Er hat Napoleon Chotas mit ihrer Verteidigung beauftragt, um sicherzustellen, daß Noelle verurteilt werden würde. Gegen Prozeßende hat Chotas den Angeklagten mitgeteilt, die Richter seien bereit, ein Schuldgeständnis mit einer Verurteilung zu einer glimpflichen Haftstrafe zu honorieren. Die beiden haben sich schuldig bekannt – und sind dann zum Tode verurteilt und hingerichtet worden.«

»Vielleicht hat dieser Chotas tatsächlich geglaubt ...«

»Lassen Sie mich bitte ausreden. Die Leiche von Catherine Douglas ist nie gefunden worden. Deshalb nicht, Mr. Rizzoli, weil sie lebt. Constantin Demiris hatte sie damals an einem geheimgehaltenen Ort versteckt.«

Tony Rizzoli starrte ihn an. »Augenblick! Demiris hat *gewußt*, daß sie am Leben war, und zugelassen, daß seine Geliebte und ihr Freund wegen Mordes an ihr hingerichtet wurden?«

»Ganz recht. Ich bin kein Jurist, aber meiner Überzeugung nach würde mein Schwager für etliche Jährchen hinter Gitter wandern, wenn diese Sache rauskäme. Bestenfalls wäre er gesellschaftlich und geschäftlich völlig ruiniert.«

Tony Rizzoli saß da und dachte über das Gehörte nach. Ein Punkt war ihm noch immer unklar. »Warum haben Sie mir das eigentlich alles erzählt, Mr. Lambrou?«

Spyros Lambrou lächelte versonnen. »Weil ich meinem Schwager einen Gefallen schuldig bin. Ich möchte, daß Sie ihn aufsuchen. Ich habe das sichere Gefühl, daß es ihm ein Vergnügen sein wird, Ihnen seine Schiffe zur Verfügung zu stellen.«

# 14

In seinem Innern tobten Stürme, über die er keine Kontrolle hatte: ein eisiges Sturmtief ohne warme Erinnerungen, die es hätten aufhellen können.

Die Stürme hatten vor Jahresfrist mit seinem Racheakt gegen Noelle eingesetzt. Er hatte geglaubt, sie würden sich allmählich legen, so wie er geglaubt hatte, mit seiner Vergangenheit endgültig abgeschlossen zu haben. Dann war Catherine Alexander unerwartet wieder in sein Leben getreten. Ihretwegen hatte er Frederick Stavros und Napoleon Chotas beseitigen lassen müssen. Die beiden hatten ein tödliches Spiel gegen ihn gewagt, und er hatte gewonnen.

Was ihn aber wirklich überraschte, war die Erkenntnis, wie sehr er das Risiko, die Gefahr genossen hatte. Geschäftliche Erfolge waren faszinierend, aber sie verblaßten gegenüber diesem Spiel um Leben und Tod. *Ich bin ein Mörder. Nein – kein Mörder, ein Scharfrichter.* Dieses Eingeständnis war wahrhaft erregend.

Constantin Demiris erhielt jede Woche einen Bericht über Catherine Alexanders Aktivitäten. Bisher schien alles wunderbar zu klappen. Catherines gesellschaftliche Kontakte beschränkten sich auf Leute, mit denen sie zusammenarbeitete. Wie Evelyn berichtete, ging Catherine gelegentlich mit Kirk Reynolds aus. Aber da auch Reynolds für Demiris arbeitete, war das kein Problem.

*Das arme Kind muß verzweifelt sein.* Kirk Reynolds war langweilig. Sein einziges Gesprächsthema war die Juristerei. Um so besser – je verzweifelter Catherine sich nach Gesellschaft sehnte, desto leichter würde er das kriegen, was er wollte. *Eigentlich müßte ich mich bei Reynolds bedanken.*

Catherine, die regelmäßig mit Kirk Reynolds ausging, fühlte sich mehr und mehr zu ihm hingezogen. Er war keine Schönheit, aber durchaus attraktiv. *Von schönen Männern habe ich seit Larry genug,* sagte Catherine sich nüchtern. *Die alte Redensart stimmt einfach: Gut ist, was guttut.* Kirk Reynolds war rücksichtsvoll und zuverlässig. *Er ist jemand, auf den ich zählen kann,* dachte Catherine. *Ich fühle kein großes Feuer, aber das werde ich wohl nie mehr erleben. Dafür hat Larry gesorgt. Ich bin jetzt reif genug, um mich mit einem Mann zu begnügen, den ich achte, der mich als Gefährtin achtet, mit dem ich ein schönes, vernünftiges Leben teilen kann, ohne befürchten zu müssen, von Gipfeln gestürzt oder in dunklen Höhlen begraben zu werden.*

Sie gingen ins Theater, um *The Lady's Not For Burning* von Christopher Fry zu sehen, und sahen an einem anderen Abend *September Tide* von Gertrude Lawrence. Sie tanzten in Nachtclubs. Alle Kapellen schienen das Thema aus »Der dritte Mann« und »La vie en rose« zu spielen.

»Nächste Woche fliege ich nach Sankt Moritz«, sagte Kirk Reynolds zu Catherine. »Hast du über meine Einladung nachgedacht?«

Catherine hatte sehr viel darüber nachgedacht. Sie war sich sicher, daß Kirk sie liebte. *Und ich habe ihn auch lieb. Aber lieben und liebhaben sind verschiedene Dinge, oder? Oder bin ich nur eine unverbesserliche Romantikerin? Wen suche ich eigentlich? Etwa einen zweiten Larry? Einen Mann, der stürmisch um mich wirbt – und sich dann in eine andere Frau verliebt und mich umzubringen versucht? Kirk wäre ein wundervoller Ehemann. Weshalb zögere ich also noch?*

An diesem Abend aßen Catherine und Kirk im Mirabelle's, und beim Dessert sagte Kirk: »Catherine, ich liebe dich, falls du's noch nicht gemerkt haben solltest. Ich möchte dich heiraten.«

Jähe Panik erfaßte sie. »Kirk...« Sie wußte im Augenblick nicht, was sie sagen sollte. *Meine nächsten Worte werden mein Leben verändern. Es wäre so einfach, ja zu sagen. Was hindert mich daran? Angst vor der Vergangenheit? Werde ich mein Leben lang immer nur Angst haben? Das darf ich nicht zulassen.*

»Cathy...«

»Hör zu, Kirk... wollten wir nicht miteinander nach Sankt Moritz fahren?«

Kirk Reynolds strahlte. »Heißt das, daß...?«

»Warten wir's ab. Wenn du mich auf Skiern siehst, wirst du dir deinen Antrag wahrscheinlich noch einmal überlegen wollen.«

Er lachte. »Nichts auf der Welt könnte mich davon abhalten, dich heiraten zu wollen. Du machst mich sehr glücklich. Wir fahren am fünften November – am Guy Fawkes Day.«

»Was für ein Tag ist das?«

»Ein historischer Gedenktag. König Jakob der Erste war wegen seiner streng antikatholischen Politik so verhaßt, daß eine Gruppe prominenter Katholiken ihn stürzen wollte. Ein Soldat namens Guy Fawkes wurde aus Spanien nach England geholt, um ihn an die Spitze der Verschwörung zu stellen. Er hat dann veranlaßt, daß im Keller des Oberhauses in sechsunddreißig Fässern insgesamt eine Tonne Schießpulver versteckt wurde.

Aber am Morgen des Tages, an dem das Oberhaus in die Luft

gejagt werden sollte, hat einer der Verschwörer seine Komplizen verraten, und alle wurden verhaftet. Guy Fawkes hat auch unter der Folter geschwiegen und wurde wie alle seine Mitverschwörer hingerichtet. Der Tag der Aufdeckung der Verschwörung wird in England mit Freudenfeuern und Feuerwerken gefeiert, und durch die Straßen werden Guy-Fawkes-Puppen getragen.«

Catherine schüttelte den Kopf. »Ein ziemlich gruseliger Gedenktag, finde ich.«

Kirk lächelte ihr zu und sagte ruhig: »Ich verspreche dir, daß unser Urlaub alles andere als gruselig sein wird.«

»Mr. Demiris?«

»Ja.«

»Catherine Alexander ist heute morgen nach Sankt Moritz geflogen.«

Am anderen Ende entstand eine Pause. »Sankt Moritz?«

»Ja, Sir.«

»Reist sie allein?«

»Nein, Sir. Sie fliegt mit Kirk Reynolds.«

Diesmal dauerte die Pause länger. »Danke, Evelyn.«

Kirk Reynolds! Unmöglich! Was mochte sie bloß an ihm finden? *Ich habe zu lange gewartet. Ich hätte rascher eingreifen müssen. Gegen diese Entwicklung muß ich etwas unternehmen. Ich kann nicht zulassen, daß ...*

Die Gegensprechanlage summte. »Herr Demiris, ein Mr. Anthony Rizzoli möchte Sie sprechen«, meldete seine Sekretärin. »Er hat keinen Termin bei Ihnen, und ich habe ihm gesagt, daß Sie ...«

»Warum stören Sie mich dann?« knurrte Demiris und stellte die Anlage ab.

Im nächsten Augenblick summte sie wieder. »Entschuldigung, aber Mr. Rizzoli sagt, er habe Ihnen eine Nachricht von Herrn Lambrou zu überbringen. Sie sei äußerst wichtig, sagt er.«

*Eine Nachricht?* Merkwürdig. Warum konnte sein Schwager sie ihm nicht selbst überbringen? »Er soll reinkommen.«

»Sofort, Herr Demiris.«

Der Amerikaner wurde in Constantin Demiris' Arbeitszimmer geführt. Er sah sich darin um und lächelte anerkennend. Dieser Raum war noch luxuriöser als Lambrous Büro. »Nett von Ihnen, mich zu empfangen, Mr. Demiris.«

»Ich habe genau zwei Minuten Zeit für Sie.«

»Spyros schickt mich. Er glaubt, daß wir einiges miteinander zu besprechen haben.«

»Wirklich? Und was hätten wir zu besprechen?«

»Haben Sie was dagegen, wenn ich mich setze?«

»Ich glaube nicht, daß Sie so lange bleiben werden.«

Tony Rizzoli ließ sich in den Sessel vor dem Schreibtisch fallen. »Ich besitze eine Fabrik, Mr. Demiris, deren Erzeugnisse ich in alle Welt versende.«

»Aha. Und dazu wollen Sie eines meiner Schiffe chartern.«

»Genau.«

»Weshalb hat Spyros Sie zu mir geschickt? Warum chartern Sie nicht eines seiner Schiffe? Ich weiß zufällig, daß er für zwei keine Aufträge hat.«

Tony Rizzoli zuckte mit den Schultern. »Vermutlich gefällt ihm nicht, was ich versende.«

»Das verstehe ich nicht. Was versenden Sie denn?«

»Drogen«, antwortete Tony Rizzoli gelassen. »Heroin.«

Constantin Demiris starrte ihn ungläubig an. »Und Sie bilden sich ein, ich ...? Verschwinden Sie, bevor ich die Polizei rufe!«

Tony Rizzoli nickte zum Telefon hinüber. »Rufen Sie sie ruhig an.«

Er beobachtete, wie Demiris nach dem Hörer griff. »Ich habe ihr auch einiges zu erzählen«, fügte er dann hinzu. »Ich möchte die Wahrheit über das Verfahren gegen Noelle Page und Larry Douglas ans Tageslicht bringen.«

Constantin Demiris erstarrte. »Wovon reden Sie überhaupt?«

»Ich rede von zwei Leuten, die wegen Mordes an einer Frau, die noch lebt, hingerichtet wurden.«

Demiris war leichenblaß geworden.

»Halten Sie's für möglich, daß die Polizei sich für diese Story interessieren würde, Mr. Demiris? Oder sonst vielleicht die Presse, was? Sehen Sie die Schlagzeilen nicht auch schon vor sich? Darf ich Sie übrigens Costa nennen? Spyros hat mir erzählt, daß alle Ihre Freunde Sie Costa nennen, und ich bin davon überzeugt, daß wir sehr gute Freunde werden. Und wissen Sie, warum? Weil gute Freunde einander nicht verpetzen. Ihr kleines Glanzstück bleibt unter uns, nicht wahr?«

Constantin Demiris saß wie erstarrt da. Als er sprach, war seine Stimme heiser. »Was wollen Sie von mir?«

»Das habe ich Ihnen bereits erzählt. Ich möchte eines Ihrer Schiffe chartern – und da wir so gute Freunde sind, werden Sie doch bestimmt dafür nichts kassieren wollen, nicht wahr? Wir tun uns einfach gegenseitig einen Gefallen.«

Demiris holte tief Luft. »Hören Sie, darauf kann ich mich unmöglich einlassen. Wenn herauskäme, daß mit meinem Wissen auf einem meiner Schiffe Rauschgift geschmuggelt wurde, könnte meine gesamte Flotte beschlagnahmt werden.«

»Es wird nicht rauskommen. In meiner Branche macht man keine Reklame. Unser Geschäft wird äußerst diskret abgewickelt.«

Constantin Demiris' Miene verhärtete sich. »Sie machen einen großen Fehler, Mister. Sie können mich nicht erpressen. Wissen Sie, wer ich bin?«

»Yeah – Sie sind mein neuer Partner. Wir werden noch lange zusammenarbeiten, mein lieber Costa, denn falls Sie nein sagen, gehe ich sofort zur Polizei und den Zeitungen und erzähle die ganze Story. Und dann geht's mit Ihrem Ruf und Ihrem Imperium den Bach runter!«

Danach folgte eine lange, schmerzliche Stille.

»Wie ... wie hat mein Schwager das herausbekommen?«

Tony Rizzoli grinste. »Das spielt keine Rolle. Wichtig ist nur, daß ich Ihre Eier in der Hand habe. Wenn ich zudrücke, sind Sie ein Eunuch. Danach singen Sie für den Rest Ihres Lebens Sopran – und das hinter Gittern.« Rizzoli sah auf seine Uhr. »Ach, du liebe Güte, meine zwei Minuten sind vorbei!« Er stand auf. »Sie haben sechzig Sekunden Zeit für die Entscheidung, ob ich diesen Raum als Ihr Partner verlasse – oder einfach gehe.«

Constantin Demiris schien plötzlich um zehn Jahre gealtert. Sein Gesicht war aschfahl. Er machte sich keine Illusionen, was passieren würde, wenn die Wahrheit über den Mordprozeß herauskam. Die Presse würde ihn in Stücke reißen. Er würde als Ungeheuer, als Mörder hingestellt werden. Im schlimmsten Fall würde die Polizei sogar Ermittlungen aufnehmen, um zu klären, wie Stavros und Chotas zu Tode gekommen waren.

»Ihre sechzig Sekunden sind vorbei.«

Demiris nickte langsam. »Einverstanden«, flüsterte er heiser, »einverstanden.«

Tony Rizzoli grinste auf ihn herab. »Sie sind clever.«

Constantin Demiris erhob sich langsam. »Das lasse ich Ihnen einmal durchgehen«, sagte er. »Ich will nicht wissen, wie und wann Sie's tun. Einer Ihrer Leute kann auf einem meiner Schiffe anheuern. Mehr haben Sie von mir nicht zu erwarten.«

»Abgemacht.« *Vielleicht bist du doch nicht so clever. Nach der ersten Ladung Heroin hab' ich dich an der Angel, Baby. Und du kommst nie mehr davon los.* Laut wiederholte er: »Klar, abgemacht.«

Auf der Rückfahrt ins Hotel befand Tony Rizzoli sich in Hochstimmung. *Volltreffer! Die Bullen würden nicht mal im Traum auf die Idee kommen, Demiris' Flotte zu durchsuchen. Jesus, in Zukunft kann ich jedes seiner Schiffe beladen, das aus Piräus ausläuft. Die Scheinchen werden nur so heranflattern! Heroin und Antiquitäten ... Entschuldigung, Viktor* – er lachte laut los – *Altertümer.*

In der Stadionstraße betrat Tony Rizzoli eine Telefonzelle und führte zwei Gespräche. Als erstes rief er Pete Lucca in Palermo an.

»Du kannst deine beiden Gorillas zurückpfeifen, Pete, und sie wieder in den Zoo stecken, wo sie hingehören. Dein Stoff ist so gut wie unterwegs. Diesmal kommt er per Schiff.«

»Weißt du bestimmt, daß die Ladung sicher ist?«

Tony Rizzoli lachte. »So sicher wie in der Bank von England. Ich erzähl' dir davon, wenn wir uns wiedersehen. Und ich hab' eine gute Nachricht für dich: In Zukunft können wir jede Woche eine Sendung auf den Weg bringen.«

»Das ist wundervoll, Tony. Ich hab' immer gewußt, daß auf dich Verlaß ist. Ich hab' dir immer vertraut.«

*Einen Dreck hast du, du Schweinehund!*

Dann rief er Spyros Lambrou an. »Die Sache hat geklappt. Ihr Schwager und ich sind in Zukunft Partner.«

»Meinen Glückwunsch! Ich bin entzückt, das zu hören, Mr. Rizzoli.«

Spyros Lambrou lächelte, als er den Hörer auflegte. *Auch die Rauschgiftfahnder werden entzückt sein.*

Constantin Demiris blieb bis nach Mitternacht in seinem Büro am Schreibtisch sitzen und dachte über sein neues Problem nach. Er hatte sich an Noelle Page gerächt, aber nun schien sie aus dem Grab aufzuerstehen, um ihn zu quälen. Er griff in eine Schublade seines Schreibtischs und nahm ein gerahmtes Photo Noelles heraus. *Hallo, du Schlampe.* Gott, wie schön sie war! *Du bildest dir also ein, mich vernichten zu können? Nun, warten wir's ab. Wir werden ja sehen.*

# 15

St. Moritz war ein Traum. Es gab Hunderte von Pistenkilometern, Langlaufloipen, Wanderpfade, Bob- und Rodelbahnen, im Sommer Poloturniere und Dutzende von weiteren Aktivitäten. Die Lage des kleinen Engadiner Ortes in 1850 Meter Höhe an einem eisbedeckten Bergsee auf der Alpensüdseite zwischen Piz Nair und Piz San Gian begeisterte Catherine auf den ersten Blick.

Kirk Reynolds und sie wohnten im mehrstöckigen Hotel Palace. In der Hotelhalle wimmelte es von Touristen aus aller Herren Länder.

»Wir haben reserviert. Mr. und Mrs. Reynolds«, sagte Kirk Reynolds zu dem Herrn am Empfang, und Catherine sah verlegen weg. *Ich hätte einen Ehering anstecken sollen.* Sie hatte das Gefühl, von allen anderen Gästen angestarrt zu werden.

»Bitte, Mr. Reynolds. Suite zweihundertfünfzehn.« Nachdem sie sich eingetragen hatten, gab der Portier den Schlüssel einem Pagen, der freundlich sagte: »Wenn Sie bitte mitkommen wollen.«

Sie wurden in eine schlicht, aber sehr hübsch eingerichtete Suite mit spektakulärem Alpenblick aus allen Fenstern geleitet.

Sobald der Page gegangen war, nahm Kirk Reynolds Catherine in die Arme. »Ich kann dir nicht sagen, wie glücklich du mich machst, Darling.«

»Ich hoffe, daß es mir gelingt«, antwortete Catherine. »Ich bin ... Es ist schon lange her, Kirk.«

»Mach dir keine Sorgen. Ich dränge dich nicht.«

*Er ist so lieb. Aber was würde er denken, wenn ich ihm von meiner Vergangenheit erzählte ...* Sie hatte ihm nie von Larry, dem Mordprozeß oder all ihren anderen schrecklichen Erlebnissen erzählt. Sie wünschte sich nichts mehr, als Kirk nahe sein, sich ihm anvertrauen zu können, aber irgend etwas hinderte sie daran.

»Am besten packe ich erst mal aus«, sagte Catherine.

Während sie langsam – viel zu langsam – ihre Kleider aus dem Koffer nahm, wurde ihr plötzlich klar, daß sie Zeit zu gewinnen versuchte und Angst hatte, den letzten Bügel in den Schrank zu hängen, weil sie das fürchtete, was danach kommen würde.

Aus dem anderen Zimmer kam Kirks Stimme: »Catherine ...«

*O mein Gott, jetzt sagt er gleich: »Komm, zieh dich aus, wir gehen ins Bett.«* Catherine schluckte trocken und fragte mit gepreßter Stimme: »Ja?«

»Was hältst du von einem Spaziergang durchs Dorf?«

Catherine wurden vor Erleichterung die Knie weich. »Eine wunderbare Idee!« stimmte sie begeistert zu. *Was ist bloß in mich gefahren? Ich bin mit einem attraktiven Mann, der mich liebt, in einer der herrlichsten Landschaften der Welt – und trotzdem gerate ich in Panik ...*

Reynolds, der hereingekommen war, betrachtete sie forschend. »Fühlst du dich nicht wohl?«

»Doch, doch«, versicherte Catherine ihm lächelnd. »Sogar sehr.«

»Du siehst aus, als ob du Sorgen hättest.«

»Nein, ich ... ich hab' nur ... ans Skifahren gedacht. Es soll nicht ganz ungefährlich sein.«

Reynolds lächelte beruhigend. »Keine Angst, für Anfänger gibt's genug flache Hänge. Komm, wir gehen.«

Sie zogen Pullover und Anoraks an und traten in die frische, klare Winterluft hinaus.

Catherine atmete tief ein. »Oh, hier ist es herrlich, Kirk. Sankt Moritz gefällt mir.«

»Dabei hast du noch gar nichts gesehen«, meinte er grinsend. »Im Sommer ist Sankt Moritz doppelt so schön.«

*Ob er im Sommer noch mit mir ausgehen wird? Oder werde ich ihn schrecklich enttäuschen? Warum kann ich bloß nicht aufhören, mir Sorgen zu machen?*

St. Moritz war bezaubernd; ein mittelalterlicher Ort mit reizvollen Läden, Chalets und Restaurants vor dem Hintergrund der majestätischen Alpen.

Sie machten einen Einkaufsbummel, und Catherine kaufte Geschenke für Evelyn und Wim, bevor sie in einem kleinen Café ein Fondue aßen. Danach mietete Kirk Reynolds einen von einem Braunen gezogenen Schlitten, und sie fuhren auf verschneiten Wegen in die Hügel hinauf, wo der Schnee unter den Schlittenkufen knirschte.

»Gefällt es dir?« fragte Kirk Reynolds.

»O ja!« Catherine sah zu ihm hinüber und dachte: *Ich werde dich glücklich machen. Heute nacht. Ja, heute nacht. Ich werde dich heute nacht glücklich machen.*

Abends aßen sie im Hotel im Stübli, einem Restaurant mit der Atmosphäre eines alten Landgasthofs.

»Dieser Raum stammt aus dem Jahre 1480«, sagte Kirk.

»Dann bestellen wir lieber kein Brot.«

»Was?«

»Nur ein Scherz. Sorry.«

*Larry hat meine Scherze immer verstanden. Warum denke ich an ihn? Weil ich nicht an heute nacht denken will. Ich komme mir wie Marie-Antoinette auf dem Weg zur Guillotine vor. Als Dessert nehme ich lieber keinen Kuchen.*

Das Essen war vorzüglich, aber Catherine war zu nervös, um es zu genießen. Als sie fertig waren, sagte Reynolds: »Gehen wir gleich nach oben? Du hast morgen früh deinen ersten Privatskikurs.«

»Klar. Wunderbar. Klar.«

Auf dem Weg in ihre Suite merkte Catherine, daß sie Herzklopfen hatte. *Er sagt bestimmt: Komm, wir gehen gleich ins Bett. Und warum auch nicht? Schließlich bin ich deswegen hier, nicht wahr? Ich kann nicht so tun, als sei ich zum Skilaufen hergekommen.*

Oben schloß Reynolds die Tür auf und machte überall Licht. Sie betraten das Schlafzimmer, und Catherine starrte das große französische Bett an. Es schien den ganzen Raum auszufüllen.

Kirk beobachtete sie. »Catherine ... macht dir irgendwas Sorgen?«

»Was?« Ein hohles kleines Lachen. »Natürlich nicht! Ich ... ich bin nur ...«

»Nur was?«

Sie lächelte strahlend. »Nichts. Alles in Ordnung.«

»Gut. Komm, wir ziehen uns aus und gehen ins Bett.«

*Ich hab' gewußt, daß er genau das sagen würde! Aber hat er es wirklich aussprechen müssen? Wir hätten es doch einfach tun können. Diese ausdrückliche Aufforderung ist so ... so taktlos.*

»Was hast du gesagt?«

Catherine hatte nicht gemerkt, daß sie Selbstgespräche führte. »Nichts.«

»Willst du dich nicht ausziehen, Darling?«

*Will ich das? Wie lange ist es her, daß ich mit einem Mann geschlafen habe? Über ein Jahr. Und ich bin mit ihm verheiratet gewesen.*

»Cathy ...?«

»Ja.« *Ich werde mich ausziehen, und ich werde mit dir ins Bett gehen, und ich werde dich enttäuschen. Ich liebe dich nicht, Kirk. Ich kann nicht mit dir schlafen.*

»Kirk ...«

Er drehte sich halb entkleidet nach ihr um. »Ja?«

»Kirk, ich ... Verzeih mir. Du wirst enttäuscht sein, aber ich ... ich kann nicht. Es tut mir schrecklich leid. Du wirst jetzt denken, ich sei ...«

Sie sah seine enttäuschte Miene. Er rang sich ein Lächeln ab. »Cathy, ich habe dir versprochen, geduldig zu sein. Wenn du noch Zeit brauchst, habe ich Verständnis dafür. Wir können trotzdem einen herrlichen Urlaub verleben.«

Catherine küßte ihn dankbar auf die Wange. »Wie lieb von dir, Kirk. Ich komme mir so lächerlich vor. Ich weiß selbst nicht, was ich habe.«

»Du hast gar nichts«, versicherte er ihr. »Ich weiß, was in dir vorgeht.«

Sie umarmte ihn. »Danke! Du bist ein Schatz.«

»Fürs erste«, seufzte Kirk, »schlafe ich auf der Couch im Wohnzimmer.«

»Nein, das tust du nicht«, widersprach Catherine. »Da ich für dieses blöde Problem verantwortlich bin, muß ich wenigstens dafür sorgen, daß du's bequem hast. *Ich* schlafe auf der Couch, und *du* kriegst das Bett.«

»Kommt gar nicht in Frage!«

Catherine lag hellwach im Bett und dachte über Kirk Reynolds nach. *Werde ich jemals wieder imstande sein, mit einem Mann zu schlafen? Oder hat Larry mich dazu unfähig zurückgelassen? Vielleicht ist es ihm gewissermaßen doch gelungen, mich zu ermorden.* Zuletzt schlief sie doch ein.

Mitten in der Nacht wurde Kirk Reynolds durch Schreie aufgeweckt. Er setzte sich auf der Couch auf, und als die Schreie anhielten, hastete er ins Schlafzimmer hinüber.

Catherine warf sich mit geschlossenen Augen im Bett herum. »Nein!« schrie sie gellend. »Nein! Nein! Laßt mich los!«

Reynolds kniete nieder, nahm sie in die Arme und drückte sie an sich. »Pssst!« sagte er. »Jetzt ist alles wieder gut. Alles ist wieder gut.«

Heftiges Schluchzen ließ Catherines Körper erbeben. Kirk hielt sie in den Armen, bis sie sich beruhigt hatte.

»Sie... sie haben versucht, mich zu ertränken.«

»Es war nur ein Traum«, sagte er beruhigend. »Du hast schlecht geträumt.«

Catherine öffnete die Augen und setzte sich auf. Sie zitterte noch immer. »Nein, es war kein Traum. Es ist wirklich passiert. Sie haben versucht, mich umzubringen.«

Kirk sah sie prüfend an. »Wer hat versucht, dich umzubringen?«

»Mein ... mein Mann und seine Geliebte.«

Er schüttelte den Kopf. »Catherine, du hattest einen Alptraum und ...«

»Nein, nein, es ist die Wahrheit! Die beiden wollten mich ermorden und sind dafür hingerichtet worden.«

Kirk machte ein ungläubiges Gesicht. »Catherine ...«

»Ich hab' dir bisher nichts davon erzählt, weil ... weil es für mich schmerzlich ist, darüber zu reden.«

Plötzlich wurde ihm klar, daß es ihr ernst war. »Wie ist das passiert?«

»Ich wollte mich nicht von Larry scheiden lassen, und er ... er hat eine andere Frau geliebt, und die beiden haben beschlossen, mich zu ermorden.«

Kirk hörte jetzt aufmerksam zu. »Wann war das?«

»Vor etwas über einem Jahr.«

»Was ist aus den beiden geworden?«

»Sie sind ... sie sind in Griechenland hingerichtet worden.«

Er hob eine Hand. »Augenblick! Sie sind hingerichtet worden, weil sie *versucht* haben, dich zu ermorden?«

»Ja.«

»Ich bin kein Fachmann für griechisches Strafrecht«, sagte Reynolds, »aber ich möchte wetten, daß es auch dort keine Todesstrafe für einen *versuchten* Mord gibt. Da muß irgend etwas schiefgegangen sein. Ich kenne einen Staatsanwalt in Athen. Den rufe ich gleich morgen früh an, um diese Sache aufzuklären. Er heißt Peter Demonides.«

Catherine schlief noch, als Kirk Reynolds erwachte. Er zog sich leise an und ging ins Schlafzimmer hinüber. Dort blieb er vor dem Bett stehen und blickte auf Catherine herab. *Ich liebe sie so sehr. Ich muß rauskriegen, was wirklich passiert ist, und die Schatten von ihrer Seele nehmen.*

Kirk ging in die Hotelhalle hinunter und meldete ein Gespräch nach Athen an. »Bitte mit Voranmeldung, Fräulein. Ich möchte mit Peter Demonides persönlich sprechen.«

Eine halbe Stunde später war das Gespräch da.

»Mr. Demonides? Hier ist Kirk Reynolds. Ich weiß nicht, ob Sie sich an mich erinnern, aber ...«

»Natürlich! Sie arbeiten für Constantin Demiris.«

»Richtig.«

»Was kann ich für Sie tun, Mr. Reynolds?«

»Entschuldigen Sie die Störung, aber mich beschäftigt etwas ... Es betrifft einen ganz bestimmten Aspekt des griechischen Strafrechts.«

»Von Strafrecht verstehe ich ein bißchen«, antwortete Demonides jovial. »Und ich helfe Ihnen gern weiter.«

»Gibt es im griechischen Strafrecht irgendeine Bestimmung, die eine Hinrichtung wegen versuchten Mordes zuläßt?«

Am anderen Ende herrschte langes Schweigen. »Darf ich fragen, weshalb Sie sich dafür interessieren?«

»Ich bin mit einer Frau namens Catherine Alexander zusammen. Sie scheint zu glauben, ihr Ehemann und seine Geliebte seien wegen Mordversuchs an ihr hingerichtet worden. Aber das klingt nicht logisch. Verstehen Sie, was ich meine?«

»Ja, ich verstehe, was Sie meinen«, antwortete Demonides nachdenklich. »Wo sind Sie im Augenblick, Mr. Reynolds?«

»Im Palace in Sankt Moritz.«

»Ich überprüfe diese Sache und rufe Sie dann zurück.«

»Dafür wäre ich Ihnen sehr dankbar. Ehrlich gesagt, ich glaube,

Miss Alexander bildet sich alles nur ein, und ich möchte Klarheit schaffen, um diese Belastung von ihr zu nehmen.«

»Ja, ich verstehe. Sie hören von mir, das verspreche ich Ihnen.«

Die Luft war frisch und klar, und die Schönheit der Landschaft ließ Catherine die Gespenster der vergangenen Nacht vergessen.

Die beiden frühstückten im Dorf, und als sie fertig waren, schlug Reynolds vor: »Komm, wir gehen zum Hang hinüber und machen ein Skihäschen aus dir.« Er ging mit Catherine zum Übungshang und meldete sie zum Skikurs an.

Catherine schnallte die Skier an und richtete sich auf. Sie sah auf ihre Füße hinunter. »Wie komisch! Hätte Gott gewollt, daß wir so aussehen, wären unsere Väter Bäume gewesen.«

»Wie bitte?«

»Ach nichts, Kirk.«

Der Skilehrer lächelte. »Keine Angst, Miss Alexander, damit kommen Sie bald zurecht. Wir schulen auf der Corviglia. Das ist das ideale Übungsgebiet.«

»Du wirst überrascht sein, wie schnell du die Anfangsgründe beherrschst«, versicherte Reynolds Catherine.

Er blickte zu einer Piste in der Ferne hinüber und wandte sich an den Skilehrer. »Ich versuch's heute mal mit der Fuorcla Grischa, glaube ich.«

»Klingt köstlich«, warf Catherine ein. »Ich möchte meine gegrillt.«

Kein Lächeln. »Das ist eine Skipiste, Darling.«

»Oh.« Catherine versuchte nicht, ihm zu erklären, daß das ein Scherz gewesen war. *Das darf ich bei ihm nicht mehr machen.*

»Die Grischa ist ziemlich steil«, sagte der Skilehrer. »An Ihrer Stelle würde ich zum Aufwärmen erst die Standard Marguns von der Corviglia fahren, Mr. Reynolds.«

»Gute Idee. Das mache ich. Catherine, treffen wir uns zum Mittagessen im Hotel?«

»Einverstanden.«

Reynolds winkte ihr zu und ging davon.

»Amüsier dich gut!« rief Catherine ihm nach. »Und vergiß nicht zu schreiben.«

»Gut«, sagte der Skilehrer, »dann wollen wir mal anfangen.«

Zu Catherines Überraschung machte ihr der Skikurs Spaß. Anfangs war sie noch nervös. Sie kam sich unbeholfen vor, als sie an der Seite des Lehrers einen sanft geneigten Hang hinaufstapfte.

»Leicht nach vorn beugen und die Skispitzen belasten. Die Skier parallel führen.«

»Das müssen Sie *denen* sagen. Die machen, was sie wollen«, behauptete Catherine.

»Sie stellen sich schon ganz geschickt an. Jetzt machen wir eine kleine Abfahrt. Skier parallel, leichte Vorlage, etwas abstoßen – und schon geht's los!«

Sie stürzte.

»Und gleich noch mal. Das war nicht schlecht.«

Catherine stürzte wieder. Und ein drittes Mal. Dann wurde sie allmählich sicherer. Sie kam sich vor, als wären ihr Flügel gewachsen. Sie genoß das erregende Gefühl, einen ganzen Hang hinunterzugleiten, als fliege sie, während der Schnee unter ihren Skiern knirschte und der Fahrtwind ihre Wangen rötete.

»Herrlich!« rief Catherine aus. »Kein Wunder, daß so viele verrückt aufs Skifahren sind. Wie bald können wir auf die große Abfahrt?«

Der Skilehrer lachte. »Heute bleiben wir noch hier. Zu den Olympischen Spielen können Sie dann morgen.«

Insgesamt war es ein wundervoller Vormittag.

Als Kirk Reynolds vom Skifahren zurückkehrte, erwartete Catherine ihn im Grill Room. Er hatte rote Wangen und wirkte gutgelaunt, als er an den Tisch trat und Platz nahm.

»Na?« fragte er. »Wie hat's dir gefallen?«

»Großartig! Ich hab' mir nichts Wichtiges gebrochen. Ich bin gar nicht oft hingefallen. Und weißt du was?« fragte sie stolz. »Am Schluß bin ich schon den ganzen Hang runtergefahren, ohne ein einziges Mal zu stürzen!«

Reynolds lächelte. »Wunderbar.« Er wollte ihr von seinem Anruf bei Peter Demonides erzählen, unterließ es dann aber doch. Er wollte nicht, daß Catherine sich wieder aufregte.

Nach dem Mittagessen machten sie einen längeren Bummel durchs verschneite St. Moritz. Catherine fühlte sich allmählich müde.

»Ich gehe auf unser Zimmer, glaub' ich«, sagte sie. »Vielleicht mache ich ein Nickerchen.«

»Gute Idee. Wenn man die Bergluft nicht gewöhnt ist, macht sie leicht müde.«

»Was hast du vor, Kirk?«

Er sah zu einem entfernten Berg hinüber. »Ich werd's mal mit der Grischa versuchen. Die bin ich noch nie gefahren. Sie ist eine Herausforderung.«

»Weil sie da ist, meinst du?«

»Wie bitte?«

»Nichts. Sie sieht gefährlich aus.«

Reynolds nickte. »Deswegen ist sie eine Herausforderung.«

Catherine ergriff seine Hand. »Kirk, das mit letzter Nacht tut mir leid. Ich ... ich will versuchen, dich nicht wieder zu enttäuschen.«

»Mach dir deswegen keine Sorgen. Geh nach oben und leg dich ein bißchen hin.«

»Ja, das tue ich.«

Sie sah ihm nach, als er davonging, und dachte: *Ein wundervoller Mann. Was findet er bloß an einer dummen Gans wie mir?*

Catherine schlief den ganzen Nachmittag durch, und diesmal blieben die Träume aus. Als sie aufwachte, war es schon fast 18 Uhr. Kirk würde bald zurückkommen.

Während sie badete und sich anzog, dachte sie an den vor ihr liegenden Abend. *Nein, nicht der Abend,* gestand sie sich ein, *die Nacht. Er hat eine Wiedergutmachung verdient.*

Sie trat ans Fenster und sah hinaus. Draußen war es schon fast dunkel. *Kirk muß das Skifahren heute wirklich Spaß machen,* dachte Catherine. Sie sah zu einer der großen Skipisten hinüber. *Ist das die Grischa? Ob ich mich jemals auf solche Abfahrten wagen werde?*

Um 19 Uhr war Kirk Reynolds noch immer nicht zurück. Die Dämmerung war tiefer Dunkelheit gewichen. *Nachts kann er nicht mehr unterwegs sein,* dachte Catherine. *Ich möchte wetten, daß er bei einem Drink unten in der Bar sitzt.*

Als sie eben zur Tür gehen wollte, klingelte das Telefon.

Sie lächelte. *Aha, ich hab' recht gehabt! Er ruft an, um zu fragen, ob ich nicht auch runterkommen will.*

Catherine nahm den Hörer ab und fragte lachend: »Na, bist du auch Sherpas begegnet?«

»Mrs. Reynolds?« fragte eine unbekannte Männerstimme.

Sie wollte schon nein sagen, aber dann fiel ihr ein, wie Kirk sie ins Gästebuch eingetragen hatte. »Ja, hier ist Mrs. Reynolds.«

»Tut mir leid, aber ich muß Ihnen eine traurige Nachricht mitteilen. Ihr Mann hat einen Skiunfall gehabt.«

»Um Himmels willen! Ist er . . . hat er einen schlimmen Unfall gehabt?«

»Ja, leider.«

»Ich komme sofort hin. Wo . . .?«

»Es tut mir leid, es Ihnen sagen zu müssen, aber er . . . er ist tot, Mrs. Reynolds. Er ist von der Lagalb abgefahren und hat sich das Genick gebrochen.«

# 16

Tony Rizzoli beobachtete, wie sie nackt aus dem Bad kam, und dachte: *Warum haben griechische Frauen bloß so dicke Hintern?*

Sie schlüpfte zu ihm ins Bett, umarmte ihn und flüsterte: »Ich bin so froh, daß du mich ausgewählt hast, mein *Poulaki.* Du hast mir auf den ersten Blick gefallen.«

Tony Rizzoli mußte sich beherrschen, um nicht laut zu lachen. Die Schlampe hatte sich zu viele Filmschnulzen angesehen.

»Klar«, sagte er. »So ist's mir auch gegangen, Baby.«

Er hatte Helena im The New Yorker aufgegabelt – einem schäbigen Nachtclub in der Kallaristraße, in dem sie als Sängerin auftrat. Sie war das, was die Griechen verächtlich als *Gkablıara skila,* läufige Hündin, bezeichnen. Keine der im Club arbeitenden Frauen hatte Talent – zumindest nicht in der Kehle –, aber alle waren bereit, für Geld mitzugehen. Mit dunklen Augen, sinnlichen Lippen und ausladenden Körperteilen war Helena einigermaßen attraktiv. Sie war vierundzwanzig, für seinen Geschmack etwas zu alt, aber er kannte in Athen sonst keine Ladies und konnte es sich nicht leisten, wählerisch zu sein.

»Gefall' ich dir?« fragte Helena schelmisch.

»Yeah, ich bin *pazzo* nach dir.«

Er begann ihre Brüste zu streicheln, fühlte die Brustspitzen hart werden und drückte mit Daumen und Zeigefinger kräftig zu.

»Runter mit dem Kopf, Baby.«

Sie schüttelte den Kopf. »Das mach' ich nicht.«

Rizzoli starrte sie an. »Wirklich nicht?«

Brutal zog er sie an den Haaren nach unten.

Helena schrie auf. »Dreckskerl!«

Der Amerikaner schlug ihr brutal ins Gesicht. »Keinen Ton mehr, sonst brech' ich dir das Genick!«

Rizzoli drückte ihren Kopf zwischen seine Beine. »Da ist er, Baby. Mach ihn glücklich.«

»Laß mich los!« wimmerte sie. »Du tust mir weh.«

Rizzoli packte ihr Haar fester. »He, du bist verrückt nach mir, stimmt's?«

Als er ihr Haar losließ, sah sie mit zornfunkelnden Augen zu ihm auf.

»Du kannst dich ...«

Sein Gesichtsausdruck ließ sie verstummen. Der Kerl hatte etwas Beängstigendes an sich. Warum hatte sie das nicht früher gemerkt?

»Wir brauchen uns nicht zu streiten«, sagte sie besänftigend. »Du und ich ...«

Seine Finger krallten sich in ihren Nacken. »Ich bezahl' dich nicht, damit du Konversation machst.« Seine Faust krachte gegen ihren Wangenknochen. »Halt's Maul und mach dich an die Arbeit.«

»Natürlich, Sweetheart«, wimmerte Helena. »Natürlich.«

Tony Rizzoli war unersättlich, und als er endlich von ihr abließ, blieb Helena erschöpft neben ihm liegen, bis sie bestimmt wußte, daß er schlief. Dann stand sie leise auf und zog sich an. Rizzoli hatte noch nicht gezahlt. Normalerweise hätte sie das Geld – plus einem großzügigen Trinkgeld – aus seiner Brieftasche genommen. Aber instinktiv wußte sie, daß es besser war, diesmal ohne Geld zu verschwinden.

Eine Stunde später schrak Tony Rizzoli hoch, weil jemand gegen die Zimmertür hämmerte. Er setzte sich auf und bemühte sich, seine Armbanduhr zu erkennen. Es war 4.05 Uhr. Er sah sich um. Die Frau war verschwunden.

»Wer ist da?« rief er.

»Ihr Nachbar.« Die Stimme klang ärgerlich. »Ein Anruf für Sie.«

Rizzoli rieb sich die Stirn. »Gut, ich komme.«

Er schlüpfte in seinen Bademantel und trat an den Sessel, über dem seine Hose lag. Ein Blick in seine Brieftasche zeigte ihm, daß noch alles Geld da war. *Ganz so blöd war die Schlampe also doch nicht.* Er zog einen Hundertdollarschein heraus, ging zur Zimmertür und öffnete sie.

Sein Nachbar stand in Bademantel und Pantoffeln auf dem Flur. »Wissen Sie, wie spät es ist?« fragte er empört. »Dabei haben Sie mir versprochen, daß ...«

Rizzoli gab ihm den Hunderter. »Tut mir schrecklich leid«, entschuldigte er sich. »Aber ich mach's kurz, darauf können Sie sich verlassen.«

Der Mann schluckte. Seine Empörung war verflogen. »Schon gut, Mister. Muß wohl was Wichtiges sein, wenn man dafür um vier Uhr aus dem Bett geklingelt wird.«

Der Amerikaner betrat das Zimmer gegenüber und griff nach dem Telefonhörer. »Rizzoli.«

»Mr. Rizzoli, Sie haben ein Problem«, sagte eine Stimme.

»Wer sind Sie?«

»Spyros Lambrou hat mich gebeten, Sie anzurufen.«

»Oh.« Er war schlagartig hellwach. »Wo liegt das Problem?«

»Es betrifft Constantin Demiris.«

»Was ist mit ihm?«

»Einer seiner Tanker, die *Thele*, ist aus Marseille ausgelaufen.«

»Und?«

»Wie wir erfahren haben, hat Mr. Demiris das Schiff nach Piräus beordert. Es soll am Sonntagmorgen hier anlegen und abends wieder auslaufen. Constantin Demiris hat vor, bei Auslaufen an Bord zu sein.«

»*Was?*«

»Er will durchbrennen.«

»Aber er und ich haben eine ...«

»Mr. Lambrou läßt Ihnen ausrichten, daß Demiris in Amerika

untertauchen will, bis er eine Möglichkeit gefunden hat, Sie zu beseitigen.«

*Dieser hinterhältige Bastard!* »Ich verstehe. Übermitteln Sie Mr. Lambrou meinen Dank. Ich danke ihm sehr herzlich.«

»Es ist ihm ein Vergnügen gewesen.«

Tony Rizzoli legte den Hörer auf.

»Alles in Ordnung, Mr. Rizzoli?«

»Was? O ja, natürlich. Alles bestens.« Und das stimmte sogar.

Je länger Rizzoli über den Anruf nachdachte, desto zufriedener war er. Er hatte erreicht, daß Constantin Demiris versuchte, vor ihm zu fliehen. In diesem Zustand würde er wesentlich leichter zu beeinflussen sein. *Sonntag.* Er hatte zwei Tage Zeit, um sich einen Plan auszudenken.

Tony Rizzoli wußte, daß er vorsichtig sein mußte. Er wurde auf Schritt und Tritt überwacht. *Dämliche Keystone Cops,* dachte Rizzoli verächtlich. *Wenn's soweit ist, häng' ich sie irgendwo ab.*

Kurz nach neun Uhr betrat Rizzoli eine Telefonzelle in der Kifisiasstraße und rief Viktor Korontzis im Museum an.

Im reflektierenden Glas sah Tony Rizzoli einen Mann, der vorgab, sich für ein Schaufenster zu interessieren, und einen weiteren, der auf der anderen Straßenseite mit einem Blumenverkäufer schwatzte. Es war offensichtlich, daß sie ihn beschatteten. *Viel Spaß dabei!* dachte der Amerikaner.

»Korontzis.«

»Viktor? Hier ist Tony.«

»Ist irgendwas passiert?« Aus der Stimme des kleinen Mannes sprach jähe Angst.

»Nein«, beschwichtigte Rizzoli ihn, »alles in bester Ordnung. Viktor, du kennst doch die hübsche Vase mit den roten Figuren drauf?«

»Die Ka-Amphore?«

»Yeah. Die bringst du heute abend mit.«

Am anderen Ende entstand eine lange Pause. »Heute abend? Ich ... ich weiß nicht recht, Tony.« Korontzis' Stimme zitterte. »Wenn irgendwas schiefgeht ...«

»Okay, Kumpel, reden wir nicht mehr davon. Ich hab' bloß versucht, dir 'nen Gefallen zu tun. Du sagst Prizzi einfach, daß du das Geld nicht hast, und läßt ihn mit dir anstellen, was er ...«

»Nein, Tony! Augenblick! Ich ... ich ...« Wieder eine Pause. »Geht in Ordnung.«

»Weißt du bestimmt, daß die Sache in Ordnung geht, Viktor? Falls du's doch nicht tun willst, brauchst du's nur zu sagen, und ich reise in die Staaten zurück, wo ich keine solche Probleme habe. Ich bin nicht scharf auf solche Schwierigkeiten, verstehst du? Ich kann ...«

»Nein, ich weiß zu schätzen, was du für mich tust, Tony. Wirklich! Heute abend ist in Ordnung.«

»Okay, dann bleibt's dabei. Wenn dein Museum heute abend schließt, brauchst du die Vase nur durch eine Kopie zu ersetzen.«

»Das Bewachungspersonal kontrolliert alle Taschen, die mit hinausgenommen werden.«

»Na und? Sind das vielleicht Kunstexperten?«

»Nein, natürlich nicht, aber ...«

»Hör zu, Viktor, ich sage dir, was du zu tun hast. Du läßt dir für die *gekaufte* Kopie eine Rechnung geben und legst sie zu dem Original in die Tragtüte. Hast du verstanden?«

»Ja. Ich ... ich habe verstanden. Wo treffen wir uns?«

»Wir treffen uns überhaupt nicht. Du verläßt das Museum um Viertel nach sechs. Draußen wartet ein Taxi, in das du mit deiner Tüte steigst. Du läßt dich zum Hotel Grande Bretagne fahren. Dort weist du den Taxifahrer an, auf dich zu warten, und läßt die Tüte im Wagen liegen. Du gehst in die Hotelbar und genehmigst dir einen Drink. Dann fährst du wie jeden Abend nach Hause.«

»Aber die Tüte ...«

»Keine Angst, die kommt in gute Hände.«

Viktor Korontzis stand der Angstschweiß auf der Stirn. »So was hab' ich noch nie gemacht, Tony. Ich hab' noch nie etwas gestohlen. Ich bin mein Leben lang...«

»Ja, ich weiß«, sagte Rizzoli beschwichtigend. »Ich natürlich auch nicht. Denk daran, Viktor, daß ich das ganze Risiko auf mich nehme, ohne das geringste davon zu haben.«

Korontzis' Stimme zitterte. »Du bist ein wahrer Freund, Tony. Der beste, den ich je gehabt habe.« Er nahm seinen ganzen Mut zusammen, um eine Frage zu stellen: »Weißt du schon ungefähr, wann ich das Geld bekomme?«

»Sehr bald«, versicherte Tony Rizzoli ihm. »Sobald die Sache geklappt hat, bist du alle Sorgen los.« *Und ich auch,* dachte Rizzoli triumphierend. *Und zwar für immer.*

An diesem Nachmittag hatten wieder Kreuzfahrtschiffe in Piräus angelegt, so daß das Museum voller Touristen war. Sonst hatte Viktor Korontzis seinen Spaß daran, sie zu beobachten und Vermutungen über ihr Leben anzustellen. Briten und Amerikaner stellten das größte Kontingent von Besuchern aus Dutzenden von Ländern. Aber heute war Korontzis zu nervös und ängstlich, um sich für sie zu interessieren.

Er sah zu den beiden Ständen hinüber, an denen Kopien von Ausstellungsstücken des Museums verkauft wurden. Sie waren von Touristen umlagert, und die beiden Verkäuferinnen hatten Mühe, den Ansturm zu bewältigen.

*Vielleicht sind sie bald ausverkauft,* dachte er hoffnungsvoll, *und ich kann Rizzolis Plan nicht in die Tat umsetzen.* Aber er wußte, daß das eine unrealistische Hoffnung war, denn im Keller des Museums lagerten noch Hunderte von Kopien.

Die Vase, die er auf Tonys Vorschlag stehlen sollte, gehörte zu den größten Schätzen des Museums. Sie stammte aus der Zeit um 1500 vor Christus; eine Amphore mit roten mythologischen Figuren auf schwarzem Untergrund. Viktor Korontzis hatte sie zum letzten Mal vor über einem Jahrzehnt in den Händen gehalten, als er sie ehrfürchtig in die Vitrine gestellt hatte, in der man sie für ewig in Sicherheit glaubte. *Und jetzt stehle ich sie,* dachte er unglücklich. *Gott sei mir gnädig.*

Korontzis brachte den ganzen Nachmittag wie benommen hinter seinem Schreibtisch zu. Er fürchtete den Augenblick, in dem er zum Dieb werden würde. *Ich bring's nicht fertig. Es muß irgendeine andere Lösung geben. Aber welche?* Er sah keine Möglichkeit, soviel Geld aufzutreiben. Und er glaubte, Sal Prizzis Stimme zu hören. *Ich kriege mein Geld noch heute abend, sonst wirst du an meine Hunde verfüttert. Kapiert?* Der Mann war ein Killer. Nein, ihm blieb nichts anderes übrig.

Erst kurz vor 18 Uhr tauchte Viktor Korontzis wieder aus seinem Büro auf. Die beiden Frauen, die Kopien von Museumsstücken verkauften, hatten gerade begonnen, die Tageseinnahmen abzurechnen.

»*Signomi!*« rief Korontzis. »Einer meiner Freunde hat heute Geburtstag. Ich dachte, ich könnte ihm etwas aus dem Museum schenken.« Er trat an den Stand und gab vor, die ausgestellten Amphoren, Kelche, Bücher und Karten zu betrachten. Zuletzt deutete er auf eine Kopie der roten Amphore. »Die da würde ihm gefallen, denk' ich.«

»Die gefällt ihm bestimmt«, sagte die Verkäuferin und nahm die Amphore aus dem Schaukasten.

»Geben Sie mir bitte eine Quittung mit.«

»Sofort, Herr Korontzis. Soll ich sie Ihnen als Geschenk einpakken?«

»Nein, das ist nicht notwendig«, wehrte er hastig ab. »Sie können sie einfach in eine Tüte stecken.«

Er beobachtete, wie sie die Kopie in eine Tüte steckte und die Quittung dazulegte. »Danke.«

»Hoffentlich hat Ihr Freund Spaß daran.«

»Oh, da bin ich sicher.« Er nahm mit zitternden Händen die Tüte entgegen und ging in sein Büro zurück.

Dann sperrte er die Tür ab, nahm die Amphorenkopie aus der Tragtüte und stellte sie auf seinen Schreibtisch. *Es ist noch nicht zu spät*, dachte er. *Noch habe ich nichts Strafbares getan.* In seiner quälenden Unentschlossenheit gingen ihm die wirresten Gedanken durch den Kopf.

*Ich könnte Frau und Kinder im Stich lassen und mich ins Ausland absetzen. Ich könnte Selbstmord verüben. Ich könnte zur Polizei gehen und anzeigen, daß ich bedroht werde. Aber wenn die Wahrheit rauskommt, bin ich ruiniert.*

Nein, es gab keinen Ausweg. Er wußte, daß Prizzi ihn umbringen würde, wenn er seine Spielschulden nicht bezahlte. *Gott sei Dank habe ich meinen Freund Tony. Ohne ihn wäre ich ein toter Mann.*

Korontzis sah auf seine Uhr. Höchste Zeit! Er stand auf, merkte, daß seine Knie zitterten, atmete tief durch und versuchte, ruhiger zu werden. Seine Hände waren schweißnaß. Er wischte sie an seinem Hemd ab. Dann steckte er die Kopie in die Tragtüte zurück und sperrte die Tür auf. Der Wachmann am Eingang hatte Dienst, bis das Museum um 18 Uhr schloß. Sein Kollege vom Nachtdienst, der die Runde durch alle Säle machte, mußte um diese Zeit in einem der hinteren Räume sein.

Als Korontzis sein Büro verließ, wäre er beinahe mit dem Nachtwächter zusammengeprallt. Er zuckte schuldbewußt zusammen.

»Entschuldigung, Herr Korontzis. Ich hab' nicht gewußt, daß Sie noch da sind.«

»Ja. Ich ... ich wollte gerade gehen.«

»Wissen Sie«, sagte der Nachtwächter bewundernd, »ich beneide Sie oft.«

*Wenn der wüßte!* »Tatsächlich? Warum denn?«

»Sie wissen soviel über all diese schönen Dinge. Ich mache meine Runde und schaue mir die Sachen an, ohne viel davon zu verstehen. Dabei sind das kostbare Stücke, Teile unserer Geschichte, nicht wahr? Vielleicht könnten Sie mich gelegentlich mal durch die Sammlung führen. Ich wüßte wirklich gern ...«

*Warum hält der alte Trottel nicht endlich die Klappe.* »Ja, natürlich. Irgendwann. Ich führe sie gern einmal.« Über die Schulter des Mannes hinweg sah Korontzis die Vitrine mit der kostbaren Amphore. Er mußte den Nachtwächter irgendwie loswerden.

»Ich ... Hören Sie, mit der Alarmanlage an den Kellerfenstern scheint irgendwas nicht in Ordnung zu sein. Würden Sie die bitte überprüfen?«

»Wird gemacht. Soviel ich gelesen habe, stammen einige unserer Stücke aus dem ...«

»Würden Sie sie bitte gleich überprüfen? Ich möchte nicht gehen, bevor ich weiß, daß alles in Ordnung ist.«

»Sofort, Herr Korontzis. Bin gleich wieder da!«

Viktor Korontzis blieb stehen und sah dem zur Kellertreppe gehenden Nachtwächter nach. Sobald der Mann verschwunden war, hastete er zu der Vitrine mit der roten Amphore. Während er einen Schlüssel aus der Tasche zog, dachte er: *Ich tu's wirklich! Ich bin dabei, sie zu stehlen.*

Der Schlüssel glitt ihm aus den Fingern und fiel klirrend zu Boden. *Ist das ein Omen? Versucht Gott mir irgend etwas zu sagen?* Sein Hemd war schweißnaß. Er bückte sich, hob den Schlüssel auf und starrte dabei die Amphore an. Ein wahres Prachtstück! Vor Urzeiten hatten seine Vorfahren sie mit liebevoller Sorgfalt hergestellt. Der Nachtwächter hatte recht: Sie war ein unersetzliches Stück griechischer Geschichte.

Korontzis schloß kurz die Augen und bemühte sich, sein Zittern zu unterdrücken. Dann überzeugte er sich durch einen raschen Blick, daß er nicht beobachtet wurde, sperrte die Vitrine auf und nahm die Amphore vorsichtig heraus. Als nächstes holte er die Kopie aus der Tragtüte und stellte sie in die Vitrine.

Korontzis richtete sich auf und betrachtete die Amphore. Obwohl sie eine sehr gute Kopie war, schien sie für ihn *Fälschung* zu rufen. Der Schwindel war unverkennbar. *Aber nur für mich,* dachte Korontzis, *und ein paar weitere Fachleute.* Außer ihnen würde kein Mensch etwas merken. Und niemand hatte einen Grund, die Amphore genauer zu untersuchen. Korontzis sperrte die Vitrine ab und legte die echte Amphore in die Tragtüte mit der quittierten Rechnung.

Dann zog er sein Taschentuch heraus und wischte sich Gesicht und Hände ab. Geschafft! Er sah auf seine Armbanduhr. 18.11 Uhr. Er mußte sich beeilen. Als er zum Ausgang unterwegs war, sah er den Nachtwächter auf sich zukommen.

»Die Alarmanlage scheint völlig in Ordnung zu sein, Herr Korontzis, und ...«

»Gut«, sagte Korontzis. »Wir können nicht vorsichtig genug sein, stimmt's?«

Der Mann nickte lächelnd. »Da haben Sie recht. Gehen Sie jetzt?«

»Ja. Gute Nacht.«

»Gute Nacht.«

Der Wachmann, der tagsüber Dienst hatte, stand noch am Ausgang und schien eben gehen zu wollen. Er grinste, als er die Tragtüte sah. »Die muß ich kontrollieren. Das haben Sie selbst angeordnet.«

»Selbstverständlich«, sagte Korontzis rasch. Er gab ihm seine Tragtüte.

Der Wachmann warf einen Blick hinein, holte die Amphore heraus und sah die Quittung.

»Ein Geschenk für einen Freund«, erklärte Korontzis ihm. »Er ist Ingenieur.« *Wozu hast du das gesagt? Was kümmert den das? Benimm dich gefälligst natürlich!*

»Hübsch.« Der Wachmann warf die Amphore in die Tragtüte zurück, und Korontzis fürchtete einen schrecklichen Augenblick lang, sie würde zersplittern.

Viktor Korontzis drückte die Tragtüte an seine Brust. *»Kalispera.«*

Der Wachmann hielt ihm die Tür auf. *»Kalispera.«*

Korontzis mußte gegen eine plötzliche Übelkeit ankämpfen und trat schweratmend in die kühle Abendluft hinaus. Er hielt gewissermaßen Millionen von Dollar in der Hand, aber daran dachte er in diesem Augenblick nicht. Er wußte nur, daß er sein Vaterland verriet, daß er seinem geliebten Griechenland ein Stück Geschichte stahl, um es irgendeinem gesichtslosen Ausländer zu verkaufen.

Er ging langsam die Treppe hinunter. Wie Tony Rizzoli ihm versprochen hatte, wartete vor dem Museum ein Taxi. Korontzis schleppte sich zu dem Wagen und stieg ein. »Hotel Grande Bretagne«, sagte er.

Er sackte auf dem Rücksitz zusammen, erschöpft und zerschlagen, als läge ein schrecklicher Kampf hinter ihm. Aber hatte er gewonnen oder verloren?

Als das Taxi vor dem Hotel Grande Bretagne hielt, wies er den Fahrer an: »Warten Sie bitte hier.« Nach einem letzten Blick auf die Tragtüte mit dem kostbaren Inhalt auf dem Rücksitz stieg er aus und verschwand rasch im Hotel. Hinter dem Eingang drehte er sich um und sah nach draußen. Ein Unbekannter stieg in das Taxi. Im nächsten Augenblick fuhr es rasch davon.

*Geschafft!* dachte Korontzis. *Aber so was werde ich in meinem Leben nie wieder tun! Der Alptraum ist vorbei.*

Am Sonntagnachmittag gegen 15 Uhr verließ Tony Rizzoli sein Hotel und schlenderte in Richtung Omoniaplatz. Zu einer rotkarierten Jacke trug er eine grüne Hose und ein rotes Barett. Zwei Kriminalbeamte beschatteten ihn. »Die Klamotten muß er aus einem Zirkus haben«, meinte der eine.

In der Metaxastraße hielt Rizzoli ein Taxi an. Der Kriminalbeamte sprach in sein Handfunkgerät. »Der Verdächtige ist in ein Taxi gestiegen.«

»Wir sehen ihn«, antwortete eine Stimme. »Wir bleiben dran. Geht ins Hotel zurück.«

»Wird gemacht.«

Eine neutrale graue Limousine folgte dem nach Süden am Monastirakiplatz vorbeifahrenden Taxi in diskretem Abstand. Der Kriminalbeamte neben dem Fahrer griff nach dem Handmikrofon.

»Zentrale, hier Wagen vier. Der Verdächtige sitzt in einem Taxi, das die Philhellionstraße entlangfährt ... Augenblick, eben ist es in die Petastraße abgebogen. Er scheint zur Plaka zu wollen. Dort hängt er uns möglicherweise ab. Könnten Sie ihn dann zu Fuß weiterverfolgen lassen?«

»Einen Moment Wagen vier.« Eine halbe Minute später meldete die Stimme sich erneut. »Wagen vier, ein weiteres Team ist unterwegs. Falls er in der Plaka aussteigt, folgt man ihm zu Fuß.«

»*Kala*. Der Verdächtige trägt eine rotkarierte Jacke, eine grüne Hose und ein rotes Barett. Er ist kaum zu übersehen. Augenblick! Das Taxi hält. Er steigt in der Plaka aus.«

»Verstanden. Wir übernehmen. Sie können zum Hotel zurückfahren. Ende.«

In der Plaka beobachteten zwei Kriminalbeamte, wie der Mann aus dem Taxi ausstieg.

»Wo hat der sich bloß so ausstaffiert?« meinte einer der beiden.

Sie setzten sich in Bewegung und begannen, ihm durch das belebte Labyrinth der Athener Altstadt zu folgen. Etwa eine Stunde lang schlenderte er scheinbar ziellos durch die Gassen – an Bars, Tavernen, Andenkenläden und kleinen Galerien vorbei. Er folgte der Anafiotikastraße und interessierte sich dann für einen Flohmarkt, auf dem Schwerter, Dolche, Musketen, Kochtöpfe, Kerzenleuchter, Öllampen und Ferngläser feilgeboten wurden.

»Was hat er eigentlich vor, verdammt noch mal?«

»Anscheinend macht er bloß einen Stadtbummel. Halt, wohin will er jetzt?«

Die beiden folgten ihm, als er in die Gerontastraße abbog und das Restaurant Xynou betrat. Sie blieben in einiger Entfernung vom Eingang stehen und sahen zu, wie er bestellte.

Die beiden Beamten begannen sich allmählich zu langweilen. »Hoffentlich kommt er bald wieder raus. Ich möchte heim und ein Nickerchen machen.«

»Bleib lieber wach! Falls er uns abhängt, tritt Nikolino uns gewaltig in den Hintern.«

»Wie soll er das können? Der Kerl ist doch auffällig wie 'n Leuchtturm.«

Der andere Kriminalbeamte starrte seinen Kollegen an.

»Was? Was hast du eben gesagt?«

»Ich hab' gesagt, daß er ...«

»Schon gut!« Seine Stimme klang plötzlich nervös. »Hast du dir eigentlich mal sein Gesicht angesehen?«

»Nein.«

»Ich auch nicht. *Toublo!* Los, komm!«

Inspektor Nikolino kochte vor Wut. »Ich hatte drei Teams auf Rizzoli angesetzt. Wie hat er euch da abhängen können?«

»Er hat uns reingelegt, Inspektor. Die Kollegen haben beobachtet, wie er in ein Taxi gestiegen ist, und ...«

»Und sie haben das Taxi aus den Augen verloren?«

»Nein, sie sind drangeblieben. Wir haben gesehen, wie er ausgestiegen ist. Oder ein Mann, den wir wegen seiner wilden Aufmachung für ihn gehalten haben. Rizzoli hatte einen zweiten Mann im Taxi versteckt, und die beiden haben unterwegs ihre Sachen getauscht. Darum haben wir den falschen Mann beschattet.«

»Und Rizzoli ist mit dem Taxi weggefahren?«

»Ja, leider.«

»Habt ihr euch die Nummer aufgeschrieben?«

»Äh, nein, Inspektor. Das ... das haben wir für überflüssig gehalten.«

»Wer ist der Mann, den ihr für Rizzoli gehalten habt?«

»Ein Page aus seinem Hotel. Der Amerikaner hat ihm weisgemacht, er wolle jemandem einen Streich spielen. Für diesen Gefallen hat er ihm hundert Dollar gegeben. Mehr weiß der junge Mann auch nicht.«

Inspektor Nikolino holte tief Luft. »Und ihr wißt vermutlich nicht, wo Mr. Rizzoli im Augenblick steckt?«

»Nein, Inspektor. Leider nicht.«

Griechenland hat sieben große Häfen: Saloniki, Patras, Wolos, Igumenitsa, Kawala, Iraklion und Piräus.

Piräus liegt zehn Kilometer südwestlich der Athener Innenstadt und ist nicht nur einer der Haupthäfen Griechenlands, sondern auch einer der wichtigsten Häfen Europas. Der ganze Komplex besteht aus vier Häfen, von denen drei Jachten und Fähr- und Passagierschiffe aufnehmen. Herakles, der vierte Hafen, ist für Frachter reserviert, die direkt vom Kai aus be- und entladen werden.

Die *Thele* lag in Herakles vor Anker. Der bewegungslos im dunklen Hafen liegende große Tanker erinnerte an ein riesenhaftes, nur scheinbar ruhendes Ungeheuer.

Tony Rizzoli, der von vier Männern begleitet wurde, fuhr die Pier entlang. Er blickte zu dem riesigen Schiff auf und dachte: *Okay, der Tanker ist also da. Mal sehen, ob Demiris an Bord ist.*

Er wandte sich an seine Begleiter. »Zwei von euch warten hier. Die beiden anderen kommen mit. Sorgt dafür, daß keiner von Bord geht.«

»Wird gemacht.«

Rizzoli und die beiden Männer stiegen die Gangway hinauf. Oben kam ihnen ein Bootsmann entgegen. »Zu wem möchten Sie?« fragte er auf englisch.

»Wir möchten Mr. Demiris sprechen.«

»Mr. Demiris ist in seiner Kabine. Erwartet er Sie?«

*Der Tip war also richtig!* Tony Rizzoli lächelte. »Yeah, er erwartet uns. Wann läuft das Schiff aus?«

»Um Mitternacht. Kommen Sie, ich zeige Ihnen den Weg.«

»Danke, sehr freundlich von Ihnen.«

Sie folgten dem Bootsmann übers Deck bis zu einem Niedergang. Unten gingen sie einen schmalen Korridor mit etwa einem halben Dutzend Kabinentüren entlang.

Vor der letzten Tür blieb der Bootsmann stehen und wollte anklopfen. Aber Tony Rizzoli schob ihn beiseite. »Danke, wir melden uns selbst an.« Er stieß die Tür auf und trat über die hohe Schwelle.

Die Kabine war größer, als Rizzoli erwartet hatte. Ihre Einrichtung bestand aus einem Bett, einer Couch, einem kleinen Schreibtisch und zwei Sesseln. Hinter dem Schreibtisch saß Constantin Demiris.

Demiris hob den Kopf, erkannte Rizzoli und stand so hastig auf, daß er beinahe den Stuhl umgeworfen hätte. Er war blaß geworden. »Was . . . was tun Sie hier?« Seine Stimme war kaum mehr als ein Flüstern.

»Meine Freunde und ich sind hier, um Ihnen einen kleinen Abschiedsbesuch zu machen, Costa.«

»Woher haben Sie gewußt, daß ich . . .? Ich meine, ich . . . ich habe Sie nicht erwartet.«

»Davon bin ich überzeugt«, sagte Tony Rizzoli. Er drehte sich nach dem Bootsmann um. »Danke, Kumpel.«

Der Bootsmann ging.

Rizzoli wandte sich erneut an Demiris. »Wollten Sie etwa verreisen, ohne sich von Ihrem Partner zu verabschieden?«

»Nein, natürlich nicht«, beteuerte Demiris rasch. »Ich ... ich bin nur an Bord gekommen, um ein paar Dinge zu überprüfen. Das Schiff läuft morgen früh aus.« Seine Hände zitterten dabei.

Tony Rizzoli trat näher an ihn heran. Als er sprach, war seine Stimme gefährlich leise. »Mein lieber Costa, Sie haben einen großen Fehler gemacht. Es hat keinen Zweck, weglaufen zu wollen, weil's für Sie keinen Ort gibt, wo Sie hinkönnen. Sie und ich haben eine Vereinbarung getroffen, stimmt's? Wissen Sie, was mit Leuten passiert, die Vereinbarungen nicht einhalten? Die sterben scheußlich – ganz scheußlich.«

Demiris schluckte trocken. »Ich ... ich möchte allein mit Ihnen reden.«

Rizzoli nickte seinen Männern zu. »Okay, ihr wartet draußen.«

Als die beiden gegangen waren, ließ Tony Rizzoli sich in einen Sessel fallen. »Ich bin sehr enttäuscht von Ihnen, Costa.«

»Ich kann diese Vereinbarung nicht einhalten«, sagte Constantin Demiris. »Aber ich biete Ihnen Geld – mehr Geld, als Sie sich jemals erträumt haben.«

»Und was erwarten Sie dafür?«

»Daß Sie von Bord gehen und mich in Zukunft in Ruhe lassen.« Demiris' Stimme klang verzweifelt. »Rizzoli, Sie dürfen mir das nicht antun. Ich sehe kommen, daß meine Flotte beschlagnahmt wird. Dann bin ich ruiniert. Bitte! Ich gebe Ihnen alles, was Sie wollen.«

Tony Rizzoli grinste. »Ich habe alles, was ich will. Wie viele Tanker gehören Ihnen? Zwanzig? Dreißig? Wir werden sie alle fleißig einsetzen – Sie und ich. Sie brauchen bloß dafür zu sorgen, daß sie ein paar Häfen mehr anlaufen.«

»Sie ... Sie wissen gar nicht, was Sie mir damit antun.«

»He, darüber hätten Sie nachdenken sollen, bevor Sie versucht haben, mich reinzulegen.« Tony Rizzoli stand auf. »Bevor wir auslaufen, reden Sie mit dem Kapitän. Machen Sie ihm klar, daß wir einen kleinen Halt vor der Küste Floridas einlegen werden.«

Demiris zögerte. »Einverstanden. Wenn Sie morgen früh zurückkommen ...«

Tony Rizzoli lachte. »Ich bleibe an Bord, Costa. Das Versteckspiel ist zu Ende. Sie wollten heimlich um Mitternacht auslaufen. In Ordnung – aber nicht ohne mich, verstanden? Wir bringen eine Ladung Heroin an Bord, und damit die Reise sich richtig lohnt, nehmen wir noch eine Kostbarkeit aus einem Athener Museum mit. Und Sie werden mir helfen, sie in die Vereinigten Staaten zu schmuggeln. Das ist die Strafe für Ihren Versuch, mich aufs Kreuz zu legen.«

Demiris war sichtlich benommen. »Ich... gibt's denn gar nichts«, fragte er bittend, »was ich tun könnte, damit...?«

Tony Rizzoli schlug ihm auf die Schulter. »Kopf hoch! Ich verspreche Ihnen, daß es Ihnen Spaß machen wird, mein Partner zu sein.«

Rizzoli ging zur Kabinentür und öffnete sie. »Okay, bringt das Zeug an Bord«, wies er seine Männer an.

»Wo sollen wir's hintun?«

Auf jedem Schiff gab es Hunderte von möglichen Verstecken, aber Rizzoli hielt es für unnötig, ein besonders gutes zu suchen. Constantin Demiris' Flotte war über jeden Verdacht erhaben.

»Steckt das Zeug in einen Kartoffelsack«, sagte er. »Kennzeichnet den Sack und stellt ihn ganz hinten in den Kühlraum. Die Vase bringt ihr Mr. Demiris, damit er persönlich auf sie aufpassen kann.« Aus Rizzolis Blick sprach Verachtung, als er sich jetzt an Demiris wandte. »Oder macht Ihnen das Schwierigkeiten?«

Constantin Demiris versuchte zu sprechen, aber er brachte kein Wort heraus.

»Okay, Jungs«, sagte Tony Rizzoli. »An die Arbeit!«

Als die beiden gegangen waren, ließ Rizzoli sich wieder in den Sessel fallen. »Hübsche Kabine. Aber Sie dürfen sie behalten, Costa. Meine Jungs und ich suchen uns selbst eine Unterkunft.«

»Danke«, sagte Demiris niedergeschlagen. »Danke.«

Gegen Mitternacht legte der große Tanker vom Kai ab und wurde von zwei Schleppern aus dem Hafenbecken gezogen. Das Heroin war an Bord versteckt, und die Amphore hatte Constantin Demiris in seiner Kabine.

Tony Rizzoli nahm einen seiner Männer beiseite. »Hör zu, du gehst in den Funkraum und demolierst die Geräte. Ich will nicht, daß Demiris irgendwelche Nachrichten sendet.«

Constantin Demiris war ein gebrochener Mann, aber Rizzoli wollte trotzdem nichts riskieren.

Bis zum Augenblick des Ablegens hatte Tony Rizzoli befürchtet, irgend etwas könnte schiefgehen, denn die Ereignisse der letzten Tage hatten seine kühnsten Träume übertroffen. Constantin Demiris, einer der reichsten und mächtigsten Männer der Welt, war sein Partner. *Partner? Unsinn!* dachte Rizzoli. *Ich hab' den Hundesohn in der Tasche. Seine ganze gottverdammte Flotte gehört mir. Ich kann soviel Stoff transportieren, wie die Jungs liefern können. Sollen die anderen Kerls sich den Kopf darüber zerbrechen, wie sie ihre Ware in die Staaten schmuggeln. Ich hab's geschafft! Und dazu die Sachen aus dem Museum ... 'ne regelrechte Goldmine – und sie gehört mir ganz allein. Was die Familie nicht weiß, macht sie nicht heiß.*

Beim Einschlafen träumte Tony Rizzoli von einer goldenen Flotte und weißen Palästen und Schönheiten, die ihm zu Diensten waren.

Am nächsten Morgen erschien Rizzoli mit seinen Männern in der Offiziersmesse der *Thele*. Mehrere Offiziere saßen beim Frühstück. Der Steward trat an ihren Tisch. »Guten Morgen.«

»Wo ist Mr. Demiris?« fragte Rizzoli. »Frühstückt er heute nicht?«

»Er ist in seiner Kabine, Mr. Rizzoli. Ich soll Ihnen und Ihren Freunden alles bringen, was Sie wünschen.«

»Sehr aufmerksam von ihm.« Tony Rizzoli lächelte. »Bringen Sie mir Kaffee, Orangensaft und Rührei mit Schinken. Wie steht's mit euch, Jungs?«

»Klingt gut.«

Nachdem sie bestellt hatten, erklärte Rizzoli ihnen: »Von euch verlange ich größte Zurückhaltung, Jungs. Laßt eure Kanonen möglichst wenig sehen. Seid nett und höflich. Denkt daran, daß wir Mr. Demiris' Gäste sind.«

Constantin Demiris erschien an diesem Tag auch nicht zum Mittagessen. Und auch beim Abendessen ließ er sich nicht blicken.

Tony Rizzoli suchte ihn auf, um mit ihm zu reden.

Demiris stand in seiner Kabine und starrte aus einem Bullauge. Er war blaß und fahrig.

»Sie müssen essen, damit Sie bei Kräften bleiben, Partner«, sagte Rizzoli. »Ich will nicht, daß Sie krank werden. Wir haben noch 'ne Menge vor. Ich hab' den Steward angewiesen, Ihnen ein Abendessen zu bringen.«

Demiris holte tief Luft. »Ich kann ... Gut, meinetwegen. Bitte gehen Sie jetzt.«

Rizzoli grinste nur. »Klar doch. Und versuchen Sie auch ein bißchen zu schlafen. Sie sehen schrecklich aus.«

Am nächsten Morgen ging Rizzoli zum Kapitän.

»Tony Rizzoli«, stellte er sich vor. »Ich bin als Gast von Mr. Demiris an Bord.«

»Ah, ja richtig. Mr. Demiris hat mir Ihren Besuch angekündigt. Er hat auch mögliche Kursänderungen erwähnt ...«

»So ist es. Sie werden noch genaue Anweisungen bekommen. Wann erreichen wir Florida?«

»In ungefähr zwanzig Tagen, Mr. Rizzoli.«

»Gut, dann bis später.«

Tony Rizzoli verließ die Brücke und machte einen Rundgang

durch das Schiff – durch *sein* Schiff. Die ganze gottverdammte Flotte gehörte ihm. Die Welt gehörte ihm. Rizzoli empfand eine nie gekannte Euphorie.

Die Seereise war angenehm, und Tony Rizzoli schaute gelegentlich bei Constantin Demiris vorbei.

»An Bord fehlen ein paar Weiber«, behauptete Rizzoli bei einem dieser Besuche. »Aber ihr Griechen braucht keine Weiber, was?«

Demiris ließ sich nicht provozieren.

Die Tage verstrichen langsam, aber jede Stunde brachte Tony Rizzoli der Erfüllung seines Traums näher. Fieberhafte Ungeduld erfaßte ihn. Eine Woche verging, dann noch eine, und schließlich näherten sie sich dem nordamerikanischen Kontinent.

Am Samstag abend stand Tony Rizzoli an der Reling und sah aufs Meer hinaus, als am Horizont ein Gewitter aufzog.

Der Erste Offizier trat auf ihn zu. »Wir bekommen schweres Wetter, Mr. Rizzoli. Hoffentlich sind Sie ausreichend seefest.«

Rizzoli zuckte mit den Schultern. »Mich stört so leicht nichts.«

Der Seegang wurde höher. Das Schiff begann in die Wellentäler einzutauchen, aus denen es sich schlingernd und stampfend wieder hervorarbeitete.

Tony Rizzoli merkte, daß ihm übel wurde. *Okay, dann bin ich eben nicht seefest,* dachte er. *Was macht das schon?* Schließlich gehörte ihm die Welt. Er zog sich früh in seine Kabine zurück und legte sich in seine Koje.

Wieder träumte er. Diesmal nicht von goldenen Schiffen, weißen Palästen oder nackten Schönheiten; es waren Alpträume. Irgendwo tobte ein Krieg, und er glaubte, Kanonendonner zu hören. Eine Detonation ließ ihn hochschrecken.

Rizzoli setzte sich auf. Die Kabine schwankte tatsächlich. Das

Schiff mußte ins Zentrum des gottverdammten Sturms geraten sein. Dann hörte er draußen im Gang hastig vorbeipolternde Schritte. Zum Teufel, was ging hier vor?

Tony Rizzoli sprang aus der Koje und riß die Kabinentür auf. In diesem Augenblick bekam das Schiff so starke Schlagseite, daß er fast das Gleichgewicht verlor.

»He, was ist passiert?« rief er einem der vorbeihastenden Männer zu.

»Explosion! Das Schiff brennt! Wir sinken! Sehen Sie zu, daß Sie an Deck kommen!«

»*Wir sinken ...?*« Rizzoli wollte seinen Ohren nicht trauen. Bisher war alles so glattgegangen. *Es spielt keine Rolle,* dachte er. *Ich kann's mir leisten, diese Ladung zu verlieren. Es wird noch viele andere geben. Aber ich muß Demiris retten. Er ist der Schlüssel zu allem. Wir müssen einen Notruf senden.* Und dann fiel ihm ein, daß er Anweisung gegeben hatte, die Funkanlage zu zerstören.

Der Amerikaner hatte Mühe, auf den Beinen zu bleiben, als er sich zum nächsten Aufgang vorarbeitete und an Deck kletterte. Zu seiner Überraschung sah er, daß der Sturm abgeflaut war. Ein voller Mond beleuchtete die Szenerie. Dann erschütterten zwei weitere Explosionen das Schiff, das nun rasch übers Heck zu sinken begann. Matrosen versuchten, die Rettungsboote auszusetzen, aber es war zu spät. Die See um den Tanker herum war mit einem brennenden Ölteppich bedeckt. Wo war Constantin Demiris?

Und dann hörte Rizzoli es. Es war ein fremdartiges Knattern, das den Lärm von Explosionen und Flammen übertönte. Er hob den Kopf. Zehn Meter über ihm schwebte ein Hubschrauber.

*Wir sind gerettet!* dachte Tony Rizzoli jubelnd. Er winkte dem Piloten hysterisch zu.

Hinter dem Kabinenfenster des Hubschraubers erschien ein Gesicht. Rizzoli brauchte einen Augenblick, um Constantin Demiris zu erkennen. Er lächelte und hielt mit einer Hand die kostbare Amphore hoch.

Tony Rizzoli starrte ihn an, während sein Gehirn versuchte, das Gesehene zu verarbeiten. Wo hatte Constantin Demiris mitten in der Nacht einen Hubschrauber aufgetrieben, um ...?

Und dann wußte er plötzlich, was geschehen war, und wurde leichenblaß. Constantin Demiris hatte niemals die Absicht gehabt, mit ihm ins Geschäft zu kommen. Der Hundesohn hatte alles von Anfang an so geplant! Der Anruf, der ihn vor Demiris' Flucht gewarnt hatte, war nicht im Auftrag von Spyros Lambrou gekommen. Demiris hatte ihn anrufen lassen! Demiris hatte ihm eine Falle gestellt, um ihn an Bord zu locken, und er war bereitwillig hineingetappt...

Der Tanker begann schneller zu sinken, und Rizzoli spürte das kalte Meerwasser um seine Füße, dann um seine Knie schwappen. Dieser Hurensohn wollte sie alle hier eiskalt absaufen lassen, um sämtliche Spuren zu verwischen.

Tony Rizzoli starrte den Hubschrauber an und brüllte verzweifelt: »Nehmen Sie mich mit! Sie kriegen von mir, was Sie wollen!« Der Wind verwehte seine Worte.

Das letzte, was Tony Rizzoli sah, bevor die *Thele* endgültig im Meer versank und seine Augen sich mit brennendem Salzwasser füllten, war der in Richtung Mond davonfliegende Hubschrauber.

## 17

Catherine stand immer noch unter Schock. Sie saß in ihrer Hotelsuite auf der Couch und hörte zu, wie Wachtmeister Hans Bergmann, der Führer der Rettungsmannschaft, ihr berichtete, daß Kirk Reynolds tot war. Bergmanns Stimme floß in Wellen über sie hinweg; sie verstand kaum, was er sagte. Das Ungeheuerliche hatte ihr alle Kraft geraubt.

*Alle Menschen um mich herum sterben*, dachte sie verzweifelt. *Larry ist tot – und jetzt auch Kirk*. Und Noelle Page, Napoleon Chotas, Frederick Stavros. Ein Alptraum ohne Ende.

Wachtmeister Bergmanns Stimme drang vage durch den Nebel ihrer Verzweiflung. »Mrs. Reynolds ... Mrs. Reynolds ...«

Sie hob den Kopf. »Ich bin nicht Mrs. Reynolds«, sagte sie müde. »Ich bin Catherine Alexander. Kirk und ich waren ... wir waren befreundet.«

»Ich verstehe.«

Catherine holte tief Luft. »Wie ... wie hat das passieren können? Kirk war ein so guter Skifahrer.«

»Ja, ich weiß. Er ist oft nach Sankt Moritz gekommen.« Er schüttelte den Kopf. »Ehrlich gesagt, der Unfall ist auch mir ein Rätsel, Miss Alexander. Wir haben den Toten auf der wegen Lawinengefahr gesperrten Lagalb-Abfahrt gefunden. Der Wind muß das Warnschild umgeblasen haben. Ich kann Ihnen nur mein Beileid aussprechen.«

*Beileid. Was für ein schwaches, was für ein dummes Wort.*

»Können wir bei den Überführungsformalitäten mit Ihrer Hilfe rechnen, Miss Alexander?«

Der Tod war also nicht das Ende. Nein, es gab *Formalitäten* zu erledigen. Überführung, Grabstätte, Sarg, Blumen und Kränze – und die Verwandtschaft, die benachrichtigt werden mußte. Catherine hätte am liebsten laut geschrien.

»Miss Alexander?«

Catherine sah auf. »Ich verständige seine Angehörigen.«

Die Rückkehr nach London war eine Trauerreise. Catherine war voller Hoffnung mit Kirk in die Berge gekommen, sie hatte geglaubt, dies könnte vielleicht ein Neuanfang sein, die Tür zu einem neuen Leben.

Kirk war so geduldig, so rücksichtsvoll gewesen. *Ich hätte mit ihm schlafen sollen,* dachte Catherine. *Aber hätte das letzten Endes eine Rolle gespielt? Hätte das irgendwas geändert? Ein Fluch liegt auf mir. Ich vernichte jeden, der mit mir in Berührung kommt.*

In London war Catherine zu deprimiert, um gleich ins Büro zu gehen. Sie blieb in ihrer Wohnung und weigerte sich, Besuch zu empfangen oder mit irgend jemandem zu sprechen. Anna, die Haushälterin, kochte für sie und brachte die Mahlzeiten in Catherines Zimmer, aber die Tabletts kamen stets unberührt zurück.

»Sie *müssen* etwas essen, Miss Alexander.«

Aber Catherine wurde schon bei dem Gedanken an Essen übel.

Am nächsten Tag ging es Catherine noch schlechter. Sie hatte das Gefühl, um ihre Brust lägen Eisenbänder. Sie bekam kaum noch Luft.

*So kann ich nicht weitermachen!* dachte Catherine. *Ich muß etwas unternehmen.*

Sie sprach mit Evelyn Kaye darüber.

»Ich habe Schuld an allem, was passiert ist.«

»Das ist Unsinn, Catherine.«

»Ja, ich weiß – aber ich kann nicht dagegen an. Ich fühle mich verantwortlich. Ich brauche jemanden, bei dem ich mich aussprechen kann. Ich habe schon daran gedacht, zu einem Psychiater zu gehen . . .«

»Ich weiß einen ganz ausgezeichneten«, versicherte Evelyn ihr. »Wim geht übrigens gelegentlich zu ihm. Er heißt Alan Hamilton. Ich habe eine Freundin, die selbstmordgefährdet war und von Doktor Hamilton völlig geheilt wurde. Möchtest du zu ihm?«

*Was ist, wenn er mir erklärt, daß ich verrückt bin? Was ist, wenn ich's bin?* »Gut, von mir aus«, sagte Catherine widerstrebend.

»Ich versuche, einen Termin für dich zu bekommen. Er ist sehr beschäftigt.«

»Danke, Evelyn, das ist nett von dir.«

Catherine ging in Wims Büro. *Er sollte erfahren, was Kirk zugestoßen ist,* dachte sie.

»Wim – erinnern Sie sich an Kirk Reynolds? Er ist vor ein paar Tagen beim Skifahren tödlich verunglückt.«

»Oh? Westminster null-vier-sieben-eins-eins.«

Catherine starrte ihn an. »Wie bitte?« Und dann wurde ihr plötzlich klar, daß er Kirks Telefonnummer heruntergeleiert hatte. War das alles, was Menschen für Wim bedeuteten? Eine Zahlenreihe? Empfand er gar nichts für sie? War er wirklich unfähig, zu lieben, zu hassen oder Mitleid zu haben?

*Vielleicht ist er besser dran als ich,* dachte Catherine. *Wenigstens bleibt ihm der schreckliche Schmerz erspart, den wir anderen empfinden können.*

Evelyn meldete Catherine für den kommenden Freitag bei Dr. Hamilton an. Sie überlegte, ob sie Constantin Demiris anrufen und ihm diese Tatsache mitteilen sollte. Aber dann verzichtete sie darauf, weil die Angelegenheit ihr nicht wichtig genug erschien, um ihn damit zu belästigen.

Alan Hamiltons Praxis lag in der Wimpole Street. Als Catherine zu ihrem ersten Termin erschien, war sie ängstlich und aufgebracht. Ängstlich, weil sie sich davor fürchtete, was er über sie sagen könnte, und aufgebracht, weil sie sich ärgerte, die Hilfe eines Fremden in Anspruch nehmen zu müssen, um Probleme zu lösen, die sie eigentlich allein hätte bewältigen können müssen.

»Doktor Hamilton ist bereit für Sie, Miss Alexander«, sagte die Sprechstundenhilfe hinter der gläsernen Trennwand.

*Aber bin ich bereit für ihn?* fragte Catherine sich. Jähe Panik erfaßte sie. *Was tue ich hier? Ich denke nicht daran, mich in die*

*Hände irgendeines Quacksalbers zu begeben, der sich wahrscheinlich für Gott hält.*

»Ich ... ich hab's mir anders überlegt«, antwortete Catherine. »Ich brauche eigentlich gar keine Beratung. Aber diesen Termin bezahle ich natürlich.«

»Oh! Warten Sie bitte einen Augenblick.«

Die Sprechstundenhilfe verschwand im Behandlungszimmer ihres Chefs.

Wenig später öffnete sich die Tür, und Alan Hamilton kam heraus. Er war ein großer blonder Mann von Anfang Vierzig mit strahlendblauen Augen und legeren Umgangsformen.

»Jetzt ist mein Tag gerettet!« erklärte er Catherine lächelnd.

Sie runzelte die Stirn. »Was ...?«

»Ich habe nicht gewußt, was für ein guter Arzt ich wirklich bin. Sie sind eben erst in meine Praxis gekommen – und schon fühlen Sie sich besser. Das ist bestimmt eine Art Rekord.«

»Tut mir leid«, murmelte Catherine verlegen. »Es war ein Irrtum. Ich brauche gar keine Hilfe.«

»Ich freue mich, das zu hören«, versicherte Alan Hamilton ihr. »Ich wollte, alle meine Patienten könnten das von sich sagen. Aber wollen Sie nicht einen Augenblick hereinkommen, Miss Alexander, wenn Sie schon mal da sind? Wir könnten eine Tasse Kaffee trinken.«

»Nein, vielen Dank. Ich möchte ...«

»Ich verspreche Ihnen, daß Sie sie im Sitzen trinken dürfen.«

Catherine gab ihr Zögern auf. »Gut, aber nur für eine Minute.«

Sie folgte ihm ins Sprechzimmer. Es war schlicht, aber geschmackvoll eingerichtet und erinnerte eher an einen Wohnraum als an ein Behandlungszimmer. An den Wänden hingen einige gute Grafiken, und auf seinem Schreibtisch stand das gerahmte Foto einer schönen Frau in den Dreißigern mit einem Jungen von fünf oder sechs Jahren. *Gut, er hat also eine hübsche Praxis und eine attraktive Familie. Was beweist das?*

»Nehmen Sie bitte Platz«, forderte Dr. Hamilton sie auf. »Der Kaffee ist bestimmt gleich fertig.«

»Ich habe ein schlechtes Gewissen, wenn ich Ihre Zeit vergeude, Doktor. Ich bin ...«

»Machen Sie sich deswegen keine Sorgen.« Er lehnte sich in seinen Sessel zurück, während er sie betrachtete. »Sie haben viel durchgemacht«, sagte er mitfühlend.

»Was wissen Sie schon davon?« fauchte Catherine. Ihr Tonfall war aggressiver, als sie beabsichtigt hatte.

»Ich habe mit Evelyn Kaye gesprochen. Sie hat mir erzählt, was in Sankt Moritz vorgefallen ist. Mein Beileid, Miss Alexander.«

*Schon wieder dieses verdammte Wort!* »Das können Sie sich sparen. Warum versuchen Sie nicht, Kirk ins Leben zurückzuholen, wenn Sie ein so hervorragender Arzt sind?« Der in ihr aufgestaute Schmerz brach sich plötzlich Bahn, und sie nahm zu ihrem Erschrecken wahr, daß sie hysterisch schluchzte. »Lassen Sie mich in Ruhe!« kreischte sie. »Lassen Sie mich in Ruhe!«

Alan Hamilton saß da, beobachtete sie und ließ ihren Ausbruch schweigend über sich ergehen.

»Verzeihen Sie«, murmelte Catherine, nachdem sie sich wieder leidlich gefaßt hatte. »Ich muß jetzt wirklich gehen.« Sie stand auf und ging zur Tür.

»Miss Alexander, ich weiß nicht, ob ich Ihnen helfen kann, aber ich möchte es versuchen. Ich kann Ihnen nur versprechen, daß ich Sie bei allem, was ich tue, nicht verletzen werde.«

Catherine blieb unschlüssig an der Tür stehen. Sie hatte Tränen in den Augen, als sie sich jetzt zu Hamilton umdrehte. »Ich weiß gar nicht, was mit mir los ist«, flüsterte sie. »Ich fühle mich so verloren.«

Alan Hamilton stand auf und trat auf sie zu. »Warum versuchen wir dann nicht, Sie zu finden? Wir können gemeinsam daran arbeiten. Nehmen Sie bitte wieder Platz. Ich sehe nach, wo der Kaffee bleibt.«

Er blieb einige Minuten lang draußen. Während seiner Abwesenheit saß Catherine da und fragte sich, wie es ihm gelungen war, sie zum Bleiben zu bewegen. Seine ganze Art hatte eine beruhigende Wirkung. Und irgend etwas an seinem Auftreten war vertrauenerweckend.

*Vielleicht kann er mir helfen,* dachte Catherine.

Alan Hamilton kam mit zwei Tassen Kaffee auf einem Tablett zurück. »Sahne? Zucker?«

»Nein, danke.«

Er setzte sich ihr gegenüber. »Ihr Freund ist beim Skifahren tödlich verunglückt, nicht wahr?«

*Es tut so weh, darüber zu sprechen!* »Ja – bei einer Abfahrt auf einer Piste, die eigentlich gesperrt war. Aber der Wind hatte das Warnschild umgeblasen.«

»Ist es das erste Mal, daß ein Ihnen nahestehender Mensch gestorben ist?«

Wie sollte sie diese Frage beantworten? *O nein! Mein Mann und seine Geliebte sind hingerichtet worden, weil sie versucht haben, mich zu ermorden. Ich bringe allen um mich herum den Tod.* Es wäre ein Schock für ihn. *Wie er dasitzt und auf eine Antwort wartet, dieser eingebildete Affe!* Aber sie hatte nicht die Absicht, seine Neugier zu befriedigen. Ihr Privatleben ging ihn nichts an. *Ich mag ihn nicht!*

Alan Hamilton sah ihre verärgerte Miene und wechselte bewußt das Thema. »Wie geht's Wim?« erkundigte er sich.

Die Frage brachte Catherine völlig aus dem Gleichgewicht. »Wim? Oh, dem . . . dem geht's gut. Evelyn hat mir erzählt, daß er bei Ihnen in Behandlung ist.«

»Ja.«

»Können Sie mir erklären, warum er so merkwürdig ist?«

»Wim ist zu mir gekommen, weil er eine Stellung nach der anderen verlor. Er ist eine sehr seltene Erscheinung – ein echter Misanthrop. Die Ursachen dafür kann ich Ihnen jetzt nicht erläutern, aber im Grunde genommen haßt er seine Mitmenschen. Er ist außerstande, normale Beziehungen zu anderen Menschen einzugehen.«

Catherine erinnerte sich an Evelyns Worte: *Wim kennt keine Gefühlsregungen. Er wird sich niemals zu jemandem hingezogen fühlen.*

»Aber Wim ist ein Zahlengenie«, fuhr Alan Hamilton fort. »Und jetzt hat er eine Stellung, in der er seine besonderen Fähigkeiten einsetzen kann.«

Catherine nickte zustimmend. »Einem Menschen wie ihm bin ich noch nie begegnet.«

Dr. Hamilton beugte sich in seinem Sessel vor. »Miss Alexander«, sagte er, »Sie machen jetzt eine sehr schmerzliche Phase durch, aber ich glaube, daß ich sie Ihnen erleichtern kann. Ich möchte es jedenfalls versuchen.«

»Ich ... ich weiß nicht recht«, antwortete Catherine widerstrebend. »Mir kommt alles so hoffnungslos vor.«

»Solange Ihnen so zumute ist«, sagte Alan Hamilton lächelnd, »kann's nur noch aufwärtsgehen, oder?« Sein Lächeln war anstekkend. »Wollen wir nicht noch einen weiteren Termin vereinbaren? Falls Sie mich danach noch immer ablehnen, geben wir's auf.«

»Ich lehne Sie nicht ab«, widersprach Catherine. »Na ja, vielleicht ein kleines bißchen.«

Hamilton trat an den Schreibtisch und blätterte in seinem Terminkalender, obwohl er recht gut wußte, daß er längst ausgebucht war.

»Wie wär's mit nächstem Montag?« fragte er. »Um dreizehn Uhr?« Das war seine Mittagspause, aber Hamilton war bereit, darauf zu verzichten. Catherine Alexander war eine Frau, die eine unerträgliche Last mit sich herumschleppte, und er war entschlossen, alles menschenmögliche zu tun, um sie davon zu befreien.

Catherine sah ihn lange an. »Einverstanden.«

»Gut, dann also bis Montag.« Hamilton gab ihr seine Karte. »Falls Sie mich vorher brauchen sollten, haben Sie hier meine Praxisnummer und meine Nummer zu Hause. Ich schlafe sehr leicht, so daß Sie kein schlechtes Gewissen zu haben brauchen, falls Sie mich aufwecken.«

»Danke«, sagte Catherine. »Ich komme am Montag wieder.«

Dr. Alan Hamilton sah ihr nach, als sie den Raum verließ, und dachte: *Sie ist so schön und so verletzlich. Ich muß sehr behutsam sein.* Er betrachtete das gerahmte Foto auf seinem Schreibtisch. *Was Angela wohl dazu sagen würde?*

Der Anruf kam mitten in der Nacht.

Constantin Demiris hörte zu, und als er dann sprach, klang seine Stimme bestürzt: »Die *Thele* ist gesunken? Das kann ich nicht glauben!«

»Es stimmt leider, Herr Demiris. Die amerikanische Coast Guard hat einige Wrackteile aufgefischt.«

»Gibt es Überlebende?«

»Nein, Herr Demiris, leider nicht. Die gesamte Besatzung ist mit untergegangen.«

»Wie schrecklich! Weiß man schon, wie das passieren konnte?«

»Ich fürchte, daß wir das nie erfahren werden, Herr Demiris. Alles, was Hinweise liefern könnte, liegt jetzt auf dem Meeresgrund.«

»Das Meer«, murmelte Demiris, »das grausame Meer.«

»Sollen wir den Schaden der Versicherung melden?«

»Es fällt schwer, an Geld zu denken, wenn all diese tapferen Männer umgekommen sind, aber ... ja, melden Sie den Schaden zur Regulierung an.«

Die kostbare Amphore würde er seiner Privatsammlung einverleiben.

Jetzt war der Augenblick gekommen, seinen Schwager zu bestrafen.

# 18

Spyros Lambrou brannte vor Ungeduld, während er auf die Nachricht von Constantin Demiris' Verhaftung wartete. Er ließ das Radio in seinem Arbeitszimmer ständig eingeschaltet und verschlang die Tages- und Abendzeitungen. *Eigentlich hätte ich längst etwas hören müssen,* dachte Lambrou. *Die Polizei hätte Demiris inzwischen doch schon längst verhaftet haben müssen.*

Sobald er Tony Rizzoli hatte mitteilen lassen, daß Demiris an Bord der *Thele* sein würde, hatte Lambrou die amerikanische Zollbehörde – natürlich anonym – darüber informiert, daß der Tanker eine beträchtliche Menge Heroin an Bord haben würde.

*Sie müssen ihn inzwischen geschnappt haben. Warum bringen die Zeitungen nichts darüber?* Seine Gegensprechanlage summte. »Herr Demiris ist auf Apparat zwei.«

»Ruft jemand in seinem Auftrag an?«

»Nein, Herr Lambrou. Herr Demiris ist selbst am Apparat.« Bei diesen Worten lief Lambrou ein eisiger Schauer über den Rücken.

Das war unmöglich!

Lambrou griff nervös nach dem Hörer. »Costa?«

»Spyros.« Die Stimme seines Schwagers klang jovial. »Wie geht's denn so?«

»Gut, ausgezeichnet. Wo bist du?«

»Hier in Athen.«

»Oh.« Lambrou schluckte nervös. »Wir haben ein paar Tage nicht mehr miteinander gesprochen«, sagte er.

»Ich bin sehr beschäftigt gewesen. Was hältst du von einem gemeinsamen Mittagessen? Hast du heute Zeit?«

Spyros Lambrou war mit wichtigen Geschäftsfreunden zum Essen verabredet. »Ja. Ich komme gern.«

»Wunderbar! Wir treffen uns im Club. Um vierzehn Uhr.«

Lambrous Hand zitterte, als er den Hörer auflegte. *Um Him-*

*mels willen, was kann da schiefgegangen sein?* Nun, er würde es noch früh genug erfahren.

Constantin Demiris ließ seinen Schwager fast eine halbe Stunde warten. »Entschuldige die Verspätung«, sagte er knapp, als er dann endlich kam.

»Schon gut, Costa.«

Lambrou musterte Demiris unauffällig und suchte nach Spuren der schrecklichen Erlebnisse, die hinter ihm liegen mußten. *Nichts.*

»Ich hab' Hunger«, stellte Demiris unbekümmert fest. »Und du? Mal sehen, was sie heute auf der Karte haben.« Er überflog die Tageskarte. »Ah, *Stridia!* Sollen wir mit einem Dutzend Austern anfangen, Spyros?«

»Danke, lieber nicht.« Ihm war der Appetit vergangen. Demiris war auffällig gut gelaunt, und Lambrou plagten schlimme Vorahnungen.

Nachdem sie bestellt hatten, sagte Demiris: »Ich muß mich bei dir bedanken, Spyros.«

Lambrou betrachtete ihn mißtrauisch. »Wofür?«

»Wofür? Daß du mir einen guten Kunden geschickt hast – Mr. Rizzoli.«

Sein Schwager fuhr sich mit der Zungenspitze über die Lippen. »Du ... er ist bei dir gewesen?«

»O ja! Er hat mir versichert, daß wir in Zukunft viel miteinander zu tun haben würden.« Constantin Demiris seufzte. »Leider hat Mr. Rizzoli keine große Zukunft mehr, fürchte ich.«

Lambrou starrte ihn nervös an. »Was soll das heißen?«

Demiris' Stimme klang jetzt härter. »Das soll heißen, daß Tony Rizzoli tot ist.«

»Aber wie ...? Was ist ihm zugestoßen?«

»Er hat einen Unfall gehabt, Spyros.« Demiris sah seinem Schwager in die Augen. »Wie jeder, der mich reinzulegen versucht, einen Unfall hat.«

»Ich ... das verstehe ich nicht. Du ...«

»Wirklich nicht? Du wolltest mich vernichten. Das ist dir nicht gelungen. Ich verspreche dir, daß ein Erfolg für dich besser gewesen wäre.«

»Ich ... ich weiß überhaupt nicht, wovon du redest.«

»Nein, Spyros?« Constantin Demiris lächelte. »Du wirst es bald wissen. Aber als erstes werde ich deine Schwester vernichten.«

Die Austern wurden serviert.

»Ah«, sagte Demiris, »sehen sie nicht prachtvoll aus? Guten Appetit, Spyros.«

Constantin Demiris dachte zutiefst befriedigt an ihr gemeinsames Mittagessen zurück. Als sie sich getrennt hatten, war Spyros Lambrou restlos demoralisiert gewesen. Demiris wußte, wie sehr Lambrou an seiner Schwester hing, und hatte die Absicht, beide zu bestrafen.

Aber zuerst mußte er ein anderes Problem lösen. Es betraf Catherine Alexander. Nach Kirk Reynolds' Tod hatte sie ihn nahezu hysterisch angerufen.

»Es ist ... es ist so schrecklich, Costa!«

»Mein herzliches Beileid, Catherine. Ich kann mir denken, wie gern du Kirk gehabt hast. Dieser Verlust trifft uns beide schwer.«

*Ich muß meinen ursprünglichen Plan ändern*, überlegte Demiris sich. *Für Rafina bleibt keine Zeit mehr. Zu schade!* Es war ein Fehler gewesen, Catherine so lange leben zu lassen. Solange sie lebte, ließ sich beweisen, was er getan hatte. Erst nach ihrem Tod konnte er sich wirklich sicher fühlen.

Demiris griff nach dem Hörer eines der Telefone auf seinem Schreibtisch und wählte eine Nummer. Als sich eine Stimme meldete, sagte er: »Ich bin am Montag in Kowloon. Seien Sie da.« Er legte auf, ohne eine Antwort abzuwarten.

In der Festungsstadt Kowloon trafen sich die beiden Männer in einem leerstehenden Gebäude, das Demiris gehörte.

»Das Ganze muß wie ein Unfall aussehen. Können Sie das arrangieren?« fragte Constantin Demiris.

Das war eine Beleidigung. Der andere fühlte Zorn in sich aufsteigen. Das war eine Frage, die man einem von der Straße aufgelesenen Streuner stellte. Er war versucht, eine sarkastische Antwort zu geben: *O ja, das traue ich mir zu! Hätten Sie gern einen Unfall in ihrer Wohnung! Ich könnte dafür sorgen, daß sie sich bei einem Treppensturz das Genick bricht.* Die Tänzerin in Marseille. *Oder sie könnte sich betrinken und in ihrer Badewanne ertrinken.* Die Millionenerbin in Gstaad. *Sie könnte an einer Überdosis Heroin sterben.* Damit hatte er schon drei beseitigt. *Oder sie könnte mit einer brennenden Zigarette im Bett einschlafen.* Der schwedische Kriminalbeamte im Pariser Hotel Capitol. *Oder wäre Ihnen vielleicht etwas im Freien lieber! Ich könnte einen Verkehrsunfall, einen Flugzeugabsturz oder ein Verschwinden auf See arrangieren.*

Er sagte jedoch nichts von alledem, denn in Wahrheit hatte er Angst vor dem Mann, der ihm gegenübersaß. Er hatte zu viele beängstigende Geschichten über ihn gehört – und allen Grund, sie für wahr zu halten.

Deshalb sagte er nur: »Ja, Sir, ich kann einen Unfall arrangieren. Niemand wird jemals wissen, was wirklich passiert ist.« Noch während er das sagte, fiel ihm ein: *Er weiß, daß ich's wissen werde.* Er wartete. Von draußen hörte er Straßenlärm und die für die Einwohner Kowloons typische schrille Sprachenvielfalt.

Demiris studierte ihn mit kaltem Basiliskenblick. »Gut«, entschied er dann, »ich überlasse es Ihnen, wie Sie es anstellen wollen.«

»Gut, Sir. Hält sich die Betreffende hier in Kowloon auf?«

»In London. Sie heißt Catherine. Catherine Alexander. Sie arbeitet in meinem Londoner Büro.«

»Es wäre nützlich, wenn Sie mich dort einschleusen könnten. Das würde mir die Arbeit sehr erleichtern.«

Demiris überlegte kurz. »Kommende Woche schicke ich einige leitende Angestellte meiner Firma nach London. Ich sorge dafür, daß Sie zu dieser Gruppe gehören.« Er beugte sich vor und sagte ruhig: »Und noch was.«

»Ja, Sir?«

»Ich will, daß die Verunglückte nicht mehr identifiziert werden kann.«

# 19

Constantin Demiris rief an. »Guten Morgen, Catherine. Wie fühlst du dich heute?«

»Gut, vielen Dank, Costa.«

»Es geht dir besser?«

»Ja.«

»Wunderbar! Das freut mich. Ich schicke eine Gruppe von Führungskräften nach London, damit sie euren Betrieb kennenlernen. Ich wäre dir dankbar, wenn du sie bei der Hand nehmen und dich ein bißchen um sie kümmern würdest.«

»Gern, Costa. Wann kommen sie denn?«

»Morgen früh.«

»Ich tue, was in meinen Kräften steht.«

»Ich weiß, daß auf dich Verlaß ist. Danke, Catherine.«

»Nichts zu danken, Costa.«

*Lebwohl, Catherine.*

Die Verbindung wurde unterbrochen.

*Das wäre geschafft!* Constantin Demiris lehnte sich nachdenklich in seinen Sessel zurück. Sobald Catherine Alexander zum Schweigen gebracht war, hatte er nichts mehr zu befürchten. Jetzt konnte er sich ganz auf seine Frau und seinen Schwager konzentrieren.

»Wir werden heute abend Gäste haben. Einige leitende Angestellte aus der Firma. Ich möchte, daß du als Gastgeberin dabei bist.«

Ihr letzter Auftritt als Dame des Hauses lag schon lange zurück. Melina war aufgeregt und in Hochstimmung. *Vielleicht ist das die Wende zum Besseren.*

Das Abendessen mit Gästen veränderte nichts. Drei Männer kamen, aßen und gingen wieder. Der Abend verging wie im Traum.

Melina lernte die Männer flüchtig kennen und saß dann dabei, während ihr Mann sie mit seinem Charme bezauberte. Sie hatte beinahe vergessen, wie charmant Costa sein konnte. Er erzählte Anekdoten und verteilte Komplimente, die seinen Besuchern schmeichelten. Sie befanden sich in Gegenwart eines großen Mannes und zeigten, daß sie sich dessen bewußt waren. Melina kam nicht zu Wort. Sobald sie etwas zu sagen versuchte, unterbrach Costa sie, bis sie schließlich schweigend dasaß.

*Wozu hat er mich dabeihaben wollen?* fragte Melina sich.

Als die Gäste endlich aufbrachen, sagte Demiris: »Sie fliegen gleich morgen früh nach London. Ich bin sicher, daß Sie dort alles Notwendige veranlassen werden.«

Und dann waren sie verschwunden.

Am nächsten Morgen traf die Gruppe in London ein. Sie bestand aus drei Männern unterschiedlicher Nationalität.

Jerry Haley, der Amerikaner, war ein muskelbepackter Hüne mit freundlichem, offenem Gesicht und schiefergrauen Augen. Er hatte die größten Hände, die Catherine jemals gesehen hatte. Sie fand sie geradezu faszinierend. Seine Hände schienen ein Eigenleben zu führen: Sie waren ständig in Bewegung und drehten und wendeten sich, als seien sie begierig, etwas zu tun zu bekommen.

Der kleine, dickliche Franzose Yves Renard war das genaue Gegenteil. Er hatte ein verkniffenes Gesicht mit eiskalten, stechenden Augen, die Catherine zu durchbohren schienen. Dabei wirkte er zurückhaltend, fast abweisend. *Argwöhnisch* war das Wort, das Catherine bei ihm einfiel. *Aber argwöhnisch wogegen?* fragte sie sich.

Der dritte in der Gruppe war Dino Mattusi, ein liebenswürdiger Italiener, der aus allen Poren Charme verströmte.

»Mr. Demiris hält sehr viel von Ihnen«, erklärte er Catherine.

»Das ist sehr schmeichelhaft.«

»Er hat gesagt, daß Sie uns in London betreuen werden. Sehen Sie mal, ich habe Ihnen ein kleines Geschenk mitgebracht.« Er überreichte Catherine eine hübsch verpackte Schachtel mit einem eleganten Seidentuch von Hermès.

»Danke, Mr. Mattusi«, sagte Catherine. »Das ist sehr aufmerksam von Ihnen.« Sie nickte den anderen zu. »Soll ich Ihnen als erstes Ihre Büros zeigen?«

Ein lautes Poltern hinter ihnen ließ sie zusammenzucken. Alle drehten sich um. Ein schmächtiger Junge stand da, der erschrokken ein Paket anstarrte, das ihm aus der Hand gefallen war. Er trug drei Koffer gleichzeitig. Er schien ungefähr fünfzehn zu sein und für sein Alter klein. Er hatte lockiges braunes Haar und auffällig helle grüne Augen.

»Verdammt noch mal!« knurrte Renard. »Sei doch vorsichtig mit unseren Sachen!«

»Entschuldigung«, sagte der Junge nervös. »Wohin soll ich die Koffer tun?«

»Stell sie irgendwohin«, fuhr Renard ihn an. »Wir nehmen sie später mit.«

Catherine betrachtete den ihr unbekannten Jungen fragend. »Als er gehört hat, daß wir einen neuen Büroboten brauchen, hat er seine Stellung als Bürobote in Athen aufgegeben«, erklärte Evelyn ihr.

»Wie heißt du?« fragte Catherine ihn.

»Atanas Stavitsch, Ma'am.« Er war den Tränen nahe.

»Gut, Atanas, du kannst die Koffer vorläufig in die Garderobe stellen. Ich lasse sie später abholen.«

»Danke, Ma'am«, sagte der Junge dankbar.

Catherine wandte sich wieder den drei Männern zu. »Mr. Demiris hat mir mitgeteilt, daß Sie unsere Arbeit begutachten wollen. Ich werde Ihnen helfen, wo ich kann. Sollten Sie irgend etwas brauchen, wenden Sie sich bitte an mich. Wenn Sie jetzt bitte mitkommen wollen, Gentlemen. Ich möchte Sie mit Wim Vandeen und den übrigen Mitarbeitern bekannt machen.« Sie ging den Korridor entlang voraus zu Wims Büro.

»Wim, dies ist die Delegation, die uns Mr. Demiris angekündigt hat. Yves Renard ... Dino Mattusi ... Jerry Haley. Die drei sind eben aus Griechenland angekommen.«

Wim funkelte sie an. »Griechenland hat nur siebenmillionensechshundertdreißigtausend Einwohner.« Die Männer wechselten erstaunte Blicke.

Catherine lächelte in sich hinein. Genauso hatte sie reagiert, als sie Wim kennengelernt hatte.

»Ich habe Ihre Büros vorbereiten lassen«, erklärte sie den Männern. »Wenn Sie mir bitte folgen wollen.«

»Was zur Hölle war das denn?« fragte Jerry Haley, als die Bürotür sich hinter ihnen geschlossen hatte. »Dabei hab' ich gehört, daß er hier ein wichtiger Mann sein soll.«

»Das ist er auch«, versicherte Catherine ihm. »Wim überwacht die Finanzen der einzelnen Abteilungen.«

»Den würd' ich nicht mal auf meine Katze aufpassen lassen!«

»Wenn Sie ihn erst mal besser kennen ...«

»Danke, kein Bedarf«, ließ sich der Franzose vernehmen.

»Ihre Hotelzimmer sind wie gewünscht reserviert worden«, erklärte Catherine den drei Männern. »Es stimmt doch, daß Sie alle in verschiedenen Hotels untergebracht werden möchten?«

»Richtig«, bestätigte Mattusi.

Catherine lag eine Bemerkung auf der Zunge, aber sie hielt dann doch lieber den Mund. Weshalb die drei verschiedene Hotels wollten, ging sie nichts an.

Er beobachtete Catherine und dachte: *Sie ist viel hübscher, als ich erwartet habe. Das macht alles interessanter. Und sie hat Schmerz erlitten. Das kann ich in ihrem Blick lesen. Ich werde sie lehren, wie exquisit Schmerz sein kann. Wir werden ihn miteinander genießen. Und wenn ich mit ihr fertig bin, schicke ich sie dorthin, wo's keinen Schmerz mehr gibt. Dann heißt es Himmel oder Hölle für sie. Das wird Spaß machen. Es wird großen Spaß machen.*

Catherine zeigte den drei Männern ihre Büros. Als sie nicht mehr benötigt wurde, wollte sie an ihren eigenen Schreibtisch zurückkehren. Auf dem Korridor hörte sie, wie der Franzose den Jungen anbrüllte.

»Das ist die falsche Aktentasche, Dummkopf! Mir gehört die braune. Meine ist braun! Verstehst du kein Englisch?«

»Doch, Sir. Tut mir leid, Sir.« Seine Stimme klang ängstlich.

*Ich muß seinetwegen irgendwas unternehmen,* dachte Catherine.

Evelyn Kaye sprach Catherine an. »Falls ich dir bei der Betreuung der Leute helfen kann, brauchst du's mir nur zu sagen.«

»Danke, Evelyn. Ich melde mich, wenn ich Hilfe brauche.«

Einige Minuten später ging Atanas Stavitsch an Catherines Büro vorbei. Sie rief ihm zu: »Kommst du bitte einen Augenblick zu mir herein?«

Der Junge starrte sie ängstlich an. »Ja, Ma'am.« Er trat zögernd ein, als fürchte er, ausgepeitscht zu werden.

»Mach bitte die Tür zu.«

»Ja, Ma'am.«

»Setz dich, Atanas. Du *heißt* doch Atanas, stimmt's?«

»Ja, Ma'am.«

Sie bemühte sich, ihm seine Angst zu nehmen, aber das gelang ihr nicht. »Hier gibt's nichts, wovor du dich fürchten müßtest.«

»Nein, Ma'am.«

Catherine saß dem Jungen gegenüber, musterte ihn und fragte sich, was für schreckliche Erlebnisse ihn so ängstlich gemacht haben konnten. Sie kam zu dem Schluß, daß sie mehr über seine Vergangenheit würde in Erfahrung bringen müssen.

»Atanas, ich möchte, daß du zu mir kommst, falls dir hier jemand Schwierigkeiten macht oder dich schlecht behandelt. Hast du verstanden?«

Er schluckte nervös. »Ja, Ma'am.«

Aber sie fragte sich, ob er den Mut aufbringen würde, damit zu ihr zu kommen. Irgend jemand hatte ihm irgendwann das Rückgrat gebrochen.

»Wir werden darüber später noch mal miteinander reden«, entschied Catherine.

Die Kurzbiographien der drei Delegationsmitglieder zeigten, daß sie in unterschiedlichen Bereichen von Constantin Demiris' weitgespanntem Imperium tätig waren, so daß sie es alle aus eigener Anschauung kannten. Die größten Rätsel gab Catherine der liebenswürdige Italiener Dino Mattusi auf. Er bombardierte sie mit Fragen, deren Antworten er eigentlich hätte kennen müssen, und er schien sich nicht sonderlich für den Geschäftsablauf in London zu interessieren. Tatsächlich interessierte ihn die Firma weniger als Catherines Privatleben.

»Sind Sie verheiratet?« fragte Mattusi.

»Nein.«

»Aber Sie sind verheiratet gewesen?«

»Ja.«

»Geschieden?«

Sie wollte dieses Thema beenden. »Ich bin verwitwet.«

Mattusi grinste sie an. »Aber ich möchte wetten, daß Sie einen Freund haben. Sie wissen, was ich meine?«

»Ich weiß, was Sie meinen«, sagte Catherine steif. *Und es geht dich nichts an.* »Sind *Sie* verheiratet?«

»*Si, si.* Ich habe eine Frau und vier wunderschöne *Bambini.* Alle fünf vermissen mich sehr, wenn ich nicht zu Hause bin.«

»Sie reisen wohl viel, Mr. Mattusi?«

Er wirkte gekränkt. »Dino, Dino. Mr. Mattusi ist mein Vater. Ja, ich bin ziemlich viel auf Reisen.« Er lächelte Catherine an und senkte die Stimme. »Aber manchmal bringt das Reisen auch zusätzliche Vergnügungen. Sie verstehen, was ich meine?«

Catherine erwiderte sein Lächeln. »Nein.«

An diesem Tag verließ Catherine um 12.30 Uhr das Büro, um zu Dr. Hamilton zu fahren. Zu ihrer Überraschung freute sie sich darauf, ihn wiederzusehen. Sie erinnerte sich daran, wie verwirrt sie bei ihrem ersten Besuch gewesen war. Diesmal empfand sie eine gewisse Vorfreude, als sie die Praxis betrat. Die Sprechstundenhilfe war zum Lunch gegangen, und die Tür des Behandlungszimmers stand offen. Alan Hamilton erwartete Catherine.

»Kommen Sie bitte herein«, begrüßte er sie. Mit einer Handbewegung bot er ihr einen Sessel an.

»Nun, haben Sie eine gute Woche gehabt?«

*Ist die Woche gut gewesen? Nicht wirklich.* Sie war außerstande gewesen, die Gedanken an Kirk Reynolds' Tod aus ihrem Kopf zu verbannen. »So einigermaßen. Ich ... ich arbeite ziemlich viel.«

»Das hilft oft. Wie lange arbeiten Sie schon für Constantin Demiris?«

»Vier Monate.«

»Macht Ihnen die Arbeit Spaß?«

»Sie lenkt mich von ... von bestimmten Dingen ab. Ich bin Mr.

Demiris sehr zu Dank verpflichtet. Ich kann Ihnen nicht sagen, wieviel er für mich getan hat.« Catherine lächelte verlegen. »Aber ich werd's wohl noch tun, nicht wahr?«

Alan Hamilton schüttelte den Kopf. »Sie erzählen mir nur, was Sie mir erzählen wollen.«

Es entstand eine Pause, bis Catherine weitersprach. »Mein Mann hat früher für Mr. Demiris gearbeitet. Er war sein Pilot. Ich . . . ich habe einen Bootsunfall gehabt und dabei das Gedächtnis verloren. Als es dann zurückkam, hat Mr. Demiris mir diese Stellung angeboten.«

*Ich lasse die Angst und die Schmerzen aus. Weil ich mich schäme, ihm zu erzählen, daß mein Mann mich zu ermorden versucht hat? Fürchte ich etwa, er könnte mich dann für weniger attraktiv halten?*

»Keinem von uns fällt es leicht, über seine Vergangenheit zu sprechen.«

Catherine sah ihn schweigend an.

»Sie hatten Ihr Gedächtnis verloren, sagen Sie?«

»Ja.«

»Und Sie sind mit einem Boot verunglückt?«

»Ja.« Catherines Lippen wurden steif, als sei sie fest entschlossen, Hamilton möglichst wenig zu erzählen. Ein schrecklicher innerer Konflikt drohte sie zu zerreißen. Sie wollte ihm alles erzählen und sich von ihm helfen lassen. Sie wollte ihm nichts erzählen und in Ruhe gelassen werden.

Alan Hamilton betrachtete sie nachdenklich. »Sind Sie geschieden?«

*Ja. Durch die Salve eines Erschießungskommandos.* »Er ist . . . Mein Mann ist gestorben.«

»Miss Alexander . . .« Er zögerte. »Haben Sie etwas dagegen, wenn ich Sie Catherine nenne?«

»Nein.«

»Ich heiße Alan. Catherine, wovor haben Sie Angst?«

Sie erstarrte. »Wie kommen Sie darauf, daß ich Angst habe?«

»Haben Sie denn keine?«

»Nein.« Diesmal war die Pause länger.

Catherine fürchtete sich davor, ihren Verdacht auszusprechen; sie fürchtete sich davor, die Realität ans Tageslicht zu bringen. »Die Menschen um mich herum ... scheinen zu sterben.«

Falls Hamilton verblüfft war, ließ er es sich nicht anmerken. »Und Sie glauben, an ihrem Tod schuld zu sein?«

»Ja. Nein. Ich weiß es nicht. Ich bin ... ganz durcheinander.«

»Wir fühlen uns oft für Schicksalsschläge verantwortlich, die andere Menschen treffen. Lassen die Eltern sich scheiden, glauben die Kinder, es sei ihre Schuld. Stirbt ein Mensch, den man zum Teufel gewünscht hat, glaubt man sich für seinen Tod verantwortlich. Solche Überzeugungen sind keineswegs ungewöhnlich. Sie ...«

»Bei mir steckt mehr dahinter.«

»Wirklich?« Seine abwartende Haltung zeigte, daß er bereit war, ihr zuzuhören.

Ein Wortschwall brach aus ihr heraus. »Mein Mann ist hingerichtet worden – und seine ... seine Geliebte auch. Ihre beiden Verteidiger sind ebenfalls umgekommen. Und jetzt ...« Ihre Stimme brach. »Kirk.«

»Und Sie halten sich für alle diese Todesfälle verantwortlich. Das ist eine schreckliche Belastung, nicht wahr?«

»Ich ... ich habe das Gefühl, eine Art Unglücksbringerin zu sein. Ich fürchte mich vor einer neuen Beziehung. Ich glaube nicht, daß ich's ertragen könnte, wenn auch er ...«

»Catherine, wissen Sie, für wessen Leben Sie verantwortlich sind? Für ihr eigenes – und sonst keines! Das Leben und Sterben anderer können Sie unmöglich beeinflussen. Sie sind schuldlos. Mit diesen Todesfällen haben Sie nicht das geringste zu schaffen. Das müssen Sie begreifen.«

*Sie sind schuldlos. Mit diesen Todesfällen haben Sie nicht das geringste zu schaffen.* Catherine saß da und dachte über seine Worte nach. Sie wünschte sich verzweifelt, daran glauben zu können. Der Tod dieser Menschen war auf deren eigenes Verhalten zurückzuführen. Und Kirk war durch einen tragischen Unfall umgekommen.

Alan Hamilton beobachtete sie schweigend. *Er ist ein anständiger Kerl,* dachte Catherine, als sie aufblickte. Ein weiterer Gedanke drängte sich ihr auf: *Ich wollte, ich hätte ihn schon früher kennengelernt.*

»Danke«, sagte Catherine. »Ich... ich will versuchen, das zu glauben. An diese Idee muß ich mich erst gewöhnen.«

Alan Hamilton lächelte. »Vielleicht können wir uns gemeinsam daran gewöhnen. Kommen Sie wieder?«

»Wie bitte?«

»Dies ist ein Probelauf gewesen, oder? Sie wollten danach entscheiden, ob Sie weitermachen wollen.«

Catherine zögerte keine Sekunde lang. »Ja, ich komme wieder, Alan.«

Als sie gegangen war, saß Alan Hamilton an seinem Schreibtisch und dachte über sie nach.

Im Laufe der Jahre hatte er viele attraktive Patientinnen behandelt, von denen einige ihm mehr oder weniger deutlich Avancen gemacht hatten. Aber er war ein zu guter Psychiater um sich in Versuchung führen zu lassen. Eine persönliche Beziehung zu einer Patientin wäre Verrat an seinem Beruf gewesen.

Dr. Alan Hamilton stammte aus einer Arztfamilie. Schon sein Vater war Chirurg gewesen, sein Großvater berühmter Kardiologe. Alan hatte am King's College studiert und nach seiner Promotion die Facharztausbildung für Chirurgie begonnen. Dann war der Zweite Weltkrieg ausgebrochen.

Alan Hamilton hatte sich freiwillig gemeldet und arbeitete als Chirurg. Er operierte Tag und Nacht mit wenigen Pausen und kam manchmal bis zu sechzig Stunden nicht zum Schlafen. Als das Notlazarett, in dem er arbeitete, ausgebombt wurde, verlegte er seine Patienten in ein ehemaliges Lagerhaus.

Im Oktober 1940, als die deutschen Luftangriffe ihren Höhepunkt erreichten, heulten wieder einmal die Luftschutzsirenen, und die Zivilbevölkerung machte sich daran, in die unterirdischen Schutzräume zu flüchten. Alan Hamilton, der gerade operierte, weigerte sich, seinen Patienten im Stich zu lassen. Die Bombenteppiche kamen näher. Ein Kollege Hamiltons drängte: »Los, los, wir müssen in den Keller!«

»Nur noch zwei Minuten.« Er war dabei, dem Patienten einen Granatsplitter aus dem Oberschenkel zu entfernen.

»Alan!«

Aber er blieb an seinem Platz und konzentrierte sich so sehr auf die Operation, daß er die in naher Umgebung detonierenden Bomben kaum wahrnahm. Und die eine, die das Lagerhaus traf, hörte er nicht einmal.

Hamilton lag sechs Tage lang im Koma, und als er daraus erwachte, erfuhr er, daß er nicht nur innere Verletzungen erlitten hatte, sondern auch einen komplizierten Bruch der rechten Hand. Der Bruch war gerichtet worden und geheilt, so daß die Hand wieder normal aussah, aber Hamilton würde nie mehr operieren können.

Er brauchte fast ein Jahr, um über das Trauma hinwegzukommen, daß seine berufliche Zukunft zerstört war. Er war bei einem Psychiater in Behandlung, der ihm eines Tages resolut erklärte: »Hör zu, es wird allmählich Zeit, daß du aufhörst, dich in Selbstmitleid zu ergehen, und dein Leben weiterlebst.«

»Und was soll ich beruflich tun?« fragte Hamilton verbittert.

»Was du bisher getan hast – nur auf andere Weise.«

»Das verstehe ich nicht.«

»Du bist ein Heiler, Alan. Bisher hast du menschliche Körper geheilt. Nun, das kannst du nicht mehr. Aber es ist ebenso wichtig, menschliche Seelen zu heilen. Du würdest einen guten Psychiater abgeben. Du bist intelligent und besitzt Einfühlungsvermögen. Denk mal darüber nach.«

Es sollte sich als eine der glücklichsten Entscheidungen seines Lebens erweisen. Alan Hamilton hatte viel Freude an seiner Tätigkeit. In gewisser Beziehung war es sogar befriedigender, in tiefer Verzweiflung lebenden Patienten wieder zu innerer Ruhe zu verhelfen, als sich um ihr körperliches Wohlergehen zu kümmern.

Hamilton machte sich rasch einen Ruf als ausgezeichneter Psychiater; in den letzten drei Jahren hatte er bereits häufig neue Patienten abweisen müssen. Mit Catherine Alexander hatte er nur sprechen wollen, um ihr einen Kollegen zu empfehlen. Aber irgend etwas an ihr hatte ihn angerührt. *Ich muß ihr helfen.*

Als Catherine von ihrem Termin bei Alan Hamilton ins Büro zurückkam, schaute sie bei Wim vorbei.

»Ich bin heute bei Doktor Hamilton gewesen«, erklärte sie ihm.

»Oh? Die psychologische Bewertungsskala für persönliche Krisensituationen zeigt folgende Rangfolge: Tod des Ehepartners hundert Punkte, Scheidung dreiundsiebzig, Trennung vom Ehepartner fünfundsechzig, Strafhaft dreiundsechzig, Tod eines nahen Angehörigen dreiundsechzig, eigene Krankheit oder Verletzung dreiundfünfzig, Eheschließung fünfzig, Kündigung durch den Arbeitgeber siebenundvierzig ...«

Catherine hörte ihm sprachlos zu. *Wie muß es sein, alles nur statistisch sehen zu können? Niemals einen anderen als menschliches Wesen begreifen, niemals einen wirklichen Freund haben zu können? Mir kommt's vor, als hätte ich einen neuen Freund gewonnen,* dachte Catherine.

*Wie lange er wohl schon verheiratet ist?*

# 20

*Du wolltest mich vernichten. Das ist dir nicht gelungen. Ich verspreche dir, daß ein Erfolg für dich besser gewesen wäre. Aber als erstes werde ich deine Schwester vernichten.*

Constantin Demiris' Worte klangen noch immer in Lambrous Ohren. Er zweifelte nicht im geringsten daran, daß Demiris versuchen würde, seine Drohung wahrzumachen. Was war mit Rizzoli schiefgelaufen? Alles war sorgfältig geplant gewesen! Aber er durfte sich nicht damit aufhalten, darüber nachzugrübeln. Jetzt kam es darauf an, seine Schwester zu warnen.

Lambrous Sekretärin kam herein. »Ihr Zehnuhrbesuch ist da, Herr Lambrou. Soll ich ihn . . .?«

»Nein, ich lasse mich entschuldigen. Sagen Sie alle meine Termine ab. Ich komme vormittags nicht mehr ins Büro zurück.«

Er griff nach dem Telefonhörer und war fünf Minuten später unterwegs zu Melina.

Sie erwartete ihn im Garten der Villa. »Spyros! Du hast am Telefon so aufgeregt geklungen! Was ist passiert?«

»Hör zu, wir müssen miteinander reden.« Er führte sie zur Bank einer mit Weinlaub bewachsenen Gartenterrasse. *Wie bezaubernd sie ist,* dachte er, als sie sich gegenübersaßen. *Sie hat stets alle glücklich gemacht, deren Lebensweg sie gekreuzt hat. Sie hat nichts getan, um das zu verdienen, was ihr jetzt droht.*

»Willst du mir nicht erzählen, was passiert ist?«

Ihr Bruder holte tief Luft. »Ich fürchte, daß ich dir eine sehr schmerzliche Mitteilung machen muß, Schatz.«

»Du fängst an, mich zu beunruhigen.«

»Das will ich auch. Dein Leben ist in Gefahr.«

»Was? Wodurch denn?«

Er wählte seine Worte sorgfältig. »Ich befürchte, daß Costa dir nach dem Leben trachtet.«

Melina starrte ihn mit offenem Mund an. »Soll das etwa ein Scherz sein?«

»Nein, das ist mein Ernst, Melina.«

»Schatz, Costa hat alle möglichen schlechten Eigenschaften, aber er ist kein Mörder. Er könnte keiner ...«

»Das ist ein Irrtum! Er hat schon früher gemordet.«

Sie war blaß geworden. »Was willst du damit sagen?«

»Oh, er mordet nicht mit den eigenen Händen. Dafür hat er seine Leute, aber ...«

»Das glaube ich dir nicht!«

»Erinnerst du dich an Catherine Douglas?«

»Die Amerikanerin, die ermordet wurde ...«

»Sie ist nicht ermordet. Sie lebt.«

Melina schüttelte den Kopf. »Sie ... das kann nicht sein! Ich meine ... ihre Mörder sind doch hingerichtet worden!«

Lambrou griff nach den Händen seiner Schwester. »Melina, Larry Douglas und Noelle Page haben Catherine nicht ermordet. Costa hat sie versteckt gehalten, während die beiden vor Gericht standen.«

Melina saß wie vor den Kopf geschlagen da und erinnerte sich an die Frau, die sie flüchtig in ihrem Haus gesehen hatte.

*Costa, wer ist die Frau, die ich in der Eingangshalle gesehen habe?*

*Sie ist die Freundin eines Geschäftsfreundes. Sie soll in London für mich arbeiten.*

*Ich habe sie nur flüchtig gesehen. Aber sie erinnert mich an jemanden.*

*Tatsächlich?*

*Sie erinnert mich an die Frau des amerikanischen Piloten, der früher für dich gearbeitet hat. Aber das ist unmöglich. Die beiden haben sie ermordet.*

*Richtig. Die beiden haben sie ermordet.*

Sie fand ihre Stimme wieder. »Ich habe sie hier bei uns gesehen,

Spyros. Costa hat behauptet, sie sei die Freundin eines Geschäftsfreundes.«

»Er ist geisteskrank. Ich will, daß du ein paar Sachen packst und diesen Ort verläßt.«

Seine Schwester sah ihn an und schüttelte den Kopf. »Nein, dies ist mein Zuhause.«

»Melina, ich könnte es nicht ertragen, wenn dir etwas zustieße!«

Ihre Stimme klang stahlhart. »Sei unbesorgt, mir passiert nichts. Costa ist kein Dummkopf. Er weiß genau, daß er teuer dafür bezahlen muß, wenn er mir etwas antut.«

»Er ist dein Mann, aber du kennst ihn nicht, Schatz. Ich habe Angst um dich!«

»Ich werde mit ihm fertig, Spyros.«

Er starrte seine Schwester an und erkannte, daß er sie nicht würde umstimmen können. »Tust du mir wenigstens einen Gefallen, wenn du unbedingt hierbleiben willst? Versprich mir, ihm keine Gelegenheit zu geben, mit dir allein zu sein.«

Sie tätschelte ihrem Bruder die Wange. »Das versprech' ich dir, Lieber.«

Melina hatte nicht die Absicht, dieses Versprechen zu halten.

Als Constantin Demiris an diesem Abend nach Hause kam, erwartete Melina ihn. Er nickte ihr zu und ging an ihr vorbei in sein Schlafzimmer. Melina folgte ihm.

»Es wird Zeit, daß wir mal miteinander reden, finde ich«, stellte sie fest.

Demiris sah auf seine Armbanduhr. »Ich habe nur ein paar Minuten Zeit. Ich muß zu einem Termin.«

»Wirklich? Willst du heute abend wieder mal jemanden ermorden?«

Er drehte sich zu ihr um. »Was quatschst du da?«

»Spyros hat mich heute morgen besucht.«

»Ich sehe schon, daß ich deinem Bruder mein Haus verbieten muß.«

»Dies ist auch *mein* Haus!« antwortete Melina trotzig. »Wir hatten ein sehr interessantes Gespräch.«

»Tatsächlich? Worüber denn?«

»Über dich und Catherine Douglas und Noelle Page.«

Jetzt sah er sie konzentriert an. »Das sind uralte Geschichten.«

»Tatsächlich? Spyros sagt, daß du zwei Unschuldige in den Tod geschickt hast, Costa.«

»Spyros ist ein Dummkopf!«

»Ich habe Catherine Douglas vor ein paar Monaten hier im Haus gesehen.«

»Das glaubt dir kein Mensch. Außerdem kriegst du sie nie wieder zu sehen. Ich habe jemanden losgeschickt, der sie erledigt.«

Melina erinnerte sich plötzlich an die drei Männer, die er zum Abendessen eingeladen hatte. *Sie fliegen gleich morgen früh nach London. Ich bin sicher, daß Sie dort alles Notwendige veranlassen werden.*

Demiris trat näher an seine Frau heran und sagte halblaut: »Hör zu, du und dein Bruder, ihr hängt mir allmählich zum Hals heraus!«

Er packte sie am Arm. Sein Griff war wie ein Schraubstock. »Spyros hat versucht, mich zu ruinieren. Er hätte mich besser umbringen lassen sollen.« Er drückte fester zu. »Ihr werdet euch beide noch wünschen, er hätte es getan.«

»Hör auf! Du tust mir weh!«

»Meine liebe Frau, du weißt noch gar nicht, was Schmerzen sind. Aber du wirst es noch erfahren.« Er ließ ihren Arm los. »Ich lasse mich von dir scheiden. Ich brauche ein Vollblutweib. Aber das heißt nicht, daß du mich deshalb aus deinem Leben streichen kannst. O nein! Ich habe wunderbare Dinge mit dir und deinem lieben Bruder vor. So, damit ist unser Schwätzchen beendet. Entschuldige bitte, aber ich muß mich jetzt umziehen. Es wäre unhöflich, eine Dame warten zu lassen.«

Er ließ sie stehen und verschwand in seinem Ankleidezimmer. Melina schlug das Herz bis zum Hals. *Spyros hat recht.*

Melina fühlte sich völlig hilflos. Um ihr eigenes Leben hatte sie keine Angst. *Wofür sollte ich noch leben?* dachte sie verbittert. *Mein Mann hat mich meiner Würde beraubt und zu sich in den Schmutz herabgezerrt.* Sie erinnerte sich an die vielen Gelegenheiten, bei denen er sie erniedrigt und in aller Öffentlichkeit beschimpft hatte. Sie wußte recht gut, daß ihre Freunde sie bemitleideten. Nein, um sich selbst machte sie sich keine Sorgen mehr.

*Ich bin bereit zu sterben*, dachte sie, *aber ich darf nicht zulassen, daß er Spyros etwas antut.* Doch wie sollte sie ihn daran hindern? Spyros war mächtig – aber Costa war weit mächtiger. Für Melina stand mit schrecklicher Gewißheit fest, daß ihr Mann seine Drohungen wahrmachen würde, wenn sie ihn nicht daran hinderte. *Ich muß irgendwie verhindern. Aber wie? Wie nur ...?*

## 21

Mit der Athener Delegation hatte Catherine viel Arbeit. Sie vereinbarte Termine mit wichtigen Geschäftspartnern und machte die Besucher mit Details des Londoner Unternehmens bekannt. Die Männer staunten über ihre Tüchtigkeit. Sie fanden es beeindruckend, wie Catherine ihre Fragen zu allen Phasen des hiesigen Geschäftsablaufs beantworten konnte.

Catherine war tagsüber so beschäftigt, daß die Arbeit sie von ihren eigenen Problemen ablenkte. Zugleich lernte sie alle drei Männer etwas besser kennen.

Jerry Haley war das schwarze Schaf der Familie. Sein Vater war ein erfolgreicher Industrieller, und sein Großvater war ein hochgeachteter Richter. Bis zu seinem 21. Lebensjahr hatte Jerry Haley wegen Autodiebstahls, Einbruch und Vergewaltigung bereits insgesamt drei Jahre in Jugendstrafanstalten verbracht. Um ihn loszuwerden, hatte seine Familie ihn schließlich nach Europa geschickt. »Aber ich hab' mich wieder hochgerappelt«, berichtete er Catherine stolz. »Ich hab' eine ganz neue Seite aufgeschlagen.«

Yves Renard war ein verbitterter Mann. Catherine erfuhr, daß seine Eltern ihn schon als kleinen Jungen zu entfernten Verwandten abgeschoben hatten, bei denen es ihm sehr schlecht erging. »Sie hatten einen Bauernhof bei Vichy, und ich habe von frühmorgens bis spätabends wie ein Pferd schuften müssen. Mit fünfzehn bin ich nach Paris ausgerissen, um dort zu arbeiten.«

Dino Mattusi, der fröhliche Italiener, war der Sohn einer sizilianischen Familie aus dem Mittelstand. »Mit sechzehn Jahren habe ich einen Riesenskandal ausgelöst, indem ich mit einer zehn Jahre älteren, verheirateten Frau durchgebrannt bin. Ah, sie war *bellissima!*«

»Was passierte dann?« fragte Catherine.

Er seufzte. »Sie haben mich heimgeholt und dann nach Rom geschickt, um mich vor dem Zorn des betrogenen Ehemannes in Sicherheit zu bringen.«

Catherine lächelte. »Oh, ich verstehe. Wann haben Sie angefangen, für Mr. Demiris zu arbeiten?«

»Später«, antwortete er ausweichend. »In der ersten Zeit habe ich mich mit Gelegenheitsarbeiten durchgeschlagen. Ich habe jede Arbeit angenommen, nur um überleben zu können.«

»Und dann haben Sie Ihre Frau kennengelernt?«

Mattusi sah ihr in die Augen. »Meine Frau ist nicht hier«, stellte er fest.

*Er beobachtete sie, sprach mit ihr, lauschte dem Klang ihrer Stimme, roch ihr Parfüm. Er wollte alles über sie wissen. Ihre Bewegungen gefielen ihm, und er fragte sich, wie ihr Körper unter ihrem Kleid aussehen mochte. Das würde er bald erfahren. Sehr bald. Er konnte es kaum erwarten.*

Jerry Haley kam in Catherines Büro. »Gehen Sie gern ins Theater, Catherine?«

»Sogar sehr gern. Ich...«

»Neulich hat hier ein neues Musical Premiere gehabt, ›Finian's-Rainbow‹. Ich möchte heute abend hingehen.«

»Ich besorge Ihnen gern eine Karte dafür.«

»Allein würde es keinen besonderen Spaß machen, glaube ich. Hätten Sie heute abend Zeit?«

Catherine zögerte. »Ja.« Sie merkte, daß sie auf seine riesigen, ruhelosen Hände starrte.

»Großartig! Holen Sie mich um neunzehn Uhr im Hotel ab.« Das war ein Befehl. Er machte kehrt und verließ ihr Büro.

*Merkwürdig. Er wirkt so freundlich und offen – und trotzdem... Ich hab' mich wieder hochgerappelt.*

Das Bild dieser riesigen Pranken ging ihr nicht mehr aus dem Kopf.

Jerry Haley wartete in der Halle des Hotels Savoy auf Catherine. Eine Firmenlimousine mit Chauffeur brachte sie ins Theater.

»London ist eine großartige Stadt«, sagte Haley. »Ich komme jedesmal gern hierher zurück. Sind Sie schon lange hier?«

»Ein paar Monate.«

»Aber Sie kommen ursprünglich aus den Staaten?«

»Ja – aus Chicago.«

»Auch eine wundervolle Stadt. Hab' mich dort schon oft großartig amüsiert.«

*Mit Vergewaltigungen?*

Das Musical war wunderbar, und die Schauspieler waren ausgezeichnet, aber Catherine konnte sich nicht auf das Spektakel konzentrieren. Jerry Haley trommelte mit den Fingern gegen seinen Sitz, auf seine Schenkel, auf seine Knie. Er war außerstande, seine riesigen Hände ruhig zu halten.

Nach der Vorstellung sah Haley Catherine an und sagte: »Eine herrliche Nacht, nicht wahr? Was halten Sie davon, wenn wir den Wagen wegschicken und einen Spaziergang durch den Hyde Park machen?«

»Tut mir leid, aber ich muß morgen schon sehr früh im Büro sein«, sagte Catherine. »Vielleicht ein andermal.«

Haley betrachtete sie rätselhaft lächelnd. »Gut«, stimmte er zu. »Ich habe reichlich Zeit.«

Yves Renard interessierte sich für Museen. »Die größten Museen der Welt stehen natürlich in Paris«, erklärte der Franzose Catherine. »Sie kennen doch bestimmt den Louvre?«

»Nein«, antwortete Catherine. »Ich bin noch nie in Paris gewesen.«

»Wie schade! Nach Paris sollten Sie unbedingt einmal fahren.« Aber noch während er das sagte, dachte er: *Ich weiß, daß sie's nie tun wird.* »Ich möchte gern die Londoner Museen besichtigen. Vielleicht könnten wir uns am Samstag ein paar ansehen.«

Catherine hatte vorgehabt, am Samstag einiges an Büroarbeit nachzuholen. Andererseits hatte Constantin Demiris sie gebeten, sich um die Besucher zu kümmern.

»Einverstanden«, sagte sie. »Am Samstag machen wir einen Museenbummel.«

Catherine hatte keine große Lust, einen Tag mit dem Franzosen zu verbringen. *Er ist so verbittert. Er benimmt sich, als würde er noch immer unterdrückt.*

Der Samstag begann durchaus angenehm. Sie fuhren als erstes zum Britischen Museum, wo sie einen Rundgang durch Säle mit Schätzen aus der Vergangenheit machten. Sie sahen eine Ausfertigung der Magna Charta, eine von Elisabeth I. unterzeichnete Proklamation und Friedensverträge, mit denen vor Jahrhunderten geführte Kriege beendet worden waren.

Irgend etwas an Yves Renard störte Catherine, aber erst als sie schon fast eine Stunde im Museum zugebracht hatten, erkannte sie, was es war.

Sie standen vor einer Vitrine mit einem Schreiben Admiral Nelsons.

»Dies ist eines der interessantesten Ausstellungsstücke dieser Abteilung«, sagte Catherine. »Admiral Nelson hat es unmittelbar vor der Seeschlacht von Trafalgar verfaßt. Wissen Sie, er ist sich nicht sicher gewesen, ob er befugt war ...« Und dann merkte sie plötzlich, daß Yves Renard ihr nicht zuhörte. Gleichzeitig wurde ihr etwas anderes klar: Der Franzose hatte die bisher gesehenen Ausstellungsstücke kaum beachtet. Sie interessierten ihn nicht. *Warum hat er mir dann erzählt, er interessiere sich für Museen?*

Als nächstes besuchten sie das Victoria & Albert Museum, wo Yves Renard sich ähnlich verhielt. Diesmal beobachtete Catherine ihn genau. Der Franzose ging von Saal zu Saal und kommentierte die Ausstellungsstücke – aber er war in Gedanken ganz offensichtlich woanders.

Nachdem sie ihren Rundgang beendet hatten, fragte Catherine: »Möchten Sie die Westminster Abbey besichtigen?«

Yves Renard nickte. »Ja, natürlich.«

Sie gingen durch die große Abteikirche und blieben vor den Grabsteinen der dort beigesetzten berühmten Persönlichkeiten – Dichter, Staatsmänner und Könige – stehen.

»Sehen Sie nur«, sagte Catherine, »hier ist Keats bestattet.«

Renard sah zu Boden. »Ah, Keats.« Dann ging er weiter.

Catherine stand sprachlos da und sah ihm nach. *Was interessiert ihn eigentlich wirklich? Wozu vergeudet er seinen Tag auf diese Weise?*

Auf der Rückfahrt zum Hotel sagte Yves Renard: »Danke, Miss Alexander. Damit haben Sie mir eine große Freude gemacht.«

*Er lügt,* dachte Catherine. *Aber weshalb?*

»In England gibt es einen Ort, der sehr interessant sein soll. Stonehenge. Soviel ich weiß, liegt er auf der Ebene bei Salisbury.«

»Richtig«, bestätigte Catherine.

»Wollen wir nicht gemeinsam hinfahren? Vielleicht nächsten Samstag?«

Catherine fragte sich, ob Stonehenge ihn mehr interessieren würde als die Museen.

»Gern«, sagte sie.

Dino Mattusi war ein Feinschmecker. Er kam mit einem Restaurantführer in Catherines Büro. »Ich habe hier eine Liste der besten Londoner Restaurants. Interessiert?«

»Nun, ich ...«

»Wunderbar! Ich lade Sie heute abend zum Dinner ins Connaught ein.«

»Heute abend muß ich ...«, begann Catherine.

»Keine Ausreden! Ich hole Sie um zwanzig Uhr ab.«

Catherine zögerte noch. »Gut, meinetwegen.«

Mattusi strahlte. »*Bene!*« Er beugte sich über ihren Schreibtisch. »Viele Dinge machen allein keinen Spaß, nicht wahr?« Was er damit meinte, war unverkennbar. *Aber wer so zielstrebig darauf losgeht,* dachte Catherine, *ist meist in Wirklichkeit ganz harmlos.*

Das Dinner im Connaught war köstlich. Sie aßen schottischen Räucherlachs, Roastbeef und Yorkshirepudding.

»Ich finde Sie faszinierend, Catherine«, sagte Dino Mattusi bereits beim Salat. »Ich liebe Amerikanerinnen.«

»Oh? Ihre Frau ist wohl auch Amerikanerin?« fragte Catherine unschuldig.

Mattusi hob die Achseln. »Nein, sie ist Italienerin. Aber sie ist sehr verständnisvoll.«

»Wie angenehm für Sie.«

Er lächelte. »Ja, sehr angenehm.«

Beim Dessert fragte der Italiener: »Fahren Sie gern aufs Land? Ich habe einen Freund, der mir seinen Wagen leihen will. Ich dachte, wir können am Sonntag einen kleinen Ausflug machen.«

Catherine wollte schon ablehnen, aber dann fiel ihr plötzlich Wim Vandeen ein. Er wirkte immer so einsam. Vielleicht würde er den Ausflug genießen. »Das wäre bestimmt eine nette Abwechslung«, sagte sie.

»Ich verspreche Ihnen einen interessanten Tag.«

»Könnte ich vielleicht Wim mitbringen?«

Mattusi schüttelte den Kopf. »Der Wagen ist ein Zweisitzer. Ich sage Ihnen noch, wann ich Sie abhole.«

Die Besucher waren ziemlich anspruchsvoll, und Catherine mußte feststellen, daß ihr nur sehr wenig Freizeit blieb. Haley, Renard und Mattusi kamen häufig zu Besprechungen mit Wim Vandeen zusammen, und Catherine beobachtete, wie sich ihre ursprüngliche Einstellung änderte.

»Das schafft er alles ohne Rechner?« staunte Haley.

»Ganz recht.«

»So was hab' ich noch nie erlebt!«

Catherine war von Atanas Stavitsch beeindruckt. Der Junge war bewundernswert fleißig. Er war im Büro, wenn sie morgens zur Arbeit kam, und er war immer noch da, wenn alle längst gegangen waren. Der stets freundliche und zuvorkommende Junge erinnerte Catherine an einen zitternden Welpen. Irgend jemand mußte ihn in der Vergangenheit schrecklich mißhandelt haben. Sie nahm sich vor, mit Dr. Hamilton über Atanas zu sprechen. *Es muß irgendeine Möglichkeit geben, ihm sein Selbstvertrauen zurückzugeben,* dachte Catherine. *Alan könnte ihm bestimmt helfen.*

»Bist du dir eigentlich darüber im klaren, daß der Kleine in dich verknallt ist?« fragte Evelyn Kaye eines Tages.

»Von wem redest du überhaupt?«

»Atanas. Ist dir nicht aufgefallen, wie er dich mit Blicken verschlingt? Er läuft dir nach wie ein Hündchen.«

Catherine lachte. »Ach, das bildest du dir nur ein!«

Aus einem Impuls heraus lud sie den Jungen zum Mittagessen ein.

»In ... in einem Restaurant?«

Catherine lächelte. »Ja, natürlich.«

Atanas bekam rote Ohren. »Ich ... ich weiß nicht recht, Miss Alexander.« Er blickte an seinen schlechtsitzenden Sachen hinunter. »Sie werden sich mit mir genieren.«

»Ich beurteile Menschen nicht nach ihrer Kleidung«, antwortete Catherine energisch. »Ich lasse uns in einem Restaurant einen Tisch reservieren.«

Sie gingen zusammen ins Lyons Corner House. Als er ihr am Tisch gegenübersaß, schien ihm die luxuriöse Umgebung die Sprache verschlagen zu haben. »In ... in solch einem Restaurant bin ich noch nie gewesen. Alles ist so schön!«

Catherine war gerührt. »Ich möchte, daß du dir bestellst, worauf du Lust hast.«

Atanas studierte die Speisekarte und schüttelte den Kopf. »Alles ist viel zu teuer!«

Catherine lächelte. »Mach dir deswegen keine Sorgen. Wir arbeiten beide für einen sehr reichen Mann. Er würde uns bestimmt ein gutes Mittagessen gönnen.« Sie erzählte ihm nicht, daß sie das Essen selbst bezahlen würde.

Der Junge bestellte einen Krabbencocktail, Salat, Kalbsbraten mit Röstkartoffeln und als Nachspeise Schokoladentorte mit Eiskrem.

Catherine sah ihm verblüfft beim Essen zu. Er war so klein und schmächtig. »Wohin tust du das alles?«

»Ich nehme nie zu«, sagte Atanas schüchtern.

»Gefällt dir London, Atanas?«

Er nickte. »Was ich bisher davon gesehen habe, gefällt mir sehr gut.«

»Du hast in Athen als Bürobote gearbeitet?«

Atanas nickte erneut. »Für Mr. Demiris.« In seiner Stimme schwang ein verbitterter Unterton mit.

»Hat's dir dort nicht gefallen?«

»Entschuldigung ... vielleicht darf ich das gar nicht sagen, aber ich finde, Mr. Demiris ist kein netter Mann. Ich ... ich mag ihn nicht.« Der Junge sah sich hastig um, als fürchte er, belauscht zu werden. »Er ... ach, es ist egal.«

Catherine hielt es für besser, dieses Thema nicht weiter zu verfolgen. »Weshalb hast du dich entschlossen, nach London zu kommen, Atanas?«

Der Junge antwortete so leise, daß sie nicht verstand, was er sagte.

»Wie bitte?«

»Ich möchte Arzt werden.«

Catherine betrachtete ihn neugierig. »Arzt?«

»Ja, Ma'am. Ich weiß, daß das komisch klingt, aber ...« Er zögerte und fuhr dann fort: »Meine Familie stammt aus Mazedonien, und man hat mir mein Leben lang davon erzählt, wie die Türken unser Dorf überfallen und Menschen gefoltert und umgebracht haben. Damals hat's keine Ärzte gegeben, die den Verwundeten hätten helfen können. Unser Dorf ist nicht mehr gefährdet, aber auf der ganzen Welt gibt's Kranke und Verletzte. Ich möchte ihnen helfen.« Atanas senkte verlegen den Kopf. »Jetzt denken Sie bestimmt, ich bin verrückt.«

»Nein«, antwortete Catherine ruhig. »Ich finde es wunderbar. Du bist also nach London gekommen, um Medizin zu studieren?«

»Ja, Ma'am. Ich werde tagsüber arbeiten und abends studieren. Ich will Arzt werden.«

Aus seiner Stimme sprach unbeugsame Entschlossenheit. Catherine nickte. »Ich glaube dir, daß du's schaffst. Laß uns später noch einmal darüber reden, ja? Ich habe einen Freund, der dir vielleicht weiterhelfen kann. Und ich weiß ein hübsches Restaurant, in dem wir nächste Woche essen können.«

Um Mitternacht ging in Spyros Lambrous Villa eine Bombe hoch. Sie forderte zwei Todesopfer unter dem Hauspersonal und ließ die Fassade einstürzen. Spyros Lambrou, dessen Schlafzimmer völlig verwüstet wurde, kam nur deshalb mit dem Leben davon, weil seine Frau und er sich spontan dazu entschlossen hatten, entgegen ihrer ursprünglichen Absicht doch zu einem Diner zu gehen, das der Oberbürgermeister von Athen gab.

Am nächsten Morgen ging in seinem Büro ein kurzer Bekennerbrief mit der Parole »Tod den Kapitalisten« ein. Unterzeichnet war er mit:

Hellenische Revolutionäre Partei.

»Weshalb hat man dich ermorden wollen?« fragte Melina entsetzt.

»Nicht ›man‹«, stellte Spyros fest. »Dahinter steckt Costa.«

»Das . . . dafür hast du keine Beweise.«

»Ich brauche keine. Begreifst du noch immer nicht, mit wem du verheiratet bist?«

»Ich . . . ich weiß nicht, was ich denken soll.«

»Melina, solange dieser Mann lebt, sind wir beide in Gefahr. Er schreckt vor nichts zurück!«

»Kannst du nicht zur Polizei gehen?«

»Du hast es selbst gesagt: Ich habe keine Beweise. Die Polizei würde mich auslachen.« Spyros griff nach ihren Händen. »Ich möchte, daß du dieses Haus verläßt. Bitte! Geh so weit fort wie irgend möglich.«

Melina blieb lange schweigend vor ihm stehen. Als sie endlich sprach, schien sie eine Entscheidung von großer Tragweite getroffen zu haben. »Gut, Spyros, ich tue, was getan werden muß.«

Spyros umarmte sie. »Wunderbar! Und mach dir keine Sorgen. Schatz. Wir finden irgendeine Möglichkeit, ihm das Handwerk zu legen.«

Melina saß den ganzen Nachmittag lang allein in ihrem Schlafzimmer und versuchte zu begreifen, was geschehen war. Ihr Mann meinte es also wirklich ernst mit seiner Drohung, Spyros und sie zu vernichten. Und wenn sie in Lebensgefahr waren, war es auch Catherine Alexander.

*Sie soll in London für mich arbeiten.*

*Ich werde sie warnen,* nahm sie sich vor. *Aber ich muß noch mehr tun. Ich muß Costa vernichten. Ich muß ihn daran hindern, weitere Menschen ins Unglück zu stürzen. Aber wie?* Und dann fiel ihr eine Möglichkeit ein. *Natürlich! Das ist das einzige Mittel. Warum bin ich nicht schon früher darauf gekommen?*

# 22

VERTRAULICH!
WORTPROTOKOLL EINER THERAPIESITZUNG MIT CATHERINE DOUGLAS

C.: Tut mir leid, daß ich mich verspätet habe, Alan. Im Büro ist in letzter Minute eine Besprechung angesetzt worden.

A.: Kein Problem, Catherine. Ist die Athener Delegation noch immer in London?

C.: Ja. Sie... Die drei wollen Ende nächster Woche abreisen.

A.: Das klingt erleichtert. Waren sie schwierig?

C.: Nicht direkt schwierig, aber ich habe ein... ein merkwürdiges Gefühl bei ihnen.

A.: Merkwürdig?

C.: Das ist schwer zu erklären. Ich weiß, daß das verrückt klingt, aber... alle drei haben irgend etwas Seltsames an sich.

A.: Haben sie etwas getan, um...?

C.: Nein, aber sie sind mir irgendwie unheimlich. Vergangene Nacht habe ich wieder den Alptraum gehabt.

A.: Den Traum, in dem jemand versucht, Sie zu ertränken?

C.: Ja. Ich habe ihn schon längere Zeit nicht mehr gehabt. Und diesmal war er anders...

A.: In welcher Beziehung?

C.: Er war... realistischer. Und er hat nicht aufgehört, wo er sonst immer aufgehört hat.

A.: Er ist über den Punkt hinausgegangen, wo jemand versucht hat, Sie zu ertränken?

C.: Ja. Sie haben versucht, mich zu ertränken, und dann war ich plötzlich an einem sicheren Ort.

A.: Im Kloster?

C.: Das weiß ich nicht bestimmt. Möglicherweise. Ich befand mich in einem Garten. Ein Mann besuchte mich dort. Soweit ich mich erinnere, habe ich das schon früher geträumt – aber diesmal konnte ich sein Gesicht sehen.

A.: Haben Sie ihn erkannt?

C.: Ja. Es war Constantin Demiris.

A.: In Ihrem Traum haben Sie also . . .

C.: Alan, es war nicht nur ein Traum! Ich habe mich wirklich daran erinnert. Und mir ist plötzlich eingefallen, daß Constantin Demiris mir meine goldene Anstecknadel geschenkt hat.

A.: Glauben Sie, daß Ihr Unterbewußtsein Ihnen etwas gezeigt hat, das sich tatsächlich ereignet hat? Wissen Sie bestimmt, daß Sie nicht . . .

C.: Ich weiß, daß es so gewesen ist: Constantin Demiris hat mir diese Nadel im Kloster geschenkt.

A.: Sie haben erzählt, Sie seien von Nonnen aus dem See gerettet und ins Kloster gebracht worden?

C.: Ganz recht.

A.: Catherine, hat irgendein Außenstehender gewußt, daß Sie sich im Kloster aufhalten?

C.: Nein, das glaube ich nicht.

A.: Wie hat es dann Constantin Demiris wissen können?

C.: Ich . . . Das weiß ich nicht. Ich weiß nur, was geschehen ist. Ich bin zu Tode erschrocken aufgewacht. Als wäre der Traum eine Art Warnung gewesen. Ich fühle, daß sich etwas Schreckliches ereignen wird.

A.: Manche Alpträume haben diese Wirkung auf uns. Alpträume gehören zu den ältesten Feinden des Menschen. Im Volksglauben ist der Alp ein gespenstisches Wesen, das bevorzugt nach vier Uhr morgens jenes ›Alpdrücken‹ verursacht.

C.: Sie glauben also nicht, daß sie eine reale Bedeutung haben können?

A.: Manchmal haben sie sicher eine. Coleridge hat geschrieben: »Träume sind keine Schemen, sondern die eigentliche Substanz und Kalamität meines Lebens.«

C.: Wahrscheinlich nehme ich die ganze Sache zu ernst. Abgesehen von meinen verrückten Träumen geht's mir gut ... Oh, da fällt mir jemand ein, über den ich mit Ihnen reden wollte, Alan.

A.: Ja?

C.: Es geht um einen Jungen. Er heißt Atanas Stavitsch und ist nach London gekommen, um Medizin zu studieren. Er hat eine schlimme Kindheit hinter sich. Ich dachte, Sie könnten mal mit ihm reden und ihm ein paar Ratschläge geben.

A.: Das tue ich gern. Weshalb runzeln Sie die Stirn?

C.: Mir ist eben etwas eingefallen.

A.: Ja?

C.: Es klingt aber verrückt.

A.: Das Unterbewußtsein differenziert nicht zwischen »verrückt« und »normal«.

C.: Als Mr. Demiris mir im Traum die goldene Anstecknadel schenkte ...

A.: Ja?

C.: Als er sie mir schenkte, habe ich eine Stimme sagen hören: »Er wird dich umbringen«.

*Das Ganze muß wie ein Unfall aussehen. Können Sie das arrangieren? Ich will, daß die Verunglückte nicht mehr identifiziert werden kann.*

Es gab viele Methoden, sie zu ermorden. Er würde allmählich mit den Vorbereitungen beginnen müssen. Während er auf seinem Bett lag und darüber nachdachte, spürte er, daß er eine Erektion bekam. Der Tod war der äußerste Orgasmus. Dann wußte er plötzlich, wie er es tun würde. *Wunderbar einfach! Und es wird nichts übrigbleiben, das zu identifizieren wäre.*

Constantin Demiris wird sehr zufrieden sein.

# 23

Constantin Demiris' Ferienhaus lag sechs Kilometer nordwestlich von Piräus auf einem 4000 Quadratmeter großen Wassergrundstück. Demiris traf dort um 19 Uhr ein. Er parkte in der Einfahrt, stieg aus dem Wagen und ging zur Haustür.

Als er sie erreichte, wurde sie von einem Unbekannten von innen geöffnet.

»Guten Abend, Herr Demiris.«

Im Haus sah er ein halbes Dutzend Polizeibeamte.

»Was geht hier vor?« fragte Demiris scharf.

»Kriminalinspektor Theophilos. Ich ...«

Demiris schob den Beamten wortlos beiseite und ging ins Wohnzimmer. Der Raum war völlig verwüstet. Offenbar hatte hier ein schrecklicher Kampf stattgefunden. Tische und Sessel waren umgestürzt. Eins von Melinas Kleidern lag zerfetzt auf dem Teppich. Demiris hob das Kleid auf und starrte es an.

»Wo ist meine Frau? Ich wollte mich hier mit ihr treffen.«

»Sie ist nicht hier«, antwortete der Inspektor. »Wir haben das Haus und den Strand abgesucht. Es scheint eingebrochen worden zu sein.«

»Gut, aber wo ist meine Frau? Hat sie Sie angerufen? Ist sie hier gewesen?«

»Ja, wir glauben, daß sie hier gewesen ist.« Der Kriminalbeamte hielt eine Damenarmbanduhr hoch. Das Uhrglas war zertrümmert, und die Zeiger waren auf 15.02 Uhr stehengeblieben. »Ist das die Uhr Ihrer Frau?«

»Das könnte ihre sein.«

»Auf der Rückseite ist ›Für Melina in Liebe – Costa‹ eingraviert.«

»Dann ist es ihre Uhr. Sie war ein Geburtstagsgeschenk von mir.«

Inspektor Theophilos zeigte auf einige dunkle Flecken auf dem

Teppich. »Das sind Blutflecken.« Er hob ein Messer auf, das hinter einem Sessel gelegen hatte, sorgfältig darauf achtend, daß er den Griff nicht berührte. Die Klinge war blutverschmiert.

»Haben Sie dieses Messer schon einmal gesehen?«

Demiris musterte es nur flüchtig. »Nein. Soll das heißen, daß sie tot ist?«

»Das ist leider nicht auszuschließen, Herr Demiris. Draußen im Sand haben wir eine ins Wasser führende Blutspur entdeckt.«

»Mein Gott!« flüsterte Demiris.

»Zum Glück sind an diesem Messer sehr deutliche Fingerabdrücke festzustellen.«

Constantin Demiris sank auf die Couch. »Damit können Sie den Täter fassen.«

»Richtig – falls wir seine Fingerabdrücke in unserer Kartei haben. Überall im Haus sind Abdrücke zu finden, die wir erst identifizieren müssen. Wenn Sie so freundlich sind, uns Ihre Fingerabdrücke zu geben, Herr Demiris, können wir sie sofort eliminieren.«

»Ja, natürlich«, murmelte Demiris wie betäubt.

»Der Sergeant dort drüben kann sie Ihnen gleich abnehmen.«

Demiris ging zu dem uniformierten Beamten hinüber, der Papier und Stempelkissen bereithielt. »Rollen Sie bitte einen Finger nach dem anderen ab«, forderte er Demiris auf, nachdem er sie eingefärbt hatte. Die Prozedur dauerte nicht lange. »Das ist natürlich nur eine Formalität.«

»Ja, ich verstehe.«

Inspektor Theophilos gab Demiris eine kleine Geschäftskarte. »Sagt Ihnen diese Karte etwas, Herr Demiris?«

Constantin Demiris las den aufgedruckten Text. DETEKTIVBÜRO KATELANOS – ERMITTLUNGEN ALLER ART. Er gab die Karte zurück. »Nein. Ist sie denn wichtig?«

»Das weiß ich nicht. Aber wir werden es überprüfen.«

»Ich will natürlich, daß Sie alles menschenmögliche tun, um

den Täter zu fassen. Und benachrichtigen Sie mich, falls meine Frau aufgefunden wird.«

Inspektor Theophilos nickte. »Keine Sorge, Herr Demiris. Wir halten Sie auf dem laufenden.«

*Melina, das Traummädchen. Attraktiv und intelligent und amüsant. Anfangs ist alles wunderbar gewesen. Aber dann hat sie unseren Sohn ermordet – und dafür konnte es kein Verzeihen geben ... nur den Tod.*

Der Anruf kam am nächsten Tag um 11.30 Uhr. Constantin Demiris war in einer Besprechung, als sich seine Sekretärin über die Gegensprechanlage meldete. »Verzeihung, Herr Demiris, aber ...«

»Ich sagte Ihnen doch, daß ich nicht gestört werden will!«

»Ja, Herr Demiris, aber ein Kriminalinspektor Lavanos ist am Telefon. Er sagt, er müsse Sie dringend sprechen. Soll ich ihn bitten ...«

»Nein, stellen Sie durch.« Demiris nickte den Männern am Konferenztisch zu. »Entschuldigen Sie mich einen Augenblick, meine Herren.« Er nahm den Hörer ab. »Demiris.«

»Polizeipräsidium, Inspektor Lavanos«, sagte eine Stimme. »Herr Demiris, wir haben neue Ermittlungsergebnisse, die Sie interessieren dürften. Hätten Sie vielleicht Zeit, kurz im Präsidium vorbeizukommen?«

»Wissen Sie Neues über meine Frau?«

»Das würde ich lieber nicht am Telefon besprechen, wenn es Ihnen recht ist.«

Constantin Demiris zögerte nur einen Augenblick. »Gut, ich komme sofort.« Er legte den Hörer auf und wandte sich erneut an seine Gesprächspartner. »Tut mir leid, aber ich muß dringend weg. Ich schlage vor, daß Sie inzwischen meinen Vorschlag durchsprechen und wir dann gemeinsam zu Mittag essen.«

Seine Geschäftsfreunde murmelten zustimmend. Fünf Minuten später war Demiris unterwegs zum Polizeipräsidium.

In einem Dienstzimmer wartete ein halbes Dutzend Beamte auf ihn. Constantin Demiris erkannte die Männer als jene, die er bereits in seinem Strandhaus gesehen hatte. ». . . und das ist Staatsanwalt Delma, Sonderbeauftragter des Generalstaatsanwalts.«

Delma war ein stämmiger, untersetzter Mann mit buschigen Augenbrauen und rundem, zynischem Gesicht.

»Was ist passiert?« erkundigte sich Demiris. »Wissen Sie etwas Neues von meiner Frau?!«

»Offen gesagt, wir sind auf einige Dinge gestoßen, die uns Rätsel aufgeben, Herr Demiris«, antwortete Staatsanwalt Delma. »Wir hoffen, daß Sie uns helfen können, sie zu lösen.«

»Tut mir leid, aber ich fürchte, daß ich nicht viel zur Aufklärung werde beitragen können. Die ganze Sache hat mich wirklich sehr mitgenommen . . .«

»Sie wollten sich gestern um fünfzehn Uhr mit Ihrer Frau im Strandhaus treffen?«

»Was? Nein. Sie rief mich an und schlug mir ein Treffen um neunzehn Uhr vor.«

»Sehen Sie, das ist eine dieser rätselhaften Unstimmigkeiten«, stellte Delma fest. »Eines Ihrer Dienstmädchen hat ausgesagt, Sie hätten Ihre Frau gegen vierzehn Uhr angerufen und aufgefordert, allein ins Strandhaus zu fahren und dort auf Sie zu warten.«

»Das stimmt nicht. Meine Frau hat mich angerufen und vorgeschlagen, wir sollten uns dort um neunzehn Uhr treffen.«

»Aha. Dann hat das Dienstmädchen sich also geirrt.«

»Offenbar.«

»Haben Sie eine Ahnung, weshalb Ihre Frau dieses Treffen vorgeschlagen haben könnte?«

»Ich nehme an, daß sie mich überreden wollte, mich nicht von ihr scheiden zu lassen.«

»Sie haben Ihrer Frau gesagt, daß Sie sich scheiden lassen wollen?«

»Ja.«

»Das Dienstmädchen hat ausgesagt, es habe ein Telefongespräch mitbekommen, in dem Ihre Frau *Ihnen* mitgeteilt habe, sie wolle sich von Ihnen scheiden lassen.«

»Glauben Sie der Aussage eines Dienstmädchens mehr als meiner?«

»Herr Demiris, haben Sie Ihre Badesachen dort draußen im Strandhaus?« ignorierte Delma seine Frage.

»Im Strandhaus? Nein. Ich schwimme schon lange nicht mehr im Meer. Ich ziehe den Swimming-pool meiner Villa vor.«

Der Staatsanwalt zog eine Schublade auf und nahm eine Badehose in einem Klarsichtbeutel heraus. Er hielt sie hoch, damit Constantin Demiris sie sehen konnte. »Ist das Ihre Badehose, Herr Demiris?«

»Das könnte meine sein, nehme ich an.«

»Sie trägt Ihr Monogramm.«

»Ja, jetzt erkenne ich sie. Sie gehört mir.«

»Wir haben sie auf dem Boden eines Kleiderschranks in Ihrem Strandhaus gefunden.«

»Und? Wahrscheinlich ist sie irgendwann dort liegengeblieben. Warum ...«

»Sie war noch feucht vom Meerwasser. Die Laboruntersuchung hat ergeben, daß es sich um Wasser aus der Bucht vor Ihrem Strandhaus gehandelt hat. Diese Flecken sind Blut.«

In dem Raum schien es plötzlich sehr heiß zu werden.

»Dann muß sie ein anderer getragen haben«, sagte Constantin Demiris energisch.

»Weshalb sollte jemand Ihre Badehose benutzen?« fragte der Staatsanwalt. »Auch das gehört zu den Dingen, die uns Rätsel aufgeben, Herr Demiris.«

Delma nahm jetzt einen kleinen Umschlag vom Schreibtisch,

öffnete ihn und entnahm ihm einen goldenen Knopf mit Wappen. »Den haben meine Leute im Strandhaus unter einem Teppich gefunden. Erkennen Sie ihn?«

»Nein.«

»Er stammt von einem Ihrer Blazer. Ich habe mir erlaubt, heute morgen einen Kriminalbeamten in Ihre Villa zu schicken, um Ihre Garderobe überprüfen zu lassen. An einer Ihrer Clubjacken fehlt ein Knopf. Die abgerissenen Fäden passen genau zu diesen Fadenresten hier. Und die Jacke ist erst vorige Woche aus der Reinigung zurückgekommen.«

»Ich verstehe nicht, was ...«

»Herr Demiris, Sie haben Ihrer Frau also mitgeteilt, Sie wollen sich von ihr scheiden lassen – und sie hat versucht, Sie davon abzubringen?«

»Das ist richtig.«

Der Staatsanwalt hielt die Geschäftskarte hoch, die Constantin Demiris am Vorabend im Strandhaus gezeigt worden war. »Einer unserer Beamten ist heute beim Detektivbüro Katelanos gewesen.«

»Ich habe Ihnen doch gesagt, daß ich noch nie von diesen Leuten gehört habe!«

»Ihre Frau hat sie zu ihrem Schutz engagiert.«

Das traf ihn wie ein Keulenschlag. »Melina? Zum Schutz wovor?«

»Vor Ihnen. Der Firmenchef hat ausgesagt, Ihre Frau wollte sich von Ihnen scheiden lassen und Sie hätten ihr gedroht, sie zu ermorden, falls sie entsprechende Schritte unternähme. Auf seine Frage, warum sie nicht Polizeischutz anfordere, hat sie geantwortet, sie wolle unnötiges Aufsehen vermeiden.«

Constantin Demiris stand ruckartig auf. »Ich habe nicht die Absicht, mir hier diese Lügen anzuhören. Es gibt keinen ...«

Delma griff erneut in die Schublade. Diesmal brachte er das im Strandhaus gefundene blutbefleckte Messer zum Vorschein.

»Sie haben meinem Kollegen Theophilos versichert, dieses Messer noch nie gesehen zu haben?«

»Stimmt.«

»Es trägt Ihre Fingerabdrücke.«

Demiris starrte das Messer an. »Meine... meine Fingerabdrücke? Das muß ein Irrtum sein. Das ist unmöglich!«

Seine Gedanken überschlugen sich... *Die Aussage des Dienstmädchens... meine Badehose mit Blutflecken... der abgerissene Knopf... das Messer mit meinen Fingerabdrücken...*

»Merkt ihr nicht, daß das ein abgekartetes Spiel ist, ihr Schwachköpfe?« brüllte er. »Irgend jemand hat meine Badehose mit ins Strandhaus genommen, sie und das Messer mit Blut beschmiert, einen Knopf von meiner Jacke abgerissen und...«

Staatsanwalt Delma unterbrach ihn. »Herr Demiris, haben Sie eine Erklärung dafür, wie Ihre Fingerabdrücke auf dieses Messer gekommen sein könnten?«

»Ich... Das weiß ich nicht... Augenblick! Jetzt fällt's mir ein! Melina hat mich gebeten, ein Paket für sie zu öffnen. Das muß das Messer sein, das sie mir dafür gegeben hat.«

»Aha. Und was war in dem Paket?«

»Das weiß ich nicht.«

»Sie wissen nicht, was das Paket enthielt?«

»Nein. Ich habe nur die Verpackungsschnur zerschnitten. Soviel ich weiß, hat sie's nie ausgepackt.«

»Haben Sie eine Erklärung für die Blutflecken auf dem Teppich, die zum Wasser führende Blutspur im Sand oder...?«

»Das ist doch alles sonnenklar!« unterbrach ihn Demiris. »Melina hat sich nur eine kleine Schnittwunde beibringen und zum Wasser gehen müssen, damit Sie glauben, ich hätte sie ermordet. Sie versucht bloß, sich an mir zu rächen, weil ich ihr gesagt habe, ich würde mich von ihr scheiden lassen. Jetzt hält sie sich irgendwo versteckt und lacht sich ins Fäustchen, weil sie mich schon im Gefängnis sieht. Aber sie ist so lebendig wie ich!«

»Ich wollte, es wäre so«, sagte Delma ernst. »Wir haben ihre Leiche heute morgen aus dem Meer geborgen. Sie ist erstochen und ertränkt worden. Herr Demiris, ich verhafte Sie wegen Mordes an Ihrer Frau.«

## 24

Anfangs hatte Melina keinen blassen Schimmer, wie sie ihr Vorhaben verwirklichen sollte. Sie wußte nur, daß ihr Mann ihren Bruder vernichten wollte – und daß sie das nicht zulassen durfte. Irgendwie mußte sie Costa daran hindern.

Ihr eigenes Leben war nicht länger wichtig. Ihre Tage und Nächte waren voller Demütigungen und Schmerzen. Sie erinnerte sich daran, wie Spyros ihr von dieser Ehe abgeraten hatte. *Du kannst Demiris nicht heiraten. Der Kerl ist ein Ungeheuer! Mit ihm wirst du nur unglücklich.* Wie recht er gehabt hatte! Aber sie war zu verliebt gewesen, um auf seinen vernünftigen Rat zu hören.

Jetzt mußte Costa unschädlich gemacht werden. Aber wie? *Du mußt wie Costa denken.* Und das hatte Melina getan. Bis zum Morgen war ihr Plan in allen Einzelheiten ausgearbeitet. Danach war alles andere einfach gewesen.

Constantin Demiris saß zu Hause in seinem Arbeitszimmer am Schreibtisch, als Melina hereinkam. Sie trug ein mit einem kräftigen Bindfaden verschnürtes Paket. In der anderen Hand hielt sie ein großes Tranchiermesser.

»Costa, bist du so nett und schneidest mir die Schnur durch? Ich komme irgendwie nicht damit zurecht.«

Er sah auf und schüttelte ungeduldig den Kopf. »So geht's natürlich nicht! Wie willst du etwas schneiden, wenn du das Messer an der Klinge hältst?« Er nahm es ihr weg und begann, die

Schnur zu durchschneiden. »Hättest du damit nicht zu einem der Dienstboten gehen können?«

Melina gab keine Antwort.

Demiris führte einen letzten kräftigen Schnitt. »Fertig!« Er legte das Messer hin, und Melina nahm es wieder nur an der Klinge auf.

Dann sah sie ihn an. »Costa, so kann's mit uns nicht weitergehen«, sagte sie. »Ich liebe dich noch immer. Und ich glaube, auch du empfindest noch immer etwas für mich. Erinnerst du dich nicht an unsere schöne gemeinsame Zeit? Erinnere dich an unsere Flitterwochen, als wir ...«

»Laß den Unsinn!« knurrte Demiris. »Wann begreifst du endlich, daß es mit uns aus ist? Ich kann dich nicht mehr brauchen. Verschwinde, bevor mir schlecht wird!«

Melina stand da und starrte ihn schweigend an. »Gut, wie du willst«, sagte sie dann leise. Sie wandte sich ab und ging mit dem Messer in der Hand hinaus.

»Du hast dein Paket vergessen!« rief Demiris ihr nach.

Aber sie kam nicht zurück.

Melina ging ins Ankleidezimmer ihres Mannes und öffnete einen Schrank. Constantin Demiris besaß Dutzende von Anzügen und einen ganzen Schrank voller Sportjacken. Sie griff nach einer und riß einen goldfarbenen Wappenknopf ab, den sie einsteckte.

Als nächstes zog sie eine Kommodenschublade auf und nahm eine der Badehosen mit dem eingestickten Monogramm ihres Mannes heraus. *Jetzt bin ich fast soweit,* dachte Melina.

Das Detektivbüro Katelanos befand sich in der Sofokleousstraße in einem Eckgebäude mit leicht heruntergekommener Klinkerfassade. Herr Katelanos, der Firmeninhaber, in dessen Büro Melina sofort geführt wurde, war ein kleiner Glatzkopf mit bleistiftdünnem Schnurrbart.

»Guten Morgen, Frau Demiris. Was kann ich für Sie tun?«

»Ich brauche Schutz.«

»Schutz wovor?«

»Vor meinem Mann.«

Katelanos runzelte die Stirn. Er witterte Unannehmlichkeiten. Einen Auftrag dieser Art hatte er nicht erwartet. Es war unklug, einen so mächtigen Mann wie Constantin Demiris gegen sich aufzubringen.

»Haben Sie schon daran gedacht, zur Polizei zu gehen?« erkundigte er sich vorsichtig.

»Das kann ich nicht. Ich möchte diese Sache nicht an die große Glocke hängen. Ich will, daß sie diskret abgewickelt wird. Ich habe meinem Mann gesagt, daß ich mich scheiden lassen werde, und er hat mir gedroht, mich umzubringen, falls ich meinen Entschluß nicht ändere. Deswegen bin ich zu Ihnen gekommen.«

»Ich verstehe. Und was soll ich jetzt tun?«

»Ich möchte, daß einige Ihrer Leute mich bewachen.«

Katelanos lehnte sich zurück und betrachtete seine Besucherin nachdenklich. *Eine schöne Frau.* Aber *offenbar neurotisch.* Daß ihr Mann ihr etwas antun würde, war unvorstellbar. Wahrscheinlich handelte es sich um einen kleinen Ehekrach, der in ein paar Tagen vergessen sein würde. Und bis dahin konnte er ihr ein hübsches Honorar abknöpfen. Katelanos wog die Risiken ab und beschloß, den Auftrag zu übernehmen.

»Gut, Frau Demiris«, sagte er. »Ich habe einen zuverlässigen Mann, der die Sache übernehmen kann. Wann soll er anfangen?«

»Montag.«

Er hatte also recht gehabt. Die Sache war keineswegs so dringend.

Melina Demiris stand auf. »Ich rufe Sie an. Würden Sie mir bitte Ihre Geschäftskarte geben?«

»Ja, natürlich.« Katelanos gab Melina seine Karte und begleitete sie hinaus. *Als Klientin ist sie die beste Werbung für mich. Ihr Name wird potentielle Kunden anlocken.*

Sobald Melina wieder zu Hause war, rief sie ihren Bruder an. »Spyros, ich habe gute Nachrichten!« Ihre Stimme klang aufgeregt. »Costa will einen Waffenstillstand.«

»Was will er? Ich traue ihm nicht, Melina. Er...«

»Nein, es ist sein Ernst! Er hat eingesehen, wie unsinnig eure andauernde Fehde ist, und will jetzt Frieden innerhalb der Familie.«

Spyros antwortete nicht gleich. »Ich weiß nicht recht...«

»Gib ihm wenigstens eine Chance. Er schlägt vor, daß ihr euch heute um fünfzehn Uhr in deiner Jagdhütte in Akro-Korinth trefft.«

»Das sind drei Stunden Fahrt. Warum können wir uns nicht in der Stadt treffen?«

»Das hat er nicht gesagt«, antwortete Melina, »aber wenn ihr euch wirklich vertragt...«

»Gut, ich fahre hin. Aber ich tue es für dich.«

»Für uns«, verbesserte sie ihn. »Leb wohl, Spyros.«

»Leb wohl, Melina.«

Melina rief Constantin im Büro an. »Was gibt's denn?« fragte er barsch. »Ich habe zu tun.«

»Ich habe eben einen Anruf von Spyros bekommen. Er möchte mit dir Frieden schließen.«

Ein kurzes verächtliches Lachen. »Das glaub' ich! Wenn ich mit ihm fertig bin, hat er für immer seinen Frieden.«

»Spyros hat gesagt, daß er diese ewige Rivalität mit dir satt hat, Costa. Er ist bereit, dir seine Flotte zu verkaufen.«

»Er will mir seine... Weißt du das bestimmt?« Seine Stimme klang plötzlich sehr interessiert.

»Ja. Er hat einfach keine Lust mehr.«

»Gut, dann soll er mit seinem Anwalt in mein Büro kommen, damit...«

»Nein. Er schlägt vor, daß ihr euch heute um fünfzehn Uhr in Akro-Korinth trefft.«

»In seiner Jagdhütte?«

»Richtig. Dort seid ihr allein und könnt ungestört verhandeln. Spyros will nicht, daß seine Verkaufsabsichten vorzeitig bekannt werden.«

*Klar will er das nicht,* dachte Demiris befriedigt. *Sobald diese Nachricht die Runde macht, wird er überall ausgelacht.* »Gut«, sagte er. »Du kannst ihm sagen, daß ich komme.«

Die Fahrt nach Akro-Korinth war lang und führte auf kurvenreichen Straßen durch eine üppiggrüne Landschaft, in der es nach Heu, Trauben und Zitrusfrüchten duftete. Unterwegs kam Spyros Lambrou an antiken Ruinen vorbei; in der Ferne sah er die umgestürzten Säulen von Elefsis, die verfallenen Altäre niederer Gottheiten. Er dachte an Constantin Demiris.

Lambrou erreichte die Jagdhütte als erster. Er hielt vor dem Blockhaus, blieb noch einen Augenblick im Wagen sitzen und dachte über das bevorstehende Gespräch mit seinem Schwager nach. Wollte Constantin tatsächlich einen Waffenstillstand – oder war dies wieder einer seiner Tricks? *Sollte mir etwas zustoßen, weiß wenigstens Melina, mit wem ich mich getroffen habe.* Lambrou stieg aus, sperrte die Haustür auf und trat über die Schwelle.

Die Jagdhütte war ein hübsches altes Blockhaus mit schöner Aussicht auf das in der Ferne tief unten am Meer liegende Korinth. Als Junge hatte Spyros Lambrou hier viele Wochenenden mit seinem Vater verbracht, um in den Bergen Niederwild zu jagen. Diesmal hatte er es auf Großwild abgesehen.

Constantin Demiris kam eine Viertelstunde später an. Er empfand tiefe Befriedigung, als er Spyros Lambrou auf der Veranda auf ihn warten sah. *Nach all diesen Jahren ist er endlich bereit, seine Niederlage einzugestehen.* Er stieg aus und betrat die Veranda.

Die beiden Männer blieben voreinander stehen und starrten sich an.

»So, mein lieber Schwager«, sagte Demiris, »wir sind also am Ende der Straße angekommen.«

»Ich will, daß dieser Wahnsinn aufhört, Costa. Er ist zu weit gegangen.«

»Ganz meine Meinung! Wie viele Schiffe hast du, Spyros?«

Lambrou zog erstaunt die Augenbrauen hoch. »Was?«

»Wie viele Schiffe du hast. Ich kaufe sie alle. Natürlich zu einem Vorzugspreis.«

Lambrou wollte seinen Ohren nicht trauen. »Meine Schiffe kaufen?«

»Ich bin bereit, sie alle zu übernehmen. Dann bin ich der größte Reeder der Welt.«

»Bist du verrückt geworden? Wie ... wie kommst du darauf, daß ich dir meine Schiffe verkaufen würde?«

Jetzt war es an Demiris, ungläubig dreinzuschauen. »Deshalb haben wir uns doch hier getroffen, oder?«

»Wir haben uns hier getroffen, weil du einen Waffenstillstand vorgeschlagen hast.«

Demiris' Miene verfinsterte sich. »Ich soll ... Wer hat dir das erzählt?«

»Melina.«

Beide Männer begriffen im selben Moment, was geschehen war. »Sie hat dir erzählt, daß ich einen Waffenstillstand vorgeschlagen habe?«

»Sie hat dir erzählt, daß ich dir meine Schiffe verkaufen will?«

»Dieses blöde Weibsbild!« schnaubte Demiris. »Wahrscheinlich hat sie geglaubt, wir würden uns hier irgendwie zusammenraufen. Dann ist sie noch blöder als du, Spyros. Und dafür habe ich einen ganzen Nachmittag vergeudet!«

Constantin Demiris machte auf dem Absatz kehrt und stürmte aus der Jagdhütte. Spyros Lambrou sah ihm nach und dachte:

*Melina hätte uns nicht belügen sollen. Sie hätte wissen müssen, daß ihr Mann und ich uns nie vertragen würden. Jetzt nicht mehr. Es ist zu spät. Es ist schon immer zu spät gewesen.*

Kurz vor 14 Uhr klingelte Melina nach dem Dienstmädchen. »Andrea, bringen Sie mir bitte einen Tee.«

»Sofort, gnädige Frau.« Das Mädchen verließ den Raum, und als es zehn Minuten später mit einem Tablett zurückkam, telefonierte Melina gerade. Ihre Stimme klang aufgebracht.

»Nein, Costa, mein Entschluß steht fest. Ich reiche die Scheidung ein – und wie du dir denken kannst, wird die Klatschpresse sich begeistert darauf stürzen.«

Andrea stellte verlegen das Tablett ab und wollte rasch gehen, aber Melina machte ihr ein Zeichen zu bleiben.

»Du kannst mir drohen, soviel du willst«, sagte sie ins stumme Telefon, als spreche sie mit ihrem Mann. »Von meinem Entschluß bringst du mich nicht mehr ab... Niemals!... Wie du darüber denkst, ist mir gleichgültig... Ich hab' keine Angst vor dir, Costa... Nein... Was könnte das nützen?... Gut, wir treffen uns im Strandhaus, aber versprich dir lieber nichts davon... Ja, ich komme allein... In einer Stunde? Einverstanden.«

Melina wirkte besorgt, als sie langsam den Hörer auflegte und sich an das Dienstmädchen wandte. »Andrea, ich fahre zum Strandhaus, um mich mit meinem Mann zu treffen. Sollte ich bis achtzehn Uhr nicht zurück sein, benachrichtigen Sie bitte die Polizei.«

Andrea schluckte nervös. »Soll der Chauffeur Sie hinfahren?«

»Nein. Mein Mann hat mich gebeten, allein zu kommen.«

Nun war nur noch eine Sache zu erledigen. Catherine Alexander mußte gewarnt werden. Ihr Leben war in Gefahr. *Du kriegst sie nie wieder zu sehen. Ich habe jemanden losgeschickt, der sie erledigt.*

Melina wählte die Nummer des Londoner Büros.

»Arbeitet bei Ihnen eine Catherine Alexander?«

»Sie ist im Augenblick außer Haus. Kann ich ihr etwas ausrichten?«

Melina Demiris zögerte. Ihre dringende Warnung konnte sie nicht einfach irgend jemandem anvertrauen. Andererseits würde sie keine Zeit haben, nochmals anzurufen. Dann fiel ihr ein, was Costa von Wim Vandeen, dem Finanzgenie der Firma, erzählt hatte.

»Geben Sie mir bitte Mr. Vandeen.«

»Augenblick.«

Eine Männerstimme meldete sich. »Hallo?«

»Ich habe eine Nachricht für Catherine Alexander. Sie ist sehr wichtig. Würden Sie bitte dafür sorgen, daß sie sie erreicht?«

»Catherine Alexander.«

»Ja. Sagen Sie ihr . . . sagen Sie ihr, daß ihr Leben in Gefahr ist. Irgend jemand wird versuchen, sie umzubringen. Ich glaube, daß es einer der Männer aus Athen sein könnte.«

»Athen . . .«

»Ja.«

»Athen hat achthundertsechstausend Einwohner und . . .«

Anscheinend war es unmöglich, sich Vandeen verständlich zu machen. Melina legte enttäuscht auf.

Sie hatte alles versucht.

Wim Vandeen saß an seinem Schreibtisch und verarbeitete das Telefongespräch. *Irgend jemand wird versuchen, Catherine zu ermorden. Dieses Jahr sind in England schon hundertvierzehn Morde verübt worden. Mit Catherine wären es dann hundertfünfzehn. Einer der Männer aus Athen. Jerry Haley. Yves Renard. Dino Mattusi. Einer von ihnen wird Catherine ermorden.* In Wims Gedächtnis waren sämtliche Daten der drei Männer gespeichert. *Wahrscheinlich weiß ich, wer sie ermorden wird.*

Als Catherine wenig später im Büro erschien, erzählte Wim ihr nichts von dem Anruf.

Er war neugierig, ob er richtig getippt hatte.

Catherine ging Abend für Abend mit irgendeinem der drei Athener Angestellten aus, und Wim erwartete sie, wenn sie morgens ins Büro kam. Immer schien er enttäuscht, sie zu sehen.

*Wann läßt sie's ihn tun?* fragte sich Vandeen. Er erwog kurz, ihr von dem Anruf zu erzählen. Aber damit hätte er dem Schicksal ins Handwerk gepfuscht. Und das wäre unfair gewesen.

## 25

Das Strandhaus lag verlassen, als Melina es erreichte. Die halbstündige Fahrt hierher hatte sie damit verbracht, die Jahre mit Constantin Demiris noch einmal schmerzvoll vor ihrem inneren Auge Revue passieren zu lassen.

Der Himmel war wolkenverhangen, und vom Meer her wehte ein kalter Wind.

*Ein schlechtes Omen*, dachte sie.

Sie betrat das behaglich eingerichtete, vertraute Haus und sah sich ein letztes Mal darin um.

Dann machte sie sich daran, das Inventar zu zertrümmern. Sie riß sich ihr Kleid vom Leib und warf es auf den Fußboden. Nachdem sie die Geschäftskarte des Detektivbüros auf ein Tischchen gelegt hatte, versteckte sie den abgerissenen Wappenknopf unter der Teppichkante.

Als nächstes nahm sie ihre goldene Armbanduhr ab, die Costa ihr geschenkt hatte, und zertrümmerte sie auf der Marmorplatte des Couchtischs.

Mit der von zu Hause mitgenommenen Badehose ihres Mannes

ging sie zum Strand, tauchte sie ins Wasser und kam damit ins Haus zurück. Zuletzt blieb nur noch eins zu tun. *Jetzt ist es soweit!* Melina holte tief Luft und wickelte das Tranchiermesser aus, wobei sie darauf achtete, daß der Griff weiter mit Papier bedeckt blieb. Dann starrte sie das Messer in ihrer Hand an. Dies war der entscheidende Punkt. Sie mußte sich schwer genug verletzen, um einen Mord glaubhaft vorzutäuschen – und trotzdem noch die Kraft haben, den Rest ihres Plans in die Tat umzusetzen.

Sie schloß die Augen und stieß sich das Messer unterhalb des Rippenbogens tief in den Leib.

Der Schmerz drohte ihr das Bewußtsein zu rauben. Aus der Wunde quoll ein Strom Blut. Melina drückte die feuchte Badehose gegen die Wunde, wankte dann an den Kleiderschrank und warf sie hinein. Ihr schwindelte. Sie vergewisserte sich mit einem Blick in die Runde, daß sie nichts übersehen hatte, und taumelte dann, eine Blutspur, die den Teppich scharlachrot färbte, hinter sich herziehend, auf die zum Strand hinausführende Tür zu.

Der Weg zum Wasser schien ihr endlos. Ihre Wunde blutete so stark, daß sie dachte: *Ich schaff's nicht! Zuletzt bleibt Costa doch Sieger. Das darf nicht sein. Noch einen Schritt. Noch einen Schritt.*

Melina wankte, gegen den stärker werdenden Schwindel ankämpfend, weiter. Vor ihren Augen verschwamm alles. Sie sank auf die Knie. *Vorwärts!* Sie kam wieder auf die Beine und stolperte weiter. Dann spürte sie kaltes Wasser an ihren Füßen.

Als das Salzwasser ihre Wunde erreichte, schrie sie laut auf, so unerträglich war der Schmerz. *Ich tu's für dich, Spyros. Lieber, lieber Spyros.*

In der Ferne sah sie eine niedrige Wolke unmittelbar über dem Horizont hängen. Sie begann darauf zuzuschwimmen. Das Wasser hinter ihr färbte sich rot. Und dann geschah ein Wunder. Die Wolke sank zu ihr herab, und sie fühlte, wie ihr sanftes Weiß sie aufnahm, sie umhüllte, sie liebkoste. Die Schmerzen waren verschwunden, und sie empfand nur noch wundervollen Frieden.

*Ich kehre heim,* dachte Melina glücklich. *Ich kehre endlich heim.*

## 26

*Ich verhafte Sie wegen Mordes an Ihrer Frau.*

Danach schien alles im Zeitlupentempo zu geschehen. Demiris kam in Untersuchungshaft und bekam erneut die Fingerabdrücke abgenommen; er wurde fotografiert und in eine Zelle gesperrt. Er konnte kaum fassen, daß diese Leute es wagten, ihn so zu behandeln.

»Peter Demonides soll kommen! Sagen Sie ihm, daß ich ihn sofort sprechen will.«

»Herr Demonides ist von seinem Posten abgelöst worden. Gegen ihn wird ermittelt.«

Er hatte also niemanden mehr, der ihm helfen würde. *Aber ich komme hier raus,* dachte er. *Schließlich bin ich Constantin Demiris.* Er verlangte den Staatsanwalt Delma zu sprechen.

Delma traf eine Stunde später im Gefängnis ein. »Sie wollten mich sehen?«

»Ja«, sagte Demiris. »Wenn ich Sie richtig verstanden habe, gehen Sie davon aus, daß meine Frau kurz nach fünfzehn Uhr ermordet wurde.«

»Das stimmt.«

»Dann hören Sie mir jetzt zu, bevor Sie sich und die Polizei noch mehr in Verlegenheit bringen: Ich kann beweisen, daß ich gestern um diese Zeit nicht einmal in der Nähe meines Strandhauses gewesen bin.«

»Das können Sie beweisen?«

»Natürlich. Es gibt einen Zeugen.«

Als Spyros Lambrou eintraf, saßen die beiden Männer in Delmas Dienstzimmer im Hauptgericht. Demiris' Miene hellte sich auf, als er seinen Schwager sah.

»Gott sei Dank, daß du da bist, Spyros! Diese Schwachköpfe glauben, ich hätte Melina ermordet. Du weißt, daß ich's nicht gewesen sein kann. Erzähl's ihnen!«

Spyros Lambrou runzelte die Stirn. »Was soll ich ihnen erzählen?«

»Melina ist gestern kurz nach 15 Uhr ermordet worden. Um diese Zeit haben du und ich uns in Akro-Korinth getroffen. Von dort aus hätte ich unmöglich vor 19 Uhr in meinem Strandhaus sein können. Erzähl ihnen von unserem Treffen.«

Sein Schwager starrte ihn an. »Von welchem Treffen?«

Demiris wurde kreidebleich. »Von . . . von unserem Treffen in deiner Jagdhütte in Akro-Korinth.«

»Das mußt du dir eingebildet haben, Costa. Ich bin gestern nachmittag allein mit dem Auto unterwegs gewesen. Und ich denke nicht daran, deinetwegen zu lügen.«

Constantin Demiris sprang erregt auf. »Das kannst du mir nicht antun!« Er packte Lambrou am Revers seiner Jacke. »Sag ihnen die Wahrheit!«

Spyros Lambrou stieß ihn zurück. »Die Wahrheit ist, daß Melina tot ist – und daß du sie ermordet hast.«

»Lügner!« kreischte Demiris. »Lügner!« Er wollte sich erneut auf Lambrou stürzen und mußte von zwei Kriminalbeamten gebändigt werden.

»Du Schwein! Du weißt, daß ich unschuldig bin!«

»Darüber entscheiden die Richter. Du wirst einen verdammt guten Anwalt brauchen.«

Und Constantin Demiris erkannte, daß ihn nur ein einziger Mensch hätte retten können.

Napoleon Chotas.

# 27

VERTRAULICH!
WORTPROTOKOLL EINER THERAPIESITZUNG MIT CATHERINE DOUGLAS

C.: Glauben Sie an Vorahnungen, Alan?

A.: Die Wissenschaft akzeptiert sie nicht – aber ich glaube trotzdem daran. Haben Sie denn Vorahnungen gehabt?

C.: Ja. Ich . . . ich habe das Gefühl, daß mir etwas Schreckliches zustoßen wird.

A.: Gehört das zu Ihrem alten Traum?

C.: Nein. Ich habe Ihnen doch von den Männern erzählt, die Mr. Demiris aus Athen zu uns geschickt hat . . .

A.: Ja.

C.: Da er mich gebeten hat, sie zu betreuen, bin ich ziemlich viel mit ihnen zusammen.

A.: Fühlen Sie sich von ihnen bedroht?

C.: Nein, nicht direkt. Es ist schwer zu erklären. Sie haben mir nichts getan – und trotzdem . . . trotzdem warte ich darauf, daß etwas passiert. Irgend etwas Schreckliches. Wissen Sie eine Erklärung dafür?

A.: Erzählen Sie mir von den Männern.

C.: Einer von ihnen ist Franzose, Yves Renard. Er will, daß ich mit ihm in Museen gehe, aber wenn wir dann dort sind, merke ich, daß sie ihn nicht interessieren. Der nächste ist Jerry Haley, ein Amerikaner. Obwohl er ganz freundlich wirkt, hat er etwas Beunruhigendes an sich. Und der dritte Mann ist Dino Mattusi. Auch er soll ein wichtiger Mann in Mr. Demiris' Imperium sein, aber er fragt eine Menge Dinge, die er eigentlich wissen müßte. Er hat mich zu einem Ausflug aufs Land eingeladen. Ich dachte, ich könnte Wim dazu mitnehmen . . . Und dabei fällt mir noch etwas anderes ein . . .

A.: Ja?

C.: Wim benimmt sich in letzter Zeit so merkwürdig.
A.: In welcher Beziehung?
C.: Er wartet jeden Morgen auf mich, wenn ich ins Büro komme. Das hat er früher nie getan. Und wenn er mich sieht, scheint er sich fast darüber zu ärgern, daß ich da bin. Das klingt alles nicht sehr logisch, stimmt's?
A.: Alles ist logisch, sobald man einen Schlüssel dazu hat, Catherine. Haben Sie in letzter Zeit wieder geträumt?
C.: Ich habe von Constantin Demiris geträumt. Aber ich erinnere mich nur sehr vage daran.
A.: Erzählen Sie mir, woran Sie sich erinnern.
C.: Ich habe ihn im Traum gefragt, weshalb er so hilfsbereit gewesen sei, weshalb er mir die Stellung in London und eine Wohnung angeboten habe. Und weshalb er mir die goldene Anstecknadel geschenkt habe.
A.: Und was hat er darauf geantwortet?
C.: Das weiß ich nicht mehr. Ich bin schreiend aufgewacht.

Dr. Alan Hamilton las dieses Wortprotokoll sorgfältig durch. Er hielt Ausschau nach den schwach erkennbaren Spuren des Unbewußten und suchte Hinweise darauf, was Catherine so tief beunruhigte. Er war sich ziemlich sicher, daß ihre Ängste mit der Tatsache zusammenhingen, daß die Unbekannten aus Athen – dem Handlungsort ihrer traumatischen Vergangenheit – nach London gekommen waren.

Die Sache mit Wim konnte Hamilton sich nicht recht erklären. Bildete Catherine sich das nur ein? Oder verhielt Wim sich tatsächlich atypisch? *In einigen Wochen soll Wim wieder zu mir kommen. Vielleicht wär's besser, seinen Termin vorzuverlegen.*

Hamilton saß da und dachte über Catherine nach. Er hatte es sich zur Regel gemacht, emotionalen Bindungen zu Patienten strikt entgegenzuarbeiten, aber Catherine war ein Sonderfall. Sie war schön und verletzlich und... *Was tust du da? So darfst du nicht denken! Konzentrier dich auf etwas anderes.* Aber seine Gedanken kehrten immer wieder zu ihr zurück.

Catherine war außerstande, Alan Hamilton aus ihren Gedanken zu verdrängen. *Sei kein Dummkopf! Er ist ein verheirateter Mann. Wahrscheinlich haben die meisten Patientinnen eine Schwäche für ihren Therapeuten.* Aber es gelang ihr nicht, sich Alan auszureden. *Vielleicht sollte ich wegen meines Therapeuten zu einem Therapeuten gehen.*

Ihr nächster Termin bei Alan war in zwei Tagen. *Vielleicht sollte ich ihn absagen, bevor ich noch tiefer hineingerate. Zu spät!*

An dem Tag, an dem Catherine den Termin bei Alan hatte, zog sie sich besonders hübsch an und ging vormittags zum Friseur. *Da ich heute ohnehin zum letzten Mal hingehe, kann's nicht schaden, wenn ich nett aussehe.*

Sobald Catherine sein Sprechzimmer betrat, waren ihre guten Vorsätze vergessen. *Warum muß er so verdammt attraktiv sein? Warum sind wir uns nicht begegnet, bevor er geheiratet hat? Warum hat er mich nicht kennengelernt, als ich noch ein gesunder, normaler Mensch gewesen bin? Aber wenn ich ein gesunder, normaler Mensch wäre, wäre ich nie zu ihm gekommen, oder?*

»Wie bitte?«

Catherine merkte, daß sie laut gesprochen hatte. Dies war der Augenblick, in dem sie ihm erklären mußte, daß sie nicht wiederkommen würde.

Sie holte tief Luft. »Alan . . .« Aber sie konnte es nicht. Sie sah zu dem gerahmten Foto auf seinem Schreibtisch hinüber. »Wie lange sind Sie schon verheiratet?«

»Verheiratet?« Er folgte ihrem Blick. »Oh. Das ist meine Schwester mit ihrem Sohn.«

Catherine spürte, wie eine Woge aus jubelnder Freude sie überflutete. »Oh, das ist ja wunderbar! Ich meine, sie... sie sieht wunderbar aus.«

»Alles in Ordnung, Catherine?«

Das hatte Kirk Reynolds sie auch oft gefragt. *Damals ist nichts in Ordnung gewesen,* dachte Catherine, *aber jetzt ist alles gut!* »Danke, mir geht's ausgezeichnet«, antwortete Catherine. »Sie sind also unverheiratet?«

»Ja.«

*Gehst du mit mir essen? Gehst du mit mir ins Bett? Heiratest du mich?* Hätte sie diese Fragen laut gestellt, hätte er sie wohl für wirklich verrückt gehalten. *Vielleicht bin ich's auch.*

Er beobachtete sie stirnrunzelnd. »Catherine, wir können die Sitzungen nicht weiterführen, fürchte ich. Heute wird unsere letzte sein.«

Catherines Euphorie verflog. »Weshalb? Habe ich irgendwas getan, daß...?«

»Nein, nein, an Ihnen liegt's nicht! Es ist nur so... Emotionale Beziehungen zwischen Therapeut und Patientin gefährden den Erfolg einer Therapie.«

Sie starrte ihn mit leuchtenden Augen an. »Soll das heißen, daß Sie sich emotional zu mir hingezogen fühlen?«

»Ja. Und deshalb...«

»Sie haben völlig recht«, stimmte Catherine lächelnd zu. »Ich schlage vor, daß wir heute beim Abendessen darüber reden.«

Sie aßen in einem kleinen italienischen Restaurant mitten in Soho. Das Essen hätte köstlich oder miserabel sein können – die beiden schmeckten es ohnehin nicht. Sie interessierten sich ausschließlich füreinander.

»Es ist nicht fair, Alan«, sagte Catherine. »Du weißt alles über mich. Erzähl mir was über dich. Bist du nie verheiratet gewesen?«

»Nein. Aber ich war verlobt.«

»Was ist dann passiert?«

»Wir hatten im Krieg – während der deutschen Luftangriffe – eine kleine gemeinsame Wohnung. Ich arbeitete damals im Krankenhaus, und als ich eines Nachts heimkam...«

Catherine hörte den Schmerz in seiner Stimme.

»... als ich heimkam, war das Haus verschwunden. Völlig zerstört.«

Sie bedeckte seine Hand mit ihrer. »Das tut mir leid.«

»Ich habe lange gebraucht, um darüber hinwegzukommen. Ich bin seither keiner Frau begegnet, die ich hätte heiraten wollen.« Sein Blick sagte: *Bis jetzt nicht.*

Sie saßen vier Stunden lang an ihrem Tisch und unterhielten sich über alles mögliche – Kultur, Medizin und Politik –, aber das eigentliche Gespräch fand wortlos statt. Die knisternde Spannung zwischen ihnen nahm ständig zu. Beide spürten sie deutlich. Sie wurde allmählich fast unerträglich.

Alan war es schließlich, der den Übergang fand. »Catherine, was ich heute morgen über emotionale Beziehungen zwischen Therapeut und Patientin gesagt habe...«

»Erzähl mir in deiner Wohnung davon.«

Sie zogen sich in atemloser Hast aus. Während Catherine ihre Kleider abstreifte, dachte sie daran, wie ihr bei Kirk Reynolds zumute gewesen war – und wie ganz anders es diesmal war. *Der Unterschied liegt darin, ob man liebt. Diesen Mann liebe ich.*

Sie lag im Bett und wartete auf ihn, und als Alan zu ihr kam und sie umarmte, verschwanden ihre Befürchtungen, ihre Ängste, niemals mehr einen Mann lieben zu können. Sie streichelten einander und erforschten ihre Körper erst zärtlich, dann drängender, bis ihre Lust wild und verzweifelt wurde, und als sie sich dann vereinigten, schrie Catherine, schrie vor Glück. *Ich bin wieder ganz. Danke! Danke!*

Viel später hielten sie einander erschöpft in den Armen, als wollten sie sich nie mehr loslassen.

# 28

Catherine erfuhr aus den Zeitungen, daß Constantin Demiris wegen Mordes an seiner Frau verhaftet worden war. Diese Nachricht versetzte ihr einen regelrechten Schock. Als sie später ins Büro kam, waren alle in bedrückter Stimmung.

»Hast du die Meldung gelesen?« jammerte Evelyn. »Was sollen wir bloß tun?«

»Wir arbeiten genauso weiter, wie er es von uns erwarten würde. Ich bin überzeugt, daß sich alles als großer Irrtum herausstellen wird. Ich werde versuchen, ihn anzurufen.«

Aber Constantin Demiris war nicht zu erreichen.

Constantin Demiris war der seit vielen Jahren prominenteste Häftling im Athener Zentralgefängnis. Er forderte alle möglichen Vergünstigungen: Telefon, Zugang zu einem Fernschreiber und Einsatz eines Kurierdienstes. Aber der Staatsanwalt hatte angedeutet, ihm keinerlei Vorzugsbehandlung zu gewähren.

Demiris verbrachte den größten Teil seiner Tage und sogar seiner Nächte damit, darüber nachzugrübeln, wer Melina ermordet haben könnte.

Anfangs hatte er vermutet, ein Einbrecher, den Melina beim Durchwühlen des Strandhauses überrascht hatte, habe sie umgebracht. Aber sobald die Polizei ihn mit dem Belastungsmaterial konfrontiert hatte, war Demiris klargeworden, daß jemand versuchte, ihm diesen Mord anzuhängen. Die Frage war nur, wer? Der erste Verdacht mußte logischerweise auf Spyros Lambrou fallen, aber diese Theorie hatte die Schwachstelle, daß Spyros seine Schwester über alles geliebt hatte. Er hätte ihr niemals etwas angetan.

Als nächstes war sein Verdacht auf die Gangsterbande gefallen, zu der Tony Rizzoli gehört hatte. Vielleicht hatte sie irgendwie herausbekommen, was er Rizzoli angetan hatte, und sich so an ihm gerächt. Aber von dieser Idee war Constantin Demiris schnell wieder abgekommen. Hätte die Mafia sich an ihm rächen wollen, hätte sie einfach einen Killer losgeschickt, um ihn erledigen zu lassen.

Und so überlegte Demiris, allein in seiner Zelle sitzend, hin und her, um das Rätsel von Melinas Ermordung zu lösen. Irgendwann blieb nur noch eine Schlußfolgerung übrig: Melina mußte Selbstmord verübt haben. Sie hatte sich selbst umgebracht und alle Indizien hinterlassen, die ihn als ihren Mörder entlarvten. Demiris erinnerte sich daran, was er Noelle Page und Larry Douglas angetan hatte, und erkannte die bittere Ironie des Schicksals, daß er sich nun in der gleichen Lage befand: Er würde wegen eines Mordes, den er nicht verübt hatte, angeklagt werden.

Ein Aufseher betrat die Zelle. »Ihr Anwalt ist da und möchte Sie sprechen.«

Demiris stand auf und folgte dem Aufseher in einen kleinen Besprechungsraum. Dort erwartete ihn Rechtsanwalt Vassiliki – ein Mann Anfang Fünfzig mit grauer Mähne und dem Profil eines Filmstars. Er stand in dem Ruf, ein erstklassiger Strafverteidiger zu sein. *Ob das in meinem Fall reicht?*

»Sie können fünfzehn Minuten sprechen«, sagte der Aufseher und ließ die beiden allein.

»Wann holen Sie mich endlich hier raus?« fragte Constantin Demiris scharf. »Wozu bezahle ich Sie eigentlich?«

»Tut mir leid, aber das ist nicht so einfach, Herr Demiris. Der Staatsanwalt weigert sich...«

»Der Staatsanwalt ist ein Dummkopf. Ich will hier raus! Was ist mit einer Entlassung gegen Kaution? Ich kann jeden geforderten Betrag aufbringen.«

Vassiliki fuhr sich nervös mit der Zungenspitze über die Lippen. »Mein Antrag auf Haftverschonung gegen Kaution ist abgelehnt worden. Ich habe mir das polizeiliche Beweismaterial gegen Sie angesehen, Herr Demiris. Es ist . . . es ist ziemlich belastend.«

»Das ist mir egal – ich habe meine Frau nicht umgebracht. Ich bin unschuldig!«

Der Rechtsanwalt schluckte trocken. »Ja, gewiß, natürlich. Haben Sie . . . äh . . . einen Verdacht, wer Ihre Frau ermordet haben könnte?«

»Niemand. Meine Frau hat sich selbst umgebracht.«

Der Verteidiger starrte ihn an. »Verzeihung, Herr Demiris, aber ich glaube nicht, daß wir damit durchkommen. Sie werden sich etwas Besseres ausdenken müssen.«

Und Demiris mußte betroffen erkennen, daß Vassiliki recht hatte. Kein Schwurgericht der Welt würde ihm diese Story abnehmen.

Früh am nächsten Morgen erhielt Constantin Demiris wieder Besuch von seinem Anwalt.

»Ich bringe Ihnen leider ziemlich schlechte Nachrichten.«

Demiris hätte beinahe laut gelacht. Er saß im Gefängnis und mußte damit rechnen, zum Tode verurteilt zu werden, und dieser Dummkopf behauptete, er bringe schlechte Nachrichten. Was konnte schlimmer sein als die Situation, in der er sich befand?

»Ja?«

»Es geht um Ihren Schwager.«

»Spyros? Was ist mit ihm?«

»Ich habe erfahren, daß er zur Polizei gegangen ist und ausgesagt hat, eine Frau namens Catherine Douglas sei noch am Leben. Ich habe das Verfahren gegen Noelle Page und Larry Douglas nicht in allen Einzelheiten verfolgt, aber . . .«

Constantin Demiris hörte nicht mehr zu. Bei all den Ereignissen, die auf ihn eingestürmt waren, hatte er Catherine völlig vergessen. Falls sie aufgespürt wurde und aussagte, was sie wußte, konnte die Staatsanwaltschaft die Anklage auf Mitschuld am Tode

Noelles und Larrys erweitern. Sie mußte mit allen Mitteln daran gehindert werden! Sofort!

Er beugte sich vor und umklammerte den Arm des Rechtsanwalts. »Sie müssen für mich eine Nachricht nach London kabeln!«

Er las die Nachricht zweimal und spürte dabei die beginnende sexuelle Erregung, die sich seiner stets bemächtigte, bevor er einen Mordauftrag ausführte. Er kam sich vor wie Gott. Er entschied, wer weiterlebte und wer starb. Seine Macht war ihm selbst fast unheimlich. Aber diesmal gab es ein Problem: Da er den Auftrag sofort ausführen sollte, blieb keine Zeit mehr für lange Vorbereitungen. Er würde irgend etwas improvisieren müssen. Noch an diesem Abend. Die Sache mußte wie ein Unfall aussehen.

## 29

VERTRAULICH!
WORTPROTOKOLL EINER THERAPIESITZUNG MIT WIM VANDEEN

A.: Wie fühlen Sie sich heute?
W.: Okay. Ich bin mit einem Taxi hergekommen. Der Fahrer hieß Ronald Christie. Das Kennzeichen war LT drei-null-zwo-sieben-eins, die Taxinummer drei-null-sieben-acht. Unterwegs sind uns fünf Rover, ein Bentley, drei Jaguars, sechzehn Austins, neun Morris, ein Rolls-Royce, dreizehn Taxis, achtzehn Busse, siebenundzwanzig Motorräder und einundvierzig Fahrräder entgegen gekommen.
A.: Wie geht es Ihnen im Büro, Wim?
W.: Das wissen Sie doch.

A.: Erzählen Sie's mir.

W.: Ich hasse die Leute dort.

A.: Was ist mit Catherine Alexander?... Wim, was ist mit Catherine Alexander?... Wim?

W.: Oh, die. Sie arbeitet nicht mehr lange bei uns.

A.: Wie meinen Sie das?

W.: Sie wird ermordet werden.

A.: *Was?* Wie kommen Sie darauf?

W.: Sie hat's mir gesagt.

A.: Catherine hat Ihnen erzählt, daß sie ermordet werden wird?

W.: Nein, die andere.

A.: Welche andere?

W.: Seine Frau.

A.: Wessen Frau, Wim?

W.: Constantin Demiris'.

A.: Er hat Ihnen erzählt, daß Catherine Alexander ermordet werden wird?

W.: Mrs. Demiris. Seine Frau. Sie hat mich aus Griechenland angerufen.

A.: Wer wird Catherine ermorden?

W.: Einer der Männer.

A.: Sie meinen einen der Männer, die aus Athen hierhergekommen sind?

W.: Ja.

A.: Wim, wir müssen die Sitzung jetzt beenden. Ich muß dringend weg.

W.: Okay.

# 30

Wenige Minuten vor 18 Uhr machten Evelyn Kaye und die übrigen Angestellten sich zum Gehen bereit.

Evelyn kam in Catherines Büro. »Im Criterion wird *Miracle On 34th Street* gegeben. Das Stück hat sehr gute Kritiken. Hättest du Lust, heute abend mit mir hinzugehen?«

»Ich kann leider nicht«, sagte Catherine. »Danke, Evelyn, aber ich habe Jerry Haley versprochen, mit ihm ins Theater zu gehen.«

»Die drei halten dich wirklich auf Trab, was? Schön, dann amüsier dich gut.«

Catherine hörte, wie Türen geschlossen wurden und die Schritte der anderen verhallten. Dann herrschte Stille. Nach einem letzten prüfenden Blick auf ihren Schreibtisch schlüpfte sie in ihren Mantel, griff nach ihrer Handtasche und ging den Korridor hinunter.

Sie war schon fast am Ausgang, als ihr Telefon klingelte. Catherine zögerte, sah auf ihre Uhr; sie würde sich verspäten. Aber das Telefon klingelte weiter. Sie lief in ihr Büro zurück und nahm den Hörer ab. »Hallo?«

»Catherine!« sagte Alan Hamilton. Er schien außer Atem zu sein. »Gott sei Dank, daß ich dich noch erreicht habe!«

»Ist was nicht in Ordnung?«

»Du bist in Lebensgefahr! Ich glaube, daß jemand dich ermorden will!«

Sie stöhnte leise auf. Ihr schlimmster Alptraum schien plötzlich wahr zu werden. Ihr schwindelte. »Wer?«

»Das weiß ich nicht. Aber ich möchte, daß du bleibst, wo du bist. Bleib im Büro! Red mit keinem Menschen! Ich komme und hol' dich ab.«

»Alan, ich ...«

»Keine Angst, ich bin schon unterwegs. Schließ dich ein! Ich komme, so schnell ich kann.«

Am anderen Ende wurde eingehängt.

Catherine legte langsam den Hörer auf. »O mein Gott!«

Atanas erschien an der Tür. Als er sah, wie blaß Catherine war, trat er rasch näher. »Ist was nicht in Ordnung, Miss Alexander?«

Sie drehte sich zu ihm um. »Jemand ... jemand will mich umbringen.«

Er starrte sie erschrocken an. »Warum? Wer ... wer könnte das tun wollen?«

»Das weiß ich nicht sicher.«

Sie hörten ein Klopfen an der Eingangstür.

Atanas sah Catherine fragend an. »Soll ich ...?«

»Nein«, sagte sie rasch. »Laß niemanden rein. Doktor Hamilton ist hierher unterwegs.«

Das Klopfen wurde lauter, energischer.

»Sie könnten sich im Keller verstecken«, flüsterte Atanas. »Dort unten wären Sie sicher.«

Catherine nickte nervös. »Ja, das stimmt.«

Sie schlichen den Flur entlang zur Kellertür. »Wenn Doktor Hamilton kommt, sagst du ihm, wo ich bin.«

»Werden Sie dort unten auch keine Angst haben?«

»Nein«, antwortete Catherine.

Atanas machte Licht und ging auf der Kellertreppe voraus nach unten.

»Hier findet Sie kein Mensch«, versicherte er Catherine. »Haben Sie denn gar keinen Verdacht, wer Sie umbringen will?«

Sie dachte an Constantin Demiris und ihre Träume. *Er wird dich umbringen. Aber das war nur ein schlimmer Traum gewesen.* »Nein, keinen bestimmten.«

Atanas sah sie an und flüsterte: »Ich weiß, wer der Mörder ist, glaub' ich.«

Catherine starrte ihn an. »Wer?«

»Ich, Catherine.« Er hielt plötzlich ein offenes Klappmesser in der Hand und drückte die Schneide an ihre Kehle.

»Laß das, Atanas! Dies ist nicht der richtige Augenblick für makabre ...«

Sie spürte, wie er den Druck auf die Schneide verstärkte.

»Hast du mal *Eine Verabredung in Samarra* gelesen, Catherine? Nein? Nun, dafür ist es jetzt auch zu spät, nicht wahr? Die Geschichte handelt von einem Mann, der vor dem Tod flüchten wollte. Er ist nach Samarra geflohen, aber der Tod hat ihn dort erwartet. Dies ist dein Samarra, Catherine.«

Aus dem Mund dieses so unschuldig wirkenden Jungen klangen solche schrecklichen Worte obszön.

»Atanas, bitte! Du kannst kein ...«

Er schlug ihr brutal ins Gesicht. »Ich kann kein Mörder sein, weil ich ein kleiner Junge bin? Habe ich dich nicht gut getäuscht? Das liegt daran, daß ich ein brillanter Schauspieler bin. In Wirklichkeit bin ich dreißig Jahre alt, Catherine. Weißt du, warum ich wie ein kleiner Junge aussehe? Weil ich in meiner Kindheit nie genug zu essen gekriegt habe. Ich habe von Abfällen gelebt, die ich mir nachts aus Mülltonnen holen mußte.« Er nahm das Messer keinen Millimeter von ihrer Kehle. »Als Siebenjähriger habe ich zusehen müssen, wie die Türken meine Mutter vergewaltigten und meinen Vater erstachen – und danach haben sie mich vergewaltigt und liegengelassen, weil sie mich tot glaubten.«

Er drängte Catherine rückwärts tiefer in den Keller hinein.

»Atanas, ich ... ich habe dir nie etwas getan. Ich ...«

Er lächelte sein jungenhaftes Lächeln. »Was ich tue, hat keine persönlichen Gründe. Dies ist eine geschäftliche Transaktion. Tot bringst du mir fünfzigtausend Dollar.«

Catherine sah alles wie durch einen roten Schleier. Ein Teil ihres Ichs schien ihren Körper verlassen zu haben und die Ereignisse von außen zu beobachten.

»Ich hatte einen wundervollen Plan für dich ausgearbeitet. Aber der Boß hat's jetzt eilig – deshalb müssen wir improvisieren, nicht wahr?«

Mit zwei, drei raschen Bewegungen schlitzte er ihr Kleid und Unterwäsche auf.

»Hübsch«, meinte er. »Sehr hübsch. Eigentlich wollte ich mich erst ein bißchen mit dir amüsieren, aber da dein Doktorfreund hierher unterwegs ist, bleibt uns keine Zeit dafür, stimmt's? Dein Pech, denn ich bin ein hervorragender Liebhaber!«

Catherine stand, nach Atem ringend und zu keiner Bewegung fähig, vor ihm.

Atanas griff in die Innentasche seiner Jacke und zog eine flache Halbliterflasche heraus. Sie enthielt eine bläßlich-bernsteinfarbene Flüssigkeit. »Magst du Slibowitz? Komm, wir trinken auf deinen Unfall!« Als er das Messer dazu benutzte, die Flasche zu öffnen, spielte Catherine einen Augenblick mit dem Gedanken, einen Fluchtversuch zu wagen.

»Tu's doch«, forderte Atanas sie halblaut auf. »Versuch's mal! Los!«

Catherine fuhr sich mit der Zungenspitze über die Lippen. »Hör zu, ich . . . ich zahle dir, was du willst. Ich . . .«

»Gib dir keine Mühe.« Atanas nahm einen großen Schluck aus der Flasche und hielt sie dann Catherine hin. »Trink!« forderte er sie auf.

»Nein. Ich trinke keinen . . .«

»Trink!«

Catherine griff nach der Flasche und trank einen kleinen Schluck. Der Schnaps brannte wie Feuer in ihrer Kehle. Atanas nahm ihr die Flasche ab und setzte zu einem weiteren langen Zug an.

»Wer hat deinem Doktorfreund den Tip gegeben, daß du ermordet werden sollst?«

»Ich . . . das weiß ich nicht.«

»Ist auch unwichtig.« Atanas deutete auf einen der massiven Balken, mit denen die Kellerdecke abgestützt war. »Stell dich dort drüben hin.«

Catherine sah zur Kellertreppe hinüber. Dann spürte sie, wie die Messerspitze sich in ihren Nacken bohrte. »Soll ich nachhelfen?«

Catherine trat an den Stützbalken.

»Braves Mädchen«, sagte Atanas. »Setz dich hin.« Er wandte sich kurz ab. In diesem Augenblick rannte Catherine los.

Ihr Puls jagte, während sie zur Kellertreppe hastete. Sie wußte, daß sie um ihr Leben lief. Sie erreichte die unterste Stufe, aber als sie den Fuß heben wollte, griff eine Hand nach ihrem Knöchel und riß sie zurück. Er war unglaublich stark.

»Schlampe!«

Er packte sie an den Haaren und riß ihr Gesicht zu sich heran. »Versuch das nicht noch mal, sonst brech' ich dir die Beine!«

Catherine spürte die Messerspitze zwischen ihren Schulterblättern.

»Los, beweg dich!«

Atanas zwang sie, vor ihm her zu dem Stützbalken zu gehen, und stieß sie dort zu Boden.

»Du rührst dich nicht von der Stelle, kapiert?«

Catherine beobachtete, wie er an einen Stapel Kartons trat, die mit kräftigen Stricken verschnürt waren. Er schnitt zwei lange Schnüre ab und kam damit zurück.

»Halt die Hände hinter den Balken.«

»Nein, Atanas, ich ...«

Seine Faust traf ihren Wangenknochen, und der Kellerraum verschwamm für Sekunden vor ihren Augen. Atanas beugte sich über sie und fauchte: »Sag nie wieder nein zu mir. Tu, was ich dir sage, sonst schneid' ich dir den verdammten Kopf ab!«

Catherine hielt ihre Hände hinter den Stützbalken und fühlte im nächsten Augenblick, wie die Schnur in ihre Handgelenke schnitt, als Atanas sie fesselte.

»Bitte!« sagte sie. »Das ist zu fest.«

»Nein, es ist genau richtig«, versicherte er ihr grinsend. Mit der zweiten Schnur band er ihre Beine an den Knöcheln zusammen. Dann erhob er sich. »Fertig!« sagte er. »Sauber und ordentlich.« Er nahm einen weiteren Schluck aus der Flasche. »Noch einen Drink?«

Catherine schüttelte den Kopf.

Er zuckte die Achseln. »Auch recht.«

Sie beobachtete, wie er die Flasche erneut an die Lippen setzte. *Vielleicht betrinkt er sich und schläft ein,* dachte Catherine verzweifelt.

»Früher hab' ich jeden Tag einen Liter getrunken«, prahlte Atanas. Er legte die leere Schnapsflasche auf den Boden. »So, jetzt an die Arbeit!«

»Was... was hast du vor?«

»Ich werde einen kleinen Unfall produzieren. Das wird mein Meisterstück. Vielleicht muß mir Demiris dafür sogar das doppelte Honorar zahlen.«

*Demiris! Dann hat mein Traum also doch einen realen Hintergrund gehabt. Er will mich ermorden lassen. Aber weshalb?*

Catherine sah Atanas zu, wie er quer durch den Raum auf den riesigen Heizkessel zuging. Er öffnete die Kesseltür und begutachtete die kleine Dauerflamme und die acht Gasbrenner, die den Kessel beheizten. Das Sicherheitsventil war durch einen Drahtkäfig geschützt. Atanas klemmte einen Holzsplitter, den er von dem Stützbalken abgeschnitten hatte, so in den Käfig, daß das Sicherheitsventil nicht mehr funktionieren konnte. Der Kesselthermostat stand auf 65° C. Während Catherine ihn hilflos beobachtete, stellte Atanas die höchste Temperatur ein und kam befriedigt zu ihr zurück.

»Weißt du noch, was für Schwierigkeiten wir immer mit diesem Kessel gehabt haben?« fragte Atanas. »Nun, ich fürchte, daß er jetzt doch explodieren wird.« Er trat näher an Catherine heran. »Spätestens bei zweihundert Grad geht das Ding hoch. Weißt du, was dann passiert? Die Gasleitung platzt – und die Brenner setzen das ausströmende Gas in Brand. Dann explodiert das ganze Gebäude wie eine Bombe.«

»Du bist wahnsinnig! Du willst unschuldige Menschen ...«

»Unschuldige Menschen gibt es nicht. Ihr Amerikaner glaubt immer, Happy-Ends seien unvermeidlich. Ihr seid Dummköpfe. Es gibt keine Happy-Ends.« Er bückte sich und kontrollierte die Schnur, mit der Catherines Hände an den Balken gefesselt waren. Ihre Handgelenke waren blutig aufgeschürft. Die Schnur schnitt ins Fleisch ein, und die Knoten saßen fest.

Atanas ließ seine Hände langsam und liebkosend über Catherines nackte Brüste gleiten; dann beugte er sich vor und küßte sie. »Schade, daß wir nicht mehr Zeit haben. Leider wirst du nie erfahren, was du verpaßt hast.« Er packte sie an den Haaren und küßte sie auf den Mund. Sein Atem roch stark nach Schnaps. »Adieu, Catherine«, sagte er und richtete sich auf.

»Geh nicht weg!« bat Catherine. »Wir können doch darüber reden und ...«

»Ich darf mein Flugzeug nicht verpassen. Ich fliege nach Athen zurück.« Sie beobachtete, wie er sich in Richtung Treppe entfernte. »Ich lasse das Licht an, damit du siehst, wie's passiert.« Im nächsten Augenblick hörte Catherine, wie die massive Kellertür zugeknallt und von außen verriegelt wurde. Danach blieb es still. Sie war allein.

Catherine sah zum Kesselthermometer hinüber. Seine Quecksilbersäule bewegte sich sichtbar. Die Temperatur stieg jetzt von 70° C auf 80° C und kletterte weiter. Sie bemühte sich verzweifelt, die Hände freizubekommen, aber je mehr sie an ihren Fesseln zerrte, desto fester wurden die Knoten. Sie sah erneut auf. Die Säule hatte jetzt 85° C erreicht und bewegte sich weiter.

Alan Hamilton raste wie ein Wahnsinniger über die Wimpole Street, schoß von einer Fahrspur in die andere, um schneller voranzukommen, und ignorierte das wütende Hupen erboster Autofahrer. Er bog auf den Portland Place ab und fuhr in Richtung Regent Street weiter. Dort war der Verkehr dichter, so daß er nur langsam vorwärts kam.

Im Keller des Gebäudes 217 Bond Street zeigte das Thermometer 100° C an. Der ganze Raum begann sich aufzuheizen.

Der Verkehr stand beinahe. Die Menschen waren nach Hause, zum Abendessen, ins Theater unterwegs. Alan Hamilton saß frustriert am Steuer seines Wagens. *Hätte ich die Polizei einschalten sollen? Aber was hätte das genützt? Eine neurotische Patientin behauptet, irgend jemand trachte ihr nach dem Leben. Die Polizei hätte mich ausgelacht. Nein, ich muß sie dort selbst rausholen.* Der Verkehr rollte stockend weiter.

Im Keller bewegte sich die Säule auf 150° C zu. Es war jetzt unerträglich heiß. Catherine versuchte erneut, sich zu befreien. Ihre Handgelenke bluteten, aber die Schnur hielt.

Beim Einbiegen in die New Bond Street raste Alan über einen Fußgängerübergang und hätte um ein Haar zwei alte Damen über den Haufen gefahren. Hinter sich hörte er das schrille Signal einer Polizeipfeife. Einen Augenblick lang war er versucht, zu halten und den Uniformierten um Hilfe zu bitten. Aber es blieb keine Zeit für lange Erklärungen. Er fuhr weiter.

In der Regent Street fuhr ein riesiger Lastwagen in eine Kreuzung ein und blockierte die ganze Straße. Alan Hamilton hupte ungeduldig, kurbelte sein Fenster herunter und rief: »Los, fahren Sie weiter! Machen Sie schon!«

Der Lastwagenfahrer grinste phlegmatisch. »Was 'n los, Kumpel? Wo brennt's denn?«

Im Kreuzungsbereich stauten sich jetzt Dutzende von Fahrzeugen. Als der Verkehr endlich wieder in Gang kam, raste Alan Hamilton in Richtung Bond Street weiter. Für einen Weg von zehn Minuten hatte er fast eine halbe Stunde gebraucht.

Im Keller war die Temperatursäule auf 200° C gestiegen.

Endlich! Das Bürogebäude! Alan Hamilton hielt auf der gegenüberliegenden Straßenseite mit kreischenden Bremsen. Er sprang aus dem Wagen und wollte eben die Straße überqueren, als er entsetzt stehen blieb. Der Boden unter seinen Füßen erzitterte, als das Gebäude wie eine riesige Bombe explodierte und die Luft mit Flammen und Trümmern erfüllte.

Und mit Tod.

## 31

Atanas Stavitsch fühlte sich quälend stark erregt. Er hatte es sich zur Regel gemacht, seine männlichen oder weiblichen Opfer zu vergewaltigen, bevor er sie umbrachte, und fand dieses Vorspiel stets aufregend. Jetzt war er frustriert, weil er nicht die Zeit gehabt hatte, Catherine dieser Prozedur zu unterziehen.

Er sah auf seine Armbanduhr. Sein Flugzeug ging erst um 23 Uhr, und er hatte noch reichlich Zeit. Mit einem Taxi fuhr er zum Shepherd's Market und schlenderte durch das Labyrinth aus engen Straßen und Gassen. An vielen Straßenecken standen Mädchen, die vorbeigehende Männer ansprachen.

»Hallo, Schätzchen, wie wär's heut abend mit 'ner Französischstunde?«

»Hast du Lust auf 'ne kleine Party?«

»Interessiert dich Griechisch?«

Keine der Frauen sprach Atanas an. Er näherte sich einer hochgewachsenen Blondine, die ein Lederkostüm mit kurzem Rock und hochhackige Pumps trug.

»Guten Abend«, sagte Atanas höflich.

Sie sah amüsiert auf ihn herab. »Hallo, Kleiner. Weiß deine Mami, daß du hier unterwegs bist?«

Atanas lächelte schüchtern. »Ja, Ma'am. Ich dachte, wenn Sie gerade nichts zu tun hätten . . .«

Die Prostituierte lachte. »Ach, tatsächlich? Und was würdest du tun, wenn ich *nichts* zu tun hätte? Hast du's überhaupt schon mal mit 'ner Frau gemacht?«

»Einmal«, sagte Atanas leise. »Es war schön.«

»Du bist ein verdammt kleiner Fisch«, stellte die Nutte lachend fest. »So kleine werfe ich sonst zurück, aber heute abend ist nicht viel los. Hast du zehn Shilling?«

»Ja, Ma'am.«

»Na, komm, Süßer, geh'n wir rauf zu mir.«

Sie führte Atanas ins übernächste Haus und zwei Treppen hinauf in ein winziges Apartment.

Atanas gab ihr das Geld.

»Gut, dann wollen wir mal sehen, ob du was damit anfangen kannst, Schätzchen.« Sie streifte ihre Sachen ab und sah zu, wie Atanas sich auszog. Sie starrte ihn verblüfft an. »Mein Gott, du bist ja riesig!«

»Findest du?«

Sie streckte sich auf dem Bett aus. »Vorsichtig!« mahnte sie. »Tu mir nicht weh.«

Atanas trat ans Bett. Im allgemeinen machte es ihm Spaß, Nutten zu mißhandeln. Das steigerte seine Lust. Aber er wußte nur allzugut, daß er heute nichts Verdächtiges tun oder gar eine Fährte für die Polizei hinterlassen durfte. Deshalb lächelte er auf sie hinunter und sagte: »Heute ist dein Glückstag.«

»Was?«

»Nichts.« Er wälzte sich über sie, schloß die Augen und drang in sie ein. Er tat ihr weh und stellte sich vor, sie sei Catherine, die um Gnade bat und ihn anflehte, er solle aufhören. Und während ihre Schreie ihn erregten, stieß er immer fester und wilder in sie hinein, bis schließlich alles explodierte und er befriedigt zusammensank.

»Mein Gott«, sagte die Frau. »Du bist unglaublich!«

Atanas öffnete die Augen und sah, daß es nicht Catherine war. Er war bei einer aufgedonnerten Nutte in ihrem schäbigen Zimmer. Er zog sich an, verließ das Haus und fuhr mit einem Taxi ins Hotel, wo er packte und seine Rechnung beglich.

Als er dann zum Flughafen unterwegs war, zeigte seine Armbanduhr 21.40 Uhr – reichlich Zeit, um sein Flugzeug zu erwischen.

Vor dem Schalter der Olympic Airways hatte sich eine kleine Schlange gebildet. Als Atanas an der Reihe war, übergab er der Hostess sein Flugticket. »Fliegt die Maschine pünktlich ab?«

»Ja.« Die Hostess warf einen Blick auf den Namen des Passagiers: *Mr. Atanas Stavitsch.* Sie sah erneut zu Atanas auf und nickte dann einem in der Nähe stehenden Mann zu. Der Mann kam an den Schalter.

»Darf ich bitte mal Ihr Ticket sehen?«

Atanas hielt es ihm hin. »Ist was nicht in Ordnung?« erkundigte er sich.

»Tut mir leid, aber ich fürchte, daß dieser Flug überbucht worden ist«, sagte der Mann. »Wenn Sie bitte mit ins Büro kommen würden. Ich kann versuchen, die Sache zu regeln.«

Atanas zuckte mit den Schultern. »Meinetwegen.« Während er dem Mann ins Büro folgte, überließ er sich seiner Euphorie. Demiris war vermutlich längst wieder frei. Einer so wichtigen Persönlichkeit konnte die Justiz nichts anhaben. Alles hatte wunderbar geklappt. Er würde die 50000 Dollar kassieren und auf eines seiner Nummernkonten in der Schweiz überweisen. Danach ein kleiner Urlaub. Vielleicht an der Riviera – oder in Rio. Die Strichjungen in Rio gefielen ihm.

Atanas betrat das Büro, blieb ruckartig stehen und riß die Augen auf. Er wurde aschfahl. »Du bist tot!« kreischte er. »Du bist tot! Ich hab' dich umgebracht!«

Atanas kreischte noch immer, als er nach draußen zu einem Polizeibus mit vergitterten Fenstern geführt wurde. Nachdem er den Raum verlassen hatte, wandte Alan Hamilton sich an Catherine. »Es ist vorbei, Liebling. Es ist endlich vorbei.«

# 32

Im Keller des alten Gebäudes hatte Catherine einige Stunden zuvor verzweifelt versucht, ihre Hände zu befreien. Je mehr sie an den Fesseln zerrte, desto fester wurden die Knoten. Ihre Finger begannen gefühllos zu werden. Immer wieder wanderte ihr Blick zum Kessel hinüber. Die Quecksilbersäule hatte inzwischen 125° C erreicht. *Spätestens bei 200 Grad geht das Ding hoch. Es muß einen Ausweg geben! Es muß einen geben!*

Ihr Blick fiel auf die Schnapsflasche, die Atanas auf dem Steinboden zurückgelassen hatte. Catherine starrte sie an, und ihr Puls begann zu jagen. *Das ist meine Chance! Wenn ich sie nur ...* Sie glitt am Stützbalken entlang tiefer, angelte mit den Füßen nach der Flasche und verfehlte sie nur knapp. Sie rutschte noch tiefer, ohne auf die Splitter zu achten, die in ihren Rücken drangen. Jetzt war die Flasche nur mehr wenige Zentimeter von ihren Füßen entfernt. Catherines Augen füllten sich mit Tränen. *Noch einen Versuch! Nur noch einen!*

Sie rutschte noch tiefer, wobei sich weitere Holzsplitter schmerzhaft in ihren Rücken bohrten, und angelte verzweifelt nach der Flasche. Ein Fuß berührte das Glas. *Vorsichtig, damit du sie nicht wegstößt!* Sie bugsierte die Flasche ganz langsam ein kleines Stück heran, bis sie ihre gefesselten Knöchel darüberlegen konnte. Dann zog sie die Flasche mit den Füßen ganz zu sich heran. Schließlich lag sie neben ihr.

Catherine starrte das Thermometer an. 140° C. Es fiel ihr schwer, die in ihr aufsteigende Panik zu unterdrücken. Sie schob die Flasche mühsam mit den Füßen um den Balken herum hinter sich. Ihre Finger berührten sie, aber sie waren zu gefühllos und von dem Blut, das von ihren aufgescheuerten Handgelenken tropfte, zu glitschig, um sie richtig fassen zu können.

Im Keller wurde es allmählich unerträglich heiß. Catherine versuchte es wieder und wieder. Die Flasche rutschte ihr weg. Catherine sah hastig zum Thermometer hinüber. *150° C,* und die Säule schien immer schneller zu wachsen. Aus dem Kessel begann jetzt zischend Dampf zu entweichen. Sie versuchte erneut, die Flasche richtig zu fassen zu bekommen.

Endlich! Catherine hielt die Flasche in ihren gefesselten Händen. Sie umklammerte sie, hob beide Arme, ließ sie nach unten fallen und schmetterte die Flasche auf den Betonboden. Aber das Glas blieb heil. Sie versuchte es noch mal. Nichts. Das Thermometer kletterte unablässig. *170° C!* Catherine holte tief Luft und schmetterte die Flasche mit letzter Kraft auf den Beton. Diesmal zersprang sie klirrend. *Großer Gott, ich danke dir!*

Catherine hielt den abgebrochenen Flaschenhals mit einer Hand umklammert und machte sich daran, ihre Fesseln zu durchschneiden. Die scharfen Glaskanten zerschnitten ihr die Handgelenke, aber sie spürte keinen Schmerz. Und plötzlich waren ihre Hände frei. *Jetzt die Fußfesseln!*

Das Thermometer stand auf 190° C. Aus dem Kessel fauchten jetzt armdicke Dampfstrahlen. Catherine kam schwankend auf die Beine. Selbst wenn Atanas die Kellertür nicht verriegelt hatte, würde sie nicht mehr rechtzeitig vor der Explosion aus dem Gebäude kommen.

Catherine rannte zum Kessel hinüber und riß an dem Holzstück, mit dem das Sicherheitsventil blockiert war. Aber es saß unverrückbar fest. *200° C!*

Ihr blieben nur noch Sekunden. Sie lief zu der in den Luftschutzkeller führenden zweiten Tür, war mit einem Sprung hindurch und knallte die massive Tür hinter sich zu. Sie warf sich schweratmend auf den Betonboden des riesigen Schutzraums. Sekunden später ließ eine gewaltige Explosion den Raum erzittern. Catherine lag nach Atem ringend im Dunkel und hörte das Brausen der Flammen hinter der brandsicheren Schutzraumtür. Sie war gerettet. Alles war vorüber. *Nein, noch nicht. Ich habe noch eine Rechnung offen.*

Als die Feuerwehrleute sie eine Stunde später aus den immer noch schwelenden Ruinen führten, war Alan Hamilton da. Catherine warf sich in seine Arme, und er hielt sie an sich gedrückt.

»Catherine . . . Liebling. Ich hab' solche Angst um dich gehabt! Wie bist du . . . ?«

»Später«, sagte Catherine. »Erst müssen wir Atanas Stavitsch aufhalten!«

# 33

Die Trauung fand im engsten Familienkreis auf dem Landsitz von Alans Schwester in Sussex statt. Catherines neue Schwägerin erwies sich als liebenswürdige Gastgeberin, die genauso aussah wie auf dem gerahmten Foto auf dem Schreibtisch ihres Bruders. Ihr Sohn besuchte zur Zeit eine Internatsschule. Nach einem geruhsamen Wochenende auf dem Land flogen Catherine und Alan nach Venedig in die Flitterwochen.

Venedig glich einer farbenprächtigen Seite aus einem mittelalterlichen Geschichtsbuch: eine zauberhafte Lagunenstadt aus einer Unzahl Inseln, Kanälen und Brücken. Catherine und Alan Hamilton landeten auf dem Aeroporto Marco Polo nördlich von Venedig, fuhren mit einem Motorboot zur Endhaltestelle am Markusplatz und quartierten sich im Royal Danieli ein – einem schönen alten Hotel in der Nähe des Dogenpalasts.

Vor den Fenstern ihrer mit herrlichen antiken Möbeln eingerichteten Luxussuite breitete sich der Canale Grande aus.

»Was möchtest du als erstes tun?« fragte Alan.

Catherine trat auf ihn zu und umarmte ihn. »Dreimal darfst du raten!«

Sie packten später aus.

Venedig war Balsam auf Catherines Wunden. Sie vergaß ihre grauenhaften Alpträume und die Schrecken der Vergangenheit.

Gemeinsam mit Alan erforschte sie die Stadt. Der nur wenige Meter von ihrem Hotel entfernte Markusplatz war zeitlich Jahrhunderte entfernt. Die Markuskirche, deren Mauern und Gewölbe mit atemberaubenden Fresken und Mosaiken bedeckt waren, war Kathedrale und Kunstgalerie zugleich.

Sie besichtigten den Dogenpalast mit seinen herrlich ausgemalten Zimmern und Sälen und standen auf der Seufzerbrücke, über die in früheren Jahrhunderten Gefangene in den Tod gegangen waren.

Sie besuchten Kirchen und Museen und einige der vorgelagerten Inseln. Sie fuhren nach Murano, um die Glasbläser zu bewundern, und sahen auf der Insel Burano Frauen beim Spitzenklöppeln zu. Sie nahmen das Motorboot zur Insel Torcello und dinierten auf der Insel Giudecca im wundervollen Garten des Hotels Cipriani.

Der Garten erinnerte Catherine an den Klostergarten, und sie dachte daran, wie einsam sie dort gewesen war. Und sie sah über den Tisch hinweg ihren Liebsten an und dachte: *Lieber Gott, ich danke dir.*

Gegen Ende ihrer Hochzeitsreise ging an einem Freitag überraschend ein starkes Gewitter los.

Catherine und Alan flüchteten sich völlig durchnäßt in ihr Hotel. Danach standen sie am Fenster und sahen in den Wolkenbruch hinaus.

»Das mit dem Regen dort draußen tut mir leid, Mrs. Hamilton«, sagte Alan. »Die Prospekte haben Sonnenschein versprochen.«

Catherine lächelte. »Was für ein Regen? Ich bin so glücklich, Alan.«

Blitze zuckten über den Himmel, und der fast gleichzeitige Donner war ohrenbetäubend laut. Bei Catherine weckte er die Erinnerung an ein anderes Geräusch: die Kesselexplosion.

Sie drehte sich zu Alan um. »Sollte heute nicht das Urteil verkündet werden?«

Er zögerte. »Ja. Ich habe nichts davon gesagt, weil ...«

»Nein, das ist in Ordnung. Ich möchte es wissen.«

Alan nickte, nachdem er sie prüfend gemustert hatte. »Du hast recht.«

Catherine sah ihm zu, wie er ans Radio trat und das Gerät anstellte. Er suchte die Skala ab, bis er die BBC-Nachrichten gefunden hatte.

»... daraufhin ist der Ministerpräsident heute zurückgetreten. Er will jedoch versuchen, eine neue Koalitionsregierung zu bilden.« Im Lautsprecher knackte es immer wieder, und die Stimme des Nachrichtensprechers schwankte.

»Das kommt von diesem verdammten Gewitter«, stellte Alan fest.

Der Ton wurde erneut lauter. »In Athen ist der Prozeß gegen den Großreeder Constantin Demiris vor wenigen Minuten mit der

Urteilsverkündung zu Ende gegangen. Zur allgemeinen Überraschung der Prozeßbeobachter wurde der Angeklagte ...«

Das Radio verstummte.

Catherine runzelte die Stirn. »Wie ... wie könnte das Urteil gelautet haben?«

Ihr Mann nahm sie in die Arme und sagte: »Das hängt davon ab, ob man an Happy-Ends glaubt.«

# Epilog

Fünf Tage vor Beginn der Verhandlung gegen Constantin Demiris sperrte ein Aufseher seine Zellentür auf.

»Besuch für Sie.«

Constantin Demiris hob den Kopf. Außer seinem Verteidiger hatte er bisher keinen Besuch empfangen dürfen. Er weigerte sich, Neugier erkennen zu lassen. Diese Schweinehunde behandelten ihn wie einen gewöhnlichen Kriminellen. Aber er würde ihnen nicht die Befriedigung verschaffen, Gefühle zu zeigen. Er folgte dem Aufseher den Korridor entlang in ein kleines Besprechungszimmer.

»Dort drinnen.«

Demiris betrat den Raum und blieb an der Tür stehen. Vor ihm saß ein schwerbehinderter alter Mann in einem Rollstuhl. Das Gesicht unter seinem weißen Haar war ein grausiges Flickwerk aus verbrannten und vernarbten Hautstücken. Seine Lippen waren für ewig zu einem gräßlichen Lächeln verzerrt. Demiris brauchte einige Sekunden, um zu begreifen, wer der Besucher war. Dann wurde er aschfahl. »Mein Gott!«

»Ich bin kein Gespenst«, sagte Napoleon Chotas. »Komm nur rein, Costa.«

Demiris fand seine Stimme wieder. »Aber das Feuer...«

»Ich bin aus dem Fenster gesprungen und habe mir das Rückgrat gebrochen. Mein Butler hat mich fortgeschafft, bevor die Feuerwehr kam. Ich wollte nicht, daß du erfährst, daß ich mit dem Leben davongekommen war. Ich hatte nicht die Kraft, den Kampf gegen dich fortzusetzen.«

»Aber... die Polizei hat einen Toten gefunden.«

»Das war mein Hausmeister.«

Demiris sank auf einen Stuhl. »Ich ... ich bin froh, daß du lebst«, sagte er mit schwacher Stimme.

»Das solltest du auch sein. Ich werde dir das Leben retten.«

Constantin Demiris betrachtete ihn mißtrauisch. »Wie meinst du das?«

»Ich werde dich verteidigen.«

Demiris lachte auf. »Unsinn, Leon! Hältst du mich nach so vielen Jahren für einen Dummkopf? Wie kommst du darauf, daß ich mein Leben in deine Hände legen würde?«

»Weil ich der einzige bin, der dich retten kann, Costa.«

Constantin Demiris stand auf. »Nein, danke.« Er ging zur Tür.

»Ich habe mit Spyros Lambrou gesprochen. Ich habe ihn dazu überredet, als Zeuge auszusagen, er sei zum Zeitpunkt der Ermordung seiner Schwester mit dir zusammengewesen.«

Demiris blieb ruckartig stehen und drehte sich um. »Weshalb sollte er das tun?«

Chotas beugte sich im Rollstuhl vor. »Weil ich ihn davon überzeugt habe, daß er sich besser an dir rächen kann, wenn er dir statt des Lebens dein Vermögen nimmt.«

»Das verstehe ich nicht.«

»Ich habe Lambrou erklärt, daß du ihm dein gesamtes Vermögen überschreibst, wenn er zu deinen Gunsten aussagt. Deine Schiffe, deine Firmen, deine Immobilien – deinen gesamten Besitz.«

»Du bist verrückt!«

»Meinst du? Überleg es dir gut, Costa. Seine Aussage kann dir das Leben retten. Ist dein Besitz dir mehr wert als dein Leben?«

Danach entstand eine lange Pause. Demiris setzte sich wieder. »Er ist bereit, vor Gericht auszusagen, daß wir zusammengewesen waren, als Melina ermordet wurde?«

»Ganz recht.«

»Und dafür will er ...«

»Alles.«

Constantin Demiris schüttelte den Kopf. »Er müßte mir meine...«

»*Alles.* Er will, daß du vollkommen mittellos dastehst. Das ist seine Rache.«

Demiris beschäftigte eine andere Frage. »Und was hättest du davon, Leon?«

Chotas grinste sein starres Totenkopflächeln. »Ich kriege alles.«

»Das verstehe ich nicht.«

»Bevor du die Hellenic Trade Corporation deinem Schwager überschreibst, transferierst du sämtliche Aktiva auf eine neue Gesellschaft. Auf eine Gesellschaft, die mir gehört.«

Demiris starrte ihn an. »Lambrou geht also leer aus.«

Chotas zuckte mit den Schultern. »Es gibt immer Gewinner und Verlierer.«

»Wird Lambrou denn nicht mißtrauisch?«

»Nicht bei meiner Methode.«

Demiris runzelte die Stirn. »Woher weiß ich, daß du mich nicht reinlegst, wenn du schon Lambrou reinlegen willst?«

»Nichts leichter als das, mein lieber Costa. Wir vereinbaren vertraglich, daß die neue Firma mir nur unter der Bedingung gehört, daß du freigesprochen wirst. Solltest du wegen Mordes verurteilt werden, bekomme ich nichts.«

Sein Vorschlag begann Constantin Demiris zu interessieren. Er lehnte sich zurück und studierte den verkrüppelten Mann. *Würde er den Prozeß absichtlich verlieren und auf Hunderte von Millionen Dollar verzichten, nur um sich an mir zu rächen? Nein, so dumm ist er nicht.* »Gut«, sagte Demiris langsam. »Abgemacht.«

»Sehr vernünftig«, stimmte Chotas zu. »Du hast dir gerade das Leben gerettet, Costa.«

*Und nicht nur das!* dachte Demiris. *Ich habe zehn Millionen Dollar so untergebracht, daß sie keiner findet.*

Das Gespräch zwischen Napoleon Chotas und Spyros Lambrou war sehr schwierig gewesen. Melinas Bruder hätte Chotas beinahe hinausgeworfen.

»Ich soll aussagen, damit dieses Ungeheuer am Leben bleibt? Scheren Sie sich zum Teufel!«

»Sie wollen sich rächen. Ist es nicht so?« hatte Napoleon Chotas gefragt.

»Allerdings! Und ich bekomme meine Rache!«

»Sie kennen Costa doch. Sein Reichtum bedeutet ihm mehr als sein Leben. Wird er hingerichtet, ist sein Schmerz in wenigen Sekunden vorbei – aber wenn Sie ihm alles wegnehmen, was er besitzt, wenn sie ihn zwingen, mittellos weiterzuleben, bestrafen Sie ihn viel härter und nachhaltiger.«

Und damit hatte der Anwalt recht. Demiris war der geldgierigste Mann, dem Spyros je begegnet war. »Sie sagen, daß er bereit ist, mir alles zu überschreiben, was er besitzt?«

»Alles. Seine Flotte, seine Gesellschaften, seine Immobilien, sein gesamtes Vermögen.«

Das war eine gewaltige Versuchung. »Lassen Sie mich darüber nachdenken.« Lambrou beobachtete, wie der Anwalt seinen Rollstuhl hinauslenkte. *Armer Teufel! Was hat der noch vom Leben?*

Nach Mitternacht erreichte Napoleon Chotas ein Anruf von Spyros Lambrou. »Der Handel gilt.«

Die Presse überschlug sich beinahe. Constantin Demiris stand nicht nur wegen Mordes an seiner Frau vor Gericht, sondern wurde noch dazu von einem von den Toten Auferstandenen verteidigt – von dem brillanten Strafverteidiger, der in seinem bis auf die Grundmauern niedergebrannten Haus umgekommen sein sollte.

Die Verhandlung fand im selben Saal statt wie der Prozeß gegen Noelle Page und Larry Douglas. Constantin Demiris saß aufrecht und unnahbar auf der Anklagebank. Neben ihm hockte Napoleon Chotas zusammengesunken in seinem Rollstuhl. Der Anklagevertreter war der Sonderermittler der Staatsanwaltschaft, Delma.

Zu Prozeßbeginn wandte Delma sich an die Geschworenen.

»Meine Damen und Herren Geschworenen! Constantin Demiris gehört zu den mächtigsten Männern der Welt. Seinem gewaltigen Vermögen verdankt er zahlreiche Privilegien. Aber eines kann es ihm nicht verschaffen: das Recht, einen kaltblütigen Mord zu verüben. Dieses Recht besitzt kein Mensch.« Sein Blick streifte Demiris. »Die Anklage wird zweifelsfrei beweisen, daß Constantin Demiris des brutalen Mordes an seiner Frau, die ihn geliebt hat, schuldig ist. Ich bin davon überzeugt, daß am Ende der Beweisaufnahme nur ein einziges Urteil möglich sein wird: schuldig wegen Mordes.« Er ging an seinen Platz zurück.

Der vorsitzende Richter wandte sich an Napoleon Chotas. »Ist die Verteidigung bereit, ihr Eröffnungsplädoyer zu halten?«

»Ja, Hohes Gericht.« Chotas lenkte seinen Rollstuhl vor die Geschworenenbank. Er sah das Mitleid auf den Gesichtern der Männer und Frauen, die sich bemühten, über sein entstelltes Gesicht und seinen verkrüppelten Körper hinwegzusehen. »Gegen Constantin Demiris wird hier nicht verhandelt, weil er reich und mächtig ist. Oder vielleicht ist er *wegen* dieser Eigenschaften vor die Schranken dieses Gerichts gezerrt worden. Die Schwachen sind stets bemüht, die Starken zu stürzen, nicht wahr? Herr Demiris ist vielleicht schuldig, reich und mächtig zu sein – aber eine Tatsache werde ich zweifelsfrei beweisen: Er ist nicht schuldig, seine Frau ermordet zu haben.«

Der Prozeß hatte begonnen.

Staatsanwalt Delma hatte Kriminalinspektor Theophilos in den Zeugenstand gerufen.

»Würden Sie uns bitte schildern, was Sie beim Betreten des Strandhauses gesehen haben, Inspektor?«

»Der ganze Raum war verwüstet. Lampen, Sessel, Tische und andere Möbelstücke waren umgestürzt.«

»Als ob dort ein heftiger Kampf stattgefunden hätte?«

»Ganz recht. Als ob dort eingebrochen worden wäre.«

»Am Tatort haben Sie ein blutiges Messer gefunden, nicht wahr?«

»Ja, das stimmt.«

»Und an diesem Messer haben sich Fingerabdrücke feststellen lassen?«

»Richtig.«

»Wessen Fingerabdrücke?«

»Die des Angeklagten.«

Die Blicke der Geschworenen gingen zu Constantin Demiris.

»Was haben Sie bei der Durchsuchung des Hauses sonst noch entdeckt?«

»Auf dem Boden eines Kleiderschranks haben wir eine blutbefleckte Badehose mit dem Monogramm des Angeklagten gefunden.«

»Kann sie nicht schon längere Zeit dort gelegen haben?«

»Nein. Sie war noch feucht vom Meerwasser.«

»Ich danke Ihnen.«

Nun war Napoleon Chotas an der Reihe. »Inspektor Theophilos, Sie haben Gelegenheit gehabt, persönlich mit dem Angeklagten zu sprechen, nicht wahr?«

»Ja, das stimmt.«

»Wie würden Sie ihn physisch beschreiben?«

»Hmmm ...« Der Kriminalbeamte sah zu Demiris hinüber. »Als großen Mann.«

»Hat er stark ausgesehen? Körperlich, meine ich.«

»Ja.«

»Also kein Mann, der einen Raum auf den Kopf stellen müßte, um seine Frau zu ermorden?«

Delma sprang auf. »Einspruch!«

»Stattgegeben. Der Herr Verteidiger stellte dem Zeugen bitte keine Suggestivfragen.«

»Ich bitte um Verzeihung, Hohes Gericht.« Chotas wandte sich erneut an den Kriminalbeamten. »Haben Sie bei Ihrem Gespräch mit Herrn Demiris den Eindruck gewonnen, er sei ein intelligenter Mensch?«

»Ja, denn so reich wie er wird man nur, wenn man verdammt clever ist.«

»Ich bin ganz Ihrer Meinung, Inspektor. Und das wirft eine sehr interessante Frage auf: Wie könnte ein Mann wie Constantin Demiris dumm genug sein, einen Mord zu verüben und am Tatort ein Messer mit seinen Fingerabdrücken und eine blutbefleckte Badehose mit seinem Monogramm zurückzulassen... Würden Sie das nicht auch als wenig intelligent bezeichnen?«

»Nun, in der Hitze eines Verbrechens tun Menschen manchmal seltsame Dinge.«

»Die Polizei hat einen goldfarbenen Knopf von einer Jacke gefunden, die Herr Demiris getragen haben soll, nicht wahr?«

»Ja, das stimmt.«

»Und dieser Knopf gehört zu den wichtigsten Beweisen gegen Herrn Demiris. Die Polizei glaubt, seine Frau habe ihm den Knopf während eines Kampfes abgerissen, als er sie ermorden wollte?«

»Richtig.«

»Wir haben es hier mit einem Mann zu tun, der sich stets sehr elegant kleidet. Von seiner Jacke wird ein Knopf abgerissen, aber er merkt nichts davon. Er trägt diese Jacke auf der Heimfahrt, ohne den fehlenden Knopf zu bemerken. Dann zieht er die Jacke aus und hängt sie in den Kleiderschrank – und merkt noch immer nicht, daß ein Knopf fehlt. Schwer zu glauben, nicht wahr?«

Ioannis Katelanos befand sich im Zeugenstand. Der Besitzer des Detektivbüros genoß seinen Auftritt im Scheinwerferlicht der Öffentlichkeit sichtlich. Delma befragte den Zeugen.

»Sie sind der Besitzer eines Detektivbüros?«

»Ja, Herr Staatsanwalt.«

»Und Frau Demiris ist einige Tage vor ihrer Ermordung zu Ihnen gekommen?«

»Genau.«

»Was wollte sie?«

»Personenschutz. Sie hat mir erzählt, sie wolle sich von ihrem Mann scheiden lassen und er habe damit gedroht, sie zu ermorden.«

Ein Murmeln ging durch den Saal.

»Frau Demiris war wohl sehr aufgeregt?«

»O ja! Sie war völlig durcheinander.«

»Und sie hat Ihrem Büro den Auftrag erteilt, sie vor ihrem Mann zu schützen?«

»Richtig.«

»Danke, keine weiteren Fragen mehr.« Delma wandte sich an Chotas. »Ihr Zeuge, Herr Verteidiger.«

Napoleon Chotas lenkte seinen Rollstuhl zum Zeugenstand hinüber. »Herr Katelanos, wie lange sind Sie schon Privatdetektiv?«

»Seit fast fünfzehn Jahren.«

Chotas war sichtlich beeindruckt. »Das ist allerdings eine lange Zeit. Da müssen Sie wirklich sehr gute Arbeit leisten.«

»Das tue ich wohl«, sagte Katelanos bescheiden.

»Sie haben also viel Erfahrung im Umgang mit Menschen in Krisensituationen?«

»Deshalb kommen sie zu mir«, antwortete Katelanos selbstgefällig.

»Und als Frau Demiris zu Ihnen gekommen ist, hat sie da ein bißchen aufgeregt gewirkt oder ...?«

»Nein, nein, sie ist *sehr* aufgeregt gewesen! In panischer Angst, könnte man sagen.«

»Ja, ich verstehe. Weil sie gefürchtet hat, ihr Mann wolle sie ermorden.«

»Genau.«

»Wie viele Ihrer Leute haben Sie ihr mitgegeben, als sie Ihr Büro verließ? Einen? Zwei?«

»Äh, keinen. Ich habe ihr keinen mitgegeben.«

Chotas runzelte die Stirn. »Das verstehe ich nicht Weshalb nicht?«

»Nun, sie hat gesagt, wir sollten unsere Tätigkeit erst am Montag aufnehmen.«

Chotas starrte ihn verblüfft an. »Tut mir leid, aber das begreife ich nicht ganz, Herr Katelanos. Diese Frau, die zu Ihnen gekommen ist, weil sie gefürchtet hat, ihr Mann trachte ihr nach dem Leben, ist einfach wieder gegangen und hat gesagt, sie brauche Ihren Schutz erst ab Montag?«

»Äh, ja, das stimmt.«

»Da fragt man sich doch, wie groß Frau Demiris' Angst gewesen sein muß?« sagte Napoleon Chotas fast wie zu sich selbst.

Die nächste Zeugin war das Dienstmädchen des Ehepaars Demiris.

»Sie haben also das Telefongespräch zwischen Frau Demiris und ihrem Mann mitgehört?«

»Ja, Herr Staatsanwalt.«

»Können Sie den Inhalt wiedergeben?«

»Nun, Frau Demiris hat ihrem Mann erklärt, sie wolle sich von ihm scheiden lassen, und er hat geantwortet, damit sei er auf keinen Fall einverstanden.«

Delma sah zu den Geschworenen hinüber. »Aha.« Er wandte sich wieder an die Zeugin. »Was haben Sie noch gehört?«

»Er hat sie aufgefordert, sich um fünfzehn Uhr mit ihm im Strandhaus zu treffen – und allein zu kommen.«

»Er hat verlangt, sie solle allein kommen?«

»Ja. Und sie hat mich angewiesen, die Polizei zu verständigen, falls sie bis achtzehn Uhr nicht zurück sei.«

Auf der Geschworenenbank entstand Bewegung. Alle starrten jetzt Demiris an.

»Danke, keine weiteren Fragen.« Der Staatsanwalt nickte zu Chotas hinüber. »Ihre Zeugin, Herr Verteidiger.«

Napoleon Chotas lenkte seinen Rollstuhl dicht an den Zeugenstand heran. »Sie heißen Andrea, stimmt's?«

»Ja, das stimmt.« Sie versuchte, nicht in das von Brandwunden entstellte Gesicht zu blicken.

»Andrea, Ihrer Aussage nach haben Sie mitgehört, daß Frau Demiris ihrem Mann erklärt hat, sie wolle sich von ihm scheiden lassen, daß Herr Demiris gesagt hat, er sei nicht bereit, einer Scheidung zuzustimmen, und daß er sie aufgefordert hat, um fünfzehn Uhr allein ins Strandhaus zu kommen. Stimmt das alles?«

»Ja, das stimmt.«

»Sie stehen hier unter Eid, Andrea. Das alles haben Sie keineswegs gehört.«

»Doch, doch, ich hab's gehört!«

»Wie viele Telefone stehen in dem Zimmer, in dem Frau Demiris telefoniert hat?«

»Nur das eine.«

Napoleon Chotas rollte noch näher an den Zeugenstand heran. »Sie haben das Gespräch also nicht an einem anderen Apparat mitgehört?«

»Natürlich nicht! Das täte ich nie!«

»Tatsächlich haben Sie also nur gehört, was *Frau* Demiris gesagt hat. Sie hätten gar nicht hören können, was ihr Mann geantwortet hat.«

»Oh. Na ja, wahrscheinlich ...«

»Mit anderen Worten: Sie haben *nicht* gehört, daß Herr Demiris seine Frau bedroht und aufgefordert hat, sich mit ihm im Strandhaus zu treffen. Das haben Sie sich alles nur *eingebildet*, weil Sie mitbekommen haben, was Frau Demiris gesagt hat.«

Andrea war verwirrt. »Ich ... äh ... ja, so könnte man's ausdrücken, nehm' ich an.«

»Ich *drücke* es so aus. Warum sind Sie überhaupt im Zimmer gewesen, als Frau Demiris telefoniert hat?«

»Ich sollte ihr einen Tee bringen.«

»Und Sie haben ihn ihr gebracht?«

»Natürlich.«

»Sie haben ihn auf den Tisch gestellt?«

»Ja.«

»Warum sind Sie danach nicht gegangen?«

»Frau Demiris hat mir ein Zeichen gemacht, ich solle noch bleiben.«

»Sie wollte, daß Sie das Gespräch – oder dieses angebliche Gespräch – mithören?«

»Ich ... ich nehm's an.«

Die Stimme des Verteidigers war schneidend scharf geworden.

»Sie wissen also nicht einmal, ob Frau Demiris mit ihrem Mann telefoniert hat – oder ob sie überhaupt mit irgend jemandem gesprochen hat.«

Andrea nickte hilflos.

Chotas lenkte seinen Rollstuhl noch näher an den Zeugenstand heran.

»Finden Sie's nicht merkwürdig, daß Frau Demiris Sie mitten in einem sehr privaten Gespräch zum Bleiben und Zuhören aufgefordert hat? Ich weiß nur, daß wir in meinem Haus nie auf die Idee kämen, bei privaten Diskussionen unser Personal zum Mithören aufzufordern. Nein, ich unterstelle, daß dieses angebliche Gespräch niemals stattgefunden hat.

Frau Demiris hat mit überhaupt niemandem telefoniert. Sie hat ihren Mann absichtlich belastet, damit er hier und heute wegen Mordes angeklagt wurde. Aber Constantin Demiris hat seine Frau nicht ermordet. Das Beweismaterial ist sorgfältig – allzu sorgfältig – präpariert worden. Kein intelligenter Mensch würde eine Serie eindeutiger Indizien für seine Täterschaft hinterlassen. Und unabhängig davon, was Constantin Demiris vielleicht sonst ist, seine Intelligenz steht außer Zweifel.«

Mit Anschuldigungen und Gegenanschuldigungen, Gutachten und Berichten von Spurensicherung und Gerichtsmediziner wogte das Verfahren weitere fünf Tage hin und her. Nach allgemeiner Ansicht war Constantin Demiris vermutlich schuldig.

Napoleon Chotas hob sich seinen Knüller bis zuletzt auf. Dann rief er Spyros Lambrou in den Zeugenstand. Vor Prozeßbeginn hatte Constantin Demiris einen Vertrag unterzeichnet, mit dem er die Hellenic Trade Corporation mit sämtlichen Aktiva auf seinen Schwager übertrug. Einen Tag zuvor hatte er sein Imperium bereits Napoleon Chotas überschrieben, der es aber nur bekommen würde, wenn er, Demiris, freigesprochen würde.

»Herr Lambrou, Sie und Ihr Schwager Constantin Demiris haben sich nie sonderlich gut vertragen, nicht wahr?«

»Ja, das stimmt.«

»Könnte man nicht sogar sagen, daß Sie einander hassen?«

Lambrou sah zu Constantin Demiris hinüber. »Das wäre vielleicht sogar noch untertrieben.«

»Am Tag der Ermordung Ihrer Schwester hat Constantin Demiris der Kriminalpolizei gegenüber ausgesagt, er sei nicht einmal in der Nähe seines Strandhauses gewesen. Er hat weiterhin angegeben, er habe sich um fünfzehn Uhr – also zum Zeitpunkt des Todes Ihrer Schwester – mit Ihnen in Akro-Korinth getroffen. Bei Ihrer polizeilichen Vernehmung haben Sie dieses Treffen abgestritten.«

»Ja, das habe ich getan.«

»Weshalb?«

Spyros Lambrou antwortete nicht gleich. Dann war der Zorn in seiner Stimme unüberhörbar. »Demiris hat meine Schwester wie ein Stück Dreck behandelt. Er hat sie ständig gedemütigt und gequält. Diesmal hat er mich gebraucht, um ein Alibi zu haben. Aber ich wollte ihm keines liefern.«

»Und jetzt?«

»Ich kann nicht länger mit einer Lüge leben. Ich muß einfach die Wahrheit sagen!«

»Haben Sie sich an dem bewußten Nachmittag mit Constantin Demiris in Akro-Korinth getroffen?«

»Ja, das habe ich.«

Ein Aufschrei ging durch den Saal. Delma, der blaß geworden war, stand auf. »Hohes Gericht, ich erhebe Einspruch gegen ...«

»Einspruch abgelehnt!«

Der Staatsanwalt sank auf seinen Stuhl zurück. Constantin Demiris hatte sich mit glitzernden Augen vorgebeugt.

»Erzählen Sie uns von diesem Treffen. Haben Sie es vorgeschlagen?«

»Nein. Das Treffen ist Melinas Idee gewesen. Sie hat uns beide reingelegt.«

»Wie reingelegt?«

»Melina hat mich angerufen und behauptet, ihr Mann wolle sich dort oben in meiner Jagdhütte mit mir treffen, um mit mir einen Waffenstillstand zu schließen. Dann hat sie Demiris angerufen und ihm weisgemacht, ich wolle mich aus den gleichen Gründen dort oben mit ihm treffen. Nach unserer Ankunft haben wir festgestellt, daß wir einander nichts zu sagen hatten.«

»Und dieses Treffen hat nachmittags zu der Zeit stattgefunden, als Frau Demiris zu Tode kam?«

»Ja, das stimmt.«

»Von Akro-Korinth zum Strandhaus des Angeklagten fährt man etwa drei Stunden. Das habe ich nachprüfen lassen.« Napoleon Chotas wandte sich an die Geschworenen. »Da Constantin

Demiris um fünfzehn Uhr in Akro-Korinth war, kann er unmöglich vor achtzehn Uhr in seinem Strandhaus gewesen sein.« Chotas drehte sich wieder zu Spyros Lambrou um. »Sie stehen unter Eid, Herr Lambrou. Ist das, was Sie soeben ausgesagt haben, die reine Wahrheit?«

»Ja, so wahr mir Gott helfe.«

Die Geschworenen berieten vier Stunden lang. Constantin Demiris beobachtete sie gespannt, als sie in den Saal zurückkamen. Er wirkte blaß und ängstlich. Napoleon Chotas achtete nicht auf die Geschworenen. Er konzentrierte sich auf Demiris, dessen Arroganz und Selbstbewußtsein sich verflüchtigt hatten. Er sah wie ein Mann aus, der den Tod vor Augen hat.

»Meine Damen und Herren Geschworenen, sind Sie zu einem Urteilsspruch gelangt?« fragte der vorsitzende Richter.

Der Geschworenensprecher stand auf. »Ja, Hohes Gericht. Der Angeklagte ist nicht schuldig.«

Im Saal brach ein Tumult aus. Die Zuhörer schrien durcheinander; manche klatschten Beifall, andere protestierten lautstark.

Constantin Demiris strahlte übers ganze Gesicht. Er atmete tief durch, stand auf und ging zu Napoleon Chotas hinüber. »Leon, du hast es geschafft!« sagte er. »Ich schulde dir viel!«

Chotas sah ihm in die Augen. »Jetzt nicht mehr. Ich bin sehr reich, und du bist sehr arm. Komm, das muß gefeiert werden!«

Demiris schob den Rollstuhl mit dem kleinen Anwalt durchs Gewühl, an den herandrängenden Reportern vorbei und auf den Parkplatz hinaus. Napoleon Chotas deutete auf eine in der Nähe der Einfahrt geparkte schwere Limousine. »Mein Wagen steht dort drüben.«

Constantin Demiris schob ihn zur Fahrertür. »Hast du keinen Chauffeur?«

»Ich brauche keinen. Ich habe den Wagen so umrüsten lassen, daß ich ihn selbst fahren kann. Hilf mir hinein.«

Demiris sperrte die Fahrertür auf und hob Chotas hinter das Lenkrad. Er klappte den Rollstuhl zusammen und legte ihn in den Kofferraum. Danach setzte er sich neben Napoleon Chotas.

»Du bist noch immer der beste Strafverteidiger der Welt«, behauptete Constantin Demiris.

»Ja.« Chotas legte den ersten Gang ein und fuhr an. »Was hast du jetzt vor, Costa?«

»Oh, ich komme schon irgendwie zurecht«, antwortete Demiris vorsichtig. *Mit zehn Millionen Dollar Startkapital kann ich mein Imperium neu aufbauen.* Demiris lachte vor sich hin. »Spyros wird verdammt sauer sein, wenn er merkt, wie du ihn reingelegt hast.«

»Aber er kann nichts dagegen machen«, versicherte Chotas ihm. »Mit dem Vertrag, den er unterzeichnet hat, bekommt er eine völlig mittellose Firma.«

Sie fuhren auf die Berge zu. Constantin Demiris beobachtete, wie Chotas die Hebel bediente, die Kupplungs-, Brems- und Gaspedal ersetzten. »Du kommst erstaunlich gut damit zurecht.«

»Was man braucht, das lernt man auch«, antwortete Chotas. Sie fuhren eine schmale, steile Bergstraße hinauf.

»Wo fahren wir hin?«

»Ich habe dort oben ein kleines Haus. Wir trinken ein Glas Champagner miteinander, und ich lasse dich mit einem Taxi in die Stadt zurückbringen. Weißt du, Costa, ich habe mir meine Gedanken gemacht. Über alles, was passiert ist ... Noelle Pages Tod – und Larry Douglas' Tod. Und über den armen Stavros. Dabei ist es nie um Geld gegangen, stimmt's?« Chotas sah kurz zu Demiris hinüber. »Immer nur um Haß. Um Haß und Liebe. Du hast Noelle geliebt, nicht wahr?«

»Ja«, antwortete Constantin Demiris. »Ich habe Noelle geliebt.«

»Ich habe sie auch geliebt«, sagte Napoleon Chotas. »Das hast du nicht geahnt, stimmt's?«

Demiris starrte ihn überrascht an. »Nein, davon hab' ich nichts gewußt.«

»Und trotzdem habe ich dir geholfen, sie zu ermorden. Das habe ich mir nie verziehen. Hast du dir selbst vergeben, Costa?«

»Sie hat verdient, was sie bekommen hat.«

»Ich glaube, daß wir letztendlich alle verdienen, was wir bekommen. Ich muß dir übrigens noch etwas erzählen. Dieser Brandanschlag... seit der Nacht, in der mein Haus abgebrannt ist, leide ich entsetzliche Schmerzen. Die Ärzte haben versucht, mich wieder zusammenzuflicken, aber das ist ihnen nicht wirklich gelungen. Ich war zu schwer verletzt.« Er gab Gas. Die Reifen quietschten, als der Wagen eine Haarnadelkurve nahm. Tief unter ihnen wurde das Ägäische Meer sichtbar.

»Tatsächlich sind meine Schmerzen so schlimm«, sagte Chotas, »daß ich das Leben nicht mehr lebenswert finde.« Er beschleunigte weiter.

»Langsamer!« forderte Demiris ihn auf. »Du fährst viel zu...«

»Deshalb habe ich beschlossen, daß wir es gemeinsam beenden werden.«

Demiris starrte ihn erschrocken an. »Was soll das heißen? Fahr langsamer, Mann! Du bringst uns noch beide um.«

»Richtig«, bestätigte Chotas. Er drückte den Gashebel bis zum Anschlag durch. Der Wagen machte förmlich einen Satz.

»Du bist verrückt!« schrie Demiris. »Du bist reich! Warum willst du sterben?«

Chotas' Lippen verzogen sich zu einer grausigen Imitation eines Lächelns. »Nein, ich bin nicht reich. Soll ich dir sagen, wer jetzt reich ist? Deine alte Freundin Schwester Theresa. Ich habe dein ganzes Geld dem Kloster in Ioannina vermacht.«

Sie rasten auf eine ungesicherte Haarnadelkurve zu.

»Halt endlich an!« kreischte Demiris. Er versuchte, Chotas ins Steuer zu greifen, aber der kleine Mann entwickelte überraschende Kräfte.

»Ich gebe dir alles, was du willst!« brüllte Constantin Demiris. »Halt an!«

»Ich habe, was ich will«, sagte Napoleon Chotas.

Im nächsten Augenblick schoß der Wagen über die Kurve hinaus und rollte, sich immer wieder überschlagend, den Steilhang hinunter, bis er endlich tief unten mit einem lauten Klatschen ins Meer fiel. Nach einer gewaltigen Explosion herrschte tiefe Stille.

Es war vorbei.

RUTH RENDELL

# Die Brautjungfer

Roman

Original: *The Bridesmaid*
Aus dem Englischen von Christian Spiel

Gewalt und Verbrechen sind für die anderen faszinierend, Philip Wardman haßt sie wie die Pest. Doch sonst ist nichts Besonderes an dem jungen Mann – bis zum Hochzeitstag seiner Schwester. Eine der fünf Brautjungfern zieht ihn magisch an, eine schlanke, bleiche Kindfrau, das verblüffende Ebenbild einer Renaissancestatue im Garten von Philips Elternhaus. Was als Liebe auf den ersten Blick beginnt, steigert sich mit jeder weiteren Begegnung zu einer fatalen Gratwanderung zwischen Erotik und Dämonie, zu einer mörderischen »amour fou«. Senta Pelham hat viele Gesichter: Sie ist Lolita und Vamp, sinnliche Venus und alles verschlingende Kali, eine femme fatale mit Basiliskenblick. Zu spät begreift Philip ihr perfides Netz aus Halbwahrheiten und Lügen. Denn Senta fordert ein Opfer: Mord – aus lauter Liebe ...

»Ruth Rendell hätte längst verdient, auch bei uns mit der gleichen Sorgfalt betrachtet zu werden wie eine Patricia Highsmith, deren Erzählkunst sie ohne weiteres standhalten kann.«

*Frankfurter Allgemeine Zeitung*

»Das ist nicht nur die Geschichte einer psychotischen Verbindung, das ist auch die dezent und deshalb eindringlich vorgebrachte Kritik an dem, was die Reformpolitik der Eisernen Lady für die Schwachen in England bedeutet.
Und wie das so ist mit Büchern, die die Bestie Mensch beschreiben: Diese Geschichte bedient sich der Unmoral, des Kranken, um die Moral, das Normale und Gesunde zu feiern. Der Kitzel ergibt sich aus der Diskrepanz.« *Hamburger Abendblatt*

*Blanvalet*

ELIZABETH GEORGE

# Auf Ehre und Gewissen

Roman

Original: *Well-schooled in Murder*
Aus dem Amerikanischen von Mechtild Sandberg-Ciletti

Weitläufige Parks, gepflegte Rosengärten, altehrwürdige Gebäude – Bredgar Chambers ist ein englisches Elite-College wie aus dem Bilderbuch. Aber hinter der vornehmen Fassade ist kaum Platz für Idylle, denn die strengen Regeln von Moral, Tradition und Kameradschaft lassen den Schülern wenig Raum für Individualität. Doch die unterdrückten und verdrängten Gefühle schaffen sich heimlich Luft, auf Kosten der Schwächeren.

Inspektor Thomas Lynley von Scotland Yard kennt die Schattenseiten der exklusiven Internate aus eigener Erfahrung. Kein Wunder, daß ihn der Schulleiter ins Vertrauen zieht, als der dreizehnjährige Matthew spurlos verschwindet. Man munkelt von Mord, aber das wäre der Ruin für den Ruf der Schule. Lynley und seine Assistentin rennen gegen eine Mauer des Schweigens – und der Furcht. Denn unter den Schülern herrscht kalter Krieg, und wer nicht mitspielt, lebt gefährlich.

»Vielschichtig, anspruchsvoll und ausgereift! Elizabeth George hat sich einen festen Platz neben P. D. James und Ruth Rendell erschrieben.
Diese Autorin wird den Kriminalroman der neunziger Jahre bestimmend beeinflussen.« *Kirkus Reviews*

*Blanvalet*

Mr. Bulmer's goldener Karpfen
Ein Werkzeug der Gerechtigkeit
Das mißdeutete Lächeln

Meistermorde von Eric Ambler, Agatha Christie, Lionel Davidson, Patricia Highsmith, P. D. James, James McClure, Ellis Peters, Ruth Rendell, Julian Symons, John Wainwright und anderen

3 Bände herausgegeben von George Hardinge

Original: *The Best of Winter's Crimes*
Aus dem Englischen von Christine Frauendorf-Mössel, Friedrich A. Hofschuster und Mechthild Sandberg-Ciletti

»George Hardinges exklusive Anthologien neuer Meistermorde vereinen Stories von bös bis schauererregend, Geschichten, die den Pulsschlag des Lesers garantiert beschleunigen, perfekt perfid und mörderisch gut inszeniert. Die Namen der Autoren gleichen einem *Who is who* der modernen Kriminalliteratur und dürften allen Fans angelsächsischer Mordlust bestens bekannt sein. Heimlich, still und leise machen sie den Leser immer wieder zum Komplizen ihrer anrüchigen ›Helden‹.«

*Pinneberger Tageblatt*

*Blanvalet*